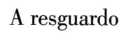

A resguardo

David Leavitt

A resguardo

Traducción de Jesús Zulaika

EDITORIAL ANAGRAMA
BARCELONA

Título de la edición original:
Shelter in Place
Bloomsbury
Nueva York, 2020

Ilustración: © KateLeigh / iStock. Diseño de Duró

Primera edición: septiembre 2024

Diseño de la colección: Julio Vivas y Estudio A

© De la traducción, Jesús Zulaika, 2024

© David Leavitt, 2020

© EDITORIAL ANAGRAMA, S.A.U., 2024
    Pau Claris, 172
    08037 Barcelona

ISBN: 978-84-339-2713-2
Depósito legal: B. 8885-2024

Printed in Spain

Romanyà Valls, S.A.
Verdaguer, 1, 08786 Capellades (Barcelona)

Conspiran todas las convenciones
para hacer que este fortín adopte
el mueblaje del hogar;
y no veamos qué somos ni dónde estamos:
perdidos en un bosque encantado,
niños con miedo a la noche
que jamás han sido buenos ni felices.

W. H. AUDEN,
«1 de septiembre de 1939»

Ah, los zorros... tienen madrigueras en la tierra,
y los pájaros nidos en el aire,
y todo tiene su cubil;
pero nosotros –pobres pecadores– no tenemos
    dónde cobijarnos.

«Pruebas difíciles» (espiritual afroamericano)

Primera parte

1

—¿Estaríais dispuestos a preguntarle a Siri cómo asesinar a Trump? —preguntó Eva Lindquist.

Eran las cuatro de la tarde de un día de noviembre, el primer sábado tras las elecciones presidenciales de 2016, y Eva estaba sentada en el porche cubierto de su casa de fines de semana en Connecticut, en compañía de Bruce, su marido; sus invitados, Min Marable, Jake Lovett y la pareja formada por Aaron y Rachel Weisenstein, ambos profesionales de la edición literaria; Grady Keohane, un coreógrafo soltero que tenía una casa en las cercanías; y la prima de Grady, Sandra Bleek, que acababa de dejar a su marido y pasaba unos días con su primo mientras se adaptaba a su nuevo estado. No estaba en el porche Matt Pierce —un amigo de Eva más joven que ella (treinta y siete años)—. Estaba en la cocina, preparando una segunda tanda de *scones*;[1] había tenido que tirar la primera ya que había olvidado añadirle la levadura.

Un benévolo atardecer de otoño iluminaba la escena, que era de bienestar y placidez: la estufa de leña caldeaba el porche, y los invitados estaban acomodados en el sofá y los sillones de mimbre blanco, con los cojines que Jake —el de-

---

1. *Scone*: bizcocho inglés. *(N. del T.)*

corador de Eva– había tapizado con una cretona rosa jubileo. Sobre la mesa de mimbre blanco, una tetera, tazas, platillos, un bol de crema cuajada y otro bol de mermelada de fresa casera aguardaban a los morosos *scones*.

Eva repitió la pregunta:

–¿Quién de vosotros estaría dispuesto a preguntarle a Siri cómo asesinar a Trump?

Al principio no respondió nadie.

–Lo pregunto solo porque, desde las elecciones, me ha dominado el deseo urgente y loco de preguntárselo –dijo Eva–. Pero tengo miedo de que, si lo hago, Siri informará de ello inmediatamente al Servicio Secreto y vendrán a detenerme.

–No lo creo, querida... –dijo Bruce.

–¿Por qué no? –dijo Eva–. Estoy segura de que pueden hacerlo.

–¿Qué? ¿Escuchar lo que hablamos por el móvil? –dijo Sandra.

–No digo que no puedan hacerlo –dijo Bruce–. Estoy diciendo que muy probablemente el Servicio Secreto tendrá cosas mucho mejores que hacer que vigilar nuestras conversaciones con Siri.

–A ver, ¿soy el único aquí que recuerda el Watergate? –dijo Grady Keohane–. ¿Soy el único aquí que recuerda como «pincharon» aquellas conversaciones telefónicas?

–¿Pueden grabarse las conversaciones de los móviles? –dijo Rachel Weisenstein–. Yo creía que solo se podían «pinchar» los teléfonos fijos.

–¿En qué siglo vives? –le preguntó Aaron a su mujer.

–Bueno, si fuéramos terroristas puede que sí –dijo Bruce–. Si fuéramos de una célula del ISIS o algo parecido... Pero un grupo de personas blancas tomando té en un porche cubierto en el condado de Litchfield... No creo.

–En ese caso, hazlo –dijo Eva, tendiéndole su móvil–. Pregúntaselo.

—Pero yo no quiero asesinar a Trump —dijo Bruce.

—¿Veis? Sois unos gallinas —dijo Min Marable—. Clo clo clo..., clo clo clo...

De pronto Aaron tuvo uno de sus famosos enfados.

—Eh, qué pasa... —dijo—. ¿Os estáis escuchando a vosotros mismos? O sea, ¿veis lo que os está pasando? ¿Será posible? ¿No tenemos una Primera Enmienda en este país? ¿No tenemos derecho a decir lo que nos salga de las narices?

—Menos si incita al odio —dijo Rachel.

—A la mierda el discurso de odio —dijo Aaron.

—Hablo por mí misma si digo que no me apetece correr ese riesgo —dijo Min—. ¿Qué dices tú, Jake?

—¿Yo? —dijo Jake, que no estaba acostumbrado a que solicitasen su opinión en estas ocasiones—. Bien, pues no dejaría de hacerlo por miedo. Quiero decir que no lo haría, pero no por miedo.

—La cuestión es que, aunque lo matarais, ¿valdría de algo? —dijo Sandra—. Sería presidente Pence. Y eso podría ser aún peor.

—No estamos hablando de matarlo realmente —dijo Grady—. Estamos hablando de preguntar a Siri cómo matarlo. Hay una gran diferencia.

—¿Te refieres a que es una especie de experimento mental? —dijo Sandra.

—Oh, por el amor de Dios... —Aaron sacó el móvil del bolsillo de la chaqueta, apretó el botón «Home» y dijo—: Siri, ¿cómo...?

—No, no... —Rachel le arrancó el móvil de la mano—. No voy a dejar que lo hagas.

—¿Quién, yo? —dijo Siri.

—Dame mi móvil —dijo Aaron.

—Eso puede estar más allá de mis posibilidades en este momento —dijo Siri.

—Solo si me prometes no hacerlo —dijo Rachel.

—Rachel, te lo estoy pidiendo de buenas maneras —dijo Aaron—. Devuélveme el móvil.

—No.

En ese momento Matt Pierce entró en el porche con los *scones*.

—Perdón por la tardanza —dijo—. Se reanuda el servicio normal... ¿Qué pasa?

—Contaré hasta diez —le dijo Aaron a Rachel—. Uno, dos, tres...

—Oh, toma —dijo Rachel—. Toma el maldito aparato.

Lanzó el móvil hacia Aaron y entró corriendo en la casa.

Todos miraron a Aaron.

—¿Qué? —dijo Aaron.

—¿No huelen de fábula esos *scones*? —dijo Eva—. Pero me temo que el té va a estar demasiado infusionado.

—Haré otra tetera —dijo Matt, retrocediendo a través de la puerta que conducía a la cocina.

2

En el invierno de 2016, Eva Lindquist tenía cincuenta y seis años pero aparentaba diez menos. Aunque alta, no daba la impresión de serlo, tal vez porque Bruce, su marido, era muchísimo más alto que ella (medía casi dos metros). Dado su apellido, mucha gente pensaba que era de ascendencia escandinava, impresión que ella hacía muy poco por contradecir y más que un poco por fomentar, sobre todo cuando se hacía trenzas y se las enrollaba alrededor de la cabeza.

Eva y Bruce no tenían hijos. En cambio, compartían sus casas –el apartamento de Park Avenue y la casa de campo en Connecticut– con tres Bedlington *terriers* (esos perros que parecen ovejas o focas, con el pelaje blanquiazul plumoso, el lomo curvado y la cola larga y ahusada). Sus Bedlington actuales eran su segunda generación de esa raza, hermanos de camada, como lo habían sido los anteriores, y tenían nombres –al igual que los anteriores– de personajes de Henry James: Caspar, Isabel y Ralph.

A diferencia de Bruce, Eva había nacido y se había criado en Nueva York. Sus padres –y esto era algo que ella ni pregonaba ni ocultaba– eran judíos polacos.

Kalmann. Eva Kalmann.

Bruce era de Wisconsin. Luterano. Su padre había sido

durante cuatro décadas el obstetra más eminente de Oshkosh, y como tal había intervenido en la llegada al mundo de dos senadores del estado, de un guardia ofensivo de un equipo de la National Football League y de un cantante que había actuado en *The Lawrence Welk Show*. Bruce cursaba su tercer año de estudios en la Harvard Business School y estaba a punto de cumplir veinticuatro años cuando conoció a Eva, a la sazón en su curso final en el Smith College. En las fotos de la boda no se parecen en nada, lo cual sorprendió a sus amigos, que solían comentar que podían haber sido hermano y hermana. Los dos tenía la piel clara –que se quemaba antes de broncearse– y el pelo azul plateado, muy parecido al pelaje de sus perros, y unos ojos que irradiaban una incertidumbre mayor de la que ninguno de los dos tenía por costumbre declarar.

–Es asombroso lo mucho que llegan a parecerse las parejas –decían sus amigos, cuando lo que querían decir era «Es asombroso lo mucho que él ha acabado por parecerse a ella».

Jake Lovett los había conocido a finales de los años ochenta, cuando se acababan de mudar a un apartamento a varias manzanas al norte del de ahora, y Eva había pedido a Pablo Bach (el socio de Jake) que se lo decorase. Como Pablo consideraba que decorar apartamentos alquilados no era digno de su categoría, le había pasado el trabajo a Jake, circunstancia afortunada como se veía más tarde, dado que, cuando el edificio se convirtió en cooperativa y Eva y Bruce compraron un apartamento más grande en una planta más alta, fue a él a quien encargaron la supervisión de la remodelación y no a Pablo.

Desde entonces se habían mudado dos veces más, y ambas vendiendo con beneficios la vivienda anterior. Jake decoró esos apartamentos, al igual que había decorado las sucesivas casas de campo –en Rhinebeck, en Bedford, en el condado de Litchfield– que los Lindquist habían ido adquiriendo y vendiendo a medida que los ingresos de Bruce subían como la espuma. El suyo era un medio social con el que Jake se hallaba perfectamente familiarizado: ricos liberales de Nueva York, no ricos de toda la vida pero tampoco nuevos ricos, a años luz de la aristocracia neoyorquina, los Whitney y los Vanderbilt y los Astor, en cuyos salones imperaba Pablo Bach. Salvo algunas notables excepciones, estas gentes evitaban las pretensiones intelectuales —no las necesitaban—, mientras que a Eva le gustaba tenerse a sí misma por una consumada anfitriona y en calidad de tal solía organizar cenas y tés y fiestas de fin de semana a los que invitaba a una camarilla variopinta de varones gay, de mujeres de mediana edad y sin compromiso y de parejas casadas vagamente relacionadas con las artes —redactores editoriales, profesionales museísticos, agentes—, así como a alguna dama entrada en años que, una vez ebria, contaba anécdotas picantes sobre gente famosa ya difunta.

No a creadores genuinos. Los creadores inspiraban temor a Eva. A menos que considerara creador a Jake (y este, a juicio del interesado, no era el caso).

En cuanto a Bruce, de haber tenido amigos —Jake jamás le había conocido ninguno—, Eva no los habría invitado. Bruce era un tipo de trato fácil, feliz de aceptar el liderazgo personal de Eva. Todo parecía indicar que las cosas iban bien entre ellos, hasta que Eva decidió comprar ese apartamento en Venecia.

—Por supuesto que no creo que sea la primera catástrofe política que soportamos —dijo Rachel—. Es posible que ni siquiera sea la peor.

—Te equivocas —dijo Eva—. Jamás nos ha pasado algo peor.

—No me malentiendas. No estoy diciendo que no sea malo —dijo Rachel—. Lo que digo es que... Quiero decir que no hay que olvidar Vietnam. Que no hay que olvidar el Watergate, el sida, el 11 de septiembre...

–O el año 2000 –dijo Bruce–. ¿Os acordáis de todo aquel lío de Florida? ¿De las papeletas mariposa, y de los conteos fallidos y las cintas perforadas?

–Hubo papeletas con irregularidades de todo tipo.

–Sí, no fue un buen año para llamarse Chad[1] –dijo Grady (broma que provocó una risa algo reacia, aunque no en Eva, que aprovechó la oportunidad para servirse otra copa de Pinot Noir. Eran las ocho de la tarde del sábado que los amigos reunidos alrededor de su mesa, comiendo pollo a la parrilla y remolacha al horno, recordarían siempre como «el sábado de los *scones* fallidos».

–Ahora, cuando pienso en las elecciones del 2000, las veo como el ensayo general de las de ahora –dijo Eva–. Antes de esas presidenciales... Lo he mirado en internet: ¿sabéis cuándo fue la última vez que el ganador del colegio electoral perdió el voto popular?

–En mil ochocientos ochenta y ocho –dijo Aaron–. Harrison versus Cleveland. Harrison era el republicano, por cierto.

–Bien, ahí está –dijo Eva, en un tono que dejaba claro que no apreciaba en absoluto que Aaron se le hubiera adelantado–. Lo que no entiendo es por qué a estas alturas aún existe el colegio electoral. Por qué no lo eliminamos después del enfrentamiento entre Bush y Gore.

–¿Y qué habría pasado si las elecciones hubieran ido al revés? –preguntó Bruce–. ¿Habríais opinado lo mismo si Hillary hubiera ganado el colegio electoral pero perdido el voto popular?

–Es imposible –dijo Aaron–. Para haberse alzado con la victoria el colegio electoral tendría que haber ganado en

---

1. Juego de palabras entre «Chad» (nombre propio de varón) y «chad» (redondel de papel que se desprende al perforar una papeleta electoral). *(N. del T.)*

Ohio y en Florida, en cuyo caso también habría ganado el voto popular, solo que por un margen mayor.

–No estás entendiendo lo que dice Bruce –dijo Rachel–. La pregunta que plantea es hipotética.

–Y mi respuesta –dijo Eva– es que si la situación hubiera sido la contraria, yo defendería a muerte el colegio electoral. Y todos vosotros haríais lo mismo, aunque dudo mucho que lo admitierais. Esa es la diferencia entre nosotros. Yo estoy dispuesta a ser incongruente. Estoy dispuesta a decir abiertamente que la protección de la democracia importa más que la protección del sistema.

–Pero yo creía que la democracia era el sistema –dijo Sandra Bleek.

–No cuando se utiliza para beneficiar a los que quieren socavarla.

–Podría argumentarse que cuando adoptas esa postura, te conviertes en uno de ellos –dijo Bruce.

–No me importa –dijo Eva–. Ya no me importa. ¿Y sabes por qué? Porque sé que tengo razón. La separación de poderes, los controles y equilibrios, el gobierno del pueblo, por el pueblo, para el pueblo... Nada de eso importa ya, porque con lo que nos enfrentamos ahora es con un demonio, y cuando te enfrentas con un demonio haces lo que tienes que hacer.

–¿Incluso matar? –dijo Sandra.

–¿O preguntar a Siri cómo matar? –dijo Grady.

–Bueno, matamos a Bin Laden –dijo Eva–. No recuerdo que nadie pusiera peros a eso. Y no olvidemos a Hitler. Toda aquella gente que intentó asesinar a Hitler... Ahora los consideramos héroes.

–Cuando mi madre se estaba muriendo, solía bromear sobre crear un comando de enfermos terminales para matar a Reagan –dijo Jake.

–Bueno, pero Reagan no estaba mal –dijo Sandra.

–Sí estaba mal –dijo Grady–. De hecho, me vuelve loco

como en los últimos tiempos, en la tele, algunos viejos libe-rarales parlotean sobre lo gran diplomático que era Reagan, y lo civilizados que fueron aquellos años, y esto y lo otro y lo de más allá... En fin, ¿es que ya nadie se acuerda del sida? ¿Y de que él ni siquiera se atrevía a pronunciar la palabra?

–Desde allí donde esté... –dijo Jake, mirando primero hacia arriba, luego hacia abajo– oigo a mi madre gritando: «¡Bien dicho!».

–No entiendo cómo podéis tomaros este asunto tan a broma –dijo Eva–. ¿No visteis los resultados el martes por la noche? Desde el principio no quité el ojo de Rachel Maddow.[1] Cuan-do un avión entra en una turbulencia, ¿habéis hecho eso de mirar la cara que pone la auxiliar de vuelo para ver si está asustada? ¿Si el avión está a punto de estrellarse? Pues esa es la cara que le vi esa noche a Rachel Maddow.

–Pero si nunca has estado en un avión a punto de estre-llarse, ¿cómo vas a reconocer esa cara? –preguntó Bruce.

–Créeme, cuando la ves no admite confusión. Me gusta-ría no haberla visto nunca.

Después de la cena –Eva y Bruce se habían acostado temprano, y los demás estaban sentado en el salón–, Sandra dijo:

–¿Ninguno de vosotros se ha dado cuenta nunca de que Eva es un poquito fascista?

–¿Qué estás diciendo? –dijo Min–. ¿Cómo puedes decir eso de Eva?

–Bueno, no lo digo en el sentido político –dijo Sandra–. Me refiero a que cree que sabe lo que es bueno para la gente mejor que la gente misma.

–En ese sentido todos somos fascistas –dijo Aaron, que estaba leyendo la *London Review of Books*.

1. Estrella de un programa televisivo de noticias norteamericano. (*N. del T.*)

–No, no es cierto –dijo Rachel–. En los Estados fascistas, la voz de la gente no cuenta para nada. Aquí cuenta para todo. Aunque eso signifique que de vez en cuando tengamos que vérnoslas con líderes que no comparten nuestros valores. El gobierno de la mayoría es un principio fundamental, y tenemos que protegerlo aun cuando no nos guste quién ha ganado las elecciones.

–Suenas como mi maestra de quinto curso –dijo Aaron.

–Tú estuviste en quinto en 1978 –dijo Rachel.

–En este caso no se ha impuesto el gobierno de la mayoría –dijo Min–. De haber sido así, habría ganado Hillary. Es lo que Eva quería decir.

–Pues es una opinión miope. –Aaron dejó la *London Review of Books* y se aclaró la garganta de un modo que anunciaba un discurso solemne–: Lo que Eva hace es confundir la cuestión de si este país funciona de acuerdo al gobierno de la mayoría con la cuestión de si el colegio electoral, en el año del Señor de 2016, puede considerarse una medida válida del criterio mayoritario. Y la respuesta a esto, según muchos expertos, es sí. El número de electores otorgado a cada estado lo determina el censo. Por otra parte, cuando los padres fundadores redactaban la Constitución, dudo que se les ocurriera pensar en medidas para el día en que California, que entonces no era siquiera un estado, tuviera más habitantes que Nueva York y Nueva Inglaterra juntos.

–No, estaban demasiado ocupados ideando medidas para proteger a los estados esclavistas –dijo Rachel.

–¿Qué? ¿Qué has dicho de los estados esclavistas?

–Para cuando tuvo lugar la Convención Constitucional –dijo Aaron–, los padres fundadores habían acordado en principio que el número de electores de cada estado debía asignarse en función de la población, no de la riqueza. Y solo esto dejó al Sur en desventaja, ya que gran parte de su población eran esclavos, y los esclavos se consideraban propiedades, no individuos. Al final llegaron a un acuerdo, según el cual cada esclavo equivalía a tres quintos de persona.

–Acuerdo sin el cual (me siento moralmente obligado a señalar, en calidad de único sureño de esta sala) Jefferson jamás habría accedido a la presidencia –dijo Min.

–Nada de ello, dicen los defensores del colegio electoral, debe utilizarse como argumento en su contra –dijo Aaron–. Según lo ven ellos, cuando se creó se corrigió un desequilibrio.

–Injustamente –añadió Rachel.

–Entonces, sí. Ahora corrige, con justicia, otro. O eso aseguran sus defensores.

–Estás metiéndote en un buen berenjenal, para mi gusto –dijo Grady.

–Siempre lo hace –dijo Rachel–. La única razón por la que sabe algo de todo esto es que el año pasado participó en la edición de un libro sobre la historia del colegio electoral.

–Un libro, podría añadir, que se vendió bastante bien –dijo Aaron.

–Todo eso está muy bien –dijo Grady–, pero ¿qué tiene que ver con lo que ha dicho Eva: que desde su punto de vista mantener a Trump lejos de la Casa Blanca es más importante que preservar el principio de unas elecciones libres?

–Es lo que quería decir yo cuando he preguntado si no era un poquito fascista –dijo Sandra.

–Eva no es fascista –dijo con énfasis Min–. Nadie que la conozca diría nunca eso de ella, ¿no es cierto, Jake?

–Bueno, yo no lo diría –dijo Jake, sorprendido sobre todo por ver que Min lo consideraba alguien que conocía a Eva.

–Quiero decir que sus padres eran refugiados polacos –dijo Min–. Por el amor de Dios..., llegaron a este país huyendo del fascismo.

–Eva nunca habla de sus padres –dijo Grady–. ¿Viven aún?

–Están vivitos y coleando, y siguen en el apartamento de la calle Ochenta y Nueve Oeste donde Eva creció.

–A algo más de medio kilómetro de ella, a vuelo de pájaro –dijo Aaron.

–Solo que hoy día el pájaro no vuela allí muy a menudo –dijo Jake.

–Aun a riesgo de que me volváis a acusar de sonar a la maestra de quinto de Aaron –dijo Rachel–, tengo que decir que me siento incómoda al hablar así de Eva estando como estamos invitados en su casa.

–Es culpa mía –dijo Sandra–. No tendría que haber dicho nunca lo que he dicho. Quería ser una broma, pero como Grady podrá confirmar, nací sin sentido del humor.

–Es cierto –dijo Grady–. De pequeños nos aprovechamos cruelmente de esa carencia.

–A veces me pregunto si Eva tiene sentido del humor –dijo Aaron.

–¿Por qué estáis siendo todos tan críticos con ella? –dijo Rachel–. Quiero decir que es obvio que la mujer lo está pasando mal. ¿Nadie ha oído lo que ha contado de cuando estuvo viendo lo de Rachel Maddow en la tele?

–Yo lo he oído –dijo Jake.

–Pontificar sobre el colegio electoral... es una forma de evitar enfrentarte con tus propios miedos. Es tan masculino. Al menos Eva es sincera sobre los suyos.

–Rachel piensa que, dadas nuestras preferencias, los hombres siempre elegiríamos meternos en berenjenales antes que lidiar con nuestros miedos –dijo Aaron.

–¿Lo dices en broma? –dijo Sandra.

–Las bromas son parte de la evasión –dijo Rachel.

–Puede que lo que estemos haciendo sea dejar que Eva sufra vicariamente nuestros histerismos –dijo Jake.

–Habla por ti –dijo Grady–. Yo estoy lidiando con los míos, que son muchos, solo que en lugar de dar la lata, he optado por vivir en la negación: he dejado de ver las noticias; he dejado de leer los periódicos.

—Yo tampoco soporto las noticias —dijo Sandra.

—¿Por qué? —preguntó Aaron—. ¿Qué es lo que os da a todos tanto miedo que tenéis que taparos los ojos? Yo pienso leer todos los artículos, ver todos los programas, no perderme ninguna columna de opinión.

—Yo creo que esperaré a que todo haya pasado para leer sobre el asunto, si no te importa —dijo Grady.

—Es que es eso precisamente —dijo Sandra—. ¿Cómo podemos suponer que todo esto va a quedar atrás? Nadie puede predecir el futuro. Quiero decir que si hace un año me decís que iba a ser elegido, no os habría creído.

—Yo tampoco os habría creído si me lo decís hace una semana —dijo Rachel.

—Nos ha llegado como a traición —dijo Min.

—¿Ha sido a traición, realmente? —dijo Aaron—. Me refiero a que si «a traición» es la expresión correcta. Lo pregunto solo porque la gente la ha estado empleando a mansalva últimamente, y a mí me parece que no está bien empleada.

—Así es como se percibe —dijo Rachel.

—Muy bien, pero para que fuera como a traición, realmente, tendría que venir de pronto y como de la nada, ¿no? Y para que esto hubiera sido algo surgido de repente y como de la nada, tendríamos que haber creído, en lo más profundo del corazón, que la victoria de Hillary era ya un hecho consumado. Y obviamente no llegamos a creerlo, porque de haberlo creído no habríamos estado tan nerviosos.

—Mirando hacia atrás, pienso que lo cierto es que todos lo vimos venir pero tratamos de convencernos de lo contrario. Y entonces..., sí, hubo un shock, pero no fue un shock que nos llegó como a traición. Fue más un shock parecido a cuando el dermatólogo te dice que el lunar que llevas tiempo tratando de convencerte de que no es nada en realidad es un melanoma.

—¿Tienes que utilizar precisamente esa analogía? —dijo Grady, tocándose el cuello.

–No veo que haya tanta diferencia –dijo Jake–. No estábamos en situación de influir en lo que tenía que pasar, y lo que iba a pasar iba a afectarnos a todos.

–Íbamos a sufrirlo –dijo Rachel.

–Pero es todo tan absurdo –dijo Aaron–. Quiero decir que lo que está pasando es como una comedia del absurdo. Claro que tú, Sandra, te pierdes ese aspecto, porque, como tú misma has reconocido, no tienes sentido del humor. Pero los demás...

–Los demás no estamos tan evolucionados como tú, Aaron –dijo Rachel.

–O estamos demasiado alucinados para apreciar la comedia –dijo Grady.

–Oh, vamos... –dijo Aaron–. ¿Es por lo de «agarrarlas-del-coño»? ¿O esa conferencia de prensa con el presidente mexicano? Fue desternillante. Si fuera de los Monty Python, nos partiríamos de risa.

–Pero no es Monty Python.

–Fingir que es Monty Python... no es más que otra forma de negación –dijo Rachel.

–Como quieras –dijo Aaron–. Lo que yo estoy diciendo es que todos nosotros tenemos la posibilidad de elegir. Podemos pasarnos los cuatro años siguientes reconcomiéndonos vivos o podemos pasarlos partiéndonos de risa.

–No todos tenemos esa opción –dijo Sandra.

–Eva no la tiene, no hay duda –dijo Jake.

–No. Supongo que no. Eva no –dijo Aaron–. Supongo que para Eva no hay más que una opción.

3

Fue su llamada a la puerta, le dijo a Bruce después. Que tocara el timbre. Y que se quedara allí de pie delante de ella, en el umbral, con el cárdigan de cachemira y la pajarita, todo acicalado y rosa como un cerdo de dibujos animados.

Los perros corrieron hacia él de inmediato. Y cuando él se agachó, le lamieron la cara.

–Fue probablemente lo que más me molestó –dijo Eva–. Que estuviera como tratando de llevarse también a mis perros.

Huelga decir que no le invitó a pasar. ¿Por qué iba a hacerlo? Llevaban dieciocho años de vecinos (puerta con puerta), y en esos dieciocho años ninguno de los dos había puesto un pie en el apartamento del otro. Lo que hizo fue escuchar lo que tuviera que decirle a través del umbral. Aunque la fiesta iba a ser en la noche de la victoria presidencial, no iba a ser una fiesta inaugural de la presidencia propiamente dicha. Es decir: él y Kitty la habrían celebrado aunque «su hombre» no hubiera ganado. Es más: aunque era cierto que la mayoría de los invitados iba a ser gente que compartía su júbilo ante el cambio que estaba a punto de barrer Washington –¿no era el cambio en sí mismo algo saludable?–, no era por eso por lo que Kitty y él les habían invitado. No todos los invitados a la fiesta eran del mismo color político. Algunos eran demócratas. Incluso asistirían algunos partidarios acérrimos de Hillary. En caso de que Bruce y ella hicieran acto de presencia en algún momento, se encontrarían con algunos compañeros de viaje.

—Pero creo adivinar que no van a pasarse —añadió él, en tono casi apenado. Y acto seguido, al ver que Eva no respondía—: En cualquier caso, déjeme asegurarle que el ruido va a mantenerse en un nivel razonable. Ni se darán cuenta.

—Eso ha sido el colmo —le dijo Eva a Bruce aquella noche cuando se preparaban para acostarse—. O sea que no es ya bastante malo que den la fiesta de marras, sino que encima viene a restregármelo por la cara...

—Quizá solo quería ser amable —dijo Bruce.

—El ganador siempre puede permitirse ser amable con el que pierde —dijo Eva.

—¿Quieres decir que si hubieran sido los perdedores tú serías amable con él?

—No lo sé. Pero si quieres que sea sincera, seguramente no.

—¿Por qué no?

—Porque cualquiera que haya sido el resultado, el caso es que ha votado a... No quiero ni mencionar el nombre.

—Bueno, sí, es republicano. Y como es lógico ha votado a los republicanos. Eso no significa que sea de los que iban a las manifestaciones gritando «¡Enciérrala!».

—¿Cómo sabes que no era uno de ellos?

—¿Alec Warriner en una manifestación? Sinceramente no lo veo. Mi intuición me dice que si le preguntas por la razón principal por la que ha votado a Tr...

—No digas ese nombre. Me niego a que ese nombre se pronuncie en esta casa.

—Perdón. Me da que si le preguntas verás que no ha votado a Tr..., perdón, a ese-que-aquí-no-se-mencionará, porque le guste, sino porque piensa que ese-que-aquí-no-se-

27

mencionará bajará el impuesto de sociedades por debajo del veintiuno por ciento.

–Creo que estás equivocado –dijo Eva–. Creo que fue porque la odia tanto... Eso es lo que no me cabe en la cabeza: por qué la gente la odia tanto. Puede que porque yo haya ido a Smith y ella a Wellesley, pero siento que me atacan a mí cuando la atacan a ella.

–Quién sabe... Quizá el odio es ciego. Como el amor.

–No te pongas filosófico. Porque acabas sonando a charlatán. Y, de todos modos, el odio no es ciego. Ve. Y en este caso lo que ve es que es una mujer.

–Pero también lo es Marine Le Pen. Y también lo son Ann Coulter, Laura Ingraham, y la que tenía aquel programa en el que era jueza..., ¿cómo se llamaba...? Jeanine Pirro.

–Oh, Dios..., esa. No la menciones.

Se metieron en la cama. Cuando estaba apagando la luz, a Bruce le vino a la cabeza que a lo largo de todos los años de su matrimonio él siempre había dormido en el lado izquierdo de la cama y Eva en el derecho. Cómo habían llegado a tal arreglo no lo podía recordar. De lo único que no había duda era de que ahora era algo inherente a él, hasta el punto de que cuando Eva estaba de viaje y tenía toda la cama para él, dormía también en el lado izquierdo. Incluso cuando era él quien estaba de viaje de negocios y se alojaba en un hotel, seguía durmiendo en el lado izquierdo. La idea de la mesilla de noche y la lámpara a su derecha era más de lo que su imaginación podía concebir.

Se oyó un crujido en la oscuridad; eran los perros que entraban y saltaban a la cama para acomodarse entre sus piernas y las de Eva.

Cerró los ojos. Oyó como Eva se daba la vuelta. Oyó como abría el cajón de la mesilla y sacaba el frasco de Ambien y lo abría y lo agitaba hasta que le caía una píldora en la palma de la mano. La noche de las elecciones también había tomado un Ambien, y ello no había impedido que a las dos y media de la madrugada la despertara un ruido que enseguida identificó como una salva de vítores. Por espacio de unos quince segundos la embargó una sensación deliciosa de alivio –¡había ganado Hillary!–, hasta que cayó en la cuenta de que los vítores venían del apartamento de al lado.

Por la mañana Bruce, como de costumbre, se levantó a las seis. Se duchó, se vistió, dio de comer y paseó a los perros y estaba ya saliendo para el trabajo cuando llegó Amalia, la asistenta. Casi nunca veía a Eva por la mañana, pues ella acostumbraba a dormir hasta las ocho u ocho y media.

Tal como venían haciendo la mayoría de las mañanas de diario de los últimos dieciocho años, Bruce y Amalia se saludaron con una inclinación de cabeza al pasar.

Nueve horas después, cuando volvió a casa, Eva le estaba esperando. Tenía la cara encendida y daba vueltas a los anillos de ambas manos, uno tras otro.

–Así que he tomado una decisión –dijo–. No puedo quedarme aquí para esa fiesta inaugural. La mera idea de que se celebre, de todos esos idiotas reuniéndose ahí al lado (¡ahí al lado!) para regodearse con su victoria, para restregármela en la cara, como hicieron la noche de las elecciones...

–Bueno, Eva... Pero se me hace difícil pensar que seas tú la razón de esa fiesta.

–Sí, lo soy. Sé que lo soy. Lo sé porque si hubiéramos ganado yo habría hecho lo mismo. En fin, me niego a darles la satisfacción de quedarme aquí soportándolo todo. Es demasiado. Tengo que irme.

–Bien, ¿por qué no nos vamos al campo?

Eva negó con la cabeza.

–No es lo bastante lejos, el campo. Es del país (¡de este país!) de donde quiero irme. Llevo pensándolo todo el día. ¿Dónde habrá un sitio donde no oiga siquiera un eco de esos vítores? Y de repente me ha venido a la cabeza: Venecia.

—¿Venecia?

Eva asintió con la cabeza con gesto ampuloso.

—Siempre me ha encantado Venecia. Siempre, desde la primera vez que la visité, cuando estaba en la facultad.

—Pero es enero.

—Exacto. Eso es lo mejor. Estará prácticamente vacía. Como lo estaba en mi «semestre en el extranjero». El viento, y el *acqua alta*, y el silencio total durante la noche... Bien, ¿qué te parece? He estado mirando vuelos. Podríamos salir el jueves y estar allí antes incluso de que empiece este *horror show*.

—Pero eso es la semana que viene. No puedo irme si me avisas con tan poca antelación.

—¿No? Pues entonces se lo pediré a Min. Ella se apunta seguro. Siempre lo hace.

Min aceptó ir con ella. Salieron la noche del diecinueve, y llegaron al hotel en un taxi acuático a las dos de la tarde —con seis horas de adelanto con Nueva York, Washington y el circo de la investidura.

Y desde el momento en que se bajaron de la lancha, Eva respiró con mayor facilidad. Sintió que se hallaba de nuevo en el mundo civilizado.

Se alojaron en un hotel de cuatro estrellas en Dorsoduro. Durante cinco días no miraron para nada los periódicos. Ni encendieron la televisión. Cada mañana visitaban un museo o un edificio religioso: la Accademia, dei Frari, la Scuola di San Giorgio degli Schiavoni, con sus frescos de san Jorge dando muerte al dragón y luego entregándolo —no muerto del todo— a los mamelucos.

—Es como si sujetara a la pobre criatura con una correa —dijo Eva, sin reparar (o no queriendo reparar) en la espada que el santo blandía a punto de asestar el golpe último—. Creo que el dragón tiene aspecto de manso. Como un perro.

En los frescos de la Scuola podían verse pinturas de perros «de verdad».

–¿Cuál te gusta más? –le preguntó a Min, que se decantó por el *terrier* blanco astroso que alzaba la mirada a san Agustín al recibir este de san Jerónimo la noticia de su inminente fallecimiento.

–La elección obvia –dijo Eva–, aunque yo prefiero esa especie de galgo de hocico largo que está mirando cómo bautiza a los selenitas.

Por las tardes iban de compras o se sentaban en algún café. Eva leía a Jan Morris y Min hacía que enviaba mensajes de texto –lo que en realidad hacía era jugar al Candy Crush–. Cada día pasaba más rápido que el anterior, y el sexto, Ursula Brandolin-Foote las invitó a tomar el té en su *palazzo* cercano al Campo della Maddalena. Aaron Weisenstein, que había publicado algunas de sus traducciones del serbocroata, le había dicho que Eva y Min estaban en Venecia, y las había buscado hasta encontrarlas. Ursula era una mujer señorial, de poco más de setenta años, de pelo denso teñido de varios matices de gris y muy aficionada a los caftanes multicolores que le realzaban sobremanera los pechos altos y las largas piernas. Aunque poseía prácticamente la mitad de Ca' Brandolin –les explicó a Eva y a Min–, ocupaba solo parte del *piano nobile* y alquilaba el resto durante breves períodos a académicos visitantes. De cuando en cuando alquilaba también su propio apartamento a estudios que rodaban cine de época y grababan series de televisión. «Tiene esa tonalidad sepia», dijo, al tiempo que señalaba, con un amplio gesto de la manga henchida y ondulante, el vasto sofá cubierto de desvaído terciopelo Fortuny, las pesadas cortinas de seda, los estantes llenos de libros de bolsillo deslucidos y gastados, el arcón y la cesta junto a la chimenea de la que asomaban en desorden viejos ejemplares de *La cucina italiana*. Había alfombras esparcidas sobre el piso de terrazo cuyo diseño creaba un trampantojo de alfombras esparcidas sobre un piso de terrazo. En el techo, una moldura azul y rosa enmarcaba un cielo de trampantojo al cual el tiempo y el humo habían prestado la pátina amarillenta del cielo exterior a la caída de la tarde.

—Todo estaba aquí cuando heredé este sitio —prosiguió Ursula—. Cosa que también tiene sus contras, ya que solo recibí la propiedad, y nada de dinero. Soy pobre como una rata.

Se echó a reír con una risa inopinadamente aguda, casi un graznido.

—¿Hace cuánto de eso? —preguntó Eva.

—Oh, déjeme pensar; debió de ser en 1986 o 1987, cuando *zia* Carlotta descansó al fin (tenía noventa y tres años, ¿sabe? Joven para Venecia; los dogos vivían todos ciento diez años..., así que calculo... ¿1989? Ah, y aquí está Elisabetta con el té. Cuando me mudé, Elisabetta ya vivía aquí, ¿verdad, Elisabetta?

—Sí, *signora*.

—Entiende el inglés, pero no lo habla. ¿Qué edad tienes, Elisabetta?

—*In ottobre ho compiuto novantacinque anni* —dijo Elisabetta.

—¿Ven a lo que me refiero cuando digo que los venecianos son longevos? *Sul tavolo*. Siéntense, señoras, tomen asiento.

Se sentaron: Eva y Min en el sofá; Ursula en un sillón reclinable forrado de vinilo beige que —por una razón u otra— no parecía fuera de lugar. Con el té Elisabetta había traído una fuente de panecillos untados con una pasta de pescado que despedía un olor incierto.

—¿Así que es la primera vez que visitan Venecia? —preguntó Ursula, llevándose a los labios un cigarrillo electrónico color malva.

—Oh, no... —dijeron a un tiempo Eva y Min.

—Yo he estado como mínimo...

–Es la cuarta...

–Dilo tú primera.

–No, tú.

Ursula vapeó.

–Es la cuarta vez que vengo a Venecia –dijo Eva, con contenida impaciencia.

–Eva es una autoridad sobre Venecia –dijo Min, tocando la rodilla de su amiga.

–No, no es cierto –dijo Eva.

–Sí, lo eres –dijo Min–. Está escribiendo una biografía de Isabella Stewart Gardner.

–No, no es cierto –dijo Eva.

–¡Oh, qué magnífica idea! –dijo Ursula–. Siempre me he preguntado por qué no lo había hecho ya alguien.

–Ya hay una biografía –dijo Eva.

–Mañana vamos al Palazzo Barbaro –dijo Min.

–¡Nuestro amado Ca' Barbaro! Cuán amargo el día en que los Curtis tuvieron que vender el *piano nobile*. Y sin embargo aquí es siempre la misma historia... Los herederos de las viejas mansiones depauperados por los gastos de su conservación.

–He oído que la familia se peleó –dijo Eva.

–En Venecia esas disputas son una tradición. Se fomentan. Nuestras leyes, ¿saben?, se basan en el código napoleónico, que dictamina que cuando el propietario de un inmueble histórico muere, este ha de dividirse de forma igualitaria entre sus herederos. Pues bien, en el caso de Ca' Barbaro eran tres hijos, y sencillamente no lograban ponerse de acuerdo en cómo dividir la propiedad que la fortuna les había deparado. Lo cual es una pena, porque si hubieran sabido hacerlo no habrían tenido que venderla.

»Cuando yo heredé fue todo más sencillo. Solo estábamos el tío Ernesto y yo. Pero luego, cuando mi tío murió, esta mitad hubo de dividirse entre sus hijos, que eran tres, de dos matrimonios. Desde entonces he perdido ya la pista de qué parte es propiedad de cada uno.

–Ursula, perdone si le parece un poco ruda la pregunta, pero su inglés es tan fluido. ¿Dónde lo aprendió?

–¿Dónde si no? ¡En la cama! –De nuevo restalló la risa inquietante de Ursula–. Pero, ahora en serio, soy esencialmente norteamericana. En una vida diferente estuve casada durante treinta años con un estudioso de la cultura afroamericana (¡blanco, ay!), una autoridad en el Renacimiento de Harlem. Antes del divorcio, Norman y yo vivimos en Urbana. Adoptamos dos niños negros del South Side de Chicago. Uno vive ahora en California. Trabaja para Google. El otro es un pianista de jazz con residencia en Berlín. –Tomó un sorbo de té puramente hipotético–. Por supuesto, he conservado el pasaporte. Hubo un tiempo en que si eras norteamericano y pasabas cada año más de seis meses en el extranjero podías no tener que pagar impuestos en ninguno de los países. Pero aquellos días felices, ay, pertenecen al pasado.

–¿Así que usted puede votar en las elecciones norteamericanas?

–Puedo y lo hago... ¡Y qué horror estas últimas! Al final tuve que irme a la cama. Estaba enferma del disgusto. El presidente Calígula, lo llamo yo.

–¡Vaya, me gusta eso! –dijo Min–. Eva no pronuncia su nombre, ¿sabe?

–Es verdad –dijo Eva–. Odio decirlo, pero desde que he llegado a Venecia siento vergüenza de ser norteamericana. Antes jamás había sentido vergüenza de eso. Pero ayer mismo, por ejemplo, en el Florian, cuando el camarero vino a tomar nota de lo que queríamos, no sé qué me pasó, pero algo me impulsó a fingir un acento francés.

–Un falso acento francés muy bueno –dijo Min.

–Ya ve, me dio la sensación de que si veía que éramos norteamericanas nos iba a escupir en el café –dijo Eva–. Y a pesar de ello prefiero estar aquí que allí. Me da miedo volver a casa.

—¿Por qué no se queda, entonces? —dijo Ursula—. Voy a poner en venta mi apartamento. Podría comprármelo. Y si no hay agentes inmobiliarios por medio, nos ahorraremos la comisión.

—¿Comprar un apartamento? —dijo Eva, en el mismo tono que empleaba cuando contemplaba la posibilidad de comprarse unos zapatos Manolo Blahnik.

—¿Por qué no vamos a verlo? —dijo Min—. Será divertido.

Ursula las llevó a verlo. Eran cinco habitaciones, todas con paredes y techos de intrincadas molduras. Cada una de las repisas de las chimeneas era de un tipo de mármol diferente. Desde uno de los lados se disfrutaba de una vista del Gran Canal; el otro lado daba al jardín de Ursula, que era aromático y en exceso frondoso, y en el que había diseminadas mesas y sillas de hierro fundido de barroco diseño.

—Esta casa tiene historia —dijo Ursula—. Por ejemplo, se dice que Byron escribió *Beppo* en ella, aunque, claro, es un honor que se atribuyen otras casas de Venecia. Incluso nació un dogo aquí. No recuerdo cuál.

—El jardín es precioso —dijo Min.

—¿Verdad que sí? —dijo Ursula—. No creo que pudiera soportar quedarme sin él, aunque por supuesto debo ceñirme a la cruda realidad. Mi situación no es muy diferente de la de los Curtis. El coste de mantenimiento es muy alto y los impuestos venecianos son exorbitantes.

Terminaron la visita con la cocina, que era fea de ese modo en que solo pueden serlo las cocinas del siglo XVIII, y con el (único) cuarto de baño, que estaba en el extremo opuesto de los dormitorios.

—Pero si la vende, ¿dónde va a vivir usted? —preguntó Eva.

—Oh, invertiría parte del dinero en arreglar el ático. Un baño pequeño, una *angolo cottura*. Es todo lo que necesito.

Como imaginarán, me romperá el corazón dejar mi precioso apartamento, aunque, por supuesto, si es usted quien lo compra ello aliviará considerablemente mi amargura. Sabría que queda en buenas manos.

Con delicadeza aristocrática, Ursula se retiró para que Eva y Min pudieran hablar sobre el asunto.

–Tienes que comprarlo –dijo Min–. Piensa en todo lo que podrás hacer con él.

Min creyó su deber animar a Eva a dar aquel paso audaz que ella misma daría si tuviera el dinero necesario para hacerlo.

–¿Tú crees?

–Una oportunidad como esta...

–Necesitará montones de arreglos...

–Jake puede encargarse. Para él será un sueño.

–Tendré que hablar con Bruce antes.

–Sabes perfectamente que si a ti te hace feliz también hará feliz a Bruce.

–Necesito tanto una vía de escape.

–Te la mereces. Si alguien se la merece eres tú.

Eva fue hasta la ventana. Mientras miraba hacia el exterior, se le fue dibujando en el semblante un muy tenue atisbo de sonrisa.

Dos días después de su vuelta a Nueva York, invitó a cenar a Jake.

4

Esa misma semana, la primera de febrero de 2017, Jake cumplió cincuenta y dos años. En la fiesta que le organizaron sus compañeros de oficina –Connie Bolen, la contable; los cinco ayudantes: Tim, Jen, Henry, Soledad e Imogen; y el becario, Fallow–, su socio Pablo Bach levantó una copa de champán hacia él y dijo:

–Por el comienzo de tu año cincuenta y tres.

–Pero cumple cincuenta y dos –dijo Fallow, que tenía veintiuno.

–Exacto –dijo Pablo–. Su cincuenta y dos cumpleaños es el primer día de su año cincuenta y tres. La creencia de que es el primer día de su año cincuenta y dos no es sino un ejemplo más de la aversión norteamericana a aceptar la inexorabilidad de la muerte. Los italianos, amantes de la muerte como son, lo expresan correctamente: «*Ho compiuto cinquantadue anni*». Literalmente: «He cumplido cincuenta y dos años».

–Ha explicado esto en cada uno de mis cumpleaños desde el año del milenio –dijo Jake. Y añadió que el año 2000 había sido muy mortificante para Pablo, porque se había celebrado con un año de antelación. Había tratado en vano de persuadir a sus amigos de que boicoteasen el cómputo erróneo de esas celebraciones; había tratado en vano de hacerles comprender que el 1 de enero de 2000 era el primer día del último año del viejo milenio, no el primer día del primer año del nuevo milenio. Pero nadie le hizo caso.

–Supongo que todos estaban demasiado preocupados con el efecto 2000 –dijo Jake.

–¿Qué es el efecto 2000? –preguntó Fallow.

–Él es demasiado joven para acordarse –dijo Pablo.

–*Elle* es demasiado joven para acordarse –le corrigió Connie, refiriéndose a Fallow, que evitaba lo binario.

–Por supuesto, luego nos dijo que nos lo había dicho –dijo Jake, para impedir que Pablo les diera una nueva disertación sobre la degradación del lenguaje que se derivaría de admitir «elle» como un pronombre.

–Sencillamente no puedo soportar esa costumbre de tomarse la verdad a la ligera –dijo Pablo–. Es como mear antes de pesarse. ¿Cuántos de vosotros lo hacéis? Sed sinceros.

Los ayudantes, todos implacablemente delgados, se miraron como tratando de averiguar si alguno de ellos podía considerarse obeso, y, en caso afirmativo, quién era ese alguien.

–Es ridículo. Como le acabo de decir a una amiga (se refería a Min Marable), el número que marca la balanza no va a hacer que esa falda te vaya menos apretada.

–Entiendo lo que quieres decir –dijo Fallow–. Como cuando el otro día me estaba preparando para salir, ¿ves?, y pensaba en qué chaqueta tenía que ponerme, ¿ves? Y voy y miro el móvil para ver qué temperatura hace. O sea, en lugar de abrir la ventana y sacar la cabeza miré en el teléfono móvil, ¿lo ves?

–La verdad es empírica –dijo Pablo–. En el campo de la decoración, también. «No tengas en casa nada que no te parezca útil o que no creas que es bello», dijo en su día William Morris. Palabras sabias, ya que hacen que la responsabilidad recaiga en uno mismo, en su discernimiento, en su gusto. La idea de que el gusto es relativo es engañosa. El mal gusto se debe a la pereza mental o al desvarío, mientras que el buen gusto es la verdad equilibrada por la razón.

A continuación Pablo se puso a contar algo que los ayudantes habían oído muchas veces, sobre cómo en la década de los años setenta, cuando él estaba en sus comienzos, hacía furor el vinilo morado para forrar las paredes.

–Me lo pedían todos los clientes. Me suplicaban que se lo pusiera. «Muy bien», les decía yo. «En tal caso, si de verdad es lo que quiere, llame a David Hicks.» Y muchos de ellos es lo que hicieron: llamar a David Hicks, para al cabo de unos meses venir a mí llorando: «Pablo, por favor, por favor, líbreme de ese horrendo vinilo morado». Y eso hacía yo. En este negocio no te puedes permitir guardar rencores.

–¿No es hora ya de que Jake corte la tarta? –preguntó Connie, tendiéndole el cuchillo que tenía en su escritorio para tales menesteres. Y Jake cortó la tarta, y mientras lo hacía cavilaba sobre cómo lo que Pablo acababa de contar había llegado a formar parte de su leyenda, de la que su palacete (sito entre las calles Sesenta y Setenta del Upper East Side) era encarnación genuina, esa casa en cuyo salón matinal había dos cojines que descansaban en sendos sillones de orejas, bordados uno con la palabra RAZÓN y otro con la palabra VERDAD. Razón y verdad. Pero Pablo era argentino; él, en su niñez, había presenciado con impotencia cómo sus padres –primero su padre y luego su madre– eran detenidos, y desaparecidos. Sinrazón. Falsedad. ¿Explicaba a Pablo su infancia? ¿Explicaba a alguien su infancia? ¿O estábamos ante una de esas preguntas cuya única respuesta era otra pregunta, y otra, y otra...?

Dicho lo cual, habría que añadir que Jake tenía contraída una gran deuda con Pablo, porque era Pablo –más que nadie, más incluso que su tía Rose, que lo había introducido en el negocio– quien le había enseñado el oficio de decorador. Tal educación había incluido el estudio no solo de los aspectos técnicos de las cenefas de los empapelados y de los frunces de copa de los cortinajes; no solo cómo distinguir un genuino estilo Luis XV de un falso estilo Luis XV, o un Jean-Michel Frank francés de un Jean-Michel Frank argentino, sino asimismo el arte de suprema importancia de lo que Pablo llamaba «dar la imagen». «Lo que quieres es ser ese tipo de hombre cuya fotografía puede aparecer en el diccionario al lado de la definición de refinado», le había dicho a Jake cuando Jake tenía veintitantos años y no era para nada refinado. No resultaba difícil; consistía solo en llevar las mejillas bien afeitadas, y las uñas bien arregladas, e ir a un buen peluquero una vez a la semana. «Dar la imagen», explicaba Pablo, era vestirse con un traje a medida. Era llevar una corbata Charvet y apenas un toque de Acqua di Parma en el cuello. Nada ostentoso, nada que llamara la atención por su precio. «La modestia –le dijo Pablo a Jake cuando este tenía veintidós años– es el sello de los valores perdurables.»

¿Y cuál era el propósito de tal aleccionamiento? Nada menos que proyectar hacia el exterior una absoluta competencia y una absoluta discreción, de forma que, cuando presentabas a tu clienta un escritorio antiguo en el que te habías gastado cincuenta mil dólares de su dinero, ella apartase su consternación instintiva, su sospecha de que se trataba de un objeto feo, y se asegurase a sí misma que, habiéndolo elegido tú, tenía que ser bello.

–La decoración es un oficio, no un arte –concluyó Pablo–. No lo olvides nunca, Jake. El gusto tiene un valor, es el producto con el que comerciamos (y por eso la casa propia es tu activo de más valor). Muéstrales cómo vives y querrán vivir del mismo modo.

Y era aquí, ay, donde Jake fallaba. En su apartamento había muchas cosas que no era ni útiles ni bellas. El problema no era que hubiera intentado remediarlo y no lo hubiera conseguido. El problema era que nunca lo había intentado, que ni siquiera había cambiado el blanco insípido de las paredes, ni sustituido los estores por cortinas, ni quitado los espejos baratos de las puertas correderas de los armarios. Tampoco se habría mudado de apartamento aun en el caso de haber podido permitírselo, y no podía, porque cuando lo había comprado quince años atrás su valor residía en la vista del East River, que ahora tapaba un rascacielos nuevo. Por el apartamento habían pasado cosas bellas, que habían permanecido en él un tiempo y se habían mudado a otros apartamentos, otras estancias. La mayoría de esas cosas habían tenido muchos propietarios, y habían sobrevivido a aquellos para quienes Jake las había comprado. La incapacidad de conservar la propiedad de las cosas era un obstáculo que –reconocía– no lograría superar nunca.

Pablo, por su parte, redecoraba su casa cada varios años, y cada nueva reforma la hacía aparecer en revistas de decoración, por lo general en *The World of Interiors*. Entronizados como Guillermo y María en el salón matinal, Razón y Verdad contemplaban con benéfica mirada la nueva mutación, ya que a juicio de Pablo la casa era una idea que con cada nueva mejora lograba una depuración cada vez más elevada, con la que avanzar hacia una versión ideal de sí misma. «A menudo tengo la impresión de que una casa está en su mejor momento cuando está vacía de vida –le había dicho a Jake, cuando este tenía veintidós años–. En el fondo todo esteta es un asceta, y pone más y más de sí mismo en su trabajo, hasta que no le queda nada de sí. Primero es su custodio, su mayordomo. Luego él debe irse también.»

En privado Jake pensaba que esto no eran más que bobadas. Según lo veía él, no había decoración si no había un cliente, ni casa sin alguien que viviera en ella. Por eso, en sus dibujos, siempre incluía un boceto de la clienta en cuestión, normalmente haciendo un arreglo floral o mirando por la ventana con una taza de té en la mano. El problema residía en que lo que era capaz de hacer para los demás no era capaz de hacerlo para sí mismo. No podía dibujarse en el interior de ninguna estancia, de forma que las que ocupaba lo rehuían, se resistían a todo esfuerzo que pudiera hacer para hacerlas suyas, para hacer de ellas su hogar.

5

La noche de la cena post-Venecia de Eva, Jake recorrió a pie las veintitantas manzanas que separaban sus edificios. No lo hizo a pesar del mal tiempo sino precisamente por él. Desde que se había mudado al este –¿cuánto hacía, tres décadas ya?– se deleitaba en lo acerbo de los inviernos norteños, en los vientos exfoliadores que –le gustaba imaginar– avivaban su sangre europea oriental, de forma que al subir por Park Avenue, con las mejillas entumecidas, bien podría haber sido su bisabuelo, a quien nunca llegó a conocer, guiando un rebaño de ganado por una vasta planicie de la provincia de Kaunas, donde él nunca había estado.

El viento, esa noche, era especialmente cortante. En cuanto la nieve tocaba el suelo volvía a alzarse, como si la ciudad fuera una bola de cristal con nieve que acabara de agitarse. Con la cabeza baja y las manos enguantadas en los bolsillos, avanzaba pesadamente Park Avenue arriba, hasta que llegó al edificio de Eva, donde el portero, con el grueso abrigo cubierto de nieve, hacía sonar el silbato para llamar a los taxis. Eva debía de haberle avisado de que Jake iba a visitarles, ya que en lugar de llamar por el interfono para anunciar su llegada, se limitó a asentir con la cabeza y hacerle pasar al vestíbulo, donde los cristales de las gafas se le empañaron con el calor ambiente. En los edificios como el de Eva, aun en 2017, se seguía manteniendo una formalidad anticuada. El ascensor era manual, con el interior de paneles de roble y decorado con motivos heráldicos y un friso que representaba una escena nemorosa, con pájaros y perros de caza y mujeres con largas túnicas. Junto al panel de control había un asiento abatible, del tamaño y la forma de una tapa de inodoro, en el que Frank, el ascensorista, se sentaba a descansar durante los escasos momentos en los que no se requerían sus servicios. Unos meses antes, los accionistas del edificio habían votado retirar el viejo ascensor e instalar uno automático. Desde entonces Eva había confiado a Jake su preocupación por lo que tal cambio podría suponer para Frank: el ascensorista había tenido un verdadero oficio durante toda su vida (consistente en girar la manivela para poner en marcha el aparato, y hacer que subiera más lento al acercarse a la planta de destino, y detenerlo a la altura exacta para que coincidieran las puertas interiores con las exteriores), y ahora vería reducido su trabajo a apretar un botón que podría apretar sin ayuda alguna el propio usuario del ascensor.

—¿Cómo se sentirá al verse convertido en un símbolo? —le preguntó a Jake, a lo que este respondió que suponía que era mejor verse convertido en un símbolo que quedarse sin trabajo.

—Oh, pero no se quedaría sin trabajo, porque ahí está el sindicato —replicó Eva con una risita áspera—. El sindicato es tan poderoso que si despidieran a un solo ascensorista habría huelgas masivas. Nos tienen con las manos atadas. Lo cual no significa que no me alegre de que no lo despidan. —Eva esperaba que a Jake no le cupiera duda alguna de que apreciaba muchísimo a su ascensorista Frank, y que le importaba su bienestar, al igual que le importaba el bienestar de Amalia, que se ocupaba de la casa de Nueva York, y de Beatie, que se ocupaba de la casa de Connecticut, y de Kathy, la secretaria de Bruce, cuyo marido la había abandonado una semana después de que le hubieran diagnosticado un linfoma.

–Aunque, entre nosotros –le dijo a Jake–, a veces me preocupa que Kathy se aproveche del carácter generoso de Bruce. Todas esas mujeres que llevan vidas tan duras... Sobre todo Amalia, que cinco días a la semana, de ocho a cuatro, se deja la piel aquí, para luego tener que irse a dejársela otra vez en su apartamento, porque su marido está en una silla de ruedas, y encima tiene que cuidar de su madre, y tiene además dos hijas adultas a las que tiene que ayudar haciendo regularmente de canguro de sus nietos. Y sin embargo nunca se queja. –Cuando Jake le preguntó dónde vivía Amalia, Eva hizo un gesto vago en dirección a la ventana de la cocina y dijo–: Oh, no sé, en alguna parte de Queens, creo... –Como si «alguna parte de Queens» fuera un país del tercer mundo al que solo los misioneros y los cooperantes viajaban alguna vez, cuando de hecho, en línea recta, el barrio de Amalia estaba como mucho a unos ocho kilómetros de allí.

La preocupación de Eva por Frank era en cierto modo diferente. En su caso, lo que la preocupaba no era tanto el tedio patente de su vida de ascensorista cuanto el efecto que el haber sido despojado de su objetivo en la vida –por así decir– pudiera tener en su autoestima. Solo más tarde se le ocurrió a Jake que tal preocupación bien podría ser una pantalla de la «falta de un objetivo en la vida» que tal vez sentía la propia Eva, y del pánico que ello le inspiraba, y que ese pánico pudiera haber influido a su vez en su decisión impulsiva de comprar el apartamento veneciano.

Con independencia de Eva, Jake apreciaba mucho a Frank. Como la mayoría de los porteros y ascensoristas que trabajaban en el edificio, era irlandés, con una tez de color vivo y una panza de bebedor de cerveza que le tensaba los botones de la chaqueta del uniforme burdeos.

–¿Noche fría, eh, señor Lovett? –le dijo a Jake al verle limpiar con un pañuelo el vapor de los cristales de las gafas, a lo que Jake respondió que le parecía que los inviernos estaban haciéndose año a año más fríos, a lo que Frank respondió que él tenía la impresión de que el invierno pasado había sido más frío que el actual, pero que su mujer insistía en lo contrario.

No les dio tiempo a más conversación, pues Eva vivía en la tercera planta. A Jake no le habría importado utilizar las escaleras, pero la puerta que daba acceso a ellas solo podía abrirse desde el interior en caso de incendio. El breve ascenso fue ceremonial, puro vestigio de un pasado cargado de un protocolo que lo dejó a él también con una cierta sensación de «falta de objetivos», allí, en el vestíbulo del tercer piso, revisando su apariencia en un espejo, mientras, al otro lado de la pesada puerta de roble, unas pezuñas rascaban el suelo para afianzarse en él y resbalaban sobre el parquet encerado. «¡Abajo!», gritó Eva, abriendo la puerta justo lo suficiente para permitir que los tres Bedlington culebrearan entre los tobillos de su ama y salieran al corredor del vestíbulo, que recorrieron dos veces a la carrera antes de pararse a hacer pipí en el felpudo de uno de los vecinos.

–No pasa nada –dijo–. Es el felpudo de los Warriner. Quiero que se hagan pipí en él.

Luego inclinó la mejilla hacia los labios de Jake, y los labios hacia su mejilla, pero apenas llegaron a rozarla, ya que ella rehuía todo tipo de intimidades físicas. Aquella noche Eva llevaba el pelo enroscado sobre las orejas, como la princesa Leia. Su chaqueta de punto era de cachemira, de ese color que Nancy Lancaster llamaba «sin color».

Jake la ayudó a hacer volver a los perros y entraron en el apartamento. Era un piso espacioso aunque no extraordinariamente grande. De la puerta principal partía un pasillo que llevaba al salón, que daba a un comedor que a su vez se desdoblaba en biblioteca. A un extremo del salón había otra puerta que se abría al espacio reservado de los dos dormitorios principales, cada uno con su baño y uno de ellos habilitado como estudio por Jake. Todas estas piezas daban a Park Avenue. En el extremo opuesto, una puerta batiente daba acceso a la luminosa cocina azul y blanca, el lavadero y el minúsculo cuarto con baño para la criada, que daban al patio interior. Como Amalia nunca estaba en el apartamento más que de día, Jake había redecorado esta exigua pieza como un cuarto de invitados con aire de caja de bombones: paredes forradas con el mismo algodón rosa a rayas del estor plegable y de la colcha. Que él supiera, nadie había dormido allí nunca.

Eva le ayudó a quitarse el abrigo, que colgó en el perchero (danés, de mediados de siglo) y lo condujo hasta el salón. Allí, en el sillón de orejas (de principios de siglo XX y adquirido en la liquidación de una propiedad en Ossining), Min Marable estaba sentada tomando un martini. Min era de Quincy, Florida. Trabajaba para revistas (de gastronomía, viajes, decoración del hogar...). Normalmente acababa de terminar un trabajo o estaba a punto de empezar un trabajo. A menudo empezaba sus frases con «Cuando estaba en *Self*...», o «Cuando estaba en *Good Housekeeping*...», o «Cuando estaba en *Marie Claire*...». Aunque era más joven que Eva parecía mayor que ella, con sus ojos duros de ágata, su pelo lacado de rojo y las gafas de lectura de montura de carey que le colgaban de una cadena que llevaba al cuello.

–Jake –dijo, levantándose del sillón de orejas y dándole un abrazo ebrio.

–¿Bruce no ha llegado todavía? –preguntó Jake.

–Llegará en cualquier momento –dijo Eva–. Ha tenido que quedarse hasta tarde en la oficina para atender una llamada telefónica de Australia.

–En Australia es ayer –dijo Min–. ¿O es mañana? No me acuerdo. Cuando estaba en *Travel and Leisure*...

–Siéntate, Jake –dijo Eva, abriendo una botella de Perrier, ya que sabía que Jake era abstemio.

Jake se sentó enfrente de Min, en el sofá de dos plazas que él mismo había diseñado, cubierto por una tela de seda azul con motivos de coral. Algo que se aprende enseguida en el negocio de la decoración es la escasa atención que la gente presta al lugar donde habita. Si se le pregunta a una clienta cuántas ventanas hay en su sala de estar responderá: «¿Cuatro? No, no, ¿seis?». Y le preguntará a su marido. «¿Seis? –dirá él–. No, no, ¿cuatro?»

El salón de Eva tenía cuatro ventanas, y las cuatro daban a Park Avenue, y estaban profusamente encortinadas con una cretona de lirios y aurículas decorada a mano. En la tercera ventana de la izquierda, una de las cintas de sujeción de la cortina se había soltado. A excepción de Amalia, nadie salvo Jake habría reparado en ello, lo mismo que nadie más que Jake se habría dado cuenta del rasponazo en el aparador Hepplewhite, o del nicho de hondura insuficiente para la estantería que contenía, o de la esquina donde las rayas del papel pintado no estaban bien alineadas. (Nunca lo estaban en los edificios antiguos, ya que las paredes nunca presentan una verticalidad perfecta.)

Lo cual no significa que Jake no estuviera satisfecho con el apartamento. De hecho, lo consideraba uno de sus trabajos mejores. La tonalidad azul de las paredes del recibidor, por ejemplo –le había llevado varios días dar con el matiz exacto–. Había molido él mismo los pigmentos. Y aquel lino de los cojines de los asientos de las ventanas, de un tono de helado de café; había encontrado una única bobina, por puro azar, en una tienda de segunda mano de Wooster Street.

¿Y quién habría adivinado cuán perfectamente –por increíble que pudiera parecer– combinarían el damasco verde oliva y los sillones?

Él.

Con unas pinzas de plata, Eva dejó caer una rodaja de lima en el vaso de Perrier, y se lo tendió a Jake. Ella estaba bebiendo vino blanco. Min se levantó y se preparó otro martini.

–Bien, ¿no vas a decírselo? –dijo.

–No seas mala, Min –dijo Eva–. Te lo he dicho: quiero esperar a Bruce.

–¿Decirme qué? –dijo Jake.

–Nada que no pueda esperar, así que a callar.

–¡Cuando estuvimos en Venecia compramos un apartamento! ¡Oh! –Min se tapó la boca con la mano.

–¡Min!

–Lo siento, se me ha escapado. Oh, Jake..., es una maravilla. Pisos de mosaico, techos altos, vista al Gran Canal. Y necesita una renovación total. Y quiero decir total. Es el sueño de todo decorador.

En ese momento mismo se oyeron unas llaves en la puerta. Bruce traía consigo el olor del invierno de Manhattan, entre cuyos ingredientes se cuentan (si bien no lo agotan) las agujas de abeto, la tapicería Naugahyde «símil cuero» de los taxis, las castañas asadas, los cigarrillos y el vapor que emerge de las rejillas del metro.

–Me temo que Min ha levantado la liebre –dijo Eva mientras Bruce la besaba en la mejilla.

–¿Liebre? –dijo Bruce–. ¿Qué liebre? ¿Dónde? –Les hablaba a los Bedlington, sin obtener reacción alguna. Son realistas, estos canes. No se les puede engatusar y hacerles creer que hay una liebre donde no hay tal liebre.

–Me refiero al apartamento –dijo Eva.

–No estarás planeando redecorarlo –dijo Bruce.

–Oh, calla... Sabes perfectamente de lo que estoy hablando. El apartamento de Venecia.

–Ah, Venecia. –Bruce parpadeó–. Bien, Jake, ya sabes la norma aquí: «Lo que Lola quiere, Lola lo consigue».[1]

–Fue un flechazo –dijo Min.

–No fue un flechazo –dijo Eva–. Voy a comprar ese apartamento por una razón perfectamente sensata. Para que tengamos un sitio adonde ir si tenemos que largarnos de este país a toda prisa.

–«Y, hombrecillo, Lola te quiere a ti» –cantó Bruce para sí mientras colgaba el abrigo–. Ya ves, Jake, mi mujer está convencida de que con Tr...

–No pronuncies ese nombre.

–Perdón..., está convencida de que, con ese-que-aquí-no-se-mencionará en la Casa Blanca, vamos camino de una dictadura.

–Ley marcial. Censura de prensa.

–Campos de concentración.

–Crees que estoy exagerando –dijo Eva–. Bien, eso pensaron los judíos que se quedaron en Francia. Pensaron que los que se marchaban estaban exagerando. Pensaron que como eran ciudadanos franceses estaban a salvo. Pero no lo estaban.

–No es de mi incumbencia razonar por qué –dijo Bruce, y fue a lavarse las manos.

Jake siguió a Eva al comedor. Solo hasta cierto punto puede un decorador embellecer una estancia. En un momento dado la responsabilidad recae en el cliente, y a este respecto Eva era la mejor clienta que Jake había tenido en su vida. Un viejo mantel portugués bordado a mano cubría la mesa. Los apliques –diseñados por él– lucían regulados en su más baja intensidad. Los candelabros de plata arrojaban una luz saltarina sobre las cortinas, ornadas con los mismos flecos musgosos de los cojines color café del asiento de la ventana, donde los Bedlington descansaban hechos un ovillo, unos

1. Tema célebre de jazz popularizado por Sarah Vaughan. *(N. del T.)*

canes de pelaje lanoso y musculatura elástica, y tan decorativos que, cuando se enroscaban, podían mordisquearse la punta de la cola.

De una sopera de Coalport Eva sirvió una sopa de acedera que sabía a tierra.

Dijo:

—Tienes que prometerme que lo harás, Jake. Sabes que no confío en nadie más.

Era verdad. Eva confiaba en él porque él sabía «leer» sus deseos. Era un don misterioso; el único, como a Pablo Bach le gustaba decir.

Por supuesto, era algo que debía darse en ambos sentidos. La clienta tenía que estar dispuesta a renunciar a lo que ella consideraba su gusto. Algunas se negaban. Este tipo de clienta podía poner reparos a cierto tono de rojo, diciendo «No me pega». O rechazaba una consola perfecta para su comedor porque no le gustaba cómo salía en una foto. O compraba un aparador horrible en una subasta por tres veces su valor y luego se quejaba de que el terciopelo de seda para el dormitorio era «un poco de burdel».

Tales clientas no entendían. Lo que se pretendía no era crear una estancia que reflejara su personalidad, sino crear la estancia que mejor se adecuaba a ellas. En palabras de Diana Vreeland: «Dales lo que no saben que quieren».

Eva pertenecía al mejor tipo de clienta. Es decir: cuando Jake trabajaba para ella, Eva le explicaba qué aire buscaba y dejaba que él se ocupara de todo.

Y él, a su vez, le creaba unas estancias en las que cada objeto estaba en armonía con todos los demás, pero donde era ella misma el objeto sin el cual el todo carecía de coherencia.

Eva apreciaba esto. Le gustaba que las estancias solo pudieran completarse con su presencia.

Jake le pidió a Eva que le contara más cosas del apartamento de Venecia, y durante los minutos que siguieron ella y Min se quitaban la palabra para explayarse en los detalles. Describieron el plano, y los suelos, las chimeneas, las molduras y los frescos de los techos. Min le pasó su móvil a Jake para que pudiera ver las fotografías que había sacado en la visita, en las que él apenas pudo apreciar poco más que luces y sombras y las formas oscuras de los grandes muebles.

–Fíate del ojo de Eva –dijo Min, recuperando el móvil–. Es genial detectando diamantes en bruto.

–No digas bobadas –dijo Eva–. No soy ningún genio.

–Oh, sí lo eres.

–No, no lo soy. Decir eso es como decir que el coleccionista que compra un Picasso está al mismo nivel de Picasso.

–Pues sí lo está si descubre el Picasso en una tienda de viejo.

–No, no lo está. La facultad de reconocer la belleza no es lo mismo que la facultad de crearla. No es un tipo de genialidad.

Humillada, a Min le tocó morder el polvo. Este tipo de discusión era típico en ellas. Min confiaba en que Eva la llevara a viajes que ella no podía permitirse, y por tanto salpicaba estos debates con cumplidos. Aunque tales halagos debían sazonarse con un punto de provocación. Para ser acólito de Eva, debías ser también su adversario, aunque no enconado, en cualquier caso.

Jake nunca supo de qué era diminutivo «Min».

–¿Cómo encontrasteis ese apartamento? –preguntó.

–Bueno, eso es lo mejor de la historia –dijo Min–. Una condesa nos invitó a un té.

–No es condesa –dijo Eva.

–Una mujer fascinante. Había vivido la mayor parte de su vida en los Estados Unidos, pero heredó ese palazzo, y ahora se está arruinando tratando de mantenerlo. Por eso vende su apartamento.

–¿Cómo se llama?

–Ursula Brandolino-Foote.

–Ursula Brandolin-Foote –la corrigió Eva–. Sin «o» al final.

Jake levantó el vaso de agua y bebió. No quería que alguien pudiera darse cuenta de su sorpresa al oír el nombre.

Eva se levantó un tanto bruscamente y empezó a recoger los platos de sopa. Cabe señalar que, durante todo este tiempo, su amigo James se había mantenido al acecho en la cocina. O quizá no era James, sino Andrew o Sean o Tom. Intercambiables (y gais) asistentes editoriales y ayudantes de dirección de escena y diseñadores gráficos en ciernes cuya amistad Eva cultivaba y a quienes a menudo contrataba –porque nunca tenían dinero– para que se encargaran del catering de sus cenas con invitados.

Y ahora, a través de la misma puerta batiente, emergió Michael o Pete o Sam, solo que no era Michael ni Pete ni Sam sino Matt Pierce, el de los *scones* fallidos, con un delantal verde encima de su ropa de calle y con el plato principal en una bandeja de plata: rodajas de salmón poché, patatas hervidas salpicadas de perejil, judías verdes al vapor.

Una cena aburrida. Una cena de adultos. Por espacio de unos segundos, Bruce se quedó mirando la fuente como con la esperanza de que fuera a materializarse en ella algo más apetitoso: una maraña de tallarines con mantequilla o una *quenelle* de espinacas a la crema. No cambió nada.

Comieron. De cuando en cuando Bruce dirigía la mirada –por encima de la cabeza de Min y más allá de la ventana– a la nieve que se henchía con el viento. Parecía que caía hacia arriba. Según su tarjeta profesional, Bruce era «asesor de gestión de patrimonios». ¿Qué es lo que significaba esto exactamente? Jake nunca lo había llegado a entender del todo. En Nueva York hay toda una categoría de ocupaciones cuya logística solo comprenden quienes las practican, y que la gente de a pie solo identifica como la fuente de unos in-

53

gresos abultados y constantes. Normalmente estas profesiones tienen que ver con el dinero: su manipulación, mutación, transfiguración...

Lo que era obvio era que Bruce veneraba a su mujer, y que se sentía un tanto atemorizado por ella, como si no pudiera decidir con claridad si las pasiones que de cuando en cuando se apoderaban de ella (como el apartamento de Venecia) eran los caprichos de una neurótica o la prueba palmaria de que era una Gran Visionaria, alguien como Isabella Stewart Gardner.

Isabella Stewart Gardner, por cierto, había sido el tema de su tesis de licenciatura en Smith, que se vería interrumpida por su matrimonio con Bruce. Se habían tenido que casar a toda prisa –le había contado Bruce a Jake–, a fin de que para cuando sus padres cayeran en la cuenta de que su novia era judía la boda fuera ya un hecho consumado.

Fue a sus profesores en Smith a quienes más disgustó esa boda, pues le habían augurado un futuro brillante al dar por sentado que proseguiría sus estudios y se doctoraría en Yale o en Princeton o en la Universidad de Chicago.

La mayoría de estos detalles –la mayoría de las cosas que Jake sabía de Eva– se los había contado el propio Bruce, en aquellas ocasiones en que habían estado solos en la cocina de la casa de campo, por la mañana temprano, antes de que los demás se levantaran, o en el jardín, donde después del almuerzo Bruce solía ponerse en cuclillas para arrancar las malas hierbas o averiguar qué era lo que atascaba la fuente ornamental del patio.

De Jake, Eva no sabía casi nada.

Y no era porque él se mostrara reservado sobre su persona, sino porque ella nunca le preguntaba nada. Jake era un decorador soltero. Su estatus profesional no requería pedigrí alguno. Requería solo contactos, modales y un dossier decente.

Una vez, cuando estaba visitando a Eva y Bruce en su casa de campo –Eva lo invitaba con frecuencia a sus pequeñas fiestas de fin de semana, no solo porque disfrutase de su compañía y porque supiera que podía contar con que utilizaría el tenedor correcto, y colmaría con anécdotas estimulantes (aunque no en exceso) los prolongados silencios que a veces invadían la mesa, y adoptaría el apropiado rictus de entusiasmo cuando alguno de los comensales dijera algo que se suponía ingenioso–, una vez, en una de aquellas fiestas de fin de semana, Bruce mencionó al propietario de una lavandería londinense, en Belgravia, famoso en todo el mundo por quitar manchas de las corbatas de seda. Era un personaje tan famoso, aseguró Bruce, que las estrellas de cine, los reyes, presidentes y jeques le enviaban sus corbatas para que las limpiara. George Soros y François Hollande hacían lo propio. Y también Daniel Craig. Y Plácido Domingo. Y el mismo Bruce.

–Lo que yo haría sería tirarlas, por supuesto. Pero Lola insiste –dijo.

–Bruce es descuidado al tomar sopa –dijo Eva (lo cual era cierto).

A veces Jake sospechaba que Eva lo valoraba hasta el punto de considerarlo en la misma categoría que el lavandero de corbatas: maestro de un oficio cuya reputación le granjeaba lealtad y altos honorarios. Y, sin embargo, ¿a quién se le ocurriría preguntarle al lavandero de corbatas quién era o de dónde procedía?

Se retiraron los platos, se trajeron los postres: plátanos caramelizados y helado de vainilla. Eva no quiso tomar postre.

–Vaya, ¿y por qué no? –dijo Min, sirviéndose cierta cantidad en el plato.

–Ya sabes por qué no –dijo Eva mirando con intención el vientre de Min.

Retomaron la conversación sobre el apartamento de Venecia: nadie lo había tocado desde su construcción y, sin embargo, se mantenía impoluto gracias a la criada, que, en palabras de Min, era de la «vieja escuela».

—Bien, Jake, ¿qué dices? —dijo—. No nos tengas en vilo. ¿Lo harás?

—Pero yo nunca he trabajado en Venecia —dijo Jake.

—Bueno, pero has estado allí alguna vez —dijo Min—. De hecho viviste allí durante un tiempo, ¿no?

—Hace años, y no mucho tiempo. Por algo será que la mayoría de la gente, cuando compra un apartamento en Italia, contrata a un decorador italiano.

—Impensable que Eva pudiera contratar a nadie más que a ti.

Bruce dio un puñetazo amistoso a Jake en el brazo.

—¿Por qué te resistes? —le preguntó—. Ya conoces a mi mujer. Sabes que no acepta que le digan que no.

—Oh, Bruce —dijo Eva.

Pero era verdad. Eva no aceptaba que le dijeran que no.

—Tengo que pensarlo —dijo Jake.

6

En las cenas de Eva, el café se servía en el salón. Era un acto de homenaje al pasado descrito por sus novelistas preferidas: Ivy Compton-Burnett y Edith Wharton.

Estaba distribuyendo las tazas cuando Bruce se levantó y dijo:

—Creo que voy a sacar a pasear a los perros.

—¿Tan pronto? —dijo Eva, ladeando ligeramente la taza, de forma que le cayó una gota de café en la rebeca.

—¡Caspar! ¡Ralph! ¡Izzy!

Bruce llamó a los perros, que brincaron al suelo desde el asiento de la ventana donde dormían y se agolparon tras él.

—Jake, ¿por qué no sales con Bruce? —dijo Min—. ¿Y le haces compañía?

Sus ojos, pudo ver Jake, estaban fijos en la rebeca de Eva (en la mancha en la que hasta el momento ella, al parecer, no había reparado).

En el vestíbulo, Jake vio a Bruce abrigando a los perros para el paseo; les enfundaba unos chalecos de tartán a juego que debía fijarles al tronco con unas complicadas tiras de velcro y unas hebillas —tarea nada fácil, ya que en cuanto los perros se dieron cuenta de que se avecinaba un paseo se pusieron a saltar y a contorsionarse y a emitir gemidos agudos—. Los

Bedlington, además, son tan elásticos que el solo pasarles las aberturas de los abrigos por el cuello supone una verdadera batalla. ¿Y cómo le explicas a un perro que reconoce las señales de que van a sacarle de paseo que, si el paseo va a tener lugar realmente, debe quedarse quieto el tiempo suficiente para que le pongan esa camisa de fuerza de la que, paradójicamente, depende su libertad? Y, si bien se piensa, ¿cómo se le explica eso a nadie? ¿Cómo te explicas eso a ti mismo?

–Deja que te ayude –dijo Jake, y fue sujetando a los perros con firmeza mientras Bruce iba levantando patas, atando los enganches, poniendo los collares.

–Gracias –dijo Bruce–. Suelo pedirle a Frank que me ayude, pero a esta hora a Frank se le llena la portería de gente que vuelve del teatro.

Salieron al rellano. Esperaba el ascensor un sesentón con pecas. Sus ojos eran azul claro, y el pelo del mismo «sin color» de la chaqueta de punto de Eva, y lo acompañaba un viejo perro salchicha de pelo largo. Los Bedlington, nada más verlo, se pusieron a ladrar y a tirar de las traíllas hasta quedarse sin aire. En respuesta, el *teckel* corrió a esconderse tras las piernas de su amo y gruñó.

–Sparky –dijo el hombre con pecas en tono de advertencia.

–No te preocupes, Sparky –le dijo Bruce–. Son todo fachada.

Llegó el ascensor.

–Pero yo pienso que van a ser unos quince –dijo Frank.

–¿Usted cree? –dijo Bruce.

Frank asintió enfáticamente con la cabeza.

–¡Estos hombres del tiempo! ¿Se ha fijado usted en que, en cuanto hay un huracán, se van corriendo a donde sea que se supone que va a tocar tierra? Luego, si se suponía que iba a ser de categoría cinco y acaba siendo de categoría uno, se les ve todo desilusionados, por mucho que no paren de decir lo aliviados que se sienten.

—Quince centímetros es mucha nieve —dijo el hombre con pecas.

—Sobre todo para gente bajita como tú, ¿eh? —dijo Frank dirigiéndose a Sparky.

—No pasa nada, me mantengo en guardia —dijo el hombre con pecas hablando por Sparky.

En la calle, como siguiendo un acuerdo tácito, el hombre con pecas y el salchicha tomaron la dirección norte, mientras Bruce y Jake y los Bedlington se encaminaron hacia el centro.

—Tendrás que disculpar a Frank —dijo Bruce—. Empieza una conversación con un vecino y la continúa con el siguiente. Con los años ya nos hemos acostumbrado.

—Espero que no te importe que te lo pregunte —dijo Jake, mirando hacia el hombre con pecas por encima del hombro—, pero ¿es el tipo que dio la fiesta de la victoria presidencial?

—¿Te refieres a Satán encarnado? Sí. Aspecto amenazador, ¿no?

Jake se echó a reír.

—No, en serio, a juzgar por lo que dice Eva, se diría que ese hombre y Kitty son los Asesinos de la Luna de Miel, cuando la realidad es que tienen mucho más miedo de Eva que Eva de ellos. Últimamente la cosa ha empeorado tanto que si Kitty está saliendo de casa y oye que nuestra puerta se abre, se mete corriendo a su apartamento y se esconde hasta que Eva entra en el ascensor. O eso me cuenta Alec.

»Puede que te sorprenda que me muestre tan amistoso con él, pero, tal como yo lo veo, no se gana nada con estar peleado con los vecinos. Y además tengo que compensar esa frialdad de Eva con ellos. Supongo que pensarás que ya debo de estar acostumbrado.

Torcieron hacia la izquierda y enfilaron por una manzana de casas adosadas de piedra rojiza.

—Deja que lleve uno —dijo Jake, alargando la mano hacia las correas.

—No te preocupes. Estoy acostumbrado a vérmelas con los tres —dijo Bruce—. A menos que haya alguna razón por la que quieras llevar a uno, en cuyo caso te recomiendo a Izzy. Es la más fácil de manejar, lo que no quiere decir que no tenga sus cosas.

Le tendió la traílla a Jake, que pudo comprobar que la capacidad de resistencia de Isabel era mucho mayor de lo que él había imaginado. El paseo era un continuo «parar y echar a andar»; los perros frenaban la marcha cada varios segundos para oler las manchas amarillas que encontraban en la nieve o para lamer algún fluido malsano derramado sobre la acera. Casi a cada momento, Ralph y Caspar levantaban la pata tan alto como bailarinas en la barra. Dosificaban su orina juiciosamente, mientras Isabel aguantaba la suya, calibrando con cuidado cada punto potencial antes de seguir hasta el siguiente, donde se agachaba y, ya en cuclillas, cambiaba de opinión.

—Como mi mujer al comprar bienes inmuebles —dijo Bruce—. ¿Sabes por casualidad, Jake, cuántos apartamentos estuvimos mirando antes de que nos decidiéramos por este? Treinta y ocho. ¡Treinta y ocho! Pensé que el agente iba a arrancarle el pelo. El de la Lola, quiero decir.

—Y sin embargo eligió bien.

—Claro que eligió bien. Ella siempre elige bien. Esa no es la cuestión.

—¿Cuál es la cuestión, entonces?

Jake sintió de nuevo el tirón de Isabel, que inspeccionó otro punto interesante antes de descartarlo.

—Esto quizá te sorprenda —dijo Bruce—, pero no me gusta especialmente la casa de Connecticut.

—¿De veras? Lo siento.

—No me malentiendas, no es la decoración. Estoy contento con la decoración. Es la casa en sí. Ahora bien, Bedford... Me gustaba esa casa. Me gustaba Bedford. Si por mí fuera, me habría quedado allí hasta que me tuvieran que sacar en una caja de pino. Solo que Eva, no es nada que no sepamos, cada pocos años se vuelve inquieta. Se le mete algo entre ceja y ceja. Y no se puede hacer nada al respecto. Oh, bueno, al menos te sigue dando trabajo. Sin ánimo de ofender.

–No me has ofendido –dijo Jake–. Y no hay nada malo en querer quedarse donde uno está.

–Intenta decírselo a ella.

–¿Lo has intentado tú?

–Conoces el apellido de soltera de Eva, ¿verdad, Jake?

–¿Kalmann?

–Braun.

Jake tardó unos segundos en captar el chiste, si es que era un chiste.

–Y ahora Venecia –dijo Bruce–. ¿A qué se debe esto? ¿A qué diablos piensas que se debe todo esto?

–A las elecciones, parece.

–Oh, eso... Voy a revelarte un secreto de Estado, Jake. Estas elecciones, las elecciones en las que ella se sintió implicada hasta tal punto... Ni siquiera votó en ellas. Fue al colegio electoral y se dio la vuelta y se fue. Dijo que la cola era demasiado larga. Es curioso cómo parece haberlo olvidado.

»Bien, si quieres saber mi opinión, Jake, también estrictamente confidencial, no es más que un berrinche muy caro. Al comprar ese apartamento en Venecia cree que les está haciendo la peineta a los Warriner, a Park Avenue, a todos los que han votado a ese-que-aquí-no-se-mencionará. Como si se hubieran dado cuenta siquiera.. Bueno, y hay algo más a tener en cuenta. La propia Venecia. Creo que, en el fondo, está la idea de ella misma en Venecia, como una de esas mujeres norteamericanas que se fueron a vivir a Venecia. Tiene fijación con esto. Es su estrella polar.

»Por supuesto, es su educación la que en cierta medida tiene la culpa. Es de sus padres de quienes ha heredado su... ¿Cómo lo llamarías? Su miedo de persecución, combinado con el impulso de «lucha o huye», y combinado con su increíble obstinación, su determinación de salirse con la suya a toda costa. Es como su madre en eso, aunque te aconsejaría que no se lo dijeses nunca a la cara si quieres conservar las pelotas. Las mujeres no soportan que se las compare con sus madres.

–Yo no conozco a su madre.

–Muy poca gente la conoce. Min sí la conoce, de cuando Eva y ella trabajaban para *Mademoiselle*.

–¿Eva trabajó para *Mademoiselle*?

–Durante un año o así. Poco después de casarnos. Se conocieron así.

–Nunca me ha contado eso.

–No habla de ello porque, cuando dejó ese trabajo, la gente, lógicamente, le preguntaba por qué lo había dejado, y esa es una pregunta que ella prefiere no contestar. Incluso ahora, después de todos estos años, estoy convencido de que la mayoría de sus amigos creen que fui yo, que yo le hice dejar ese trabajo, lo cual no es cierto en absoluto. Todo lo contrario, porque cuando me dijo que lo dejaba le rogué que no tomara una decisión precipitada. Y que siguiera otros seis meses; o eso o hacer un doctorado. Podría haber entrado en Columbia. No hacerlo fue decisión suya.

–¿Y a qué piensas que se debió esa decisión?

Bruce se quedó callado unos segundos. Y luego dijo:

–Creo que fue porque Columbia estaba demasiado cerca de donde se había criado. Demasiado cerca para que le resultara cómodo. O tal vez tengan razón sus amigos; tal vez tuve yo la culpa. ¿Sabes?, antes de conocerme Eva no se había sentido nunca segura, segura de verdad, y yo quería darle esa seguridad. Sus padres, seguramente ya lo sabes, eran refugiados. De

Varsovia se fueron a Portugal, donde esperaron a que acabara la guerra, y de Portugal a Brasil, y de Brasil a Nueva York. En Polonia, Esther, la madre de Eva, había estado estudiando para doctorarse en Química. Si no hubiera habido guerra, se habría convertido en catedrática. En lugar de eso acabó enseñando Química en un instituto del Upper West Side, en el que tenía fama de terrible. Una mirada de Esther y los chicos más duros, de esos que llevan encima una navaja automática, se meaban en los pantalones. Siempre le he tenido mucho cariño a Esther.

–¿Y el padre?

–¿Joe? Hasta que se jubiló fue contable. Poca cosa. Tenía la oficina en un local de Broadway. Cada marzo pagaba a vagabundos del parque para que se pasearan de arriba abajo por Broadway vestidos de Estatua de la Libertad y repartiendo hojas de propaganda. Ya puedes imaginarte lo que Eva pensaba de eso.

»Bien, escucha lo que voy a decirte. Hasta que me conoció, Eva nunca supo lo que era tener tierra firme bajo los pies. Y la culpa de ello la tienen sus padres. No hay ninguna duda. Cuando nació Eva tenían cuarenta y pocos años. Nunca planearon tener hijos, fue su madre la que se lo dijo. Eva era una niña pequeña cuando un día su madre la sentó en una silla y le contó que el día en que supo que estaba embarazada le preguntó a Dios qué había hecho de malo; porque ¿por qué iba a obligar a una pareja de cierta edad a traer a un hijo a este mundo infame sino para castigarla?

–Santo cielo.

–No en este caso. No hay santo cielo en este caso.

Salieron a Lexington. Desde que se habían puesto a pasear se había levantado un viento que batía en dirección norte y hacía casi imposible caminar por las avenidas. En la acera de la entrada de una tienda de comestibles «veinticuatro horas» coreana, una mujer con unos mitones trataba de proteger su expositor de verduras con una lona de plástico. A cada ráfaga, la lona se alzaba y le golpeaba en la cara.

–¿Te importa si nos paramos aquí un momento? –le preguntó Bruce a Jake tendiéndole las correas–. Tengo que comprar cigarrillos. No se lo digas a Lola.

Jake asintió con la cabeza y Bruce entró en la tienda. La mujer de los mitones dejó de momento la lona y le siguió al interior. Una chica con una parka de plumas merodeaba alrededor del expositor de acero inoxidable de las ensaladas. Con unas pinzas levantó un champiñón adobado, lo olió y lo volvió a poner en el receptáculo de acero. Luego hizo lo mismo con una rodaja de remolacha. Para cuando Bruce salió de la tienda, la chica había dado la vuelta a toda la barra y su bandeja seguía vacía.

–Gracias por la espera –dijo Bruce, cogiendo la traílla de Isabel y dejando que Jake se encargara ahora de lidiar con Caspar y Ralph, que tiraron hacia delante con tal rapidez que casi hicieron que Jake diera un traspié. Lo malo no era que fueran dos; lo malo era que se movieran con esa determinación, como si tuvieran que ir a algún lugar y no quisieran llegar tarde. Pero no tenían que ir a ninguna parte, que Jake supiera, a menos que se tratara de la farola siguiente, que rodearon, dejando a Jake atado de pies y manos con las correas.

–Permíteme –dijo Bruce, y sujetó a los perros con firmeza mientras Jake desenredaba la maraña. Los perros levantaron de nuevo la pata. Y no expulsaron nada–. Es el instinto –dijo Bruce–. Aunque tengan la vejiga vacía siguen haciéndolo hasta llegar a casa. Supongo que la mayoría de nosotros es así, en cierta medida. Los hombres, quiero decir. Algunas mujeres también. Min, por ejemplo.

De la avenida pasaron a una calle en la que un rascacielos de ladrillo blanco, un esperpento de principios de los años sesenta, rompía la señorial sucesión de casas de piedra rojiza. Allí el viento amainó un tanto. En lugar de darles en la cara, la nieve caía y cuajaba sobre las entradas y los techos de los coches y los tartanes de los perros. Se iba formando hielo en el pavimento, y a Jake le dio pena un repartidor jovencito que pasó pedaleando en su bicicleta, con la cesta llena de bolsas selladas de comida china para llevar.

—Ni la nieve ni la lluvia ni la oscuridad de la noche...[1] —dijo Bruce, quitándose los guantes para sacar del bolsillo la bolsita con un paquete de Marlboro y un envase de Mentos.

—¿Quieres uno? —preguntó, tendiendo el paquete de Marlboro.

—No, gracias.

—¿No fumas?

Jake negó con la cabeza.

—Yo en realidad no fumo —dijo Bruce, encendiendo un cigarrillo y dando una chupada honda—. Solo en los descansos para comer o cuando salgo con los perros. No puedo fumar en la oficina. Ni en casa, bien sabe Dios.

Por fin Isabel hizo pipí. Y, como para quedar mejor que ella, Caspar hizo caca. Puso juntas las cuatro patas con la misma gracia balletística que su levantamiento previo de pata. Bruce, que había apagado ya la colilla del Marlboro, buscó una bolsita de plástico en otro de sus bolsillos, recogió el pequeño montón humeante y tiró la bolsita en un cubo de basura.

—He leído en alguna parte que en Venecia las criadas vaciaban los orinales tirando su contenido por la ventana a los canales —dijo—. ¿Es verdad? ¿Tú qué crees?

—Creo que también lo he leído en un libro. Pero no lo vi nunca.

—Oh, bueno, si así se hace más fácil el trabajo... —Reanudaron el paseo—. Entonces, Jake, lo de Venecia... ¿Qué te pa-

1. Lema del servicio postal estadounidense que alude al hecho de que ninguna circunstancia adversa impide los envíos. *(N. del T.)*

rece? ¿Crees que es ir demasiado lejos? Oh, ni siquiera me he dado cuenta de que estaba haciendo un chiste.

—Me gustaría poder decirte algo. La cuestión es que yo no soy lo que llamaríamos un experto en Venecia. Aunque estoy completamente seguro de que un apartamento en Venecia no se va a depreciar nunca.

—Pero no es lo mismo que Connecticut, ¿verdad? Quiero decir que si hablamos de Connecticut montas en el coche a los perros y en dos horas estás allí... Pero Venecia... No puedes simplemente levantarte e irte a Venecia el fin de semana. Están las reservas de vuelo. Está la diferencia horaria. Y ¿cuándo iríamos? ¿Iría Eva sola? ¿Para cuánto tiempo? Y ¿qué hay de estos muchachos? ¿Se los llevaría con ella? ¿Los dejaría aquí? He hecho unas pesquisas. En cabina puedes llevar uno, si es lo bastante pequeño. Pero solo en algunas compañías. Y solo uno. Los otros dos tendrían que ir en la bodega.

—¿Has hablado de algo de esto con ella?

—Lo he intentado, y se ha puesto como una fiera. Según ella, no hay ningún problema. Cuando estemos en Venecia, uno de sus amigos puede cuidar de los perros, aquí o en el campo, y cuando no estemos en Venecia, la Signora Fiebre Aftosa[1] o como se llame puede ocuparse de que todo vaya bien en el apartamento. Podría incluso alquilarlo para hacerlo rentable. Y le dije a Eva: «¿Estás diciendo de verdad que estás dispuesta a que unos desconocidos duerman en tu cama?». Siempre es así con ella. Cuando ha empezado algo no hay nada que la detenga.

—¿En qué momento de la compra estáis? Me refiero a si es demasiado tarde para echarse atrás.

---

1. Ursula se apellida Brandolin-Foote, y Bruce, desmemoriado o burlón, la llama Signora Foot-and-mouth (fiebre aftosa; literalmente, pie y boca). Con lo que tampoco da mucho en el clavo, ya que el apellido es Foote y no Foot. (N. del T.)

–Es curioso que me preguntes eso, porque esta mañana le he preguntado lo mismo a nuestro abogado. Y la respuesta, escueta, ha sido esta: no, no es demasiado tarde para echarse atrás. En esta fase de la compraventa podemos incluso recuperar el depósito. Y hay montones de razones para hacerlo, y no es la menor de ellas que comprar bienes inmuebles en Italia es una locura. Una auténtica locura. Verás: cuando compras un inmueble, el precio que figura en el contrato no es el precio real que pagas. Es mucho menor: solo una parte del precio real. Lo que sucede es que después de la firma del contrato el comprador le entrega al vendedor un cheque por el precio oficial, y los abogados o notarios o como se llamen salen a tomarse un, entre comillas, espresso, para que comprador y vendedor puedan hacer el cambio de manos, bajo cuerda, del dinero extra. Se hace para ahorrar en los impuestos. Y no hay forma de obviarlo, porque nadie venderá nada de otro modo. La corrupción está demasiado arraigada.

Habían vuelto ya al edificio de Bruce.

–No estoy seguro de qué decir –dijo Jake–, pero si tienes dudas sobre este asunto, deberías consultarlas con Eva.

Bruce sacó del bolsillo el envase de Mentos, lo abrió y se metió una pastilla en la boca antes de tendérselo a Jake, que esta vez sí aceptó.

–No sé cuánto piensas tú en el dinero, Jake –dijo–. Yo pienso en él todo el tiempo. Me dedico a eso. Mis clientes tienen dinero, mucho dinero, tanto que pueden perder unos cuantos millones sin que les haga la menor mella. Bien, no estoy diciendo que nosotros no tengamos dinero; por supuesto que lo tenemos, pero no estamos en situación de poder gastar literalmente lo que nos venga en gana, ni somos inmunes a la recesión o a la inflación. A Eva le gusta dar la impresión de que no tiene en cuenta el dinero, pero no es verdad. A pesar de las apariencias, sabe muy bien lo que podemos permitirnos y lo que no.

67

–¿Y podéis permitiros ese apartamento?

–Oh, sí, podemos permitírnoslo. Por supuesto que podemos permitírnoslo. La cuestión es si debemos hacerlo o no... Disculpa si no estoy siendo lo bastante claro. Supongo que es porque en realidad no entiendo muy bien lo que estoy pensando. No sé si Eva te lo habrá dicho, pero mi secretaria, Kathy, tiene un linfoma. Y en cuanto le han dicho el diagnóstico su marido la ha dejado. Así que..., no sé. Pienso en Kathy, y pienso en Venecia, y se me hiela algo dentro.

–Siento oír lo de Kathy.

–Oh, gracias. Te diré lo siguiente: tiene agallas. Más agallas que ninguna otra mujer que yo haya conocido. Y aun así, es como muy injusto, ¿no? Como si la estuvieran poniendo a prueba.

–La vida de la otra gente... –dijo Jake, pero no pudo pensar cómo terminar la frase.

–Bien, te agradezco que me hayas escuchado –dijo Bruce–. ¿Te apetece subir a tomar una copa?

–No, mejor me voy a casa. Mañana trabajo. Dale las gracias a Eva de mi parte. Dile que la llamaré mañana.

–Lo haré –dijo Bruce, y tendió la mano enguantada. Aunque su mano era grande, el apretón fue blando (la blandura estudiada de un hombre que podría romper dedos si no tuviera cuidado).

Tiró de los perros y pasó por la puerta al vestíbulo. Jake enfiló hacia el sur, hacia Park Avenue. No había ningún taxi a la vista, pero no le importó. Le apetecía andar. Le apetecía encarar el viento.

7

Bruce entró en el salón y vio a Eva y a Min sentadas con el joven que había preparado la cena, a quien saludó con una inclinación de cabeza. Le ponía de mal humor no recordar su nombre, ya que en los meses recientes el joven se había convertido en una presencia constante en sus vidas, tanto allí como en Connecticut. El problema era que Eva tenía tantos amigos jóvenes, y tan parecidos en juventud y buena presencia, que él no lograba acordarse bien de todos. (¡Hacer que se comporten! ¡Le habría encantado poder compartir con alguien ese chiste!)[1]

—¿Dónde está Jake? —preguntó Min mientras Bruce desembarazaba de sus abrigos a los perros.

—Se ha ido a casa. Te manda saludos.

—Creía que iba a volver contigo... —dijo Min.

—Bueno, ya ves que no. Mañana tiene que levantarse temprano.

—Oh, qué pena...

—¿Alguno ha hecho algo? —preguntó Eva.

—Todos han hecho pipí. Solo Caspar ha hecho caca.

---

1. Doble sentido de *keep them straight* (hacer que se comporten y recordarlos bien). *(N. del T)*

–Será por el frío –dijo Matt Pierce.

En previsión de que los Mentos no hubieran bastado para desprenderse del sabor a humo de la boca, Bruce se excusó y fue a lavarse los dientes. Min tenía ganas de que Matt se fuera. Quería preguntarle a Eva varias cosas sobre el apartamento de Venecia para cerciorarse de que Bruce no pudiera hacer algo para echarse atrás en la compra. Pero mientras Matt siguiera allí no podía sacar a colación nada relacionado con el apartamento. Matt era un joven alto de treinta y siete años, tejano de nacimiento, con sombrero de cowboy y un acento de quita y pon según su conveniencia. En la actualidad era doctorando en Columbia (Lengua y Literatura Inglesas; tesis sobre Marianne Moore), e iba tirando con pequeños trabajos como cocinar cenas para Eva, escribir informes de lectura para editoriales y de cuando en cuando ponerse el sombrero de cowboy y el acento de Texas y decir indecencias vía webcam a hombres que le pagaban por ello.

A Min, la disparidad entre el físico de Matt –uno noventa de altura y un parecido notable con Glenn Ford de joven– y sus modos remilgados –expresados sobre todo en su cocinar–, le resultaba engorrosa. En general, las incongruencias le generaban desconcierto. Prefería que las personas y las cosas fueran lo que parecían.

Una vez que Bruce y Jake se hubieron ido a pasear a los perros, Matt, como de costumbre, había salido de la cocina quitándose el delantal y se había servido una copa de coñac. Luego se había sentado al lado de Eva en el sofá para dos y había cruzado las largas piernas de forma que el remate inferior de los tejanos le subió por la pantorrilla y dejó al descubierto el reborde de unas botas de cowboy. Tal proceder –cocinar la cena y luego tomar un coñac con la anfitriona– era algo en consonancia con su papel ambiguo en aquel «ducado», algo a medio camino entre criado y chichisbeo.

–Ahora quiero que seas totalmente sincera –había dicho–. ¿Qué te ha parecido la sopa de acedera? ¿Estaba salada?

–Me ha parecido que estaba perfecta –dijo Eva.

Matt sacudió la cabeza.

–No, estaba demasiado salada. Y el salmón estaba reseco.

Min dijo:

–Cuando estaba en *Gourmet*, sacamos un artículo sobre cómo evitar que quedara seco el salmón. El truco consiste en...

–Estoy segura de que Matt sabe el truco para hacer que el salmón no quede seco –dijo Eva.

–No tengo inconveniente en reconocerlo –dijo Matt–. Hoy no he estado a mi altura. He tenido una semana muy dura. No es una excusa, es un hecho.

–Pobre Matt. –Eva cruzó las piernas de un modo que Min identificó como señal a un tiempo de curiosidad y de advertencia de los límites de tal curiosidad–. ¿Quieres contarnos cómo ha sido eso?

Matt se aclaró la garganta a modo de prólogo.

–Bien, pues hace unas noches, sin el más mínimo aviso, Dean..., ya os he hablado de Dean, ¿no? Es el tío con el que me he estado viendo..., bueno, con el que he estado viviendo... desde septiembre. Pues la otra noche, sin venir a cuento, me pregunta qué me parecen los tríos. Por mucho que me quiera, dice, de vez en cuando sigue sorprendiéndose deseando acostarse con otros tíos, y que a ver si a mí me pasaba lo mismo. Así que le digo: «Bueno, no puedo negar que a veces pienso en ello», lo que no es en absoluto lo mismo, hagamos hincapié, que decir que quiero hacerlo, pero él no es capaz de captar la diferencia. Pues va y se embarca en una aburrida disertación sobre cómo, en las parejas gais modernas, los tríos son la solución ideal para el, entre comillas, problema de la monogamia, porque permite a las parejas acostarse con otra gente sin ser desleales.

—Oh, santo cielo... —dijo Min—. ¿Y qué respondiste tú a eso?

—Nada. Lo que quiero decir, lo que quería decir es que, a diferencia de él, yo no quiero acostarme con otra gente, pero no... No me entendáis mal, no tengo nada contra los tríos. En su momento yo también me puse las botas, y algunas veces me divertí mucho. Solo que, con Dean..., puede que sea una señal de que me estoy haciendo viejo, pero es como si quisiera quedármelo para mí solo. Además, ya se sabe como puede ser la cosa entre tres: alguien siempre acaba sintiéndose excluido. Y podría ser él lo mismo que podría ser yo.

Min, que dudaba mucho que Eva supiera cómo podían ser los tríos, miró a su amiga. En el curso del monólogo de Matt, se le había puesto rígido el cuello y había apretado con fuerza los labios. «Ay, Dios... —pensó Min—. ¿No se lo ha advertido nadie?» Eva odiaba hablar de sexo.

No podía hacerse más que una cosa, decidió, y era tomar las riendas de la situación.

—En fin, querido —dijo—, si quieres mi consejo, tendrás que proceder con sumo cuidado. Bien, lo cierto es que algo sé sobre eso; no por experiencia propia, lo aclaro, que no es mucha, sino porque cuando estaba en *Cosmo* publicamos un extenso artículo sobre el tema..., ya sabes, los *ménages à trois*. Hicimos una encuesta entre los lectores, entrevistamos a terapeutas y compusimos los perfiles de las parejas que lo habían probado. La conclusión a la que llegamos, básicamente, fue que tres no caben en dos. ¿No era el título de una película?[1]

—Pero ¿y si digo que no y Dean dice que lo olvide? ¿Y si eso supone para él una ruptura..., quiero decir de la relación?

Matt miraba a Eva al hacerse esa pregunta. Eva, ahora, se irguió, con las piernas enroscadas la una en la otra, como dos alambres.

---

1. *Tres no caben en dos*, película dirigida por Peter Hall (1969). *(N. del T.)*

Fue en ese momento, por fortuna, cuando Bruce volvió con los perros, llevando al apartamento el aire humoso del invierno y la agitación canina, y mitigando al hacerlo la gran tensión de la escena. Al ver a su marido, Eva relajó su postura y sonrió. Y ambos prosiguieron la breve conversación que habían tenido antes. Luego Bruce se dirigió al cuarto de baño (Min no habría sabido decir por su modo de andar si pensaba o no volver), y Matt, sirviéndose otro coñac, retomó lo que estaba contando, y se remontó a su primer encuentro electrónico con Dean, y a los primeros días del cortejo, cuando le conmovía inmensamente el vello rubio del pecho de Dean, y el modo en que «se perlaba de sudor» después de hacer ejercicio. Aunque Dean era más joven que Matt, ganaba más que él –abogado del mundo del entretenimiento, viajaba frecuentemente a la Costa Oeste, y, también con frecuencia, se quedaba en su despacho hasta altas horas de la noche–, y era dueño de un apartamento en un condominio de Williamsburg.

–Probablemente fue un error mudarme a su apartamento tan pronto, pero ¿qué otra cosa podía hacer? –dijo Matt–. Yo vivía subarrendado ilegalmente en Bushwick, y el amigo al que le subarrendaba la vivienda estaba a punto de volver de una estancia de un año en Suecia. No tenía adonde ir.

Cuando, una hora más tarde, Matt aceptó por fin el cheque, dijo «buenas noches» y se fue a coger el metro, Eva se sirvió una copa de vino.

–Lo que no entiendo es por qué insiste en dar detalles escabrosos –dijo–. Es una de las cosas que siempre he apreciado más en Jake: no habla nunca de detalles escabrosos.

–Me han estado dando ganas de preguntar cómo va el asunto del apartamento. ¿Tenéis ya una fecha para el contrato?

–Principios de abril, parece ser. El abogado de Bruce se está ocupando de eso.

—Tienes que estar tan ilusionada...

—Sigue faltando mucho aún. Hay tantos obstáculos que salvar antes de poder estar realmente allí.

—Oh, pero cuando consigáis estar allí, piensa en lo maravilloso que va a ser. Para empezar, podrás escribir tu libro. Te auguro que en cuanto estéis bien asentados allí, te pondrás manos a la obra y lo terminarás. Imagina un escritorio enfrente de esa ventana con esa vista del canal...

—No, el escritorio tiene que ser enfrente de la ventana que da al jardín. Puede que el canal huela mal.

—Pues entonces estará donde tú dices. Jake se ocupará de que sea así.

—Hablando de Jake, ¿qué impresión te ha dado esta noche?

—Buena. ¿Por qué lo preguntas?

—No sé. Algo me ha parecido fuera de lo normal.

—¿Qué? ¿Te refieres a que no ha aceptado enseguida decorar el apartamento? Yo no me preocuparía por eso. Seguramente quiere consultarlo con la almohada.

—Ni se me había ocurrido preocuparme por eso hasta que tú lo has mencionado. ¿Por qué lo has hecho? ¿Crees que no quiere decorarme el apartamento?

—Oh, no, en absoluto, yo solo... Bueno, cuando has dicho que habías visto en él algo raro...

—Ya, pero no era eso. Era cómo se ha comportado en general. Pero, en serio, Min, ¿crees que podría decirme que no? No creo que pueda arreglármelas sin él.

—Solo estás cansada, eso es todo. Dentro de veinticuatro horas, cuando te diga que sí y todo esto quede atrás, ni siquiera te acordarás de que hemos tenido esta conversación.

—Supongo que tienes razón. En realidad ha sido Matt el que me ha desanimado. ¿Por qué ha tenido que...? ¿Cuál es la palabra que la gente usa hoy día? Ya sabes, cuando hablas demasiado.

—¿TMI? ¿Sobreexposición?

–Eso. Sobreexposición. Pensaba que lo conocía mejor. O que él me conocía mejor.

A eso de las diez y media, Min cogió un taxi para volver a casa. Vivía en la calle Setenta y siete Oeste, en un estudio que había alquilado en 1984, el año en que Eva y ella trabajaron juntas en *Mademoiselle*, y que luego había comprado a un precio reducido cuando el edificio se convirtió en cooperativa. En el transcurso de esas décadas, el barrio había mejorado –hasta Amsterdam Avenue había llegado a ser chic–, aunque el estudio de Min seguía teniendo el aire de un nido del que mucho tiempo atrás deberían haber volado las crías. Ella misma sabía mejor que nadie que no debía seguir viviendo allí, que para entonces debería haber encontrado un marido, o al menos un apartamento con dormitorio. En lugar de ello, todas las noches subía los cuatro tramos de escaleras hasta su atestada pieza oblonga, con su vista a la escalera de incendios, y se detenía como mínimo dos veces para recuperar el aliento, algo que nunca había tenido que hacer cuando era más joven y delgada. La ropa que se le había ido acumulando año tras año –sobre todo en sus períodos de colaboradora en las revistas de moda– colgaba de perchas rodantes de gran almacén que ocupaban la mayor parte del espacio. Muy poca de esa ropa le valía. En su último chequeo, el médico le había dicho que necesitaba empezar a ejercitar lo que él llamaba «control de las raciones». Pero cada vez que lo intentaba se sorprendía pensando en la gente que moría en accidentes aéreos; en cuántos de ellos habían estado haciendo dieta, o habían dejado el café y la bebida, o trataban de limitar su ingesta de azúcar. Y entonces se liaba la manta a la cabeza y se tomaba un postre. Incluso cuando iba a comer o a cenar con Eva pedía postre. Eva, en tales ocasiones, no ocultaba su desaprobación, lo cual mortificaba a Min, ya que las humillaciones que tenía que soportar diariamente –faldas cuyas cremalleras no cerraban,

75

sujetadores de los que sobresalían abultamientos de grasa, Moldeadores Prenda Milagro Vientre Extra Firme Control de Figura que pedía en Amazon para ahorrarse el tener que comprarlos en persona en la tienda–, Eva no las había conocido nunca.

Se quitó los zapatos con cansancio. Aparte de las perchas de ropa rodantes, tenía muy poco mobiliario: un sillón heredado de su abuela, un escritorio, una silla de escritorio y una cama pegada a la pared, tamaño estándar, «demasiado grande para una persona y demasiado pequeña para dos», como solía decir bromeando. Salvo algún amante ocasional –cada vez más escasos, ahora que había sobrepasado ya la cincuentena–, raras veces recibía visitas.

Mientras se desvestía, la asaltó la preocupación por Eva. Su amistad, la más duradera en la vida de ambas, era para Min una fuente tanto de ansiedad como de gratificación. En cierta medida, la ansiedad se debía al sentimiento de estar en deuda con su amiga. En *Mademoiselle* Eva había sido una estrella. Cuando dejó el trabajo, dijo que lo hacía en beneficio de Min, para que esta, que tenía que ganarse la vida, consiguiera el ascenso que de otro modo habría recaído en ella. Y no era arrogancia, ni una mera excusa para dejar un empleo que ni quería ni necesitaba. Lo cierto era que tenía mejor ojo que Min, y escribía mejor. Si el director le pedía una descripción, por ejemplo, de un vestido de día, Eva podía improvisarla en un cuarto de hora, sin tachar ni una palabra, mientras que Min tendría que quedarse hasta altas horas de la noche, y rompería un lápiz y le sacaría punta y volvería a romperlo. Al principio envidiaba a Eva ese don, su aparente poder para blandir una varita mágica y hacer que las palabras dijeran lo que quería, como los conejitos de *Blancanieves*. Pero su envidia, con el tiempo, se convertiría en gratitud, porque con independencia de lo que pudiera decirse de la carrera errática de Min, el hecho incontrovertible seguía siendo que si Eva no hubiera dejado *Mademoiselle*, ella no habría logrado salir airosa en su oficio.

Sobre si Eva sentía o no lo mismo, Min no sabría pronunciarse. Siendo íntimas como eran, Min desconocía en qué empleaba Eva sus días laborables, mientras ella trabajaba. Si se lo preguntaba, Eva respondía que escribía, de lo cual, de ser cierto, existían muy pocas pruebas: un par de artículos para *Glamour* (encargados –qué casualidad– por Min), un poema que quemó cuando lo rechazó el *New Yorker*, dos crucigramas para el *Times* (un lunes y un miércoles), publicados con su apellido de soltera en 2002... Su proyecto estrella –siempre en perspectiva– era el Libro, cuyo argumento y forma cambiaban con frecuencia año tras año. Al principio iba a ser un desarrollo de su tesis de Smith para convertirla en una monografía, luego una biografía de Isabella Stewart Gardner, luego una biografía dual de Isabella Stewart Gardner y John Singer Sargent, luego una biografía de John Singer Sargent, luego una novela sobre Isabella Stewart Gardner y John Singer Sargent, luego una novela de alguien parecida a Isabella Stewart Gardner (con nombre diferente), de la cual había escrito novecientas páginas antes de decidir que había acometido la narración desde un punto de vista erróneo y tirarla a la basura. Pronto aprendió Min que era mejor no preguntarle a Eva cómo iba el Libro, y, después, a hacerlo solo cuando quería irritar a Eva a propósito, ya que sabía que era un asunto sumamente delicado. En tales ocasiones, a Min le venía a la cabeza el pensamiento de que Eva tal vez lamentaba su decisión de tantos años atrás de irse de *Mademoiselle*, y que ese pesar explicaría sus frecuentes y a menudo odiosos estallidos de impaciencia. Por su parte, Min trataba de no perder la paciencia con Eva, pues identificaba su irritabilidad como el anverso de su vulnerabilidad. Si Min tenía un deber en la vida –había llegado a creer– era proteger a Eva, ampararla, reconfortarla.

Unos meses atrás, como parte de su perfil en una página de citas, Min había asegurado que el instinto era su característica más sobresaliente. Y no era vanidad ni autoengaño: el «instinto» era su fuerte. La mayoría de las veces, sus éxitos se debían a la precisión de sus instintos, y sus fracasos a su incapacidad para seguirlos. Había sido el instinto lo que la condujo a sugerir que Jake acompañara a Bruce en su paseo con los perros. Había percibido la inminente aparición de problemas, e intuido que si los dos hombres salían juntos se pondrían de manifiesto las causas. Pero no había sido así hasta el momento.

Sacó una barra de mantequilla del frigorífico, quitó el envoltorio y la recubrió de azúcar, dio un mordisco, la dejó en la mantequera con una tapa decorada con mariposas que había heredado de su abuela y la volvió a dejar en el frigorífico. Luego se puso el pijama, se lavó los dientes, se aplicó una crema hidratante en la cara y otra en las manos, se metió en la cama, trató de encontrar una postura cómoda, desistió, se levantó, abrió de nuevo el frigorífico, sacó la mantequilla rebozada de azúcar, dio otro mordisco, la devolvió a su sitio, cerró el frigorífico, volvió a lavarse los dientes y se metió en la cama. Por espacio de media hora hizo rompecabezas en su móvil: cachorros de perro y de gato, unicornios y princesas, unicornios y hadas. Y llamó a Jake.

Jake cogió el teléfono al quinto timbrazo. Parecía grogui.

–No te estoy despertando, ¿o sí? –dijo Min.

–¿Qué hora es?

–Las once... Oh, maldita sea, las doce y media. Te he despertado, ¿no? Lo siento. Ya sabes cómo soy con el tiempo.

–¿Qué pasa, Min?

–Solo querías saber que estás bien. Cuando no volviste del paseo Eva y yo nos... preocupamos.

–Tengo que levantarme pronto mañana, ¿no os lo ha dicho Bruce?

–Oh, sí, por supuesto. Pero nosotras nos preguntábamos si no era solo una excusa. Si lo que te pasaba era que no querías subir y seguir con nosotros.

–¿Por qué no iba a querer subir y seguir con vosotros?

–No sé. Me lo dijo el instinto.

–Pues tu instinto se equivocó. Iba a acostarme temprano, o eso pretendía. No había otro motivo.

–Me alegra oírlo. Jake, no sabes lo importante que es ese apartamento para Eva. Le importa muchísimo que hayas accedido a decorarlo.

–Pero no lo he hecho.

–Bueno, no. No oficialmente.

–No. No solo no oficialmente.

–¿Por qué no? ¿Qué te lo impide?

–Es un proyecto importante. Implicará viajar mucho. Tengo que pensarlo.

En la mente de Min fulguró una idea:

–¿Te serviría de incentivo si te dijera que si te encargas del apartamento te garantizo la portada de la revista?

–¿La portada de *Food & Wine*?

–Me fui de *Food & Wine*. Ahora estoy en *Enfilade*.

–Oh, no lo sabía.

–Acabo de empezar. Mira, no pensaba decir nada de esto todavía, pero por qué no. Ayer se lo mencioné a mi directora (por cierto, es genial, joven y fresca, llena de ideas nuevas...), y con su forma de ver las cosas, encajará a la perfección. Fíjate en quiénes son nuestras lectoras. Mujeres de mediana edad. Bien, y ¿qué tenemos aquí? Una mujer de mediana edad (no diremos «mediana edad», claro; Eva no lo soportaría) va a Venecia, y en un impulso irrefrenable compra ese magnífico apartamento. ¡Voilà! Una nueva vida en el viejo mundo. La renovación como idilio.

–Pero yo pensaba que se estaba comprando ese apartamento por las elecciones.

—Oh, solo en parte. Pero no es la parte de la que vamos a hablar.

—¿Le has hablado de esto a Eva?

—Todavía no... Antes quería hablarlo contigo. Por supuesto, sé cómo va a responder. Al principio pondrá objeciones. Por cierto, ese es el significado correcto de objetar: poner reparos. Y no el que suele darle la gente: una especie de forma verbal de «objeto». Una aprende cosas en su oficio de corrección-revisión. Pero como estaba diciendo..., ¿qué estaba diciendo?

—Que pondrá reparos.

—Oh, hará como que pone reparos. Me obligará a que le retuerza el brazo... Al principio. Conozco a Eva; puedo leer en ella como en un libro.

—Entonces será sencillo.

—Lo que pasa es que antes de tratar el asunto con la directora quiero asegurarme de que estás en el proyecto, porque eso es lo primero que querrá saber.

—Pero ya te he dicho que tengo que pensarlo.

—¿Por qué?

—Tengo otros clientes, además de Eva.

—Y también tienes empleados. Además... Mira, Jake, voy a ser brutalmente sincera en esto. La portada de *Enfilade*... será algo muy ventajoso para ti. Sobre todo ahora, cuando... Bueno, sé que no te gustará oír esto, pero necesitas... En los últimos años has... Bueno, estás un poco fuera del mapa de la decoración. No pretendas negarlo.

—No lo niego.

—Bien, pues con esto volverás a estar en él. O sea, ¿cuánto hace que ni siquiera sales en *Enfilade*?

—Dímelo tú. Trabajas ahí.

—Si te sirve para ver la diferencia, Alison Pritchard saldrá en la portada de marzo. Una casa en la playa en Italia.

—Bravo por ella.

−¿No te molesta ni una pizca que haya conseguido una portada?

−¿Por qué tendría que molestarme? Es la típica quejica que no para de dar la vara.

−Lo que me saca de quicio es que en la entrevista que le hicimos no te menciona para nada; ni a ti ni a Pablo. Vamos, Jake, eso tiene que doler... ¿Dónde estaría ella si no fuera por ti?

−Exactamente donde está ahora. Solo que habría llegado antes.

−Oh, Jake, ¿por qué no admites que te fastidia? Estas hablando conmigo, ¿recuerdas? Min. Min, que lo sabe todo. Bien, me doy cuenta de que no lo he sacado a colación antes, pero te han quitado del último Casas Piloto de Kips Bay.

−Y han metido a Alison.

−Exacto. Bueno, pues es un aviso. Que tienes que empezar a pensar en el futuro, en hacer crecer tu estudio.

−¿Por qué? ¿Para que tengas un sitio donde alojarte en Venecia?

−¡No! Por tu propio beneficio. Y también, seamos sinceros, para dar una lección a Alison. Ya sabes, la naturaleza humana... Cría cuervos y te sacarán los ojos. Y ahora el cuervo te hace sombra. ¿No te importa que te esté eclipsando?

−Hablas como si fuera inevitable que solo pensáramos en eclipsar o en ser eclipsados. Bueno, pues yo no. Puede que lo hiciera en el pasado, pero ya no.

−Si te fuera mejor no dirías eso.

−¿Cómo lo sabes?

−Por instinto. Además, Jake, ¡es Venecia!

−Venecia no me necesita.

−Puede que no. Pero Eva sí. Ahora te voy a revelar un pequeño secreto. Eva lleva muchos años muriéndose por que alguna de sus viviendas aparezca en una revista. Por supuesto, yo he ido mostrando aquí y allá sus casas y apartamentos, pero ninguno de ellos le ha interesado nunca a nadie, porque, admitámoslo, apartamentos en Park Avenue y casas en el condado de Litchfield los hay a patadas en el sector de las revistas de decoración. Un *palazzo*, sin embargo...

–Un apartamento. En realidad no es un *palazzo*.

–¿Por qué dices eso?

–En cualquier caso, ¿es seguro que vayan a comprarlo?

–¿Por qué lo preguntas? ¿Es que Bruce te ha dicho algo?

–¿Quién ha mencionado a Bruce?

–Así que te ha dicho algo... Lo sabía. Sabía que había problemas cuando ha decidido sacar de paseo a los perros.

–¿Por qué?

–Se pelean así... Bruce saca a pasear a los perros. No son como las demás parejas, Jake. No vociferan ni gritan. Por eso te he pedido que fueras con él; esperaba que pudieras... suavizar las posibles aguas revueltas. Porque si Bruce decide echarse atrás en la compra... Dios, no quiero ni pensar en esa posibilidad.

–¿Y qué te hace pensar que Bruce se echará atrás?

–¿No va a echarse atrás?

–No he dicho eso.

–¿Va a hacerlo, entonces?

–Oh, por Dios, Min, tampoco he dicho eso.

–Bien, lo siento. Mira, vamos a tomarnos un respiro, ¿de acuerdo? Vamos a respirar hondo durante un segundo y a considerar este asunto de forma objetiva. En el caso (y no estoy diciendo ni que sea así ni que no lo sea) de que Bruce esté pensando en echarse atrás en la compra de ese apartamento en el que su mujer tiene puesta toda su ilusión... Bueno, ¿no sería razón de más para dar luz verde a lo de esa portada de la revista? Porque entonces, si la cerramos, no podrá echarse atrás.

–¿Por qué no?

–No podrá. Habrá demasiadas cosas en juego.

–Estás yendo muy rápida, Min. Me estás pidiendo que me comprometa con la revista cuando ni siquiera me he comprometido con el apartamento.

–Solo prométeme que lo pensarás detenidamente. Es todo lo que te pido.

Cuando colgaron, Min se levantó otra vez, fue hasta el frigorífico, sacó la mantequilla recubierta de azúcar y la terminó. Se encendió un porro, dio una chupada larga y se volvió a la cama. Que hubiera dicho una enorme mentira –de hecho ni siquiera había mencionado el asunto del apartamento de Eva a su directora, y ni remotamente había obtenido de ella, por tanto, la promesa de dedicarle la portada de la revista–, le importaba menos en aquel momento que la visión (no había otra palabra para designarlo) que le había llegado en una especie de flash, como por obra de una mediación celestial. Por supuesto, hasta que las cosas cuadraran, hasta que la realidad se reconciliara con la visión, debía andarse con mucho ojo. Y sin embargo, acostada en su cama de tamaño estándar, disfrutando de la somnolencia cálida de la marihuana, no pensaba en la cautela con la que debía obrar en las próximas semanas. Pensaba en la portada de la revista tal como la imaginaba: el titular –UNA NUEVA VIDA EN EL VIEJO MUNDO– y la fotografía tomada desde la ventana que daba al canal, con las cortinas retiradas y las contraventanas abiertas, y la proa de una góndola vista a través del cristal. (Pero ¿desde el *piano nobile* podría verse la góndola sin asomarse a la ventana? Oh, bueno, se ocuparía de esos pormenores más adelante.) Y a la izquierda de la ventana una silla góndola, con un cojín de seda con pompones en las esquinas. Y debajo un retazo del piso de terrazo. Sí, resultaría cautivador...

De la mesilla de noche levantó el teléfono: la una y treinta y un minutos de la madrugada. Consultó el tiempo, miró los titulares del *Times* y de BuzzFeed, y luego, casi sin pensarlo, clicó en la app de Candy Crush. En el año anterior Min había pasado más horas jugando al Candy Crush de las que estaba dispuesta a admitir, por lo general en la cama o en el metro, pero a veces también en el trabajo. Camino de casa en el taxi aquella noche, después de la cena con Eva, casi había alcanzado el nivel 534 del episodio Sticky Savannah. Ahora, decidió, remataría el nivel 534 antes de dormirse. No le llevaría mucho tiempo.

Presionó el icono con el dedo índice y al instante se vio inmersa en un reino de gominolas, golosinas y bolas de chocolate espolvoreadas con perlitas de colores que le recordaban las tartas de cumpleaños de su infancia. Activó el juego y el apocalipsis Candy comenzó una vez más.

Segunda parte

8

Lo que Bruce había querido decir a Jake en el paseo –y no había encontrado las palabras para hacerlo– era que, quizá por primera vez en la vida, se hallaba en el trance de un dilema sentimental y moral. Tal dilema, que llevaba meses gestándose, había alcanzado su punto culminante cuando Eva, de pronto, decidió que tenía que poseer ese apartamento en Venecia. Aunque sus términos fueran monetarios, había en juego mucho más que el mero dinero: Bruce entendía esto. Lo que no lograba concebir, por mucho que lo intentara, era la forma de deslindar los elementos –financieros, emocionales, éticos– de la trama del dilema. Era a desentrañar esa maraña a lo que –tenía la esperanza– habría podido ayudarle Jake.

Los hechos eran susceptibles de control, si bien terribles. El pasado octubre, a Kathy Pagliaro –su secretaria desde hacía veinte años– le habían diagnosticado un linfoma no Hodgkin en fase 3. Una semana después su marido, Lou, la había dejado. En aquel momento, por tanto, se hallaba en un proceso simultáneo de divorcio y de quimioterapia. Kathy tenía cincuenta y tres años. E hijos y nietos, una casa en Syosset y un crédito con garantía inmobiliaria por cuya finalización habría de afrontar el pago de una cuantiosa última cuota en breve. Pese a su situación acudía al trabajo todos los días puntualmente, a las ocho de la mañana, tras declinar con rotundidad la baja laboral que le ofrecía Bruce. La enorme valentía con la que encaraba tal situación calamitosa hacía que Bruce se sintiera movido a la humildad, y despertaba en él un profundo sentimiento de empatía, emoción con la que hasta entonces no se había sentido demasiado identificado, y cuya intensidad le generaba desconcierto. Este sentimiento no albergaba explícitamente ningún aspecto carnal. Sin embargo, entrañaba una clara semejanza con el sentimiento convulsivo del enamoramiento, tal como lo recordaba de sus primeros días con Eva. Durante toda su vida, Bruce se había atenido a un ideal anticuado de la caballerosidad que en su matrimonio adoptó la forma de la veneración, la devoción propiciatoria del trovador para con la dama a cuya ventana canta. Pero, además, otro aspecto de la caballerosidad es la valentía: el arrojo que mueve al caballero a irrumpir sin freno en la guarida del dragón para salvar a su amada. Era este impulso –el impulso de rescate– que Kathy había despertado en él lo que le había llevado, por primera vez en su matrimonio, a empezar a mentirle a su mujer.

Las mentiras eran del tipo que uno inventa cuando está teniendo una aventura, aunque Bruce no estaba teniendo ninguna. Lo único que estaba haciendo era llevar en el coche a Kathy dos veces por semana desde la oficina al hospital de día del Sloan Kettering, y sentarse junto a ella durante las sesiones de quimioterapia, y luego llevarla a Penn Station para que cogiera el tren a Syosset. Cuando, tras las primeras sesiones, se sintió demasiado enferma para desenvolverse en la estación y en la vuelta a casa, Bruce le pagó una habitación en un hotel situado a una manzana del hospital. Siguiendo una intuición que le decía que Eva no aprobaría lo que estaba haciendo, no le dijo nada al respecto: ni de los trayectos en coche, ni de la espera durante las sesiones, ni de la habitación de hotel, cuya cuenta cargaba a una tarjeta de empresa a la que Eva no tenía acceso. Cuando estaba al lado de Kathy durante la quimioterapia, nunca respondía al teléfono por si acaso era Eva quien le llamaba. Esperaba hasta que una de las enfermeras se acercara a ver cómo se encontraba Kathy; entonces salía al pasillo y miraba quién le había llamado. Si era Eva, sentía un sudor frío. Si no era Eva, volvía a la sala de la quimioterapia tan visiblemente aliviado que la enfermera se dirigía a él diciéndole algo como «Todo bien, ¿no, señor Pagliaro?», ya que para entonces todo el mundo daba por sentado que era el marido de Kathy, malentendido que él no hacía nada por enmendar.

Lo que hacía todo aquello especialmente singular era que antes de que a Kathy le diagnosticaran el linfoma, Bruce nunca la había mirado como alguien diferente a una secretaria de una eficiencia excepcional. Si la admiraba era porque era tan buena en su trabajo que, con el tiempo, había llegado a ser más que una secretaria, y le requería mantenerse al día de las innovaciones tecnológicas del sector financiero, campo en el que él seguía siendo un lego. Si Kathy hubiera tenido la oportunidad de recibir una buena educación –Bruce estaba convencido– habría llegado a ser consejera delegada de empresa o incluso senadora. Pero no había tenido esa oportunidad, y por eso seguía siendo secretaria.

Fuera de la oficina, ambos llevaban vidas absolutamente diferentes. En sus veinte años de trabajo en común, Bruce nunca había estado en la casa de Kathy en Syosset, ni ella en ninguna de las casas de campo de Bruce, y apenas unas cuantas veces en su apartamento, y solo para entregarle algún documento. Kathy sabía algunas cosas de él –había conocido a Eva–, y él sabía algunas cosas de ella: que sus abuelos eran emigrantes sicilianos, al igual que los de Lou, su marido; que se habían casado recién salidos de secundaria; que tenían un pequeño velero en el que, si el tiempo lo permitía, salían a navegar por el estrecho de Long Island. Kathy era delgada y ágil, de pelo rubio con mechas y piel con ese bronceado que solo se adquiere pasando muchas horas activas al aire libre. Nunca estaba inactiva; ni en el despacho de Bruce, que llevaba con la debida eficiencia, ni en Syosset, donde los fines de semana en que el tiempo no les permitía salir en el velero, ella y Lou montaban en bicicleta o jugaban al tenis. Lou trabajaba en un concesionario de automóviles. Cuando vendía Audis, Bruce conducía un Audi. Cuando vendía Lexus, Bruce conducía un Lexus. Cada vez que Bruce compraba un coche nuevo, Eva cuestionaba la necesidad de que Bruce se fuera hasta Syosset a recogerlo en lugar de hacerlo en un concesionario de Manhattan o Connecticut. No obstante, Bruce persistía en seguir la costumbre alegando que Lou le conseguía buenos tratos. Su coche actual, un Subaru Outback, lo había comprado tres semanas antes de que Kathy supiera el diagnóstico del linfoma, cuando a Lou le habían nombrado director del concesionario local de Subaru. Y ese era el coche en el que Bruce llevaba a Kathy al hospital de día. Dada tal vinculación con Lou, Bruce se preguntaba si el hecho de ir en tal vehículo podía disgustarla de algún modo.

Una tarde, de camino al hospital, se lo preguntó a Kathy:

—¿Por qué habría de molestarme? —le respondió ella—. No es más que un coche. De todas formas, Lou es ahora la menor de mis preocupaciones.

Bruce se limitó a asentir con la cabeza a modo de respuesta. Que había hecho una pregunta equivocada era algo obvio; lo que no era tan obvio era por qué era una pregunta equivocada.

Al cabo de un minuto, y como adivinando sus pensamientos, Kathy dijo:

—Cuando Lou se fue, creo que lo que más me sorprendió fue que no me sorprendió mucho. Lou nunca ha sobrellevado bien las enfermedades. Cuando por ejemplo yo cogía un resfriado y me ponía a toser o a estornudar, me decía que dejara de montar un espectáculo. Y no quiere admitir lo mucho que le asusta la enfermedad: le hace perder la paciencia.

»Antes pensaba que era un defecto suyo. Ahora, sin embargo, no estoy tan segura. Porque ahora, cuando vuelvo la vista atrás –y, por supuesto, el cáncer te hace verlo todo a una luz diferente–, me veo pensando: vaya, cuando tenía un resfriado, es cierto que montaba un espectáculo. Y nuestros hijos también. Lo aprendieron de mí.

–¿Y qué me dices de Lou?

–Cuando se pone enfermo, hace como que no lo está. Hoy diríamos que «puede con ello».

–Aun así, no hay excusa para lo que ha hecho.

–Él está de acuerdo contigo en eso. De hecho, me llama como mínimo una vez al día para decírmelo.

–¿Y qué le dices tú?

–¿Qué puedo decirle? Lo que quiere es que le perdone. No voy a darle ese gusto, pero le escucho todo lo que dice. Al menos no pretende quedarse con la casa.

–No hay nada noble en eso. Sabe que no hay ninguna posibilidad de que ningún juez se la conceda a él.

–Sí, pero es un sacrificio. El otro día Michael, el pequeño de mis hijos, fue a verle. Y me contó que su padre vive en un cuchitril mínimo, parecido a una habitación de motel. Casi no tiene cocina. Come siempre cosas que compra fuera.

–Lo que no me puedo quitar de la cabeza es que si no hubiera sucedido nada de esto, si no me hubiera puesto enferma, seguiríamos juntos. Quiero decir que no es como si alguno de los dos hubiera tenido una aventura. Lo que significa, creo, que le da tanto miedo perderme que prefiere separarse y cortar por lo sano ya desde ahora. Al principio pensé que era cobardía, pero ahora me pregunto si no será una forma de valentía.

Habían llegado al hospital de día. Bruce dejó que se apeara, aparcó el Outback y fue a reunirse con ella. La sola visión del centro oncológico, al acercarse, le aceleró el corazón. En realidad él no era mucho mejor que Lou. El vestíbulo le infundió temor, lo mismo que los pacientes que deambulaban en torno, algunos arrastrando goteros rodantes como si llevaran perros de la correa. Y sin embargo el vestíbulo bien podría haber sido el de un hotel. La sala de quimioterapia misma era un espacio tranquilo, iluminado suavemente, con cortinas y alfombras llenas de color –pero no de tonos vivos–, y sugerentes motivos geométricos. Cuando Bruce pensaba en hospitales, solía visualizar el de Oshkosh, donde le extirparon las amígdalas: luz de tubos fluorescentes y enfermeras con gorros de intrincados pliegues. En el hospital de día, por el contrario, el personal de enfermería llevaba bata blanca o vestuario de quirófano. Muchos eran varones. En lugar de estar tendida en una cama, Kathy recibía la quimioterapia reclinada en un asiento, a través de una vía abierta en el cuello. Esta vía era lo único que Bruce seguía sin poder forzarse a mirar directamente.

Cada sesión duraba tres horas. Bruce se sentaba al lado de Kathy, en un sillón, y a petición de ella subía o bajaba la persiana de la ventana con un mando a distancia. Desde la sala se veían unas banderas que presidían la entrada a un viejo y afamado club al que pertenecían varios de sus clientes, y al cual él nunca había sido invitado. Le comentó esto a Kathy: le dijo que cuando pasaba un rato con esos clientes, todos ellos pertenecientes a familias ricas de toda la vida de Nueva York, se sentía como «un pueblerino que visita la ciudad». Kathy rió al oírlo.

–Jamás te he visto como «un pueblerino que visita la ciudad» –le dijo.

–Oh, pero lo soy –dijo Bruce–. Mi abuelo tenía una granja lechera. Y cuando era niño pasaba en ella los veranos...

Pero Kathy se había sumido en un duermevela. Bruce, con cautela, sacó el portátil del maletín, lo abrió y se pasó media hora leyendo acerca de tratamientos experimentales para el linfoma no Hodgkin. Uno de ellos tenía una tasa de éxito de apenas el cuarenta por ciento, pero, de ese cuarenta por ciento, el noventa por ciento no había recaído en los cinco años siguientes. Otro era tan nuevo que era muy improbable que el seguro de Kathy lo cubriera. Cuando hubo obtenido información suficiente sobre la enfermedad de Kathy, buscó a Lou en Google y encontró su perfil en la página del concesionario de Subaru. Buscó también a sus hijos. Danny, el mayor, era agente inmobiliario en Manitoba. Susie, la mediana, tenía ficha policial, cuyos detalles podían obtenerse inscribiéndose en una página web por la que había que pagar 19,95 dólares mensuales. Michael tenía una cuenta en Twitter y en ella aseguraba que «♥♥♥ Carly Rae Jepsen» y que aspiraba a hacer carrera en el diseño de interiores.

Avergonzado por su curiosidad, Bruce cerró el portátil. Y miró a Kathy dormida. Era una mujer alta, de facciones acusadas y ojos oscuros. La peluca, del mismo color y con las mismas mechas que su pelo natural, no parecía una peluca. Kathy gustaba a todo el mundo: a los gestores de carteras, a los ayudantes administrativos y a los especialistas en la asistencia a clientes, así como al informático y a la recepcionista y a los propios clientes, en especial a los ricos de toda la vida, los miembros del club del otro lado de la calle. Con las ricas de toda la vida, Kathy intercambiaba recetas, y con los hombres ese tipo de gentiles cortesías que en el pasado se tenían por flirteos. Bruce se preguntaba para sus adentros si Kathy no les recordaría a esos clientes a las profesoras e institutrices de su juventud. Como las maestras, siempre hablaba con frases enteras. Vestía con ropa alegre, con trajes de pantalones y trajes de falda que combinaba con blusas de seda, siempre de color rosa o azul. Sus modales al teléfono, a un tiempo respetuosos y vivos, ejercían un efecto calmante en los clientes cuando llamaban presas del pánico ante un desplome súbito del índice Dow. Solo dormida parecía vulnerable. Tenía la boca medio abierta, como una niña. Y el brazo libre descansaba cruzado sobre los pechos.

Al cabo de media hora sus párpados se abrieron. Sus ojos recorrieron la sala, aturdidos, y acabaron calmándose al encontrarse con los de Bruce.

–¿Cómo te sientes?

–Así así...

–¿Quieres algo de comer?

Negó con la cabeza. Uno de los inesperados efectos secundarios de la quimioterapia era la pérdida del gusto de la mayoría de los alimentos. Ni siquiera disfrutaba ya de la comida china y el chocolate, antes sus manjares preferidos. La quimioterapia, le había dicho a Bruce, le dejaba en la boca un regusto terrible que solo los sabores más crudos conseguían enmascarar. Lo que más solía pedir eran patatas fritas barbacoa y bollos de canela, el tipo de cosas que se venden por un dólar la unidad en las máquinas expendedoras.

A veces Susie, su hija, aparecía en las sesiones, siempre sin avisar y sobremanera agitada. Susie era una treintañera de pelo negro teñido que le caía en un flequillo desigual sobre la frente. Llevaba unas mallas negras muy ceñidas y una chaqueta de cuero, y nunca salía de casa sin un inmenso bolso a rebosar de monedas, sobres arrugados, pajitas, cigarrillos, encendedores, sobras de comida de restaurantes en envases de poliestireno, bloques de Lego, un teléfono móvil con la pantalla rajada y los *decoupages* que, según porfiaba en afirmar, algún día la harían rica. Sus visitas eran confusas y caóticas, jalonadas de súbitas desapariciones sin aviso previo cuando salía al exterior del edificio para fumar. Con el tiempo, Bruce, para su sorpresa, empezó a sentir por ella algo pa-

94

recido al afecto. A petición de él, Susie le enseñó los *decoupages*, creaciones anárquicas de pegamento y laca y fotografías cortadas a navaja de tabloides de supermercado, disonantes, sí, de aficionados, sí, y sin embargo era innegable que poseían cierta fuerza, desmesurada y tosca como la propia Susie, y, también como Susie, casi enternecedora en su vehemencia. A diferencia de su madre, Susie no hablaba con frases enteras. No tenía, a juicio de Bruce, pensamientos completos. En lugar de conversación, ofrecía monólogos irregulares, la mayoría sobre el moho asesino. «Las chicas y yo estamos viviendo con mi madre por el moho asesino», le dijo a Bruce cuando se conocieron. «Al principio vivíamos en un apartamento en Queens Village, pero estaba infestado de moho asesino y el casero no respondía a mis mensajes de texto ni me devolvía las llamadas, y Chloe, mi hija pequeña, que tiene asma, estaba cada vez peor. Así que conseguí la dirección del casero, una casa elegante en Little Neck, y fui y llamé a la puerta, y contestó su mujer, y voy y le digo: "Usted tiene hijos; ¿le gustaría que estuvieran tosiendo hasta que se les salieran los pulmones?". Y ella me dice: "Será mejor que se vaya ahora mismo, o llamaré a la policía". Pero debí de llegarle dentro, porque al día siguiente el casero me llamó y me dijo: "Buena treta. De acuerdo, si están tan mal ahí, tengo otro apartamento que puedo alquilarles, está en Flushing, solo que tendrá que firmarme una carta diciendo que no hay moho asesino". Así que firmé la carta, aunque hubiera habido coacción, y nos mudamos a Flushing y, ¿se lo puede creer?, había más moho asesino que en el apartamento que habíamos dejado. Así que dejé de pagar el alquiler y nos desahuciaron y ahora estoy en una lista de morosos y nadie va a alquilarme nada, por mucho que haya mandado una carta a la autoridad de la vivienda diciendo que no solo pensaba en mí misma, sino que estaba toda la otra gente del edificio, y todos sus hijos, pero la autoridad de la vivienda no

95

me hizo el menor caso, y por eso nos tuvimos que volver a vivir con mi madre y mi padre, pero si piensan que me he dado por vencida están muy equivocados, porque tengo fotos, y muestras rascadas de las paredes, o sea pruebas forenses, y en cuanto empiece a hacer dinero con mis *decoupages* voy a demandar a ese cabrón y a gastarme el dinero que gane en hacerle limpiar esos cuchitriles y así ayudar a esos pobres niños».

–¿Cuándo te mudaste a casa de tu madre?

–Hace un año.

–Un año y tres meses –le corrigió Kathy.

A Bruce le extrañó que no le hubiera contado nunca nada de esto. Cuando Susie se hubo ido, le preguntó por qué.

–¿De qué habría servido? –dijo Kathy–. Debería saber que no soy la misma persona en casa que en la oficina. La casa de uno se supone que es donde descansa después del trabajo. En mi caso el trabajo es donde descanso de casa.

»Claro que podría ser peor. La casa y el trabajo podrían ser los dos terribles. Lo son para la mayoría de la gente. Si solo fuera Michael todo sería más fácil. Michael es de bajo mantenimiento.

–¿También vive contigo?

–Todavía no se ha ido de casa. Solo tiene veinticinco años.

–¿No podrías buscarle un apartamento a Susie?

–Nadie querría alquilárselo.

–¿No puede echar una mano Lou?

–Puedes hablarlo con él.

Cuando acabó la sesión, Bruce acompañó a Kathy a su hotel.

–Creo que esta noche me daré un baño –dijo mientras estaban en el vestíbulo esperando el ascensor–. Mi habitación tiene una bañera tan apetecible, grande y limpia y blanca. La voy a llenar de burbujas y me voy a dar un buen remojón y luego a ponerme una toalla alrededor de la cabeza, como las mujeres de las películas. Algo que nunca hago en casa.

En casa no hay más que una bañera, y enseguida se pone pringosa.

Este comentario desconcertó a Bruce. Al principio no entendió por qué. Y, en efecto, solo logró comprenderlo camino del aparcamiento. Cuando Kathy y Lou dispusieron del dinero del préstamo con garantía inmobiliaria, ella le contó que lo habían solicitado para añadir una pieza a la casa: un dormitorio en suite con bañera de hidromasaje. Y le preguntó si pensaba que podían permitírselo. Bruce le había contestado que sí, que en su opinión profesional podían permitírselo. Pero ahora a ella se le había escapado la verdad: en lo que fuera que hubieran gastado el dinero, no había sido en un dormitorio en suite con bañera de hidromasaje.

9

El sol se estaba poniendo. Bruce recogió el Subaru en el garaje donde lo había dejado y condujo hasta el garaje de su propiedad. Desde allí cogió un taxi que lo llevó a su casa. Era el lunes anterior a la toma de posesión presidencial, tres días antes de que Eva y Mi tuvieran programado volar para Venecia. Le habría gustado que no fuera lunes. Le habría gustado que fuera martes, ya que los martes por la noche Eva siempre tenía invitados y él se veía liberado de la obligación de hablar. La noche de los martes podía limitarse a arrellanarse en un sillón y dejarse mecer por las brillantes charlas de los invitados, mientras que los lunes, desde hacía mucho tiempo, Eva y él acostumbraban a quedarse en casa y cenar uno de los tres platos de pasta que constituían su repertorio culinario: *penne* con gambas y espárragos, *linguine* al pesto con patatas nuevas y judías verdes, o *fusilli* con jamón, guisantes, nata y la salsa de tomate que Amalia preparaba y congelaba en tandas. Los lunes cenaban en la mesa de la cocina. Y se acostaban temprano. Durante la mayor parte de su vida de casado, la de los lunes había sido la noche preferida de Bruce; si de él dependiera –le había dicho en cierta ocasión a Jake– las semanas tendrían más lunes –tres o cuatro más–. Pero ahora temía los lunes, porque eran las noches en que

Eva y él tenían que hablar, y por lo tanto las noches en las que lo más probable era que él tuviera que mentirle.

No bien entró en el apartamento cuando Ralph, Caspar e Isabel lo asediaron con una bienvenida tan eufórica que cualquier observador habría pensado que su amo acababa de volver de una guerra.

—Soy yo —le gritó a Eva, colgando el abrigo y quitándose de las rodillas a los perros.

—Estoy aquí —le respondió Eva desde la cocina.

Entró por la puerta batiente. Cuando vio el paquete de *fusilli* en la encimera, el agua hirviendo en una cazuela y la salsa de tomate en otra, la boca se le hizo agua. Y lo envolvió una sensación de regreso al hogar.

—Me temo que se me ha hecho un poco tarde —dijo Eva, alargando la mano para abrir el frigorífico y al mismo tiempo dándole un beso apresurado pero no exento de ternura. Para su sorpresa, la retuvo pegada a él durante un instante, aspirando el aroma familiar del perfume (Jardins de Bagatelle) y el champú (Molton Brown) y las cremas y sueros (La Prairie) que se aplicaba todos los días en cara, cuello y brazos, y alrededor de los ojos. Como cada lunes, llevaba el pelo recogido en una coleta holgada, y unos vaqueros Gap, y un jersey verde de cachemira de cuello vuelto, y el mismo delantal que se ponía Matt Pierce cuando cocinaba para ella.

Por espacio de unos segundos Eva cedió al abrazo, y luego se zafó de él, abrió el frigorífico y sacó el bol de queso parmesano rallado. Bruce se sentó a la mesa, que estaba ya preparada y sobre la que se oxigenaba una botella de vino tinto.

—¿Cómo te ha ido el día? —preguntó.

—Oh, ya sabes, como siempre —dijo él (lo cual, *stricto sensu*, no era mentira, ya que el ir con Kathy al centro médico los lunes había llegado a ser algo «habitual»)—. ¿Y a ti?

—He tenido un problema con Amalia esta mañana.

99

—Oh, ¿qué ha pasado?

—Bueno, que cuando he entrado en la cocina me la he encontrado viendo *Good Morning, America*. En cuanto me ha visto entrar ha apagado la tele, por supuesto. Solo la he visto un segundo, pero me ha bastado. Esa cara... Un pensamiento contamina el día... ¿Quién dijo eso?

—No lo sé.

—Bueno, pues estaba tan enfadada que he decidido tener una charla con ella allí mismo, en ese momento. Así que la he sentado en la mesa y le he dicho: «Esta es mi casa, y en mi casa, cuando ese señor aparece en la televisión, cambiamos de canal».

—¿Y qué ha dicho ella?

—Nada. Ha dicho que sí con la cabeza de esa forma que tiene ella que significa «te oigo, pero no te escucho». Así que a continuación le he dicho: «Amalia, ¿cómo soportas siquiera mirarle cuando lo que quiere es levantar un muro en la frontera y devolver a Honduras a todos tus parientes?». Entonces se ha puesto insolente y me ha dicho: «Todos mis parientes son legales».

—No me sorprende.

—¿Que todos sus parientes sean legales?

—No, que se haya puesto insolente.

—¿Por qué crees que ha tenido que ponerse insolente?

—Bueno, eso no es asunto tuyo, ¿no crees?

—Necesita saber a qué se enfrenta.

—Estoy seguro de que sabe perfectamente a qué se enfrenta.

El agua de la pasta había empezado a hervir. Eva echó sal marina, y el agua saltó y desbordó la cazuela, cayendo sobre el panel de pulsadores con tal fuerza que puso en marcha el horno de convección. Eva gritó y dio un brinco hacia atrás.

—¡Dios! —dijo Bruce, dando un salto y volcando la silla.

—Estoy bien —dijo Eva, poniéndose un pulgar en la boca—. Quítate de en medio. Maldita sea. Se me ha olvidado apagar el fuego antes de echar la sal. ¿Por qué se me ha olvidado? Nunca se me olvida.

Con unos agarradores desplazó la olla del agua hasta otro fuego, y cuando el agua volvió a hervir echó y revolvió en ella los *fusilli*.

—Solo es una pequeña quemadura —dijo, mirándose el pulgar.

—Voy a traerte el Neosporin.

—Estoy bien. No necesito Neosporin.

Bruce volvió a sentarse. Se sirvió un vaso de vino.

—Es él —dijo—. Es esa agua. Esa agua que silba, que escupe. —Probó uno de los *fusilli* para comprobar su cocción—. Min dice que me pasó lo mismo cuando Bush Dos salió elegido, pero no creo que sea cierto. O sea, que nunca he odiado a Bush personalmente. El caso es que..., vaya, por poco digo su nombre. Me da miedo decir su nombre. Es como una maldición. Lo que me pasa con ese hombre es que lo que siento por él es puro odio, un odio ciego... De verdad, Bruce, creo que el mundo se ha vuelto loco. ¿Y cómo vivir en un mundo que se ha vuelto loco sin volverte loca tú también? Por cierto, no hemos podido encontrar habitaciones en el Gritti. Vamos a alojarnos en ese hotel nuevo (una amiga de Min está escribiendo un artículo sobre él para *Travel & Leisure*, así que a partir de ahora se hará muy conocido, pero de momento no lo conoce casi nadie). Dice que es como un hotel del siglo XXI pero con aire de *pensione* veneciana; ya sabes, como esa en la que se hospeda Katharine Hepburn en *Locuras de verano*. Y, a propósito, ¿sabes lo que me contó Sandra? ¿La razón por la que Katharine Hepburn tenía esos temblores? Pues porque cuando estaban rodando *Locuras de verano* se cayó a un canal y cogió no sé qué enfermedad.

—No es buena publicidad para Venecia, ¿no crees?

—No creo que sea verdad. Seguramente son habladurías.

Eva escurrió la pasta, la mezcló con la salsa y la sirvió en los boles. Comieron con cucharas.

—No comas tan deprisa —dijo (era lo que siempre le decía los lunes por la noche).

—Perdona —dijo Bruce, y susurró para sí mismo: «Mastica cada bocado diez veces».

—Espero que estés bien mientras estoy fuera. ¿Vas a ir a Connecticut este fin de semana?

—Seguramente no.

—Me lo imaginaba, así que he llamado a Rachel Weisenstein y te han invitado a cenar el viernes.

Bruce dejó la cuchara.

—¿Y si no tengo ganas de ir a cenar con los Weisenstein el viernes?

—Muy bien. Pero no hay necesidad de que me eches la bronca.

—No te estoy echando la bronca. Solo estoy diciendo que no vas a estar fuera más que diez días. No necesito canguros.

—Perfecto. La llamaré para decirle que no puedes ir. Me inventaré algo.

—No, no hagas eso. Iré.

Volvió a fijar la atención en la pasta.

—Nunca te han gustado, ¿verdad?

—¿Quiénes?

—Aaron y Rachel.

—Él es un bocazas. Tenía la esperanza de poder tomarme un descanso.

—¿De qué?

—Solo un descanso.

Ahora fue Eva la que dejó la cuchara.

—Estás deseando que me vaya, ¿verdad?

–¿Y qué si es verdad? Tú estás deseando marcharte.

–Estoy deseando estar en otra parte, no estar lejos de ti.

Pese a que había masticado diez veces cada bocado, el bol de Bruce estaba vacío.

–¿Te apetece repetir? –dijo él, tal como solía hacer todos los lunes por la noche.

–No quiero más, gracias –dijo Eva.

Apartó el bol, con tres cuartos de su contenido intacto.

–En realidad, ahora que lo pienso, yo tampoco –dijo Bruce–. Tengo que vigilarme la cintura.

Se levantó y se puso a fregar bol y cuchara.

–De lo que no hay duda –dijo– es de que vas a comer una pasta estupenda en Venecia.

No hubo respuesta.

–¿Eva?

Pero Eva se había ido de la cocina.

A las nueve sacó de paseo a los perros. La lluvia de hacía un rato había dejado los baches llenos de un agua que les ennegrecía las patas.

Al doblar y entrar en Madison, se encontró con Alec Warriner, que subrepticiamente daba una patada a un excremento de Sparky para embocarlo en una alcantarilla de la acera.

–Pillado in fraganti –dijo Alec–. Se me ha olvidado traerme una bolsita.

–Excusa creíble –dijo Bruce–. Bueno, no te preocupes. Te lo dejaré en una amonestación. Por esta vez.

Por primera vez en su vida, los dos hombres pasearon juntos. Mientras que en el ascensor los perros de Bruce siempre se habían metido con Sparky, allí en el exterior, en terreno neutral, no le hicieron el menor caso. No prestarle atención, fingir que no estaba allí, era la forma canina de mostrar aceptación. A menudo Bruce deseaba que los humanos se comportaran más como canes.

–Está leyendo el periódico –dijo Alec cuando Sparky, por cuarta vez en cinco minutos, se paró para olisquear la acera.

–Me pregunto si ellos aprenderán más de los suyos que nosotros de los nuestros –dijo Bruce.

–Difícil imaginar que aprendan menos –dijo Alec. Miró a Bruce a los ojos–. No tienes hijos, ¿verdad?

Bruce negó con la cabeza.

–Yo tengo dos hijas. Bueno, tenía. Perdona, ha sonado como si una de ellas hubiera muerto. Lo que quiero decir es que la mayor acaba de repudiarnos. Esa es la palabra que empleó al escribirnos para decirnos a su madre y a mí que no piensa volvernos a hablar en la vida, y que ya no nos considera sus padres, y que si detecta la más mínima tentativa de ponernos en contacto con ella bloqueará nuestros números y direcciones de email.

–¿Y a qué se debe todo eso?

–A las elecciones. A que votamos a Trump. Díselo a tu mujer, si quieres. Estoy seguro de que le hará sentirse mejor.

Bruce se sintió turbado.

–¿Sabes? Si pensase que podría servir de algo, me disculparía por Eva –dijo–. Pero será mejor que te tomes su modo de comportarse con cierto escepticismo, aunque sé que un poco de escepticismo se quedaría corto. Tendrías que tragártelo con una dosis bien copiosa de escepticismo. Posiblemente mayor de la que se supone que una persona normal podría soportar. En fin, siento lo de tu hija... Que esté tan furiosa.

–¿Ella? ¿Y yo? Por supuesto lo peor de todo es que esta es la hija que vive cerca de nosotros. Bueno, más cerca... La cercanía se ha vuelto relativa para Kitty y para mí desde que nuestra hija pequeña se mudó a Nom Pen.

–¿En Camboya?

–Exacto. Esa es Rebecca. Llevamos sin verla tres años. Judy vive en Boston. Es abogada, tiene tres hijos y ahora dice que como hagamos el menor gesto de acercarnos pedirá una orden de alejamiento. Ya te imaginas cómo le ha sentado eso a Kitty.

–¿Y todo por las elecciones?

–Según ella, sí. Ahora, a posteriori, veo que mi error fue decirle a quién había votado. Debería haberle mentido, debería haberle dicho que en el último momento cambié de opinión y voté a Hillary, pero no pude, y no solo porque sabía que jamás me habría creído. La verdad es que mi conciencia no me permitía decir que votaba a esa mujer, ni siquiera para conservar la relación con mi hija.

–¿De verdad piensas que Hillary es así de mala?

–Tu mujer piensa que nosotros somos malos. Bien, pues nosotros pensamos que ella es mala. Hillary, quiero decir.

–¿Me estás diciendo que votaste más contra Hillary que a favor de Trump?

–Sé que querrías que estuviera diciendo eso, pero no es así. Lo cierto es que he sido partidario de Trump desde el comienzo. Al principio me lo callaba. Me refiero a que, cuando surgía el tema, ni siquiera se lo decía a mis amigos republicanos. Decía que aún no me había decidido, o que quería ver cómo se desarrollaban los debates, o que lo único que quería era impedir que esa mujer llegara a la Casa Blanca y conseguir que los impuestos sobre sociedades se mantuvieran por debajo del veintiún por ciento. Ahora estoy convencido de que muchos de nosotros estábamos haciendo exactamente eso: mentirnos los unos a los otros. Y eso tuvo su impacto en las urnas, no me cabe ninguna duda.

»El hecho es que la noche de las elecciones éramos nosotros los que nos esperábamos lo peor. Kitty y yo invitamos a unos amigos a casa, sobre todo para poder emborracharnos y compadecernos unos de otros. Créeme, nadie pudo llevarse mayor sorpresa que nosotros cuando empezaron a llegar los resultados. Por eso nos pusimos un poco locos. No podíamos creerlo. Parecía un milagro.

–Lo que para unos es un milagro, para otros es una pesadilla, imagino.

–Eso sí, entiendo por qué os disgusta. Lo digo de verdad. La cuestión es que también lo entiendo a él. O sea, es burdo, no hay duda, pero al menos es nuestro tipo de burdo. ¿Sabes lo que te estoy diciendo? El burdo neoyorquino. Ahora bien, Rand Paul... Un tipo al que no trago. Un tipo que parece de otro planeta. Tipos como Donald los he conocido toda la vida. Estuve en Wharton unos cuantos años después de él. Y he de admitir que he estado unas cuantas veces en Mar-a-Lago. Disparatado, de mal gusto, cierto, pero al mismo tiempo hay algo divertido en todo ello, como ir a Disneylandia y dormir en el castillo de la Cenicienta. Pero no estoy diciendo que seamos amigos, ni siquiera que me guste especialmente; estoy diciendo que lo entiendo, que sé cómo le funciona el cerebro, qué es lo que persigue, lo cual es más de lo que puedo decir de... Bueno, prefiero no pronunciar ese nombre. Me pone de los nervios decir su nombre.

–¿Y no te importa que sea un peligro andante?

–¿Y ella no? Verás, ahora mismo los demócratas están temblando por el hecho de que él tenga los códigos nucleares, ¿no es cierto? Bueno, pues según lo veo yo lo que daría verdadero miedo sería que ella tuviera la maleta nuclear, porque esa mujer es un verdadero halcón. Y en cuanto a él, dime, ¿crees sinceramente que alguna vez haría algo que pudiera poner en peligro su imperio inmobiliario?

–¿Le has dicho eso a tu hija?

–¿A Judy? Me colgaría antes de que pudiera decir tres palabras seguidas. Ahora que lo pienso, seguramente fue por ella por lo que me callé tanto tiempo que había votado a Trump. Pero ahora que ya no me habla, me digo: ¿por qué reprimirme? ¿Por qué no «salir del armario»? ¿Por qué no dar una fiesta?

—Y sin embargo a veces la echas de menos, ¿no?

—La que la echa de menos es mi mujer. En mi caso..., tengo que ser sincero: para empezar, hay veces en que desearía no haber tenido hijos. Me habría librado de un buen montón de dificultades.

—Pero también está esa soledad. Sobre todo cuando vas envejeciendo. Ese sentimiento de que hay algo que deberías tener y no tienes.

—¿A diferencia de algo que está ahí y que no debería estar?

—¿Cuál es la diferencia?

—Dímelo tú. ¿No se supone que vosotros los financieros veis toda pérdida como una potencial ganancia?

Bruce no respondió. Alec tenía razón. La idea de que las pérdidas podían convertirse en ganancias era tan esencial en su modo de entender el mundo que nunca se le había ocurrido cuestionarla.

Doblaron hacia la izquierda.

—Mi secretaria tiene cáncer —dijo, sin creer del todo que lo estuviera diciendo.

—Siento oír eso. ¿Qué tipo de cáncer?

—Un linfoma. Es una buena persona. Lleva trabajando para mí veinte años. Estoy intentando ayudarla, pero tengo que ocultárselo a mi mujer.

—¿Te refieres a que quieres darle dinero?

Fue solo al oírselo decir a Alec cuando Bruce cayó en la cuenta de que lo que quería decir era exactamente eso.

—Si lo hiciera, y Eva se enterara, se pondría furiosa. Diría que me estoy implicando demasiado.

—Traducción: pensaría que te estabas acostando con ella. ¿Te estás acostando con ella?

—No, claro que no. Y estás equivocado: Eva nunca pensaría eso.

–¿Por qué no? Es lo que se piensa en estos casos. ¡Sparky, no! –El perro se abalanzó contra una sombra, lo que obligó a Alec a retenerlo con la correa retráctil–. Bien, si quieres saber mi opinión, la solución es obvia. Debes acostarte con tu secretaria. Me refiero a que ya que te tomas la molestia de mantener la cosa en secreto deberías también sacar algo de todo esto, ¿no? Oh, Dios, qué barbaridad acabo de decir... Es horrible. Lo siento, tengo un problema con esto. Soy como Sparky, me dice mi mujer. Salto antes de mirar.

–Pero tienes razón –dijo Bruce–. Es lo primero que se piensa. De hecho, me sorprende que no lo haya pensado yo también. Que ni siquiera haya pensado que podrían pensarlo otras personas. Personas que no hayan conocido a Kathy, o incluso que sí la hayan conocido.

–¿Kathy es tu secretaria?

–Tiene cincuenta y tres años. Tres hijos y dos nietos. Oh, y además, por si fuera poco, su marido la ha dejado. Y tiene graves problemas de dinero.

–Si su marido es quien la ha dejado, al menos ella sacará algo en limpio de su divorcio, ¿no?

–Se quedará con la casa. Puede que saque algo más... Si vive lo suficiente. –Bruce se paró en seco–. Dios, no puedo creer que yo esté diciendo esto. Ayudar a la gente a protegerse frente de futuras catástrofes..., a eso es a lo que me dedico. ¿Por qué no he hecho nada en el caso de Kathy?

–¿A qué te dedicas exactamente?

–Según mi página web soy, entre comillas, asesor de gestión de patrimonios, aunque yo me sigo considerando un corredor de bolsa. Y Kathy es mi, entre comillas, asistente ejecutiva, aunque yo sigo pensando en ella como mi secretaria. Y eso significa que no tiene ninguna riqueza que gestionar, o al menos no la suficiente como para que merezca que le dedique mi tiempo. O que ella le dedique el suyo. Pero me gustaría hacer algo más por Kathy.

–Bueno, ¿y qué más puedes hacer? Tiene sus prestaciones, ¿no? Y eso la ayuda algo. Antes de retirarme siempre me aseguré de que mis empleados tuvieran seguro médico, aunque me costara un ojo de la cara.

–Eso es más de lo que ha hecho vuestro presidente.

–Nuestro presidente. No importa lo que pienses de él. Ahora es nuestro presidente.

Estaban ya de vuelta en el edificio.

–Bueno, ha estado bien este paseo contigo –dijo Bruce.

–Sí, ha estado bien –dijo Alec–. Quizá podamos repetirlo algún día. Si la idea no te disgusta.

–Me gustaría –dijo Bruce, haciendo un gesto al portero para que no se molestara en sostenerle la puerta–. Si no te importa, creo que daré otra vuelta a la manzana. Isabel todavía no ha hecho nada.

Se despidieron rápido. Cuando Bruce volvía caminando por Park, se preguntó si no debería contarle sencillamente a Eva que llevaba a Kathy a la quimioterapia y acabar de una vez por todas con su ocultación. No había nada censurable en ello. Nadie puede desaprobar la lástima, ¿o sí? Tal vez..., si esa lástima la percibiera una mujer como parte de la estrategia de otra mujer que pretende suplantarla. Claro que atribuir tal intención a Kathy sería algo tremendamente injusto. Sin duda podría explicarle eso a Eva. Sin duda podría explicar que lo único que le había costeado era la habitación del hotel, y no porque Kathy se lo hubiera pedido. Era un gesto de generosidad, un gesto altruista dictado por su voluntad libre. ¿O contrariaría más a Eva el que Bruce –que a lo largo de sus años de casados le había permitido comprarle la ropa, decidir a qué restaurantes iban, dónde pasarían las vacaciones y quiénes eran sus amigos– empezara repentinamente a actuar *motu proprio*?

Pero no se estaba quejando. Sin Eva –lo sabía– su vida habría sido..., si no menos interesante exactamente, sí menos llena: sin que le hicieran leer artículos que no le daban sino dolor de cabeza, sin tener que escuchar las discusiones de los amigos de ella durante las cenas, sin «marchas de la muerte» en las exposiciones de un Metropolitan ni abonos a la ópera en el otro (utilizados por ellos solo muy de vez en cuando, y a menudo obsequiados a sus invitados). Sin Eva: más televisión, más tiempo con sus padres, menos invitados los fines de semana. Los cambios, por sí mismos, tenían poco atractivo para Bruce. Él no había pedido a Kathy que enfermara, ni previsto la veta de empatía que el estado de su secretaria haría aflorar en él. Ni, que él supiera, había dicho nada que lo hubiera delatado ante Eva. ¿O sí? Sin duda no debería haber perdido los estribos con lo de la invitación a cenar de los Weisenstein. Habría tenido que masticar mi mal humor diez veces –tal como había hecho con cada uno de los bocados de la cena– hasta dejarlo hecho pulpa. Entonces la conversación que había concluido con Eva yéndose de la cocina no habría tenido lugar. Pero había perdido los estribos; una sensación estimulante, liberadora, por la que sabía que tendría que pagar un precio. Eva no haría ninguna escena. No era su estilo. En lugar de ello, recularía hasta instalarse en un ritual de arrogantes formalidades. No, no quiero más, gracias. Tener un secreto con Eva –debía admitir– era algo que le proporcionaba un gran contento.

Llovía de nuevo. De pronto oyó sirenas, vio una ambulancia que venía a toda velocidad en dirección a él. Durante los diez minutos últimos –cayó en la cuenta– había dejado que los perros lo llevaran a su antojo y no al revés. Como de costumbre, avanzaban con urgencia, como si llegaran tarde a una cita. ¿Querían volver a casa o se dirigían a otra parte? Bruce no tenía la menor idea: se limitó a seguirlos.

Dos días después, Min y Eva partieron para Venecia. Mientras el portero colocaba el equipaje de ambas en el maletero del taxi, Bruce se quedó en la acera con Min y los perros, a la espera de su mujer. Min tenía el móvil en la mano. Al principio Bruce pensó que estaba escribiendo un mensaje de texto, pero luego vio que jugaba una partida.

Tan pronto como Min se dio cuenta de que Bruce había visto lo que estaba haciendo, metió el móvil en el bolso.

—Me has pillado —dijo—. Está bien, lo confieso. Soy adicta. Candy Crush.

—¿Candy qué?

—¿No sabes lo que es? Tanto mejor. —Sonrió—. Bueno, querido, diez días a tu aire. Mientras la ratoncita está fuera, ¿jugará el gato?

—Puede que el gato juegue al Candygram.

—Candy Crush. Yo no te lo aconsejaría. Es una ruina. Casi tan malo como apostar.

En aquel momento salió Eva por la puerta: delicada y elegante, con un impermeable Burberry y botas negras.

—Bueno, buen viaje —le dijo Bruce a Min.

—*Buon viaggio* —dijo Min. Y, cuando Bruce la besó en la mejilla—: No es suficiente. En Italia son *due baci*, dos besos, uno en la izquierda y otro en la derecha. Mientras que en Holanda son tres: izquierda, derecha, izquierda. Y por si te preguntas por qué sé tanto de besos, durante los cinco minutos que estuve en *CN Traveler*...

—Min, vamos... —dijo Eva, instándola a subir al taxi antes de que Bruce pudiera darle el segundo beso.

Min obedeció. Eva y Bruce se quedaron solos junto al bordillo con los perros.

—Ha dejado de llover —dijo él.

Ella asintió.

—Me alegro. No quería decir nada, pero ayer ese vuelo tuvo un retraso de tres horas. Y la noche anterior de cinco. Mientras que esta noche —Bruce miró el móvil—, no solo prevé despegar en hora, sino que deberías aterrizar en Milán con cuarenta minutos de adelanto. El tiempo en Venecia es soleado: catorce grados de máxima; uno de mínima.

–Tienes los datos al minuto.

–Vienen en una app que tengo instalada en el móvil.

–Bruce, espero que entiendas lo mucho que necesito este viaje. Lo entiendes, ¿verdad?

–Por supuesto –dijo Bruce. Luego trató de besarla en los labios, pero Eva movió la cabeza y apenas alcanzó a besarla en el mentón. Al percibir la partida de su dueña, los perros se alzaron sobre las patas traseras y trataron de lamerles la cara a ambos.

–Quieren participar –dijo Bruce.

–Adiós, queridos –dijo Eva, agachándose para frotarles las orejas–. Cuidad a papá. Os voy a echar de menos.

Montó en el coche con Min. Cuando se separaban del bordillo los perros gimotearon y trataron de salir en persecución del coche. Bruce los retuvo con las correas con una mano, mientras les hacía adiós a las dos mujeres con la otra. Aunque podía ver a través del cristal trasero que Eva no se había dado la vuelta para mirarle, siguió haciendo ondear la mano en dirección a ella hasta que el taxi se perdió en la marea de tráfico del norte urbano.

10

La noche siguiente, tal como habían acordado, fue a cenar a casa de los Weisenstein. El matrimonio Weisenstein vivía en West End Avenue, en un apartamento cuyo piso de parquet lleno de raspaduras crujía bajo los pies y cuyas ventanas temblequeaban cada vez que un autobús pasaba por delante del edificio.

—Me temo que tenemos un pequeño jaleo en la cocina —dijo Rachel, aceptando la botella de vino que le tendía Bruce e invitándole a sentarse en un viejo sofá de terciopelo verde oliva (casi pelado) y cubierto con mantas de algodón llenas de pelotillas—. ¿Qué te apetece beber?

—Ginebra con tónica —dijo Bruce, combinado que jamás habría pedido si Eva hubiera estado presente. Si Eva hubiera estado presente habría pedido vino blanco.

—Aaron, ¿podrías prepararle un gin-tonic a Bruce? —le gritó Raquel a su marido.

—¡Estoy ocupado! —le respondió Aaron a voces a través de la puerta que daba a la cocina (estaba friendo pescado).

—Intenta ponerte cómodo —le dijo Rachel a Bruce, lo cual bien podría haber sido una broma: el sofá estaba tan combado que cuando Bruce se sentó casi se le hundió el trasero hasta el suelo, mientras se alzaba una nube de polvo desde los cojines y los muelles se le clavaban en la espalda. Sobre la mesita baja amarilleaban en desorden varias secciones del último dominical del *Times*, junto a números atrasados de revistas de las que nunca había oído hablar y ejemplares de prensa de libros de escritores de los que tampoco había oído hablar en su vida, y un ordenador portátil abierto en cuya pantalla podían verse burbujas psicodélicas que estallaban hacia el infinito.

Como un minuto después, entró por una puerta abierta un inmenso gato blanco que se acercó con parsimonia al sofá, brincó sobre el regazo de Bruce y le plantó una pata en cada uno de los hombros. Y fijó la mirada en él (uno de sus ojos era azul, y el otro amarillo).

Rachel volvió a aparecer con el gin-tonic y un bol de galletitas de arroz japonesas. Cuando se sentó al lado de Bruce, las rodillas le ascendieron a la altura de los pechos y su cuerpo adoptó la forma de una navaja plegada. Ella bebía whisky, seco.

—Ese es Mumbles —dijo, señalando al gato, que ahora acariciaba con el hocico las mejillas de Bruce—. Es una puta. Eres una puta, Mumbles.

Bruce estornudó.

—¿Eres alérgico a los gatos?

—Un poco.

—Creo que tengo unos antihistamínicos...

—No te preocupes.

Rachel no se levantó. Tendría algo menos de cincuenta años, llevaba gafas que constantemente le resbalaban por la nariz y el pelo castaño recogido en un moño improvisado.

—Aaron está haciendo uno de sus platos chinos de pescado entero —dijo Rachel, resignada.

—¿Qué tipo de pescado?

—Uno enorme. Creo que se llama sargo. Solo lo hace porque no está Eva. Ya sabes lo mucho que odia tu mujer las comidas de olor fuerte. Siempre dice que el olor se le mete por toda la ropa.

Se le ocurrió a Bruce que, con aquellos dientes prominentes, los ojos claros y la espalda huesuda, la propia Rachel podría ser un pez, o una mujer metamorfoseada en pez.

–¿Ha llegado Eva bien a Venecia? ¿Cómo les va a ella y a Min?

–Bien, creo. Lo único que he recibido hasta el momento es un mensaje de texto diciendo que han llegado. Eso y unas cuantas fotos.

–Oh, genial, echémosles un vistazo.

–No son muy interesantes. Puentes y canales, más que nada.

–¿Hay algo más en Venecia aparte de puentes y canales?

–Iglesias. Y gatos.

Miró intencionadamente a Mumbles, que ahora se lamía en su regazo.

–Y tú, solo, ¿estás bien?

¿Por qué todo el mundo parecía pensar que no era capaz de estar bien solo?

–Sí, estoy bien.

–Estábamos preocupados por si no podías arreglártelas. Sobre todo por esa horrible fiesta de investidura del apartamento de al lado. Bueno, piensa en esto como una fiesta antiinvestidura.

El ruido que resonó en la cocina Bruce lo habría descrito como un chisporroteo si no hubiera sido tan fuerte. Pensó: «Aaron está hirviendo a alguien en aceite».

–Siempre hay un poco de escenografía cuando Aaron fríe un pez entero –prosiguió Rachel–. Bien, vamos a ser un bonito grupo esta noche. Viene Jake... Sé que te cae bien Jake. Y Sandra Bleek. ¿Te acuerdas de Sandra? La prima de Grady, la que estuvo en tu casa aquel sábado en que Eva..., cuando Eva quiso que dijéramos aquello a Siri.

115

Aunque recordaba aquella tarde, Bruce no recordó a Sandra hasta que la vio entrar por la puerta: una mujer diminuta con una cantidad inmensa de pelo con mechas blancas y raya en medio que le caía a plomo sobre los hombros. Ese pelo daba a su cara un aire de máscara que a Bruce le hizo pensar en un caniche enano, una bruja de cómic y el Primo Eso de la Familia Addams, todo a la vez.

–Bienvenida a nuestra fiesta de antiinvestidura –dijo Rachel, besando en la mejilla a Sandra.

–¿Vuestra qué?

–Nuestra fiesta antiinvestidura del presidente, en la cual no pensamos en la investidura. De manera conjunta.

–¡Qué idea más interesante! –dijo Sandra, sentándose en una butaquita en la que Bruce no habría cabido jamás–. ¿Y dónde están los gemelos esta noche?

–Por ahí. Nosotros ya no significamos nada para ellos.

–¿Cuántos años tienen?

–Acaban de cumplir dieciocho.

A Bruce le sorprendió oír esto. La última vez que se había fijado en los gemelos de los Weisenstein –no podía recordar sus nombres– eran unos niños.

–Me pasó lo mismo con Lara –dijo Sandra–. El día en que cumplió dieciséis, la llevé a sacarse el carnet de conducir esa fue la última vez que la vi.

–¿Le dejas conducir en la ciudad? –dijo Rachel.

–No, era en Long Island. Mi marido y yo (el que pronto va a ser mi ex y yo) tenemos (teníamos) dos viviendas: un apartamento cerca del Lincoln Center y una casa en Bridgehampton. No es una de esas casas lujosas de la playa; solo una casita vieja y desvencijada que compramos en los ochenta y nunca encontramos tiempo para arreglar. Se supone que vivo en ella ahora. Es lo que ordenó la jueza: que hasta que se consumara el divorcio yo me quedaba en la casita de Bridgehampton y Rico en el apartamento, por mucho que fuera yo quien había conseguido el apartamento antes de casarnos. El alquiler estaba a mi nombre. La jueza dijo que Rico tiene que estar en la ciudad por trabajo, mientras que yo no tengo ningún trabajo y por tanto puedo vivir en cualquier parte, lo cual me parece absolutamente sexista. Porque que no vaya a trabajar a ninguna parte no quiere decir que no tenga trabajo.

–Pero, para ser justos, no tienes que estar en la ciudad para hacer tu trabajo. Puedes hacerlo en el campo. Puedes hacerlo en cualquier parte.

–Pero necesito la ciudad. No soy muy de hibernar. No podría quedarme sentada en Long Island todo el invierno, contemplando los árboles sin hojas.

–¿Quieres decir que preferirías sentarte en la casa de Grady de Connecticut, contemplando los árboles sin hojas?

–Al menos lo tengo a él allí; cuando no está en alguno de sus cruceros. Además, un coche le lleva a la ciudad dos veces por semana. Pueden llevarme. Y es un viaje mucho más fácil que desde Bridgehampton. Hay mucho menos tráfico.

–¿Qué tipo de trabajo es el tuyo? –preguntó Bruce.

–Sandra es escritora –dijo Rachel.

–No, no lo soy –dijo Sandra.

–Oh, venga ya... –dijo Rachel–. Escribes.

–Pregúntale a su marido. Que escriba no me convierte en escritora, me convierte en aprendiz. En aspirante. Todavía no me he ganado el derecho a considerarme escritora.

–Trabaja con Aaron –dijo Rachel.

–Enhorabuena –dijo Bruce–. ¿En qué libro?

–No hay ningún libro –dijo Sandra–. Aaron no me está publicando nada. Trabajo con él, eso es todo.

–Cuando le despidieron, Aaron decidió hacerse autónoma, trabajar por su cuenta –dijo Rachel.

–¿Han despedido a Aaron?

–En diciembre. ¿No te lo ha dicho Eva?

Lo cierto era que Bruce no podía recordar si Eva se lo

había contado o no. Le contaba tantas cosas de tanta gente que le costaba mucho retenerlos a todos en la memoria.

–Siento mucho oír eso –dijo.

–Gracias –dijo Rachel–. Cuando lo despidieron, nos quedamos hechos polvo, como puedes imaginar. Con el tiempo, sin embargo, nos hemos dado cuenta de que ha sido para bien. La edición es tan empresarial hoy día... Mucho más que cuando empezamos. Era un trabajo que ahogaba a Aaron. A veces tienes que dejar algo para darte cuenta de lo infeliz que te hacía.

–Es exactamente lo que me pasaba a mí con mi matrimonio –dijo Sandra.

–En cualquier caso, yo sigo teniendo mi trabajo –dijo Rachel–, así que al menos tenemos unos ingresos fijos regulares, aunque solo sean un poco más de la mitad de lo que ingresábamos antes.

–¿Y a ti no te parece asfixiante tu trabajo? –preguntó Sandra.

Rachel se quedó mirando el whisky de su vaso.

–Al final del día, las mujeres son más flexibles que los hombres. Se debe a que tienen hijos, supongo. El hecho de tener hijos hace que te acostumbres a no ser libre.

–Es verdad –dijo Sandra–. En algunas cosas –añadió, dirigiéndose a Bruce–, os envidio a Eva y a ti el no tener hijos.

Era la segunda vez en dos días que le habían envidiado a Bruce el no tener hijos.

–Oh, no sé... –dijo–. Tiene sus pros y sus contras, supongo.

–¿Sabes? Muchas veces he pensado preguntárselo a Eva –dijo Rachel–. Pero..., bueno, es un tema tan delicado... Me intranquiliza el hecho de que quizá no quiera hablar de ello.

Por la forma que tuvo de mirarle, a Bruce le pareció que Rachel esperaba que él se prestara a compensar la reserva de Eva. Por fortuna para él, sonó el timbre de la puerta. Asustado, Mumbles saltó de su regazo, que se había entumecido a causa de su peso.

En cuanto vio a Jake, con flores y una botella de vino, Bruce se catapultó del sofá para ir a abrazarlo.

—Estoy tan contento de verte —dijo, en voz baja—. Están hablando de hijos.

Sin saber muy bien cómo tomar tal comentario, Jake le entregó las flores y el vino a Rachel. Y colgó el abrigo. La caótica indefinición del apartamento de los Weisenstein le ponía nervioso. El problema radicaba en la insuficiente diferenciación de las piezas, ya que muchas de ellas cumplían una doble o triple función. El salón, por ejemplo, era a un tiempo el comedor, el estudio de Rachel y el dormitorio de Ariel, el gemelo varón, que se consideraba ya demasiado mayor para compartir el cuarto con su hermana Leah. Pese al tiempo frío, la calefacción de vapor hizo sudar a Jake. La luz cenital le produjo dolor de cabeza. Sin embargo, estaba dispuesto a comportarse tal como se esperaba de él, ya que Rachel le había llamado por teléfono para decirle que le necesitaba («Por el bien de Bruce»).

Ahora estaba diciendo:

—Como creo que ya te dije, Jake, nuestro plan de esta noche es ignorar por completo la investidura. Hacer como que no está sucediendo.

—Si se supone que no le hacemos el menor caso, ¿por qué no haces más que sacarla a colación? —dijo Aaron saliendo de la cocina.

—La estaba mencionando —dijo Rachel—. Mencionarla no es lo mismo que sacarla a colación.

El sudor oscurecía la camiseta de Aaron, que le quedaba demasiado corta y dejaba al descubierto unos cuantos centímetros de panza velluda.

—Esa es una distinción falaz —dijo.

—Muy bien, entonces ¿qué tal esto? Lo que intentamos

con esta cena es alejar a Bruce de la fiesta que están teniendo sus vecinos de al lado.

–Si estuviera en casa seguramente no oiría nada –dijo Bruce–. Nuestro edificio es de muros gruesos, y me han prometido no hacer demasiado ruido. Me da la impresión de que lo único que harán es pasar la velada bebiendo ginebra.

–O Cola-Cola light –dijo Jake.

–Santo Dios, ¿voy a tener que dejar la Coca-Cola light solo porque la toma Trump? –dijo Rachel.

–Tendrías que dejarla de todas formas –dijo Sandra–. Te mata las neuronas... Ah, quería preguntaros si vais a ir a la Marcha de Mujeres de mañana. Lara me ha insistido para que vaya con ella.

–Yo voy a ir –dijo Rachel–. Si Aaron va a venir conmigo sigue siendo una incógnita.

–Sabes que no soporto los gentíos.

–Incluso tengo mi gorro. De ganchillo. Me lo he hecho yo misma –dijo Rachel. Cogió del aparador un gorro rosa de lana acampanado. Cuando se lo puso, Jake vio que tenía dos cuernos. (¿Eran cuernos?)

–Bueno, ¿qué te parece? –preguntó, dando vueltas y saltitos–. Oh, en caso de que te sientas demasiado avergonzado para preguntar, Jake, sí, es exactamente lo que piensas que es.

–Me temo que no tengo ni idea...

–¡Jake! ¡Es un coño!

–¡Oh!

–¿Vas a llevar uno tú también, Sandra?

–Solo si Sara me obliga. Me sienta fatal el rosa. ¿Y tú, Aaron? Si vas, ¿lo llevarás también?

Pero Aaron, con desacostumbrado sigilo, había vuelto a la cocina. Para reaparecer al cabo de un minuto:

–Bien, el pescado está casi listo. ¿Qué más? –Contó con los dedos–. Tengo el arroz en el hervidor, el wok en suspenso. ¿Qué se me olvida?

—Decir hola —dijo Rachel.

—Oh, perdón. Bruce, Jake. Oh, hola, Sandra. Conoces a Sandra, ¿no, Jake?

—Claro que la conoce.

—Nos conocimos en casa de Eva —dijo Jake, besando a Sandra en la mejilla.

—En realidad nos conocimos antes —dijo Sandra—. No te preocupes, no es algo que espere que vayas a recordar. Fue hace muchísimos años. Viniste al apartamento de mi abuela con tu tía. Tu tía era su decoradora.

—¿Cuál es el nombre de tu abuela?

—Isabel Allenby. ¿Te suena?

—Tilín, tilín... —dijo Rachel; y al oírla Sandra se echó a reír (con una risa a la vez tintineante y áspera).

—Por favor, no hace falta fingir. Fue hace siglos. Yo tenía catorce años, y no era demasiado memorable. Viniste unas cuantas veces con tu tía a ver a mi abuela. Yo vivía con ella entonces. Fue justo después del suicidio de mi madre.

—Oh, lo siento —dijo Bruce.

—Hay algo que recuerdo bien... Eras tú el que tomaba todas las medidas.

—En aquel tiempo medir era prácticamente lo único que me dejaba hacer —dijo Jake—. Por mucho que fuera su sobrino, tía Rose insistía en tratarme como a cualquier aprendiz. Como a un *dogsbody*.

—Qué palabra más curiosa: *dogsbody* —dijo Rachel—. Tengo que mirar la etimología.

—Es vieja jerga de la Marina —dijo Bruce—. En aquel tiempo la broma era que el pudín de guisantes que les daban a los marineros era tan malo que solo valía para los perros. De ahí *dog's breakfast* y luego *dogsbody*,[1] alguien a quien su

1. *Dogsbody*: literalmente, cuerpo de perro. *Dog's breakfast*: literalmente, desayuno del perro. *(N. del T.)*

condición de sirviente le obliga a subsistir a base de pudín de guisantes.

—¿Estuviste en la Marina? –preguntó Sandra.

—No, pero mi padre sí.

Fueron a la mesa, en la que Aaron había dispuesto boles de arroz, brotes de guisante salteados, dados de pepino con aceite de chile y una carne con rodajas de raíz de loto. El pescado, en una fuente inmensa, pasó a ser el centro de atención. Adheridas a su vasta y primitiva mandíbula había pizcas de cilantro, ajo y pimiento rojo picante.

—Dicen que lo mejor es la cabeza –dijo Aaron, empuñando lo que parecía un serrucho–. Así que tiene que ir al plato del invitado de honor. Y pienso que ese eres tú, Bruce.

—¡Eso, eso! –le dijo Rachel a Aaron, que decapitaba el pescado, pinchaba la cabeza con un tenedor y la servía en el plato de Bruce. Un ojo lo miraba con fijeza (era del mismo azul que uno de los de Mumbles, aunque no lograba recordar cuál).

—¿Qué pescado es, Aaron –preguntó Jake.

—Sargo –dijo Rachel.

—Pargo –le corrigió Aaron–. Aunque también se le llama *porgy*.

—¿Como en *Porgy y Bess*?

—Tal vez.

—Otra etimología que mirar.

Dar cuenta del pargo les resultó una tarea difícil, porque estaba lleno de espinas minúsculas y maliciosas.

—Un recuerdo que me acaba de venir a la cabeza –le dijo Sandra a Jake, retomando lo que había dejado interrumpido– es que cuando vinisteis a nuestro apartamento aquella primera vez, la abuela me dijo que te llevara a mi cuarto y que, entre comillas, te entretuviera mientras ella tomaba el té con tu tía. Y ello me angustió, me angustió de veras, porque no tenía la menor idea de qué podía significar «entretener» a alguien. A un chico, nada menos. O sea, ¿se suponía que tenía que enseñarte mis muñecas, o hacerte un sándwich, o pedirte que jugáramos al Scrabble? Lo cierto es que, si lo piensas bien, esa idea de los adultos de que si mandan a unos niños a un cuarto van a ponerse a jugar nada más quedarse solos, como si fueran perros, es bastante absurda.

–Y sin embargo, ya como adultos, se nos suele poner en la misma situación –dijo Rachel–. En las cócteles literarios, por ejemplo, cuando alguien te presenta a alguien y te deja abandonado a tu suerte frente a ese alguien.

–Por eso, desde muy temprano, convertí en norma de mi casa el no hacer jamás eso con mi propia hija –dijo Sandra–. Así que, desde el principio, Lara ha decidido con quién jugaba.

–¿Cuántos años tiene ahora? –preguntó Jake.

–Veintiséis. Bien, sé lo que estás pensando. Estás pensando: «Esta Sandra, con lo joven que parece, ¿cómo es posible que tenga una hija de veintiséis años? ¿Se casó de niña?». Lo cierto, sin embargo, es que soy mayor de lo que aparento. Tuve a Lara con veinticinco años. Echa cuentas.

–¡Echa cuentas, echa cuentas...! –dijo Aaron–. ¿No os habéis percatado de que hoy día, vayas adonde vayas, siempre hay alguien que te dice que eches cuentas. No soporto cómo esas horribles frases van penetrando en el lenguaje. Otra de esas frases que me sacan de quicio es «tender la mano». ¿Cuándo ha empezado todo el mundo a «tender la mano»? Son ese tipo de modismos estúpidos los que tienes que evitar cuando escribas, Sandra. O, si los empleas, ponlos siempre entre comillas.

–¿En sentido literal?

–No necesariamente. Puedes hacerlo con la voz. La idea es asegurarte de que el lector capte que sabes que la expresión es estúpida y que la estás usando en tono irónico.

123

—Déjame que lo escriba —dijo Sandra, sacando del bolso un pequeño cuaderno de notas y un bolígrafo.

El cuaderno, pudo ver Bruce, tenía el canto dorado. Y el bolígrafo era Montblanc.

—Es una suerte poder escuchar esta conversación —dijo, haciendo que la cabeza del pargo se deslizara por el plato—. Me refiero a que no se suele tener la oportunidad de escuchar a dos escritores hablando de su oficio.

—En el caso de Sandra, no será hablar del oficio hasta que tenga alguna obra de la que hablar —dijo Aaron.

—¿Qué te hizo tomar la decisión de dedicarte a escribir? —le preguntó Jake a Sandra.

—Bueno, para esto hay una respuesta falsa y otra verdadera —dijo Sandra—. La falsa es que cuando mi marido y yo nos separamos sentí una necesidad urgente de tratar de redimir mi matrimonio atroz convirtiéndolo en una novela. Y la verdadera es que un día estaba de compras (en Hermès, lo admito) y vi un cuaderno de notas precioso (no este, otro), y pensé: Tengo que tener ese cuaderno. Tengo que tenerlo. Así que lo compré y me lo llevé a casa (aún tenía el apartamento entonces), y cuando lo abrí me entraron unas repentinas ganas de llenarlo con letra hermosa, con tinta hermosa.

—Espera un segundo —dijo Aaron—. Esa historia no es tuya. Se la has leído a Jean Rhys.

—¿Quién es Jean Rhys?

—Lo que digo es que ella respondió de la misma forma a la pregunta de cómo llegó a ser escritora. Dijo que fue por un cuaderno que compró. Debes de haberlo leído en alguna parte, o habérselo escuchado a alguien.

—No, de verdad. Lo juro. No he oído en toda mi vida el nombre de Jean Rhys.

—¿No las leído *Ancho mar de los Sargazos*? —dijo Rachel—. Oh, pues tienes que leerlo. Es una de las grandes obras del siglo XX, y está escrita desde el punto de vista de la loca de *Jane Eyre*.

–Tampoco he leído *Jane Eyre*.

–Qué pena que no esté aquí Eva –dijo Bruce–. Es justo el tipo de conversación que le apasiona.

–Esperemos que Venecia la inspire y pueda escribir su libro –dijo Rachel.

–¿Qué libro? –preguntó Sandra.

–Una biografía de Isabella Stewart Gardner. Llevo años tratando de convencer a Eva de que la escriba.

–Si la escribe, ¿se la publicaréis? –preguntó Jake.

Rachel se retiró el tenedor de la boca.

–Bueno, si de mí dependiera, se la publicaría sin dudarlo, por supuesto. Pero desgraciadamente no es algo tan fácil hoy día. Antes, si te gustaba mucho un libro, lo comprabas sin problemas, pero ahora todo tiene que pasar por la gente de marketing y los representantes de ventas, y las biografías no se venden demasiado bien.

–Esa especie de respuesta basura es la razón por la que me alegro de haber salido del mundo editorial –dijo Aaron–. Escúchate a ti misma. Es como si tuvieras dos bocas a la vez: por una, haces como de «animadora» («Oh, Eva, tienes que escribir ese libro, tienes que escribir ese libro...»), y por la otra te salen los paños calientes sensibleros, toda esa mierda que suelen decir los editores («Si fuera por mí, te lo publicaría ahora mismo, pero los comerciales dicen que esto no se vende, que lo otro no se vende, que nadie lee ya biografías, que nadie lee ya libros de relatos, y que, ya de entrada, ya nadie lee poesía...»). Lo único que la gente quiere leer es libros sobre lo zorra que es Hillary Clinton y, entre comillas, novelas gráficas sin jodidas palabras.

–No es extraño que estés contento de no estar ya en ese medio –dijo Jake.

–Lo estoy. Estoy harto de toda esa palabrería de mierda.

Y no son solo los editores; también es cosa de los escritores. El noventa por ciento de lo que se publica no tiene ningún valor. Con un poco de suerte, estas putas elecciones tendrán un lado bueno: cuando los escritores vuelvan a sentirse oprimidos volverán a escribir libros que valga la pena leer y no toda esa mierda estúpida de clase media alta liberal ensimismada que se mira el ombligo, toda esa mierda que escribían cuando estaba de presidente Obama. Gente como... Sheila Heti, por el amor de Dios... Qué puta idiotez de libro. Le está haciendo una mamada a un tío y vomita. ¿A quién le importa?

–A mí me encanta Sheila Heti –dijo Sandra.

–Y a mí también –dijo Rachel–. Tú no lo pillas porque eres un hombre.

–Muy bien, entonces Jeffrey Eugenides. Que es un gilipollas. Como el puto Jonathan Franzen, y el puto Jonathan Lethem, y el imbécil de Jonathan Safran Foer. Todos esos putos Jonathan; son todos unos completos gilipollas.

–Por eso me encanta trabajar con Aaron –dijo Sandra–. Te lo suelta todo a la cara. Y eso es muy estimulante.

–Por el amor de Dios, Rachel, no digas «soltar a la cara» –dijo Aaron–. Es aún peor que «echa las cuentas».

–Perdón. ¿Y esto? Lo que me encanta de Aaron es que aborrece las tonterías.

–Eso está mejor.

–A Eva le gustaría –dijo Rachel.

–No, no le gustaría; no más que ese pescado de la fuente –dijo Aaron–. ¿Tengo razón, Bruce?

–Sospecho que tienes razón en lo del pescado –dijo Bruce.

–Es cierto que con Eva sientes que tienes que mantenerte en..., no sé, un nivel más alto –dijo Rachel, quitándose el gorro conejo–. Por ejemplo, que no deberías decir tantas palabrotas. No estoy segura de que eso sea malo.

–Joder, sí... –dijo Aaron.

–¿Qué piensas tú, Jake?

—Oh, a mí no me preguntes —dijo Jake—. No soy más que un decorador.

Todos le miraron. ¿Había dicho eso realmente? Seguramente pensó que solo lo estaba pensando.

—Pero eso es fascinante —dijo Sandra—. Dinos más, Jake.

—Quiere decir que su orientación, su lenguaje, es visual —dijo Rachel.

—Deja que hable por sí mismo —dijo Aaron—. ¿Qué quieres decir, Jake?

—No estoy seguro.

—Hay algo que hay que decir sobre el no pensar —dijo Aaron—. A menudo me sorprende que los mejores artistas sean un poco estúpidos. Jean Rhys, por ejemplo.

—Jean Rhys no era estúpida —dijo Rachel.

—Oh, sí lo era. No sabía puntuar, y no tenía vocabulario. Si no llega a ser por Ford Madox Ford no habría llegado a ser escritora.

—Eso es lisa y llanamente sexista, y lo sabes.

—Pero lo digo como un cumplido. Es por eso por lo que es una gran escritora.

—¿Y dirías lo mismo de un escritor varón?

—La mayoría de los escritores varones se pasan de listos, y eso los convierte en imbéciles.

—Esa no es la respuesta a la pregunta de Rachel —dijo Sandra—. Rachel quiere que nos digas si hay escritores a los que consideras buenos porque son estúpidos, no si hay escritores que consideras malos porque son inteligentes.

—¿Es eso lo que quiere Rachel? Normalmente me resulta imposible captar lo que Rachel quiere.

—No hay que tomarse a Aaron en serio cuando está en mitad de alguna de sus diatribas —dijo Rachel.

—Oh, pero me encanta —dijo Sandra—. Lo que dice me da esperanzas de poder convertirme en escritora, porque bien sabe Dios que soy estúpida.

–No eres estúpida –dijo Rachel, dándole una palmada en la mano.

–Oh, sí, sí lo soy. Ni siquiera tengo título universitario. Me fui de tres facultades.

–¿Y qué? Amy Hempel tampoco tiene ningún título universitario.

–Y no hay nada intelectual en mi proceso. Cuando escribo, ni siquiera me doy cuenta de que soy yo la que escribe. Es más como..., no sé, como una canalización. La mayoría de las veces, cuando luego leo lo que he escrito, ni siquiera lo entiendo.

–Por desdicha, yo tampoco –dijo Aaron.

–¿Y cómo es en tu caso, Jake? –preguntó Rachel–. Cuando estás decorando una pieza, ¿planeas todo lo que vas a hacer de antemano? ¿Cada detalle responde a una elección consciente? ¿Hay un momento en el que la pieza misma empieza a decirte lo que tienes que hacer?

–¿Piensas en la casa como en una narración? –dijo Sandra.

–¿Alguna vez tienes la impresión de que dejas sin poner más cosas de las que pones?

–¿O de que tienes que prescindir de cosas que te habría gustado mucho utilizar?

–Es una mezcla de todo eso –dijo Jake.

–Servíos más pescado. Queda mucho –dijo Aaron pasando la fuente en torno.

–Gracias –dijo Bruce, y pensó: «Odio esta conversación. Odio el pescado lleno de espinas. No he pedido que me den la cabeza».

Acabada la sobremesa, Rachel ayudó a ponerse el abrigo a sus invitados.

–Bien, creo que puedo felicitarme por haber alcanzado mi objetivo –dijo–. Hemos pasado la velada sin que se mencionase ni una sola vez la investidura presidencial.

–Hasta ahora mismo –dijo Aaron–, que nos la acabas de recordar.

—No hace falta decir que yo la he tenido en la cabeza todo el rato —les dijo Sandra a Bruce y a Jake en el ascensor—. ¿Cómo podía no tenerla?

—Por supuesto, la intención de Rachel era buena —dijo Jake—. Te ha mantenido lejos de esa fiesta de los vecinos, Bruce.

—Era Eva la que quería estar lejos de esa fiesta —dijo Bruce—. A más de seis mil kilómetros de distancia.

—Venecia debe de ser mágica —dijo Sandra.

—¿No viviste un tiempo en Venecia, Jake?

—Sí, un tiempo. Hace siglos.

Estaban en la acera, con las manos en los bolsillos, como apiñados frente al frío.

—No tiene sentido que me preguntéis si compartimos coche, porque a donde yo voy no os viene bien a ninguno de los dos —dijo Sandra.

—¿Adónde vas?

—A Bushwick. Paso la noche con mi hija. Solo hoy. No me tendría en su casa más de una noche.

—¿Vive en Bushwick? —preguntó Bruce.

—¿No te suena? —dijo Sandra—. Hoy día Bushwick es el barrio de moda. Antes lo eran Williamsburg y Fort Green, pero se han puesto demasiado caros.

—Vaya carroza estoy hecho —dijo Bruce—. Después de todos estos años y sigo sin la menor idea de dónde están esos barrios. Para mí, Brooklyn podría muy bien ser Albania.

—Necesitas salir y ver más esta ciudad —dijo Sandra—. Puede que con el viaje a Venecia de Eva tengas la oportunidad de hacerlo.

—No sabría por dónde empezar.

—Si quieres puedo llevarte de gira por Bushwick. Tendríamos que coger el metro, por supuesto.

—O yo podría coger el coche —dijo Bruce.

—Oh, Dios, una excursión en coche por Brooklyn... Hagámoslo. Te llamaré.

—¿Tienes mi teléfono?

—Tengo el número de Eva —dijo Sandra, un tanto ambiguamente, según le pareció a Bruce. Un reluciente Lincoln SUV se detuvo junto al bordillo—. Bueno, aquí está mi vehículo. Buenas noches.

—¿Qué pasa con su coche? —dijo Bruce cuando el Lincoln se hubo alejado—. ¿Sandra tiene chófer?

—Es un Uber.

—Oh, sí, claro. Soy un carroza, ya lo he dicho. Yo sigo cogiendo taxis. ¿Compartimos uno?

—Sí, muy bien —dijo Jake mientras Bruce alzaba la mano para llamar a un taxi que pasaba en ese momento, lo cual, a Jake, se le antojó harto significativo (ese magnetismo para los taxis que ciertos hombres poseen, y él no).

En el taxi, Bruce dijo:

—Para mí es una desconocida, esta Sandra. ¿De verdad os conocisteis cuando teníais catorce años?

—Cuando ella tenía catorce años. Probablemente. Para ser sincero, la mayor parte de esa etapa de mi vida está borrosa.

—¿A qué etapa te refieres?

—Oh, veamos... Desde cuando llegué a Nueva York, en 1987, hasta..., bueno, hasta hace como una hora.

—Eres una caja de sorpresas, Jake. Por ejemplo, nunca nos habías dicho nada sobre esa tía tuya. Al menos a mí.

«Porque nunca me lo has preguntado», estuvo a punto de responderle Jake, pero se contuvo.

—Era decoradora. Solía visitarnos a menudo cuando yo no era más que un chico, y a veces iba a su casa a pasar el verano. Tenía un apartamento grande en Central Park West. Viví con ella mientras estudiaba en Parsons.

—¿Puedes recordarme dónde creciste?

Ese «recordarme» era para salvar la cara. Bruce nunca le había preguntado a Jake dónde había crecido.

–En California.

–Ah.

–Una cosa es cierta: era yo quien hacía todas las medidas para ella. Era horrible midiendo. Siempre le salían mal.

–Así que probablemente conociste a Sandra.

–Sí, es probable.

Estaban cruzando el parque. Las altas farolas iluminaban la Transversal de la calle Noventa y Siete. Más allá de ellas, en la espesura de la sombra –sabía Bruce– sucedían cosas que se hallaban allende su capacidad imaginativa.

–Siento que hayan prescindido de Aaron –dijo.

–Oh, pero no fue así exactamente –dijo Jake–. Lo despidieron. Llamó hache de pe a su jefa.

–¡Dios! ¿De veras?

–No me tomes al pie de la letra. Me lo contó Min, y Min no es lo que se dice un dechado de fiabilidad.

–Rachel tiene tan buen carácter, y tanta paciencia. Uno se pregunta a veces cómo mujeres encantadoras como ella acababan con hombres como Aaron. Hombres que no son amables. ¿Crees que se acuesta con Sandra?

–No soy el más indicado para responder a esa pregunta. Lo cierto es que yo no entiendo las relaciones humanas. Solo entiendo de habitaciones, e incluso cuando se trata de habitaciones cada día estoy menos seguro.

Habían llegado al edifico de Bruce. Tras una breve disputa sobre quién pagaba el taxi, Bruce le deseó las buenas noches a Jake y subió a su apartamento, donde encontró a los perros en un patente estado de ansiedad a causa de la hora tardía de la llegada de su amo. Cuando los perros estaban ansiosos, perdían el control de las tripas. Eran las once de la noche en Nueva York, y las cinco de la madrugada en Venecia. Seis horas y seis mil kilómetros, gran parte de ellos océano, le separaban de su mujer, que se veía así abocada a la inexistencia más total sin estar muerta.

Al sacar a los perros para el paseo, aguzó el oído en la puerta de los Warriner por si le llegaban ruidos de fiesta, pero no oyó ninguno. Los perros no tardaron en hacer lo que tenían que hacer. Una vez en casa, después de lavarse los dientes, se metió en la cama en el lado izquierdo.

11

–¿Ha oído hablar del drama del niño superdotado? –preguntó Kathy.

–¿Qué niño? –dijo Bruce.

–Ninguno en particular –dijo Kathy–. Es un libro, *El drama del niño superdotado*. Según Michael, describe exactamente lo que Lou y yo le hemos hecho.

Bruce puso la palanca del Outback en la posición de estacionamiento. Era el miércoles anterior a que Eva y Min volvieran de Venecia, y el tráfico en Lexington se hallaba detenido. Los taxistas y los chóferes de Uber, a su alrededor, hacían sonar el claxon, como si el ruido fuera capaz de romper la maraña del atasco.

–Algo debe de haber en la ONU –dijo–. O es otra manifestación ante la Torre Trump.

–O un accidente –dijo Kathy, rompiendo un clínex que tenía hecho una bola en el puño–. Podría ser un accidente. ¿Quieres que lo mire en Waze?

–Saber por qué está parado el tráfico no va a hacer que nos movamos. Bueno, tenemos tiempo. Tenemos cuarenta minutos. En fin, ¿qué es eso del niño superdotado?

Sobre el regazo de Kathy se iba formando un montón de trocitos de clínex.

–Bien, según dice Michael, es lo que sucede cuando en una familia hay un niño superdotado y otro con problemas: que los padres dedican toda la atención al hijo con problemas creyendo que el superdotado podrá arreglárselas por sí mismo. Así que el superdotado se siente desatendido, castigado. Castigado por ser superdotado.

–¿Michael es superdotado?

–Supongo que sí. Estaba en el programa de niños superdotados del colegio. Pero nunca ha estudiado ninguna carrera. Quiere ser decorador de interiores. Quiere entrar en Parsons.

»No estoy segura de que lo hayamos descuidado tanto como dice. Es cierto que nunca nos preocupábamos por él como nos preocupábamos por Susie, porque siempre era muy responsable, siempre hacía que todo le saliera bien. A Susie nunca le salía nada bien. Lo de Susie... Pero no tengo que explicártelo. Su historia es parecida a la mía en tantos sentidos... Ha tenido hijos muy temprano, como yo; no ha ido a la universidad, como yo. Pero no puede conservar un empleo. Es en eso en lo que nos diferenciamos. Ella es más como su padre en ese sentido. No es por casualidad que Leo vende coches. Nunca podría tener éxito en un trabajo con un sueldo fijo; para que haga las cosas realmente bien tiene que haber un premio al alcance de la mano. Y no es que Susie pueda vender coches, no. Hace unos años Lou la llevó al concesionario para ver cómo se le daba. Dios, fue un auténtico desastre.

»Bueno, la razón por la que saco esto a colación es que anoche tuvimos un pequeño incidente en casa y querría saber su opinión. Estábamos todos viendo *Ley y orden* (Michael, Susie y las niñas Chloe y Bethany), y llamaron a la puerta y era Ricky, el padre de Chloe. Él y Susie vivieron juntos un par de años, hasta que Susie decidió que ya estaba harta de sus borracheras y pidió una orden de alejamiento (a pesar de eso aún lo sigue viendo de vez en cuando). Y yo pregunto: ¿qué sentido tiene que pidas una orden de alejamiento contra alguien si la que luego vas a infringirla eres tú misma?

»Bueno, toca el timbre y ella sale a abrirle. Hablan unos minutos, y Susie vuelve a la sala y pregunta con voz humilde si Ricky puede pasar un rato. Al principio no digo nada; ya ve, estaba intentando adivinar qué sería peor: la pelea que Ricky y Susie iban a tener si le dejaba entrar o la pelea que iban a tener si no le dejaba entrar. Y entonces, antes de que siquiera tuviera ocasión de abrir la boca, Michael saltó con un: «Terminantemente no: ese mamón (perdón, pero es la palabra que usó) no va a pisar esta casa». Y, por supuesto, Ricky está de pie en la puerta, y por tanto oyéndolo todo, lo cual no debería importar, lo sé, pero a mí me importa (tengo la mente así de cuadriculada: no hay que airear los trapos sucios en público), así que le digo a Michael que baje la voz, y va él y se pone de pie con las manos en jarras y dice: «¿Qué intentas hacer? ¿Quieres palmarla? Estoy tratando de ayudaros. Dios, otra vez el drama del niño superdotado...».

–¿Y qué le respondiste?

–No respondí. Pero le dije a Susie que Ricky no podía entrar en aquella casa. Le dije que si quería hablar con él tendría que irse fuera, y es lo que hizo. Así que estaban allí en el camino de entrada, fumando, cuando... Tenía que haberlo visto venir. Dos minutos, literalmente dos minutos, es lo que tardaron en ponerse a discutir a voz en grito, y el escándalo era tal que los vecinos llamaron a la policía.

»Bueno, debería haber sabido lo que vendría después. En cuanto Ricky oye las sirenas, pone los pies en polvorosa. Típico de él. Y deja que Susie cargue con las consecuencias. Pensé que iban a detenerla por alterar el orden público. Ya ha sucedido antes. Así que pienso: si la detienen tendré que volver a ir a la cárcel de la ciudad, esperar a que la inculpen, volver a pagarle la fianza. Pienso: con suerte, estaré de vuelta en casa a eso de las cuatro de la madrugada. Y es entonces cuando voy... y pierdo la cabeza. O sea, me pongo furiosa, realmente furiosa, algo que no me pasa casi nunca. Normalmente soy una persona muy tranquila. Pero estoy temblando de rabia, y Michael me está fulminando con la mirada, y las niñas están llorando y... Bueno, entonces voy y entro en el dormitorio y llamo a Lou. Llamo a Lou, y cuando coge el teléfono digo: «Están aquí unos policías y van a detener a Susie, y si quieres arreglar las cosas será mejor que vengas y lo arregles, porque yo no voy a hacerlo». Y Lou debe de intuir por mi voz que hablo muy en serio, porque no para de decir: «De acuerdo, de acuerdo... Estaré ahí en cinco minutos». Pero por mucho que haya dicho eso, tarda como media hora, y para entonces ya está todo arreglado. No se llevan a Susie, pero la amonestan, y cuando los agentes se van pone la cocina patas arriba en busca de cigarrillos. Y Lou entra en el apartamento y lo que... La pone verde, le dice que no está capacitada para ser una buena madre, y que cómo puede comportarse así delante de sus hijas, por no hablar de su pobre mamá, que tiene cáncer, a lo que Susie responde que él no está en situación de criticar nada, teniendo en cuenta que abandonó a su «pobre mamá», con cáncer, y que es ella la que se ha quedado en la casa para cuidarla. Siempre es la misma discusión entre ellos. La primera vez que a Susie la internaron en un centro de menores fue por ponerle un ojo morado a su padre. Él llamó a la policía, y cuando los agentes se presentaron Susie les dijo que lo había hecho en defensa de su madre, porque me estaba pegando y ella intentaba hacer que parase, pero la detuvieron de todas formas.

—¿Era cierto que te estaba pegando?

—¿Cómo responder a eso? A lo largo de los años, sí hubo algo de eso. Yo lo hice un poco, él lo hizo un poco, Susie lo hizo un poco. Sé que debería decir que fue violencia doméstica (seguro que me ayudaría en el proceso de divorcio), pero sinceramente no lo veo así. No creo que Lou sea el malo. Ni Susie la mala. Lou, por su parte, ve a Susie como... Si no como la mala, sí como una causa perdida. Cuando a ella y a las niñas las echaron de su último piso de alquiler, él no quiso acogerlas en su casa. Según él, Susie se lo había buscado solita y ya iba siendo hora de que asumiera las consecuencias de sus actos. Y yo le dije: «Pero no tiene dinero; tendrán que ir a un albergue». Y él dijo: «Bien, pues que vayan a un albergue, si es lo que hace falta para que ella empiece a actuar como una adulta». Y yo dije: «Pero hay que pensar en esas niñas. No son más que dos criaturas, no podemos cruzarnos de brazos mientras se tienen que cobijar en un albergue». Y entonces, de repente, caí en algo. Que quizá cuando decía que Lou nunca me habría dejado si no me hubiera puesto enferma, me estaba engañando. Quizá la verdad era que me habría dejado de todas formas.

El semáforo cambió, y esta vez Bruce pudo pasar.

–¡Hurra! –dijo.

Media manzana después, el tráfico volvió a atascarse.

–No te preocupes –dijo–. Si la cosas se ponen feas, llamaré a un helicóptero.

–No estoy preocupada –dijo Kathy–. Vaya, al final no he llegado a la parte del niño superdotado.

–Ah, sí. ¿Qué pasó?

–Eran como las diez. Lou se había ido y Susie estaba acostando a las niñas cuando Michael se me acercó y empezó a quejarse de que nadie le hacía el menor caso. De que todos le dejaban de lado. Y yo le dije: «Michael, deberías sentirte afortunado»; y él dice: «Pero no me siento afortunado, porque tengo que vivir aquí»; y yo le digo, sin convicción: «Eres un buen chico, Michael»; y él dice: «Exacto, es el drama del niño superdotado. Susie acapara toda vuestra atención, y se permite decirte que está aquí para cuidarte cuando todo el mundo sabe que está aquí porque no tiene otro sitio adonde ir, y mientras tanto soy yo el que compra la comida y limpia la casa y cambia las sábanas...». Y sigue y sigue con lo mismo hasta que no puedo más y digo (sé que es egoísta, pero lo dije): «¿Por qué se me echa siempre a mí la culpa de todo? ¿Por qué siempre me equivoco? Estoy tan cansada de estar equivocada». –Las lágrimas asomaron a los ojos de Kathy–. Ojo, que no estoy eludiendo responsabilidades. Nadie entiende los errores que he cometido mejor que yo. Y sin embargo habré tenido que hacer algunas cosas bien, ¿no? No hay duda de que he tenido que hacerlas.

–Por supuesto –dijo Bruce, dejando que una mano descansase sobre la rodilla de Kathy.

–Supongo que todo se reduce –dijo ella– a que en cada segundo de cada día de tu vida lo que está en juego es tan valioso..., ¿no cree? Siempre tan valioso...

De nuevo el tráfico se hizo más fácil. A Bruce le pareció que el habitáculo se caldeaba de pronto, hasta el punto de que notó que el cuello de la camisa se le empapaba de sudor. Pero tenía que mantener alta la temperatura: Kathy se resfriaba con facilidad.

–Kathy, hay algo que quiero preguntarte –dijo–. No es asunto mío, y si prefieres que me calle dímelo y no digo nada más.

–¿Qué es?

–Bueno, pues que el lunes pasado, cuando te dejé en el hotel, dijiste algo sobre lo mucho que deseabas darte un baño...

Kathy se echó a reír.

–¡Así que lo dije! En cuanto entré en el ascensor me di cuenta de que lo había dicho. Y me pregunté si usted se habría dado cuenta.

–¿Esperabas que no?

–No estoy segura. Quizá esperaba que sí, que se hubiera

dado cuenta. —Se aclaró la garganta—. Así que, como sin duda le quedó muy claro, nunca llegamos a poner ese dormitorio en suite.

—Pero ¿no conseguisteis el crédito?

—Oh, sí, el crédito lo conseguimos. Pero al final lo gastamos en otras cosas. No quise decírselo, por si no estaba de acuerdo.

—¿Por qué iba yo a no estar de acuerdo? En qué gastes tu dinero no es asunto mío.

—Lo sé, lo sé, es lo que siempre les dice a sus clientes. Pero yo no soy uno de sus clientes. Y aunque lo fuera, ¿es verdad eso que dice? ¿Que de veras no juzga? ¿O simplemente se guarda sus juicios para sí mismo?

—Me he acostumbrado a no pensar de ese modo. Lo ideal para mí es no conocer los detalles.

—Pero en este caso debe de haber querido conocerlos, porque de lo contrario no me habría preguntado.

—Bueno, tú no eres ninguna de mis clientas. Y, como ya he dicho, si piensas que no es asunto mío...

—No me importa contárselo. ¿Por qué iba a importarme, si tenemos en cuenta lo mucho que ya le he contado? Bien, cuando se nos ocurrió la idea de pedir ese crédito, nuestro plan era ciertamente añadir un dormitorio en suite. Ya sabe, en casa ya no quedaba más que Michael. Y cuando se marcharon, sucedió lo más extraño del mundo: por primera vez en la vida teníamos más espacio del que necesitábamos, y por primera vez en la vida no nos parecía bastante. Lo cual, quizá, es lo que pasa siempre. Los deseos son más fuertes que las necesidades. En fin, me había acostumbrado a ver esos programas de televisión en los que la gente hace reformas en su casa, y en esos programas todo el mundo hablaba y hablaba del dormitorio en suite, de lo estupendo que era tener un dormitorio en suite, con su jacuzzi, y pensé: sí, sería genial tener un dormitorio así, con un gran jacuzzi y una ducha separada. Y a Lou también le pareció una buena idea (por razones diferentes). O sea, que para él no era tanto un asunto de confort como de tener una casa que él considera apropiada para un hombre de su posición. Lo mismo que con su coche. Por supuesto, lo entiende todo al revés: piensa que una casa y un coche confieren estatus, cuando en realidad no son más que símbolos. Uno de sus hermanos es constructor y tiene una casa enorme, de más de quinientos metros cuadrados. Lou siempre ha tenido unos celos tremendos. Así que una noche invita a Ronny a cenar, y en un momento dado hablamos de nuestra casa y de la posibilidad de hacer un anexo, y al momento siguiente estamos fuera en el jardín y Ronny nos muestra dónde podría ir el anexo, y cómo podría distribuirse, y de ahí en adelante las cosas se sucedieron muy deprisa. Ronny hizo unos planos y calculó un presupuesto y nos puso en contacto con un agente hipotecario que conocía, que se moría de ganas de gestionarnos el crédito, solo que a mí endeudarnos más me ponía muy nerviosa. Fue entonces cuando le pregunté a usted qué le parecía, y cuando usted me respondió que sí, que podíamos permitírnoslo, nos embarcamos en el proyecto. Y entonces empezaron los problemas.

–¿Susie?

–¿Quién si no? Al día siguiente de recibir el dinero (literalmente: el día después), nos aparece en la puerta con las niñas. Y Lou dejó que se quedaran a pesar de sus amenazas. No las obligó a marcharse a un albergue (lo cual no le impidió pelearse con ella todo el tiempo; la misma pelea en la que llevaban siglos empeñados). Así, los días fueron pasando de esta guisa durante un par de semanas, y de pronto el otro ex de Susie (Jason, el padre de Bethany) presenta una demanda por la custodia de su hija. Y esto me deja absolutamente anonadada, porque hasta entonces Jason había sido el clásico padre vago y desentendido, siempre atrasado en el pago de la pensión alimenticia (eso me obligaba a prestarle dinero a Susie, dinero que siempre prometía devolverme, cosa que nunca hacía, lo cual ponía furioso a Lou). Y ahora ahí teníamos a Jason, llevándola a juicio por la custodia exclusiva de Bethany. Ha dejado la bebida y tiene un empleo (yo creo que además su madre le da dinero). Y Susie..., bueno, imagínese, está hecha una fiera. Dice que prefiere morirse antes que entregarle a Bethany a su padre, y que tiene que contratar un abogado, y Lou replica que antes le pagaría un abogado a Jason que a ella, pues a su entender Jason no podría hacerlo peor con Bethany de lo que lo hace Susie. Y en este punto se reanuda la pelea, y empiezan a gritarse, hasta que al final Susie dice que se va (solo que no hay que olvidar que no tiene adonde ir, literalmente). Está recogiendo sus cosas, y las niñas gimotean y lloran, y durante todo este tiempo Lou está sentado en el sofá jugando a algún juego idiota en el móvil, y finge no enterarse de lo que está pasando. Y es entonces cuando de pronto Susie agarra a las niñas y tira de ellas hasta hacerlas bajar con ella al suelo. Y allí están, sentadas en el suelo, y las tres se ponen a gemir y a llorar y a abrazarse unas a otras, hechas un ovillo, como un enredo de perritos, y desde ese montón sale una voz, la de Susie, que dice: «Papi, papi, por favor ayúdame», y entonces veo adónde nos lleva todo eso, porque en el fondo los dos son unos estafadores y el secreto de los estafadores es que son siempre el blanco más fácil para otro estafador.

»Seguramente ya adivina lo que vino después.

—¿Lou le consiguió un abogado?

Kathy asintió con la cabeza.

—Solo que el abogado quería una provisión de fondos, y en ella se nos fue un tercio del crédito. Y otro tercio en pagar el alquiler que adeudaba Susie, más intereses, y otro tercio a Ronny, que ya había hecho el proyecto y obtenido los permisos para el dormitorio con jacuzzi que ya no nos podíamos permitir. Ya sabe cómo es esto, cómo el dinero nunca llega hasta donde se pensaba que iba a llegar. O quizá no lo sepa.

–Sí. Lo sé.

–Bueno, eso es todo. Y hoy estoy... donde nunca pensé que llegaría a estar. Y sin embargo, en un sentido diferente, parece el lugar inevitable donde terminar, ¿no?

Tratando de zafarse de la opresión del cinturón de seguridad, Bruce se volvió hacia Kathy.

–Escúchame –dijo–. Esto no es el final de la historia. Puede que sea el final de una parte de la historia, pero no de toda ella. Hay un futuro en el que pensar.

–Créame, nunca dejo de pensar en el futuro.

–Y mira, ya hemos llegado. –Se detenían ante el hospital de día–. Y a tiempo, a pesar del tráfico. Es una buena señal, ¿no?

Como de costumbre, Bruce dejó a Kathy en la acera y fue a aparcar el Outback. Cuando llegó a la sala ella ya estaba en el sillón reclinable, conectada a la vía intravenosa. Tenía los ojos cerrados. En los párpados palpitantes se le marcaban unas venas finas.

Bruce se sentó tan silenciosamente como pudo, abrió el portátil y tecleó en la barra de búsqueda: «Syosset precios viviendas».

Para su sorpresa, había menos tráfico en el trayecto de vuelta a casa.

–¿Al campo este fin de semana, señor Lindquist? –le dijo el empleado cuando dejó el coche en el garaje.

–Lo más probable es que no –dijo Bruce–. Ya le avisaré si voy.

–Para el viernes por la mañana, si puede. Así podemos planear el fin de semana. Buenas noches, señor Lindquist.

–Buenas noches.

Si el tiempo hubiera sido peor habría cogido un taxi hasta el apartamento. Pero prefirió caminar. Las muchas horas en el coche y en el sillón de la sala de quimioterapia le habían entumecido los músculos.

A medio camino le vino a la cabeza una idea, y dio la vuelta y se encaminó hacia su oficina, porque estaba decidido a hacerla realidad antes de que las punzadas de mala conciencia que ya sentía se hicieran más y más fuertes y pudieran detenerle.

Eran casi las ocho cuando abrió la puerta con la llave. Todo el mundo se había ido a casa. Las luces estaban apagadas. Se abrió paso en la oscuridad, de puntillas, hasta llegar al despacho de Kathy. Cerró la puerta con suavidad a su espalda, se sentó en el escritorio, encendió la lámpara e hizo que el ordenador despertara de su sueño de penumbra.

Conocía la contraseña, al igual que ella conocía la suya, una cautela que habían tomado años atrás, en previsión de que alguno de los dos se viera incapacitado. Aun así, la visión del ordenador de su secretaria le sorprendió enormemente: el salvapantallas (una fotografía de Kathy y Lou con sus hijos, de al menos veinte años atrás) enmarcaba un abanico caótico de archivos pdf, hojas de cálculo, documentos de Word y fotografías. Si Kathy hubiera sabido que su jefe iba a mirar su ordenador, sin duda alguna habría organizado aquel conjunto de imágenes en carpetas esmeradamente etiquetadas. Algunas las habría borrado. No le habría gustado que viese así su ordenador, lo mismo que no le habría gustado que la viese a ella al despertar cada mañana antes de maquillarse y ponerse la peluca, y a Bruce tal reflexión le produjo unas punzadas de remordimiento al tiempo que afirmó en él la convicción de estar haciendo lo correcto y de que debía seguir adelante.

Le llevó unos diez minutos. Tal como había supuesto, Kathy había dejado que el ordenador generara contraseñas no memorizables para sus cuentas y su correo electrónico, que luego el propio sistema rellenaba automáticamente. Tampoco había borrado su historial de navegación. Todo lo que tenía que hacer, por tanto, era encontrar la página web, y la entrada a la cueva de Aladino –o, mejor, al caos del tocador de Kathy– se abriría y le permitiría rebuscar en su contenido, tarea que acometería con la delicadeza y el comedimiento que su caballerosidad exigía. De manera eficiente y, por así decir, discreta, insertó un *pen drive* en el ordenador y copió los extractos bancarios, los cargos por el impuesto sobre bienes inmuebles, los extractos de la tarjeta de crédito, la póliza del seguro de vivienda, las facturas médicas y las mensualidades del préstamo hipotecario –y las de otros dos préstamos de los que Kathy no le había hablado: uno para un coche y el otro para el velero en el que, según le había contado, salía a navegar por el estrecho con Lou los fines de semana–. De la demás información que aparecía en el ordenador –fotografías, emails recibidos de Lou y de sus hijos, un archivo titulado «Diario» y otro titulado «Elogio fúnebre (?)»–, apartó la mirada. Luego borró sus intrusiones en el historial de navegación y puso el ordenador en suspensión (pensando, al hacerlo, en el Grinch mandando a la pequeña Cindy Lou de vuelta a la cama con un vaso de agua después de que esta le haya descubierto robando el árbol de Navidad).

Nadie le descubrió. Apagó la lámpara, volvió de puntillas hasta la puerta (pero ¿por qué?), cerró la puerta con llave, bajó al vestíbulo y, ya en la calle, emprendió el familiar paseo hacia su apartamento, aunque a un ritmo un poco más rápido que de costumbre, gracias al descenso de la temperatura y a un fervor de acción teñido de rectitud y de un punto de vergüenza. Había quedado tan atrás la hora a la que normalmente volvía a casa que un instintivo estremecimiento de ansiedad lo recorrió de pies a cabeza, hasta que recordó que no importaba, que los únicos que podían sentirse decepcionados eran los perros, que esperaban con impaciencia la comida y el paseo –y ellos no iban a «chivarse»–. No podrían hacerlo aunque quisieran. Eva estaba lejos, a seis horas de diferencia en la noche, en el país de los sueños. Pero lo que había hecho hasta ese momento no era nada comparado con lo que tenía planeado hacer.

Unas manzanas al oeste de la oficina sonó un aviso en su móvil. El mensaje de texto se remitía desde un número desconocido.

Hola, bruce, soy sandra, me dio tu número aaron, espero no molestarte, me preguntaba si pensabas venir a connecticut este fin de semana, grady está fuera y estaré sola ☹ y me gustaría tener algo de compañía, dime si estarás en connecticut, xx

Coincidió que el mensaje de texto le llegó justo cuando pasaba por delante de su garaje, coincidencia que le empujó a llamar a la puerta de la pequeña jaula separada del mundo por un cristal antibalas en la que el empleado estaba sentado en un escritorio de metal, leyendo el *Ming Pao Daily News*. En cuanto vio a Bruce, lo saludó con la mano y abrió la puerta.

–Señor Lindquist, ¿vuelve a necesitar el coche?

–No, esta noche no. Solo quiero decirle que he estado pensando y he decidido que al final sí iré al campo este fin de semana. Así que ¿podría tenerme el coche listo para el viernes por la tarde? ¿Para las tres, por ejemplo?

–Muy bien, señor Lindquist –dijo el empleado, volviendo a la oficina y escribiendo una nota en un libro de registro anticuado. Bruce lo siguió al interior.

–Hace calor aquí.

–Demasiado para mí. Pero ¿qué quiere que le diga? Mejor eso que demasiado frío.

–Por cierto, ¿cómo se llama?

–Willard, señor Lindquist. Willard Han.

–Encantado de conocerte, Willard. Bueno, de saber tu nombre. Oh, y por favor llámame Bruce.

Una sonrisa divertida cruzó el semblante de Willard Han cuando Bruce le tendió una mano grande, limpia, pálida. Willard la estrechó, percatándose, al hacerlo, de las honduras de las que emergía: abrigo de cachemira, chaqueta de lana, mangas de algodón-seda rematadas por unos puños con gemelos de oro.

Cuando Bruce se hubo marchado, Willard llamó a su mujer y le contó la breve charla que acababa de mantener.

–Y su coche es un Subaru –dijo–. Si yo tuviera la pasta que él tiene, tendría un BMW.

Su mujer estuvo de acuerdo.

A la mañana siguiente, Eva llamó para ponerle al corriente de todo lo relacionado con el apartamento de Venecia.

Tercera parte

12

–En palabras de Denise, la Quinta Avenida es el Gran Canal del mundo moderno –dijo Clydie Mortimer–. Así que ¿qué si no Canaletto?

Pablo Bach, con las mejillas recién afeitadas y las uñas recién arregladas, estudió los Canalettos. Eran ocho en total, dispuestos en los espacios entre las ventanas con vistas a Central Park.

–Denise compró los seis primeros en los años setenta, cuando aún teníamos el *palazzo* de Venecia –siguió Clydie–. Mi hijo Jimmy compró dos más el año pasado. Jimmy es un genio comprando arte.

–Tiene tal ojo... –dijo Min–. ¿Qué opinas tú, Pablo?

Con los brazos enlazados a la espalda, Pablo se inclinó ante una vista de San Giorgio Maggiore.

–¿Que qué opino yo? –dijo–. Para los que les gustan ese tipo de cosas, ese es el tipo de cosas que les gustan.

Jake se echó a reír. No pudo evitarlo.

–Eso es bastante abstruso –dijo Clydie.

–Está citando a alguien –dijo Min–. Un momento, lo tengo en la punta de la lengua... ¿Oscar Wilde?

–Muriel Spark, en realidad –dijo Indira Singh–. Es lo que piensa la señorita Jean Brodie sobre las chicas exploradoras.

–Muy bien –dijo Pablo, dirigiéndole a Indira la misma mirada de inspección museográfica que había dedicado a la pintura–. Jake y yo la conocimos una vez, ¿sabes? En aquel entonces ya era Dame Muriel. Nos invitó a comer en su casa cerca de Arezzo, pero resulta que cuando llegamos se había olvidado de que íbamos. Típico de los católicos que te hagan sentir culpable de sus errores.

El hecho de que la conversación se hubiera desviado de los Canalettos preocupó a Min, que dijo:

–Bien, si quiere saber mi opinión, señora Mortimer, son absolutamente maravillosos. De hecho quiero agradecerle el haberme brindado la línea inaugural de mi artículo. –Se aclaró la garganta–: «"La Quinta Avenida es el Gran Canal del mundo moderno", afirma Clydie Mortimer del espectacular dúplex de Manhattan en el que ha vivido las tres últimas décadas. "Así que ¿qué si no Canaletto?"».

–Sabe que no debe mencionar mi nombre –dijo Clydie.

–Oh, no, por supuesto que no vamos a mencionarlo –dijo Min–. Ha sido algo que me ha venido a la cabeza.

–Me pregunto acerca de este –dijo Pablo, acercando la cara a una pintura de la Riva degli Schiavoni–. Más que del propio Canaletto, parece de alguien de su escuela.

–Dice eso solo porque sabe que es uno de los que compró Jimmy –dijo Clydie.

–¿Cómo voy a saberlo?

–Ha estado aquí las veces suficientes. –Se volvió a Indira–. Así que *Enfilade*, querida... Tengo que ser sincera; cuando Min me llamó para decirme que queríais sacar el apartamento, yo estuve dudosa. O sea, *Enfilade*... ¿No es un poco..., bueno, como de consultorio de dentista?

–¿Sabe? Eso fue exactamente lo que pensé cuando me ofrecieron el trabajo –dijo Indira.

–Oh, pero eso es como la revista era antes –dijo Min–.

150

Desde que Indira se hizo cargo de ella, ha cambiado por completo de identidad.

—Recuerdo cómo en los viejos tiempos la gente de *Enfilade* solía ponerse prácticamente de rodillas para suplicarle a Denise que les dejase publicar la casa de Palm Beach —dijo Clydie—. O quizá eran los de *House & Garden*. En cualquier caso, ella siempre se negaba. Era inflexible. Nunca permitió que fotografiaran ninguna de sus casas.

—¿Por qué no? —dijo Indira—. Si no le importa que se lo pregunte.

—Después del allanamiento de Venecia, tenía un miedo cerval a los ladrones de casas. Lo último que quería era dar pistas de dónde vivía.

—Muy comprensible —dijo Min.

—Por eso, aunque acceda a que publiquéis el apartamento, no quiero que se mencione mi nombre.

—Puede que tampoco quiera que se mencione el mío —dijo Pablo, inclinándose para mirar de nuevo los Canalettos.

Clydie se echó a reír, y la risa se convirtió en una tos que a punto estuvo de hacer que sus gafas —redondas, de montura de carey, desmesuradas— se le cayeran de la nariz menuda.

—Eso solo lo dice porque está enfadado conmigo por ponerlos donde estaban —le dijo a Irina—. ¿Sabes? Cuando tuvo ya puesto el empapelado nuevo, me hizo una trampa. Mientras ponían el papel, fueron descolgando los Canalettos y Pablo los llevó al cuarto de Jimmy. Yo estaba en Palm Beach esos días, y como es natural supuse que cuando volviera estarían de nuevo donde debían estar, pero, en lugar de eso, Pablo los había cambiado de sitio y ahora estaban en el comedor. Y bueno, yo los devolví a donde están.

—Sí, eso hiciste.

—Es donde Denise quería tenerlos.

—Con el debido respeto, Clydie, si tu intención es conservar el apartamento exactamente igual que cuando Denise estaba viva, ¿por qué me contrataste?

–Para que hagas tu trabajo. ¿O de veras piensas que cuando redecoras un lugar, este te pertenece?

–Con Pablo, eso siempre es un tema –dijo Jake.

Ahora fue Indira la que rió, ladeando la cabeza de forma que los pendientes tintinearon como campanillas.

Cuando sus visitas se hubieron ido, Clydie se sirvió un escocés y llamó a Jimmy. Clydie tenía ochenta y siete años; Jimmy sesenta y cuatro.

–¿Qué tal todo, madre? –Jimmy le hablaba sobre el fondo sonoro del tráfico.

–Es ese Pablo –dijo Clydie–. Le invité a casa, junto con los de *Enfilade*, y tuvo la osadía de regañarme, ¡delante de ellos!, por haber cambiado de sitio los Canalettos. Pero ¿quién se cree que es?

–Si eso es lo que sientes, no lo llames más.

–Y luego sale con la bravata de que no quiere que su nombre salga en el artículo. ¿Sabes qué debería haberle dicho? Pues muy bien. Y a mí qué me importa. La gente no se preguntará por el nombre del diseñador.

–Madre, tengo que irme. Estoy...

–Pero lo que realmente me ha molestado ha sido el insulto a tu persona, Jimmy. Esa condescendencia. Dando a entender que los Canalettos no son auténticos.

–¿A quién le importa lo que él piense? Mira, estamos llegando al hotel. Tengo que registrarme.

–No sé cómo lo haces, Jimmy. Tienes tanto talento para comprar arte... Ahora quiero que me encuentres un Marie Laurencin. ¿Dónde estás, por cierto? ¿Qué es todo ese ruido?

–Bangkok.

–¿Hace calor? ¿Qué hora es?

–Me temo que no lo sé.

–Ten cuidado con el marisco –dijo Clydie, cuando de hecho el marisco, allí en Bangkok, era la cosa de la que menos temía que su hijo no se cuidara.

Cuando dejaron el apartamento de Clydie, Pablo, Jake, Min e Indira se fueron a cenar. Indira eligió el restaurante: cocina del sur de la India, en Madison, con un maître que la atendía con una deferencia muy especial. Lo cual molestó a Pablo, que planeaba llevarlos a un restaurante francés, en Lexington, donde el maître le atendía a él con una deferencia muy especial.

Claro que la suficiencia de Indira habría sido menos fastidiosa si no hubiera sido tan guapa, con un pelo tan liso y obediente, y una piel tan radiante, y no hubiera lucido un pequeño diamante en la narina izquierda y otro grande y rutilante en el dedo anular.

–¿Singh es tu apellido de casada o de soltera? –le preguntó Pablo cuando estuvieron sentados.

–De casada y de soltera, en realidad.

–Ah, eres la señora Singh Singh, entonces.

–Oh, por favor... –dijo Min–. Como si no se lo hubieran preguntado veinte millones de veces.

–No me importa –dijo Indira–. ¿Qué es el amor sino una prisión?

Tal réplica mereció más risas que la broma que la había ocasionado. Era la serenidad de Indira lo que más paralizaba y alarmaba a Pablo, pues era la serenidad que emana de la juventud y la belleza, la clase de serenidad que él había conocido un día y que por tanto sabía que nunca volvería a conocer.

Un camarero con turbante trajo las cartas. Para los estándares de los restaurantes indios este era sorprendentemente elegante, con luz tenue, tapicería de chenilla beige en los apartados, sin música de sitar «enlatada» ni ambientadores de esencia de rosas. La mayoría de los comensales presentes eran indios, los hombres con traje a medida y la mujeres con sari. Las cartas eran largas y satinadas.

–¿Pido yo para todos? –dijo Indira, lo cual le pareció a Pablo de mala educación, ya que no tenía en cuenta la posibilidad de que alguno del grupo tuviera, por ejemplo, dificultades de digestión con las comidas picantes. Aunque pedir algo no especiado equivalía a admitir que al cabo de muchos años de poder comer cualquier cosa que le apeteciera, Pablo se estaba volviendo una de esas personas a las que les costaba digerir la comida picante. Era preferible hundir un trozo de *naan* en *raita*, y era preferible no comer nada antes que permitir que aquella mujer fastidiosamente bella ganara aún más ascendiente sobre él.

Por espacio de unos minutos Indira consultó con el camarero, que al final recogió las cartas y se retiró con paso inaudible. Indira dejó que la barbilla le descansara sobre la mano, algo que tan solo veinte años atrás ninguna joven de buena crianza se hubiera permitido hacer.

–En fin... Clydie Mortimer... –dijo–. Diría que no es lo que me esperaba.

–Ah, ¿no? –dijo Pablo–. ¿Qué te esperabas?

–Alguien más frágil, quizá. Con menos agallas.

–Ese traje era un Schiaparelli vintage –dijo Min.

–Balenciaga vintage, en realidad –dijo Indira.

–Oh, sí, quería decir Balenciaga –dijo Min–. He dicho Schiaparelli pero quería decir Balenciaga.

–Hay una cosa que no he entendido, Pablo. ¿Por qué has dicho que podrías no querer que tu nombre apareciera en el artículo?

–Pablo estaba metiéndose con Clydie –dijo Min–. No

puede soportar que sus clientes muevan las cosas de un lado a otro.

—Esos dos últimos Canalettos son falsos —dijo Pablo—. Jimmy Mortimer es un idiota.

—¿Cuál es la historia de Jimmy? —preguntó Indira—. ¿Quién es su padre?

—Nadie lo sabe. Clydie ya lo tenía cuando conoció a Denise.

—Entonces ella era modelo, ¿no?

—En Londres, en los años cincuenta. Posó para Helmut Newton.

—Puede que él fuera el padre —dijo Min.

—Fue entonces cuando conoció a Denise en Londres. Todo el mundo parece conocerse allí.

—¿Y fueron amantes desde entonces?

—No estoy segura de que «amantes» sea la palabra. Para Denise, Clydie era más una estatua decorativa, o una pieza de topiario.

—A Denise le encantaba tener a Clydie echada en una tumbona al lado de la piscina —dijo Jake—. Y fue eso, en esencia, todo lo que Clydie hizo durante cincuenta años.

—Estar echada junto a la piscina fue su carrera. Menos cuando estaba en Manhattan, cuando su carrera era sentarse en los clubs nocturnos.

—Se movían de un lado a otro según las estaciones. Además del apartamento, estaban las dos casas, la de Palm Beach y la de Connecticut. Oh, y el palacio de Venecia. Hasta que Denise lo vendió. Por supuesto, estaba un poco chiflada en sus últimos años. Una especie de señorita Havisham...

—Dejó que la casa de Palm Bach acabara hecha una ruina —dijo Min—. ¡Una casa de Addison Mizner! Tuvieron que derruirla. Trágico.

—Por suerte un arquitecto compró y restauró la casa de Connecticut —dijo Jake.

–¿De veras? –dijo Indira–. ¿Y se ha publicado?

–El año pasado, en el *Architectural Digest* –dijo Min–. Pero no la casa de carruajes.

–Clydie conservó la cochera –dijo Pablo–. Suele ir allí la mayoría de los fines de semana. Yo le digo una y otra vez que tiene que arreglar el tejado, pero no me hace el menor caso. Cada vez que la visito, me da la sensación de que se me va a caer encima el techo.

–Supongo que debió de unirlas el amor –dijo Indira.

–Yo diría que fue más una coincidencia de expectativas –dijo Pablo–. Según mi experiencia, son las expectativas mutuas las que dan lugar a los matrimonios más felices.

–¿No el amor? –dijo Min.

–Mucha gente que se ama acaba divorciándose –dijo Jake.

–A propósito del matrimonio, he estado pensando en preguntaros si estáis casados –dijo Indira.

Miraba a Pablo y a Jake. Durante un momento ninguno de los dos dijo nada.

–¿Qué pasa? ¿He metido la pata? –dijo Indira.

–No, claro que no –dijo Min, tendiendo el brazo por encima de la mesa para dar una palmadita en la mano de Indira–. Créeme, después de todos estos años, están acostumbrados a que la gente piense que son pareja, ¿verdad, chicos?

–Oh, por supuesto –dijo Pablo.

–Son gajes del oficio, ¿no? Si eres varón, y eres decorador, la gente tiende a hacer ciertas suposiciones sobre tu persona que, a decir verdad, en la mayoría de los casos suelen resultar acertadas. Pero en el caso de Pablo no es así. Y no es que él haga mucho por disipar esos malentendidos, ¿eh, Pablo?

–¿Crees que no?

–Lo cierto es que le gusta que las mujeres piensen que es gay. Es su *modus operandi*. Eso hace que cuando están con él bajen la guardia. Y cuando ven que se les insinúa, se quedan demasiado perplejas para rechazarle.

–De forma que luego, cuando se lo llevan de viaje de compras a París, a los maridos no les importa –dijo Jake.

–Gracias por revelar todos mis secretos del oficio –dijo Pablo–, y de paso frustrar toda posibilidad de seducir a la encantadora señora Singh Singh.

Indira sonrió con su sonrisa fría. «Le atrae Pablo –pensó Jake–. Inexplicablemente, pese a su edad y tamaño, se siente atraída por Pablo. Y heme aquí, yo, veinte años más joven (¡felicidades por el comienzo de mi quincuagésimo tercer cumpleaños!), y no consigo ni un guiño de este guapo camarero que está sirviendo esta bandeja de plata con un diestro despliegue de *idlis* y *sambar, pooris* y chutney de coco.»

–Jake es gay –dijo Min–. Pero sin pareja, por si conocéis a alguien con quien pudiera apañarse.

Jake le dijo a Indira:

–Me temo que en su avidez por explicar lo que Pablo y yo no somos, Min ha omitido decir lo que somos, que es socios. Socios profesionales.

–Desde hace veintiséis años –dijo Pablo.

–La tía de Jake fundó la empresa –dijo Min–. Primero contrató a Pablo, luego a Jake, y ahora ellos son los copropietarios.

–¿Quién fue tu tía? –preguntó Indira.

–Rose Lovett. Una profesional importante en los años sesenta y setenta. A veces la llamaban la David Hicks femenina.

–Se revolvería en su tumba si te oyese decir eso –dijo Jake.

–¿David Hicks? –dijo Indira–. ¿Tendría que conocer ese nombre?

Pablo le dirigió una mirada de incredulidad estupefacta.

–Discúlpame si te parece una pregunta descortés –dijo–. Pero eres la directora de *Enfilade*, ¿no?

–No es una pregunta descortés –dijo Indira–. Y sí, desde

el pasado noviembre, lo soy. El problema, y no me importa ser la primera en admitirlo, es que soy una absoluta ignorante en lo relativo a decoración. Mi primer trabajo después de la universidad fue en *Glamour*; luego me cambié a *InStyle*, y de *InStyle* pasé a *Sweetheart*.

–Que estaba en las últimas –dijo Min–, hasta que Indira se puso al mando y cambió la cosa.

–Y ahora quieren que haga lo mismo con *Enfilade*. Por supuesto, cuando Jürgen planteó la idea, yo dije: «Un momento, yo nunca he trabajado en una revista de decoración de casas». Y Jürgen dijo: «Un buen director puede editar cualquier cosa. Dale *Popular Mechanics* a Anna Wintour y hará que en un año se duplique la tirada».

–¿Cómo está yendo hasta ahora?

–Espantoso. Por eso lo primero que hice fue contratar a una veterana.

–Servidora –dijo Min levantando la mano.

–No es que fuera totalmente ignorante. O sea, sabía quién eras tú, Pablo.

–Eso reconforta –dijo Pablo.

–Venga ya –dijo Min.

–No, en serio –dijo Pablo–. De hecho, creo que ha sido para bien el que Indira no haya malgastado los mejores años de su vida en esta profesión de excusado forrado de cretona. Y esa es también la razón por la que tengo una gran curiosidad por saber tu opinión sobre el apartamento de Clydie. ¿Qué te ha parecido, Indira? Sé totalmente sincera. Si quieres, puedes ponerme nota. Creo recordar que *Sweetheart* hace eso con los libros.

–Hay que tener en cuenta a los lectores –dijo Indira.

–Créeme, no estoy poniendo pegas –dijo Pablo–. A decir verdad, me pareció bastante estimulante que tuvieras las agallas de puntuar con un notable bajo lo último de Salman Rushdie. Si por mí fuera, le pondría un aprobado raspado.

–Por supuesto, no puedes puntuar una decoración de interiores igual que puntúas un libro –dijo Min.

–¿Por qué no? –dijo Pablo–. Quizá sea eso lo que hace falta para sacar a *Enfilade* de los números rojos. Rose Tarlow, bien. Robert Kime, sobresaliente bajo.

–Pero si nos metemos con los decoradores, no nos dejarán publicar sus trabajos. Se irán a la competencia.

–¿Cómo sabes eso? A mí, por ejemplo, me encantaría que me puntuaran por el apartamento de Clydie. –Pablo se inclinó hacia Indira–. Venga, dime lo que piensas de verdad.

–Bueno, está... demasiado ornamentado. Es como su propietaria en ese aspecto. Si ese es el criterio para puntuarlo..., lo bien que se ajusta la decoración al propietario..., yo le pondría un sobresaliente.

–Pero ¿qué me dices del interior en sí, como interior?

–Estás suponiendo que tal cosa existe. Mientras que, tal y como yo lo veo, es una cuestión de gusto. Y sucede lo mismo con los libros. Yo, por ejemplo, soy una gran admiradora de Rushdie.

–Pero le pusiste un notable bajo.

–No le puse un notable bajo. El crítico le puso un notable bajo.

–Muy bien, pues sé tú la crítica.

Llegaron los platos principales: *rogan josh* y xacuti de pollo en boles con borde de filigrana; un plato de quimbombó frito en sartén con mango en polvo, canastillas de *parathas* enrolladas, fuentes de arroz pilaf.

–Tienes que entender que mi pasado influye en esto –dijo Indira, partiendo con delicadeza una *paratha*–. Quiero decir que soy de Bombay, donde la norma general es «todo con moderación, incluida la moderación».

–¿Muriel Spark? –dijo Min.

–No, esta vez es ciertamente Oscar Wilde –dijo Indira con un tono un tanto cortante–. Mira, todo lo que estoy diciendo es que, para mí personalmente, el apartamento de la señora Mortimer es..., bueno, peca de un exceso de adornos. Me recuerda el piso de mi abuela en Malabar Hill. Necesita desordenarse. O sacar algunas cosas.

—Eso suena a un aprobado —dijo Pablo.

—No, no es un aprobado; es un notable bajo. La misma puntuación que a Rushdie.

—Me parece justo.

—Te diré una cosa que me gustó. Los Canalettos en la sala.

—En tal caso tendrás que rebajar algo más mi nota, porque, como sabes, no he tenido nada que ver con que los Canalettos estén en la sala. Mi plan era que no hubiera ninguna pintura en esa parte, nada que distrajera de la vista.

—O del papel pintado —dijo Jake.

—¿Así que estás diciendo que el que Clydie tomara una decisión con la que no estabas de acuerdo te hizo ponerte furioso? —dijo Indira.

—¿Que ella tomara la decisión? No. ¿La decisión que tomó? Sí.

—Pablo no es un gran fan de los Canalettos —dijo Jake.

—No me entiendas mal: no son peor que la mayoría de las postales —dijo Pablo.

—Qué fascinante. Dime más.

—Bien, eso es lo que son. Postales. En el siglo dieciocho, si eras un joven rebelde y estabas haciendo el Grand Tour, te traías a casa un Canaletto como souvenir. El siglo dieciocho no fue el mejor momento de Venecia.

—Hablando de Venecia, ¿no es emocionante que Eva Lindquist se esté comprando ese apartamento en Venecia? —dijo Min.

—¿Eva se está comprando un apartamento en Venecia? —dijo Pablo.

Min asintió con la cabeza.

–Y lo mejor es que lo va a decorar Jake.

–Y tú no me has dicho nada.

–Porque no he dicho que fuera a hacerlo.

–Sí, sí lo has hecho –dijo Min.

–No, no lo he hecho. Eva me lo preguntó hace tan solo una semana.

–Eva Lindquist –dijo Indira–. Mmm, ¿de qué me suena ese nombre? Oh, por supuesto. La conocí en ese acto de las antiguas alumnas de Smith. Resulta que nuestros maridos se conocían. Así que se está comprando un apartamento en Venecia. ¿Por qué?

Jake miró a Min, que tiraba de su servilleta entre los dedos como si fuera un pañuelo que se acabara de sacar de la nada.

–Es por las elecciones –dijo–. Para así tener un sitio al que escapar en caso de que el país se vuelva fascista.

–Oh, eso es solo una parte –dijo Min–. Lo más importante... Bueno, la aventura. O sea, fijaos. Una mujer norteamericana va a Venecia, ve un viejo apartamento, decide sin pensárselo dos veces comprarlo y reformarlo.

–Renovación como romance –dijo Jake.

–Bueno, sí, por supuesto –dijo Indira–. Lo que me interesa más, en cambio, es lo que has dicho antes, esa idea de que, de repente, este país al que tantos de nuestros mayores huyeron en busca de libertad se haya convertido en un país del que la gente siente que tiene que irse. O al menos estar preparada, de manera urgente, para la huida. ¿Qué piensas, Min? ¿Hay una historia en esto?

–¿Para *Enfilade*?

–Exactamente. Para *Enfilade*. Nunca he entendido por qué la gente supone que una revista de casas y decoración tiene que ser... En fin, no voy a cortarme, porno decorativo, en el que todo el mundo está magníficamente vestido, y no existen ni Putin ni Guantánamo ni Ferguson, y las mujeres se pasan el tiempo reordenando los cojines. Sobre todo en la era de Instagram, cuando puedes hacerlo gratis, online, durante horas y horas. Esa es la razón por la que la revista tiene que ofrecer algo diferente. Algo más sustancioso.

–¿Veis por qué la han contratado? –dijo Min, poniendo la servilleta en la mesa y doblándola en tercios, como una toalla–. Ideas nuevas. Una perspectiva fresca.

–¿Qué piensas que la atrajo de Venecia? –preguntó Pablo.

–Bueno, que es Venecia –dijo Min–. San Marcos y el encaje de Burano y lord Byron nadando en el Gran Canal.

–«"El Gran Canal es la Quinta Avenida de la Europa medieval", afirma Eva Lindquist cuando nos habla del apartamento que acaba de adquirir en el corazón de Venecia».

–Voy a contenerme, Pablo –dijo Min–, y no te voy a dar en la cabeza con esta *paratha*. Tendrás que perdonarle, Indira. Desde las elecciones está de mal humor. ¿Sabes? Contaba con que Hillary le eligiese a él para redecorar la Casa Blanca. La última vez los Clinton contrataron a... No consigo acordarme del nombre. ¿Lo recuerdas tú, Pablo? Una decoradora de Arkansas. Era cosa de Arkansas. Pero ahora ya no son de Arkansas, son de Nueva York, y pueden contratar a quien les apetezca. Podrían haber contratado a cualquiera.

–Bueno, yo nunca he pensado realmente en nada de eso –dijo Indira–. Por supuesto que tiene sentido: que cada presidente quiera dejar su impronta en la Casa Blanca.

–Nixon hizo instalar una bolera –dijo Pablo–. Me pregunto qué se le ocurrirá poner a Trump. ¿Una barra de striptease?

–A Nixon la bolera se la diseñó Rose, ¿no? –dijo Min.

–No. Se la hizo David Hicks. Rose decoró varios dormitorios.

–Mi madre nunca le perdonó eso –dijo Jake–. Que trabajara para Nixon. Lo consideró una traición personal.

–Pero todo esto es tan fascinante... –dijo Indira–. En se-

162

rio, hasta esta noche no tenía ni idea de que la Casa Blanca fuera algo así. Tendríamos que publicar un artículo sobre eso también, ¿no crees, Min? La política de decoración de la Casa Blanca. Y no solo un vistazo superficial..., una crónica de primera mano. Podrías escribirlo tú, Pablo.

–No digas tonterías –dijo Pablo–. Sabes perfectamente que los decoradores somos casi analfabetos.

–Por eso Dios inventó a las Min –dijo Indira.

13

—Lo que pasa con los Canalettos —le dijo Jake a Pablo en el Uber que compartían— es que cuando los miras de cerca ves que no están muy bien pintados.

Pablo se frotaba las sienes.

—No me hables de Canaletto —dijo—. Estoy harto de Canaletto.

—Lo has dejado bien claro esta tarde.

—Bueno, ¿y por qué no? Soy demasiado viejo para andarme por las ramas.

—¿Incluso con Clydie?

—Sobre todo con Clydie.

—Y sin embargo a Clydie difícilmente podríamos considerarla la persona más equilibrada del mundo —dijo Jake—. ¿Y si decide que has ido demasiado lejos? ¿Que ya está harta de ti?

—Ojalá —dijo Pablo—. Pero no va a ser así. No, lo que sucederá será que me dará de lado una semana, puede que dos, si tengo suerte, y luego me llamará como si nada. Demasiada historia, ya ves. Solo cuando se es joven basta con un insulto para poner fin a una amistad. Es una de las pocas cosas que echo de menos de ser joven.

Le sonó el móvil. Respondió y sonrió.

–Un mensaje de la señora Singh Singh.

–¿Ya?

–Suenas sorprendido.

–Solo de que haya sido tan pronto. ¿Qué te ha parecido, por cierto?

–Una mujer terriblemente eficiente.

–Min me dice que va a poner a Alison en la portada del siguiente número.

–No es ninguna sorpresa. Ya ha salido en la portada de todas las demás revistas.

–¿Has pensado alguna vez en intentar hacer las paces con ella?

–¿Por qué tendría que hacerlo? Si tú quieres hacer las paces con ella, haz las paces con ella.

–Yo no soy quien la despidió.

–Entonces te será mucho más fácil hacerlas.

–Mira, lo único que te estoy diciendo es lo que tú solías decirme a mí: en este negocio no puedes permitirte tener enemigos.

–¿Desde cuándo es Alison una enemiga?

–Bueno, según Min, en la entrevista no dice en ningún momento que empezó con nosotros.

–Me consuela oírlo. No es la clase de cosa que quieres que se difunda.

–Ella siente lo mismo, obviamente.

–Entonces por una vez estamos de acuerdo en algo.

–No me estás entendiendo.

–¿Cómo voy a entenderte si no te explicas bien? No es que no pueda adivinarlo. Lo que Min dice es que ahora que Alison está en la cúspide, deberíamos suplicar su perdón y hacer lo que sea necesario para compensarla, de modo que vuelva al redil. A lo que yo respondo que, en mi humilde opinión, no es más que una mediocridad cuyo solo talento es saber llamar la atención sobre su persona.

—En realidad Min no ha dicho nada sobre eso. De hecho, lo único que ha hecho es decir que Alison ha salido en portada para ponerme celoso y que acceda a decorar el apartamento de Eva. Dice, entre comillas, que estoy fuera de juego; que necesitamos, entre comillas, hacer crecer el negocio.

—¿Por qué? Tenemos suficientes clientes.

—Sí, pero la mayoría de ellos son setentones u octogenarios. Y además, aunque vivan mil años, ¿qué va a impedirles contratar a algún otro? Eso es lo que quería decir Min, supongo yo.

—Un momento, ella no está sugiriendo que Clydie podría recurrir a Alison, ¿o sí? Dios, qué buena idea. Lo primero que voy a hacer mañana es llamarla para sugerírselo.

—No seas guasón.

—No lo soy. Estoy harto de Clydie. Estoy harto de Jimmy, de la Quinta Avenida, del Gran Canal. Lo cual me hace pensar... ¿Por qué Eva se está comprando ese apartamento?

Jake puso al corriente a Pablo del viaje a Venecia de Eva, de la cena tras su regreso, de su paseo con Bruce y de la conversación con Min que siguió después.

—Por lo que Indira dijo en la cena, es obvio que Min se inventó la parte de la portada. No es que la creyera cuando me lo dijo. ¿Qué director de revista en su sano juicio garantiza una portada sin haber visto nada?

—Como todos los mentirosos compulsivos, olvida sus propias mentiras.

—O empieza a creérselas ella misma.

—Viene a ser lo mismo. Estoy harto de Min. Bueno, entonces ¿vas a hacerlo?

—No estoy seguro. Verás, hay una complicación. El apartamento que está comprando Eva... es el de Ursula.

—¿Ursula Foote? Dios nos libre. ¿Se lo has dicho a Eva?

—No. Aún no.

—Pues será mejor que lo hagas. Y pronto. De lo contrario, cuando el problema surja (y surgirá) sabes que... te echará la culpa a ti.

—Puede que me eche la culpa de todas formas.

—Una cosa es segura: si no se lo dices tú, se lo dirá Ursula. Lo cual podría ser una razón para decir no (si es que no quieres hacerlo). Por otra parte, si no estoy equivocado, eres tú el que está preocupado por que no hacemos lo suficiente para... ¿Qué expresión has utilizado antes? ¿Hacer crecer el negocio? Bien, pues ¿qué es lo que con más probabilidad hace crecer el negocio que una portada de revista?

—Pero acabo de decírtelo, lo de la portada es mentira.

—Min puede hacerla realidad. Ya lo ha hecho otras veces. Y tiene razón en una cosa, Jake. Estos años pasados has estado... ¿Cómo es eso que dice la gente joven? Petándolo.

—¿No quieres decir «petado»?

—¿No es lo mismo?

—Creo que quieres decir «petado».

En ese momento, vibró el móvil de Jake.

—Es curioso que la mayoría de estos jóvenes no hayan visto nunca un teléfono de disco —dijo, mirando la pantalla—. A veces echo de menos los teléfonos de disco giratorio, el placer táctil de meter el dedo en el agujero, hacer girar el disco hasta el tope y dejarlo ir. Una sensación parecida a cuando aprietas el retorno del carro de una máquina de escribir. Esa estridencia metálica...

—¿Y qué tiene que ver eso con lo que yo estaba diciendo?

—Nada en absoluto. Lo cual prueba que Min y tú tenéis razón. Yo estoy fuera de juego. Estoy petado. El problema es que ya nada me ilusiona. Intento imaginarme en Venecia y lo único que veo son obstáculos. Tratar con Min, tratar con Ursula y Min...

—Bueno, si es así como te sientes dile a Eva que no y punto final.

—Subestimas su poder de convicción.

—¿Sí? ¿No lo sobreestimas tú? «No se puede violar a quien lo está deseando», solíamos decir cuando estaba permitido decir cosas como esa.

—Si lo estuviera deseando ya habría dicho que sí.

—Y si no lo estuviera deseando ya habrías dicho que no. Y lo que haces, en cambio, es andarte con evasivas. ¿Por qué?

Por espacio de unos segundos, Jake sopesó esta pregunta. Y al cabo dijo:

—No es que haya perdido confianza en mis facultades. O que me guste menos lo que hago. No es eso.

—¿Qué es, entonces?

—Recuerdo que cuando estaba empezando Rose me echó un sermón. Me dijo que para triunfar como decorador tenías que cumplir dos reglas. Una, no pensar nunca que uno es un artista, y dos, no hacer nunca un descuento a nadie.

—Típico de Rose —dijo Pablo—. Y da en el clavo. Es el trato que hacemos. Y sin embargo, andando el tiempo, si tienes suerte, tu nombre figurará de alguna forma discreta. Piensa, por ejemplo, en Jean-Michel Frank. Cuando contemplas las fotografías del asombroso salón que le decoró a Marie-Laure de Noailles, no piensas: Vaya, esa Marie-Laure de Noailles debió de ser realmente alguien para haber conseguido que Jean-Michel Frank le decorara el salón. No, lo que piensas es: Vaya, ese Jean-Michel Frank fue realmente un gran decorador.

—Sabes que esa sala ya no existe. Bueno, no literalmente. Está redecorada.

—A eso me refería con lo del trato que hacemos. La redecoración nos mantiene en el negocio. Por ejemplo, ¿cuántas veces has redecorado la sala de Eva?

—¿La de ahora? Dos veces, creo.

—Dicho de otro modo, ella es para ti lo que Marie-Laure de Noialles fue para Jean-Michel Frank.

Jake se echó a reír.

–A Eva le encantaría esa comparación –dijo–. Y es verdad. Con Eva siento una especie de..., bueno..., de entendimiento, supongo que podríamos llamarlo. La mayoría de mis clientes lo que quieren es alardear. Para ellos un apartamento espectacular no es más que una forma de asegurarse de que se sepa lo ricos que son, o poderosos, o influyentes. Solo en el caso de Eva no es así. Lo que ella busca es algo diferente. Algo como seguridad. Me da la impresión de que ve ese apartamento de Venecia como una especie de búnker, un lujoso refugio antiaéreo o habitación del pánico.

–¿O te refieres a que lo ve como un lugar donde pueda sentirse como en casa? Ahí está tu problema, en resumidas cuentas, Jake. Quiere sentirse en casa, y por muy habilidoso que hayas llegado a ser en brindarle esa sensación, nunca podrás entenderla realmente, porque jamás la has sentido.

–Si pudiera...

–Puedes. Solo que no lo harás.

El móvil de Jake volvió a vibrar, pero esta vez Jake no lo sacó del bolsillo.

–¿Te cuento algo que nunca he contado a nadie? –dijo Pablo–. Lo que más temo en el mundo, más que a hacerme viejo, más incluso que a la muerte, es a quedarme sin casa. Y no me refiero a quedarme sin hogar en un sentido existencial, sino a quedarme sin casa de verdad, a tener que dormir en la calle. Es algo que me hace despertarme en mitad de la noche. ¿Qué pasaría si me arruino, o si alguien me lleva a juicio. ¿Perdería mi casa?

–Si te pasara eso, habría amigos que te acogerían en su casa.

–Durante un tiempo. Pero no para siempre. Lo que quiero decir, Jake, es que es algo que puede pasarnos a cualquiera de nosotros. Te podría pasar a ti. Pero la mayoría de la gente no piensa en ello como una posibilidad real como yo lo hago, y como, sospecho, lo hace Eva. Si está inquieta es porque, en sus profundidades más oscuras, tiene miedo a acabar en un albergue de gente sin techo. En todos estos años has estado ganando un montón de dinero gracias a ese miedo.

–Es una manera cruel de expresarlo.

–Oh, no te preocupes. Pagaré por ello lo mismo que pagaré por ser gruñón con Clydie, por despedir a Alison, por cada uno de los errores que he cometido en mi vida. Mi vida... es un equilibrio cada vez menor. Pagaré y pagaré hasta convertirme en un sin techo.

Cuando se hubo apeado del Uber y se encontraba ya abriendo las cerraduras de la puerta, Pablo tuvo un flash de memoria: Ursula flotando encima de él, con sus pechos pecosos rozándole la barbilla mientras culebreaba tratando de localizarse el punto G. Una cama rosa, una habitación rosa de hotel. Pero ¿dónde? ¿En Ferrara? ¿En Ravenna? En cualquier caso debió de ser en los años ochenta, durante aquel breve apogeo del punto G, que desde entonces ha corrido la misma suerte del alfombrado de pelo largo y los Beanie Babies...[1] En el recibidor encendió la luz y se quitó los zapatos. Le dolían los pies. Tenía sesenta y ocho años, pero parecía más joven y se sentía más viejo. La tensión alta, el dolor crónico de espalda y un estómago cada día más melindroso, señales que le enviaba el cuerpo para decirle que sus días de excesos se habían terminado. ¿Iba a echarlos de menos? Comer lo que le venía en gana, por supuesto. Las cenas benéficas y las fiestas de lanzamiento y los clubs nocturnos y el acostarse –no solo– a las tres de la madrugada, no tanto.

---

1. Peluches, en su mayoría ositos, que en los años noventa hicieron furor en los Estados Unidos. *(N. del T.)*

Sacó del bolsillo la cartera y el móvil y las llaves y lo dejó todo en la mesa de aluminio y cristal (Eileen Gray), su lugar asignado de descanso. El delicado retroceso del móvil al posarse lo hizo despertar y desde la pantalla destelló el mensaje de Indira:

> Pablo, ha sido tan genial conocerte después de oír tanto de ti!!! Y hablaba en serio sobre ese artículo. ¿Nos vemos para hablarlo? ¿Almuerzo? ¿Copas? Mis mejores deseos. Indira.

Sonrió mientras lo leía, y se preguntó si debía responder de inmediato. Diez, cinco, dos años atrás lo habría hecho. Diez, cinco, dos años atrás la mera perspectiva de acostarse con la encantadora señora Singh Singh habría bastado para provocarle una erección instantánea. Pero ahora su libido se encogía de hombros. ¿Era debido a su «T baja»,[1] como la llamaban en televisión? Quizá... O quizá era algo más relacionado con la anomia que Jake había descrito. Cada día era más el hábito que la lascivia lo que impelía a Pablo a iniciar el duro trabajo de la seducción.

–Estoy cansado del empeño humano –se dijo a sí mismo, entreviendo la cama vasta y confortable que pronto sería su recompensa por haber subido las escaleras hasta la segunda planta. En los últimos meses había llegado a considerar el sueño como una actividad de ocio. Y no era él el único. Tras décadas de ser tachado de estrafalario, el sueño se había puesto de moda, y sus beneficios y placeres eran proclamados en artículos de la sección de Estilo del *Times*, y en *Good Morning America*, e incluso en un libro de Arianna Huffington (nada menos). La idea era considerar el sueño como un lujo en el que merecía la pena gastar dinero. Al percibir la tenden-

---

1. Testosterona baja. *(N. del T.)*

171

cia, los viejos clientes habían empezado a llamar para pedir colchones Hästens, mantas de cachemira, sábanas tejidas con algodón orgánico o hilo irlandés. Aunque menos melindroso con su propia cama, Pablo también estaba cayendo en la cuenta de que disfrutaba del sueño como nunca. Quizá era la edad, quizá era esa edad –esos días que nunca acababan donde habían empezado, que carecían de referencias, y de estabilidad–. En cualquier caso, había aceptado el consejo de Arianna, se había liberado del hábito de llevarse el móvil a la cama, había retirado el televisor del dormitorio y había puesto persianas opacas. En la mesilla de noche de su lado había una lámpara con una bombilla de cuarenta vatios, unos cuantos libros con los que podía contar para aburrirse, y un reloj antiguo al que había que dar cuerda. Nada más. Le desconcertaba recordar los años de su juventud en los que la mera perspectiva de pasar una noche solo bastaba para sumirlo en la desesperación. Ahora valoraba enormemente las noches en que, en lugar de ir a un cóctel o a un restaurante, se quedaba en casa, comía pasta con nata, guisantes y jamón, se sentaba frente al televisor (a ver un partido de fútbol o alguna telecomedia de la BBC que había visto ya cientos de veces), se daba una ducha larga, se limpiaba los dientes a conciencia (cepillado e hilo dental) y disfrutaba durante unos minutos de la transgresión de hacer por propia voluntad lo que, en centenares de hogares, los niños se veían obligados a hacer sin dejar de protestar ante tamaña injusticia.

Los sueños formaban parte de lo que Pablo anhelaba en esas noches, incluso los malos, de los que normalmente despertaba más confuso que asustado, como si estuviera siendo objeto de una suerte de nocturno psicoanálisis. A menudo era el sueño mismo la materia de sus sueños –el sueño de las semanas posteriores a la detención de su padre, pero anteriores a la de su madre, cuando esta solía llevarlo a la vasta cama de matrimonio para unas siestas que podían empezar y terminar a cualquier hora (a las cinco o a las diez de la mañana o a las cuatro de la tarde)–. Al otro lado de las persianas cerradas, sabía, la rotación del día y de la noche seguía su curso, los autobuses «cargaban» y «descargaban» pasajeros, los niños iban y venían del colegio. En el interior del apartamento siempre había oscuridad. Su madre solo salía para comprar alimentos. Estrechado entre sus brazos, miraba desde la cama las montañas negras-grises que la lámpara, en las raras ocasiones en que estaba encendida, revelaba que no eran más que sillas y cómodas. A veces sonaba el teléfono, y su débil chillido hacía que su madre lanzase uno más agudo, y respondiese sin aliento, y, en la mayoría de los casos, colgaba, y se iba a la cocina y se servía un vaso de brandy o de ginebra antes de volver a la cama, que a Pablo se le antojaba una barcaza, un arca que, cuando llegaba la riada, se alzaba con suavidad de la tierra y emprendía viaje por esos mares que habían suplantado un mundo que Dios juzgaba tan vil que no le quedaba más remedio que anegarlo.

Cuando Jake se hubo apeado del Uber, su móvil volvió a vibrar. Aunque lo había configurado para que lo hiciera con frecuencias diferentes según fueran llamadas, mensajes de texto o emails (Alerta, Rápido, Staccato), el ruido del tráfico le impidió distinguir una señal de otra.

Miró la pantalla y vio que era Min. Había intentado hablar con él dos veces y le había enviado un mensaje de texto:

Llámame en cuanto puedas

Que quisiera hablar con él de forma urgente no le sorprendía en absoluto. Era obvio que nada más sacar a colación el artículo de la revista, se había dado cuenta de que se iba a quedar sin su portada, y ahora quería asegurarse de que Jake no iba a decírselo a Eva.

Decidió no contestar: no porque planease ponerla en evidencia ante Eva sino porque se estaba cansando de sus tonterías y pensaba que era el momento de darle una lección.

Una vez en su apartamento, dejó el teléfono en la mesa Parsons de la sala. Vibró tres veces más, a intervalos muy breves entre una y otra, y las tres habían sonado como gemidos de súplica. Decidido a no ceder ante esa insistencia, se quitó el traje y se puso ropa de casa, se sirvió un vaso de tequila y agrupó unas cuantas prendas para llevarlas a la lavandería a la mañana siguiente. Sentado ante el ordenador, pagó la factura de la televisión por cable y contestó a algunos emails, al tiempo que tachaba esas tareas de una lista que llevaba desde años atrás, en la que las adiciones se nivelaban con las supresiones, de suerte que la lista tenía siempre la misma extensión. A su muerte, su madre había dejado una lista similar, lo que llevó a Jake a hacer el voto de que cuando llegara el momento en que alguien tuviera que examinar los desechos de su vida, encontraría algo mejor que aquello, y allí estaba él, no mucho más joven que su madre en el momento de su muerte, y allí estaba esa lista, y mientras la sostenía en la mano el móvil vibró dos veces más, y cada una de las veces resbaló unos centímetros más hacia el borde de la mesa e hizo que la tía Rose, que dormía en el almohadón del ser de su sobrino, despertara y se irguiera sobre los codos y le dijera, con su voz ronca, que ya era suficiente, que debía romper la lista y prender fuego a las trizas y bajar con el móvil hasta el metro y arrojarlo a las vías justo antes de que los vagones de un metro de la línea 1 dirección sur llegaran a la estación. Porque la Vida, no la vida, era lo importante, y consistía en... ¿En qué? «En arder siempre con esa dura llama en forma de gema, mantener ese éxtasis...»

Jake empezó a anotar en un bloc una lista de la compra:

174

Papel higiénico
Pomada para las hemorroides
Edulcorante

Tras varias vibraciones más, en rápida secuencia, el móvil cayó de la mesa a la alfombra. Jake lo recogió y se quedó mirándolo. De los mensajes que había recibido desde su llegada a casa solo uno era de Min. Los demás eran de Simon (Jake desconocía su apellido), un profesor de Teoría de Números en la Universidad de Manchester con quien estaba teniendo un affaire pese a no haberse conocido en persona. El affaire –que entraba ya en la séptima semana– se había desarrollado exclusivamente vía Skype, mensajes de texto, FaceTime y WhatsApp. Al principio su irrealidad misma, el desafío del tiempo y la distancia, habían conferido a esta aventura un punto de emoción, de transgresión, pero ese aspecto se había esfumado con rapidez (no hay gran cosa que se pueda hacer con una webcam antes de que empieces a repetirte), pese a lo cual la cosa seguía, sobre todo gracias a Simon, cuyo principal rasgo de carácter –tal como Jake había llegado a constatar– era la tenacidad. Simon tenía treinta y ocho años, o eso decía. Tres días antes, había –por así decirlo– subido la apuesta diciéndole a Jake que era el gran amor de su vida. A esto había seguido una conversación surrealista que solo difería de una conversación surrealista normal y corriente –o sea, una conversación surrealista hablada– en que Jake no tenía que tratar de reconstruirla en la memoria: podía volver a leerla cuando le viniera en gana.

Simon: te amo
Simon: solo quería decirlo: eres mi amor para siempre
Jake: Eso es muy halagador, pero ¿cómo puedes saberlo si no nos hemos visto nunca?

175

Simon: qué quieres decir? hemos pasado juntos horas y horas

Jake: Horas virtuales

Simon: que sean virtuales no quiere decir que no sean reales

Jake: Bueno, yo creo que sí

Jake: Tenemos cinco sentidos

Jake: Solo hemos usado dos

Simon: cómo deseo oler el aroma de tus pies, de tus calcetines, de tus zapatillas de deporte después de haber hecho ejercicio!

Jake: Nosotros no las llamamos zapatillas de deporte; las llamamos zapatillas de tenis

Simon: qué sexy

Simon: te amo y no me avergüenzo

Jake: Perdona si es una pregunta muy descarada, pero ¿estás colocado?

Simon: eso no es muy amable de tu parte

Simon: sí, un poco, me he fumado medio porro

Simon: qué calcetines llevas?

Jake: Negros

Jake: Mezcla seda-algodón

Jake: Brooks Brothers

Simon: desde cuándo los llevas puestos?

Jake: Seis horas

Simon: oh, dios, qué genial... Puedes correrte en ellos y mandármelos?

Jake: Si lo hago y los aduaneros abren el paquete, sería muy embarazoso 😳

Simon: córrete en ellos tres veces

Simon: te amo

Simon: podemos pasar a whatsapp? quiero ver cómo te corres en los calcetines

Jake: Está bien, vale

176

Esta noche Simon le escribía desde Italia. Estaba de vacaciones, en un tour por poblaciones montañosas de la Toscana y Umbría, con su amigo galés Ffanci. Aunque eran alrededor de las tres y media de la madrugada en Asís, Simon aún estaba levantado. Le había enviado, hasta el momento, más de cuarenta textos, y él no había respondido a ninguno, pese a haberlos leído todos a medida que iban llegando a lo largo del día.

Simon: buenos días, mi príncipe, te he besado 72 veces antes de irme a dormir

Simon: espero que la noche te brinde descanso y paz, yo no he dormido más que seis horas pero bien, y Ffanci y yo estamos comiendo estupendamente, y tenemos tan poco estrés con el viento del lago y despertándonos a un alba radiante, y los carillones, es como diez horas a rachas en casa.

Simon: no hay nada como despertar de un día y una noche contigo

Simon: y muchas más

Simon: he imaginado que estabas corriéndote dentro de mí esta mañana, y me he tenido que hacer una paja [*Foto del vientre de Simon después de la paja*]

Simon: en Perugia, ayer, pude verte y ver la vida contigo en cada piedra de la catedral

Simon: hoy tomaré la misa

Simon: escribo esto en el interior de la catedral [*Foto del interior de la catedral de Asís*]

Simon: quiero chuparte el ano en el altar mayor, gustar tu líquido preseminal mientras te la mamo en un reclinatorio, y oigo tu voz diciendo mi nombre cuando te bebo [*Foto de una reclinatorio*]

Simon: en el tren a Spello

Simon: te amo tan increíblemente

Simon: creo que eres de un tipo muy italiano

Simon: veo tantos hombres italianos con tus rasgos, pero ninguno tan fino, ninguno que reoriente mi universo

Simon: quiero sentir tu pelo, brindar por marzo, la primavera, el segundo mes separados en el último momento, espero

Simon: en Spello, el hotel no es tan bueno como el de Asís, pero no tengo que compartir el cuarto de baño con Ffanci, ya sabes a lo que me refiero 😎

Simon: sé que estoy haciendo trampa, me había prometido no escribirte más esta noche, y tener una buena noche de sueño, pero no puedo, aquí desnudo en la cama del hotel, no puedo evitar desearte

Simon: muy bueno el vino de la cena [*Foto de una botella de Torgiano Rosso*]

Simon: a uno de los camareros le ha gustado Ffanci

Simon: XXXXXXXXXXXXX

Simon: XXXXXXXXXXXXX

Simon: estás ahí?

Simon: me gustaría que contestaras

Simon: en lo único que he pensado hoy es en una autocaravana contigo y Kaspar y Ralph e Isobel yendo juntos de aventura

Simon: sería genial que Kaspar y Ralph e Isobel tuvieran historias para Dorcas

Simon: o los perros no hablan con gatos?

Al leer esto Jake torció el gesto. En un momento atolondrado le había dicho a Simon que los perros de Eva eran suyos. Ello gustó tanto a Simon que Jake le mandó algunas fotos de los perros, fotos que Simon subió a Facebook. Jake confiaba en que Eva no las viese (parecía poco probable que lo hiciera).

Simon: qué tal Éfeso en invierno?

Simon: tú y yo y los perros en una autocaravana en Éfeso.

Simon: nos leerás en la cama?

Simon: abrazarte mientras fríes huevos, echarme sobre tu vientre, buenas noches cuando te acuestes, apuesto dorado príncipe

Simon: tierna y amorosamente el hombre más bello del mundo

Aquí Jake intervino:

Jake: ¿Quién cuida a Dorcas mientras estás en Italia?

Simon: estás ahí!

Jake: Lo siento, he estado atado de pies y manos todo el día

Simon: literalmente? 😒

Jake: No

Simon: Nigel y Sue tienen a Dorcas

Simon: te llegaron las fotos que te mandé?

Jake: Sí, muy bonitas

Simon: me has mandado los calcetines?

Jake: No

Simon: en Asís quise poner una hostia en un papel blanco y luego correrme encima de ella y mandártela

Jake: Eso sería tremendamente sacrílego, ¿no?

Simon: bueno, me educaron como católico 😇

Simon: cuándo me mandas tus calcetines?

Min: Jake, ¿estás ahí? Por favor llámame. Tenemos que hablar en cuanto puedas. Besos, Min

Jake: El efecto sería excesivo para ti, el placer te asfixiaría

Min: ¿Qué?

Jake: Perdón, iba dirigido a otra persona

Min: Eso me ha parecido

179

Jake: El efecto sería excesivo para ti, el placer te asfixiaría

Simon: !!!

Simon: aunque el placer no sería tanto como correrme en tu polla para que luego pudieras follarme y yo te devolviera el favor haciéndote lo mismo

Jake: A mí no me follan

Min: ¿¿¿Holaaa??? ¿También es eso para otra persona? Eso espero porque si fuera para mí no sabría qué decir, jajaja

Jake: Lo siento, siempre estoy haciendo lo mismo, mandando mensajes equivocados a la gente equivocada

Min: Eso podría traerte problemas

Jake: A mí no me follan

Simon: dios, me pone cachondo que seas un macho que da y que no toma

Simon: quiero ahogarme en tus pelotas

Simon: quiero atarte y comerte el culo y los sobacos mientras me gritas de gozo

Jake: Soy yo el que ata

Min: El equivalente electrónico de los actos fallidos... ¿qué mensaje secreto estás tratando de enviarme, Jake?

Jake: Ninguno. Te lo he dicho: era para otra persona

Jake: Soy yo el que ata

Simon: dios, estoy a punto de correrme, podemos whatsappearnos, macho jefe?

Jake: No, esta noche no. Estoy muy cansado

Min: Muy bien; si no es esta noche, ¿cuándo? ¿Mañana?

Simon: por favor, macho jefe, por favor, mándame whatsapps

Jake: Estoy demasiado cansado

Simon: yo también estoy cansado, pero también cachondo

Simon: no puedes imaginarte lo cansados que tengo los

pies de tanto andar; ahí va foto [*Foto de los pies de Simon*]

Simon: no te pones cachondo? Sé que te gustan los pies

Simon: mándame fotos de tus pies, de tus calcetines, de tus zapatillas de deporte

Simon: de tus zapatillas de tenis!

Jake: Mañana

Simon: ¿por qué estás de tan mal humor?

Min: ¿Sigues ahí?

Jake: Hablaré contigo mañana, Min

Jake: No estoy de mal humor

Simon: Ok

Jake: ¿Y qué piensas de que nos conozcamos personalmente?

Jake: Podría ir yo a Manchester o podríamos quedar en Londres

Simon: dios, no. odiarías Manchester

Jake: O podrías venir tú a Nueva York

Simon: no puedo permitírmelo

Jake: Pagaría yo

Simon: no, porque qué pasaría si te decepciono cuando me veas?

Jake: Yo también podría decepcionarte

Jake: Soy mucho mayor que tú

Jake: Además no me he acostado con nadie en catorce años

Jake: Bueno, sexo real, no virtual

Jake: Creo que hay cierta diferencia

Simon: por qué no?

Jake: Es como que perdí interés

Simon: podrías haberme engañado, jajaja

Jake: Podría

Jake: Uno se acostumbra a dormir solo

Jake: Sobre todo si puedes tener lo que necesitas sin tener a alguien al lado o tener que ir a buscar a alguien a algún sitio

Jake: Te ahorras la molestia de un posible bochorno

Simon: no lo echas de menos?

Jake: ¿Te refieres a los otros tres sentidos? No tanto como me habría parecido que los echaría de menos hace catorce años

Simon: eso es triste, Jake

Jake: ¿Nos vemos en Venecia? Puede que tenga que ir a Venecia por trabajo

Simon: nunca he estado en Venecia, me encantaría, pero depende de mis clases y de cuándo y de si puedo escaparme

Jake: Podrías verme tirarme de un puente

Simon: qué?

Jake: Tenía un amigo...

Jake: Siempre decía que Venecia era la mejor ciudad para matarse

Jake: Y fácil, porque el agua está tan contaminada que te arranca la carne de los huesos

Simon: eso es muy extraño

Jake: Sí, bueno, si amas a alguien tienes que aceptar lo extraño y lo no extraño

Jake: Por eso en mi opinión el amor es una base muy pobre para una relación

Simon: eso suena muy egoísta

Simon: si voy a Venecia, nos acostaremos?

Jake: Esa sería la idea

Jake: Si me acuerdo de cómo se hace

Simon: es como montar en bicicleta, dicen. nunca se olvida

Jake: No es cuestión de olvidarse o no sino del cuidado que le dediques

Jake: No a la gente sino al sexo

Simon: no sé qué decirte cuando te pones de ese humor

Jake: Siento que ponerme honrado te moleste

Simon: no he querido decir eso

Jake: En fin, tengo que irme, tengo que sacar a pasear a los perros

Simon: no, no te vayas todavía, dicen que nunca es buena idea que las parejas se vayan a la cama de mal humor

Jake: No estoy de mal humor y no somos pareja

Simon: no? Para mí no hay nadie más

Simon: quiero decir que desde que te conozco no he tenido sexo con nadie más

Jake: Esto no es sexo. Sexo es lo que te estoy proponiendo y a ti parece que te asusta más que a mí

Jake: Lo cual es raro, ya que soy yo quien no se ha acostado con nadie en dieciséis años

Simon: antes has dicho catorce

Jake: Mira, tengo que dormir algo, me tengo que levantar temprano mañana por la mañana, y te juro que no estoy enfadado. Buenas noches

Simon: de acuerdo, buenas noches, mi príncipe

Simon: buenas noches

Simon: buenas noches

Jake dejó el móvil. A su lado estaba la lista de la compra que había empezado.

> Papel higiénico
> Pomada para las hemorroides
> Edulcorante

¿Era esto lo que había acabado siendo su vida?

Cuarta parte

14

Si hubiera podido, Bruce habría solucionado la vida de Kathy de forma invisible. Se habría deslizado chimenea abajo de su vida, habría dispuesto los regalos bajo el árbol y trepado hasta el exterior sin que ella se hubiera enterado de que él había estado allí, de forma que cuando despertara por la mañana comprobara que se habían saldado milagrosamente todas sus deudas, había recibido una inyección de efectivo en su cuenta bancaria y Susie y sus hijas ya no estaban en la casa. Pero era un plan imposible. Como su abogada Rita le explicó —con un punto de impaciencia, como si su cliente tuviera que haberlo sabido de antemano— pagar las deudas de alguien sin haber obtenido antes su permiso era algo prácticamente imposible. Ni existía posibilidad alguna —en caso de que, pese a todo, consiguiera hacerlo— de que Kathy no se enterara de la identidad de su benefactor anónimo. Esto arruinó por completo el gran plan de rescate que Bruce había imaginado la noche que se coló en su propio despacho después del horario de oficina. Al parecer no había forma de ahorrarle a Kathy el calvario de tener que darle las gracias, o a él el calvario de tener que recibirlas.

Había previsto una suma de 200.000 dólares. Era más de lo que Kathy necesitaba —había hecho el cálculo a partir de los documentos que había copiado de su ordenador–, porque su intención era resolver tanto su actual situación como su futuro. El precio del apartamento de Venecia era de unos 800.000 dólares. A ello habría que añadir el coste de la restauración y el mobiliario, que –conociendo a Eva– haría que el total ascendiera a una cantidad cercana al millón de dólares. Lo cual convertía los 200.000 dólares que pensaba donar a Kathy en una cantidad carente de importancia. De hecho, era eso lo que le remordía la conciencia: que 200.000 dólares supusieran una diferencia mucho mayor para Kathy que casi diez veces esa cantidad para Eva. Y sin embargo Eva persistía en calificar de necesidad el apartamento de Venecia, como algo de lo que sencillamente no podría prescindir.

Desde que Eva había vuelto de Venecia, la vida de Bruce se había visto cada día más «bifurcada» –o quizá siempre había sido así y él no se había dado cuenta hasta entonces–. De adolescente, su madre y él habían seguido un juego de televisión titulado *Tres son multitud*, cuyo enunciado era la pregunta siguiente: «¿Quién conoce mejor a un hombre: su mujer o su secretaria?». Normalmente ganaba la secretaria –o al menos era así como Bruce lo recordaba–. Ahora se preguntaba: si su mujer y su secretaria tuvieran que competir en *Tres son multitud* (una idea ridícula, sin duda), ¿quién saldría ganadora? Kathy, sospechaba. ¿O estaba subestimando a Eva?

Una pregunta más espinosa sería a cuál de las dos mujeres conocía él mejor. Antes de que hubiera empezado a llevar a Kathy a las sesiones de quimioterapia, habría respondido que a Eva. Pero ahora ya no estaba tan seguro, y no solo porque últimamente hubiera llegado a estar más familiarizado con las circunstancias vitales de Kathy, sino también porque cuanto más conocía a su secretaria menos parecía conocer a su mujer.

Fueron los cambios de escenario lo que más le hizo abrir los ojos: las sacudidas que experimentaba cuando, después de pasar la tarde con Kathy en el hospital de día, volvía a casa y encontraba en la sala a Eva y a Min con algún grupo de amigos. Aún podía oler el antiséptico en sus dedos, mientras escuchaba cómo Min –en el momento preciso y con bastante estridencia– sacaba a colación el tema de Venecia, y a renglón seguido la conversación tomaba un curso invariable: desde la perspectiva emocionante de poseer un apartamento en Venecia a la perspectiva emocionante de restaurar un apartamento en Venecia a la cuestión aún irresuelta de si Jake accedería a hacerse cargo de tal restauración. La trayectoria de Eva era asimismo harto previsible. ¿Y si estuvieran en Francia en 1940?, solía preguntar. ¿Tendrían las agallas y la visión de futuro necesarias para irse del país?

–Lo que me resulta imposible superar es no saber si lo haría –dijo un día–. Sobre todo si no tuviera ningún sitio adonde huir, y los periódicos me repitieran todas las mañanas que no tenía nada de qué preocuparme.

–Bien, pero ¿y si tuvieras información confidencial? –dijo Rachel–. ¿Y si tuvieras, digamos, amigos en las altas esferas del servicio exterior y te advirtieran de lo que se avecinaba? ¿Habría sido suficiente para hacerte cambiar de opinión?

–No habría sido suficiente para hacerme cambiar la mía –dijo Grady.

–Si lo piensas bien ves que la capacidad humana para no escuchar la verdad es asombrosa –dijo Jake.

–Ciertamente lo es en mi caso –dijo Grady.

–Muy bien –dijo Rachel–, pero ¿qué me decís del momento actual? ¿No es de eso de lo que en realidad estamos hablando? De si deberíamos marcharnos del país, ya, ahora...

–Me alegra que hayas sacado el tema –dijo Aaron–, porque el hecho es que cuando miras las dos situaciones con detenimiento, ves que hay muchas más diferencias que similitudes. La primera, no están censurando la prensa.

–Todavía no –dijo Grady.

–La segunda, no estamos en pie de guerra con nuestros vecinos. Es decir, no hay ninguna línea defensiva, inexpugnable o no, a lo largo de la frontera canadiense, que yo sepa.

–Por no hablar de la frontera mexicana.

–Así que no tenemos que preocuparnos de que miremos por la ventana y veamos tanques rodando por Park Avenue.

–De verdad, Aaron, no deberías bromear con esas cosas –dijo Min, mirando a Eva.

–Oh, pero hay una diferencia aún mayor –dijo Grady–, y es que si estuviéramos en 1940, y fuéramos europeos, y decidiéramos que teníamos que irnos de Europa, al menos sabríamos dónde tendríamos que buscar refugio. Aquí. En Nueva York. Pero hoy día es mucho más difícil saber dónde estaríamos a salvo. Yo, por ejemplo, si las cosas llegaran a un punto en que sintiera que tengo que huir de aquí, elegiría Uruguay.

–¿Uruguay? –dijo Rachel–. ¿Por qué Uruguay?

–¿Por dónde empezar? –dijo Grady–. Un Gobierno progresista, matrimonio igualitario, marihuana legalizada. Además es un país bonito. Y barato.

–Y muy pequeño –dijo Aaron–. Y rodeado de países muy grandes no exactamente famosos por su estabilidad política.

–¿Has estado en Montevideo?

–Yo sí –dijo Min–. Cuando estaba en *Bon Appetit*...

–De hecho, si miras en el Índice de Progreso Social, Uruguay ni siquiera está en el primer nivel –dijo Aaron–. Está en el segundo.

–¿Qué países están en el primero? –dijo Rachel.

–Veamos. –Tecleó en su móvil–. Bien, por orden de progresivismo... ¿Existe esa palabra?

–No.

–Finlandia, Canadá, Dinamarca, Australia, Suiza, Suecia.

–¿Y dónde está Italia? –dijo Min.

—También en el segundo nivel. Más arriba que Uruguay pero más abajo que Estados Unidos. Los Estados Unidos están en el puesto diecinueve. Italia en el veinticuatro. Uruguay en el veintiocho.

—Bueno, a las pruebas me remito.

—¿Qué pruebas? —dijo Aaron.

—Que Italia es un país mejor que Uruguay para comprar un apartamento.

—Pero eso no es ninguna «prueba». No es más que... Quiero decir que si Grady no hubiera sacado a colación Uruguay...

—Mi recuerdo de Montevideo es que es una ciudad encantadora, pero terriblemente aburrida —dijo Min—. Una especie de Buenos Aires pero sin las compras.

—Con algunos edificios preciosos tipo París —dijo Grady.

—Esta conversación es absurda —dijo Eva—. No voy a ir a Uruguay. —Se levantó y se fue de la mesa.

Se oyó cómo una puerta se cerraba de golpe.

—Disculpadme —dijo Min, levantándose y saliendo detrás de Eva.

—Oh, mierda —dijo Grady—. Lo siento de veras. Si llego a saber que iba a abrir esa caja de Pandora...

—No te preocupes —dijo Bruce—. Esa caja de Pandora estaba ya abierta.

Min volvió y se sentó en su silla y rellenó su vaso.

—Estará bien enseguida —dijo—. Sinceramente, ¿por qué estáis tan decididos a meteros con ella? Sabéis todas las razones por las que tiene que ser Venecia. Su libro, para empezar.

—El que Rachel piensa publicarle —dijo Aaron.

Rachel le envió una mirada a su marido.

—Hablando de publicar, ¿cómo te va el buscar trabajo? —preguntó Grady.

—No estoy buscando trabajo —dijo Aaron.

—Es más feliz yendo por libre —dijo Rachel.

—¿Por qué cambiáis de tema? —dijo Min—. Nada de esto

tiene nada que ver con Eva, o con la forma en que os estáis metiendo con ella.

–Me veo obligado a inclinar la cabeza con vergüenza –dijo Aaron.

–Y yo la mía, en homenaje a tu lealtad –dijo Grady–. Lealtad que difícilmente se encuentra el día de hoy.

–Bueno, así son las cosas entre nosotras –dijo Min, sonrojándose–. Eva fue la primera amiga que hice cuando me mudé a Nueva York. Solíamos pasar casi todo el tiempo juntas.

Era cierto. Bruce también estaba allí entonces, en los primeros años de su matrimonio, cuando Eva y él vivían de alquiler en la calle Setenta y Ocho Este y Bruce trabajaba como agente de bolsa junior en una gran firma de Wall Street, y Eva y Min estaban en *Mademoiselle*. No tenían ninguna Amalia entonces; solo una rusa vieja que iba una vez por semana y llevaba al perro (en aquel tiempo solo tenían uno) bajo el brazo como un bolso mientras pasaba la aspiradora. Había muy poca planificación en su vida. Eva podía preparar una cena improvisada para él y Min y quienquiera con quien Min estuviera saliendo en aquel tiempo, o podían aventurarse a Chinatown para tomar unas bolas de masa hervida, o a un club de moda del West Village, donde Min no tenía más que decir su nombre para que les dejasen pasar antes que a la multitud que se arremolinaba en el lado erróneo del cordón de terciopelo. Si alguno de sus novios iba con ellos, Min podía ponerse a hablar de su infancia en Quincy, de la plantación de tabaco en la que un día se había levantado la gran casa que sería barrida por un huracán, y de cómo su hermana y ella, de niñas, se habían pasado horas peinando el campo en busca de reliquias (fragmentos de vajillas de porcelana con motivos florales, ojos de cristal de muñecas, cazuelas de hierro fundido...). Nada de eso duraría mucho, solo hasta que Bruce lograra el primero de sus ascensos, y Eva y él se mudaran al primero de sus apartamen-

192

tos más grandes, y Eva dejara su trabajo e iniciara el proceso gradual que la replegaría elegantemente en sí misma y la convertiría en la rosa de origami alrededor de la cual Min ahora zumbaba y revoloteaba. Sus otros amigos —suponía él— daban por descontado que la devoción de Min por Eva obedecía principalmente a la riqueza de los Lindquist —a los viajes a Europa a los que Eva la invitaba, y a las cenas y buenos restaurantes a los que la invitaba Bruce, y a los fines de semana en el campo, nada de lo cual podría haberse permitido con su nivel de ingresos—. Y sin embargo Bruce sabía que en esa devoción había más que eso. Hay pocos devotos no masoquistas, y muy pocos ídolos pueden reprimir el impulso de comprobar la fidelidad de sus devotos. Fuera lo que fuere lo que Eva y Min se satisficieran mutuamente, el dinero era tan solo el más externo de sus aspectos.

Entretanto, la compra real del apartamento les estaba resultando un gran fastidio. Ya desde el principio Rita le había advertido a Bruce de que habría problemas. De lo que no le había advertido era de cuán extrañas, cuán poco parecidas a nada con lo que hubiera tenido que enfrentarse en el pasado podrían resultar tales complicaciones.

—Acabo de hablar con Maria Luisa —le dijo Rita una tarde de febrero (Maria Luisa era la abogada asesora de la vendedora) y me temo que existe un problema con la cocina.

—¿Qué tipo de problema?

—Sin ponernos demasiado quisquillosos, es ilegal. O al menos ilegal que nosotros sepamos, porque en los expedientes no aparece ese permiso.

—¿Quieres decir que la Signora Fiebre Aftosa montó la cocina sin más?

—Eso parece. Cuando Maria Luisa me lo dijo, no parecía demasiado preocupada. Más bien lo contrario. De lo que deduzco que en Italia suceden muy a menudo ese tipo de cosas.

Para sorpresa del propio Bruce, esta noticia sobre la cocina le dio ánimo. Estaba tan ávido de compartirla con Eva que en cuanto terminó la jornada se fue volando a casa. Su aliento seguía agitado cuando se quitó el abrigo y entró a grandes pasos en la sala con los perros pegados a sus talones.

–¿Estás bien? –dijo Eva.

Estaba sentada con Min en el sofá, y tomaban té.

–Estoy bien –dijo Bruce, aún resoplando–. Acabo de hablar con Rita... Un momento. –Se puso un vaso de agua y bebió–. Bien, pues esta tarde me ha llamado Rita, y al parecer hay un asunto...

–¿Te refieres a lo de la cocina? –dijo Min–. Ya lo sabemos.

–Ursula me mandó un email –dijo Eva.

–Oh, ya... –dijo Bruce–. ¿Y qué te decía?

–Bueno, que como es lógico estaba furiosa con el contratista.

–¿Qué contratista?

–El que le puso la cocina. ¿No te lo ha dicho Rita?

–El contratista le mintió –dijo Min–. Cuando lo contrató le dijo que él se ocuparía de todos los permisos, que ella no tenía que preocuparse de nada. Se enteró ayer.

–Espera un segundo... ¿Cómo va a haberse enterado ayer? Es su cocina. Si no se sacaron los permisos no pudo no haberse enterado.

–Pobrecita. Tiene la cabeza en las nubes –dijo Min–. De todas formas no tiene por qué importarnos, ¿no?, ya que vamos a poner una cocina nueva.

Al oír esto, Eva se rió:

–¿Qué cabeza está ahora en las nubes? Sabes perfectamente que antes de que podamos poner una cocina nueva tenemos que tener en orden la vieja. Habrá que evaluar las infracciones, y pagar las multas.

¿Dónde había sacado Eva todo esto? Rita no le había hablado nada de multas.

–Lo único que aclarar es quién tiene que pagarlas. Ursu-

194

la opina que, obviamente, ha de pagarlas el contratista, ya que es el único responsable.

–Oh, sí, claro... Tendrá que pagarlas el contratista –dijo Min.

–Lo malo es que es algo que pasó hace muchísimos años. Y Ursula no conserva nada del papeleo. Ni siquiera sabe si el contratista sigue todavía haciendo obras. O vivo. Y aunque siga vivo puede perfectamente negarse a pagarlas, en cuyo caso ella tendrá que llevarle a juicio. –Eva se terminó el té–. De todas formas, no tenemos que preocuparnos. No es más que un problemilla. Seguro que Rita sabe cómo resolverlo.

¡Un problemilla!

–Me temo que la cosa no es tan sencilla –dijo Bruce.

–¿Qué? ¿Por qué no? –dijo Min.

–Bueno, se trata de Italia. En Italia estas cosas pueden llevar tiempo, mucho tiempo. Quizá haya que aplazar la firma del contrato.

Al decir esto Bruce no miró a Eva, sino a Min, cuya expresión le confirmó que había dado en el blanco deseado.

–¡Aplazarla! ¿Cuánto tiempo?

–El tiempo que lleve solucionar las cosas... Entre la Signora Fiebre Aftosa y el contratista.

–Pero Eva te lo acaba de decir. Ni siquiera sabe si ese hombre vive.

–Es su problema.

–Dios, Bruce, ¿tienes que ser tan insensible? –dijo Eva.

–¿Insensible? Quiero decir que si no es un problema de ella, ¿de quién es? Nuestro no, ciertamente.

–Es un problema nuestro, si pone en peligro la firma del contrato –dijo Min.

–No podemos controlar eso.

–Oh, es que sí podemos –dijo Eva–. No tenemos más que pagarlo nosotros: la multa o el soborno, o lo que sea.

–¿El soborno?

–Llámalo como quieras; el asunto es que si hay que solventarlo a tiempo, alguien va a cobrar algo y..., bueno, Ursula no puede pagarlo. Lo cierto es que está en la ruina. De lo contrario no estaría vendiendo el apartamento, lo primero de todo. Esa es la verdadera razón por la que le está echando la culpa al contratista. Para salvar la cara. –Eva se pasó un clínex por los ojos–. No quería decir nada de eso, pero no me has dejado otra opción.

–¿Por qué has empleado la palabra «soborno» precisamente ahora?

–Es como funcionan las cosas en Italia. Lo sabes tan bien como yo. Nos lo dijo Rita.

Era cierto. Cuando compras una propiedad en Italia, les había advertido Rita, en el trato entra en juego cierta parte de soborno. «No es que vayáis a ser responsables –había añadido–, porque no pagaréis ese dinero directamente a Ursula. Todo se hará a través de Maria Luisa.»

Esa noche, cuando estaba paseando a los perros, Bruce volvió a toparse con Alec y Sparky.

–Tenemos que dejar de encontrarnos así –dijo Alec.

Volvieron a pasear juntos. Esta vez no siguieron el itinerario que solía seguir Bruce; lo dirigió Alec (hacia el norte, y luego hacia el oeste, en dirección al parque).

–Bien, he oído que vais a comprar un apartamento en Venecia –dijo Alec.

–Eso me dicen –dijo Bruce.

–Y de que yo soy el motivo de esa compra. O más bien mi ruidosa cercanía.

–No te preocupes –dijo Bruce–. Si no hubieras sido tú, ella habría encontrado otra excusa.

–Qué mal... Me gustaba mucho la idea de ser responsable de que alguien hiciera algo tan impulsivo y loco. Así que ¿qué hay realmente detrás de ello, si no te importa que te lo pregunte?

196

—Las elecciones. Dice que tiene miedo.

—¿Miedo de qué? ¿Es que cree sinceramente que algo de esto va a afectar a su vida, que su día a día va a cambiar ni que sea un ápice?

—Tendrás que preguntárselo a ella.

—Miedo —repitió Alec, burlón—. Si quieres saber mi opinión, esa es la razón por la que os veis condenados al fracaso los liberales. Tenéis siempre miedo. El miedo es vuestro programa por defecto, solo que en lugar de enfrentaros a las cosas que os dan miedo, para libraros de ellas, tratáis de domesticarlas, como esos lunáticos de la tele que tienen a hienas como mascotas y luego, cuando las hienas les desgarran la cara, insisten en que la culpa es suya y no del animal. O sea, ahí estáis con la cara arrancada y vuestra gran preocupación es que la hiena pueda no daros una segunda oportunidad. Es vuestro gran fallo, ¿no lo ves? Convertís el miedo en culpa; os decís a vosotros mismos que la única razón por la que la hiena os hizo eso en la cara es que la privasteis de derechos, o algo parecido, y que para remediarlo tendréis que ser (entre comillas) inclusivos, tendréis que incorporar a la hiena al proceso. Pero la cosa no funciona, nunca funciona, y a lo único que lleva es a que la hiena esté deseando arrancaros la cara otra vez. Mientras que, tal y como lo vemos nosotros, solo hay un modo de manejar a las hienas, y es manteniéndolas apartadas, encerrándolas o mandándolas lejos hasta que capten el mensaje de que, si no se atienen a las normas, no hay más que hablar. Están perdidas. Por eso ha ganado Trump. Estoy convencido. Porque la gente que le ha votado está harta de todo eso. Al cabo de estos años, la gente ha llegado a un punto en que está más furiosa que asustada, y le ven como el único tipo a la vista que tiene pelotas para lidiar con esta mierda.

—Oyéndote hablar cualquiera diría que el miedo es algo que solo sienten los liberales.

–No, todo el mundo tiene miedo. La diferencia es que vosotros dejáis que el miedo sea el principio que os guía, en lugar de encontrar una solución mejor, que es llevar armas.

–¿Llevar armas? ¿Cómo va a mitigar eso el miedo, cuando si miras a tu alrededor siempre hay alguien que está abatiendo a tiros a un montón de estudiantes en la cafetería del instituto?

–Oh, pero eso no es culpa de las armas. En mi opinión, ni siquiera es culpa de los que disparan. Es culpa de los padres. Esos padres son como los lunáticos de la tele que tienen hienas como animales de compañía. No están criando niños, están criando hienas.

–¿Como las de los mítines de Trump?

–Esos no son hienas; son simples trabajadores blancos hartos.

–¿Como tú?

–Oh, ya veo dónde quieres ir a parar. El argumento de los extraños compañeros de cama. Te preguntas cómo puedo soportar haberme subido a la «cesta de deplorables».

–¿Quién ha dicho algo sobre la «cesta de deplorables»?

–Ella. Por vuestra forma de actuar se diría que creéis que Trump es el único candidato que alguna vez ha metido la pata, cuando lo cierto es que ella la ha metido muchas, y las suyas... Bueno, digamos solo que esos errores nos dicen mucho más de ella que los de Trump sobre él. Lo de los «deplorables», por ejemplo, nos dice que es una esnob y una hipócrita. Todas las elites de la costa lo son, vista la forma en que están continuamente hablando de la reparación de las injusticias cometidas contra los negros, los hispanos, las mujeres. Y sin embargo cuando se trata de las injusticias cometidas contra los blancos pobres... ni una palabra.

–¿Así que estás diciendo que ir armados ayudará a los blancos pobres?

–Dime una cosa, Bruce. ¿Tú tienes un arma?

—No. ¿Y qué me dices de ti?

—Cinco, de hecho. Tres rifles de caza, un revólver y una pistola.

—¿Y esta noche llevas encima la pistola?

—No hay necesidad en este barrio. Pero si, por cualquier razón, tengo que ir al sur del Bronx, la llevo sin dudarlo.

Bruce se echó a reír. No pudo evitarlo.

—¿Qué te parece tan gracioso?

—No estoy seguro... Imagino que lo que acabas de decir me permite entender mucho mejor por qué mi mujer quiere irse de este país. Al menos en Italia hay control de las armas de fuego.

—Oh, seguro. Nada de armas en la tierra de la Cosa Nostra. De todas formas, ¿cómo es ese apartamento?

—No puedo decirlo. Solo he visto fotografías.

—Un momento... ¿Quieres decir que lo compráis sin verlo?

—Lo ha visto Eva. Supongo que lo veré cuando vayamos allí a firmar el contrato.

—Pero si aún no lo has visto, ¿cómo sabes que lo quieres?

—¿Quién ha dicho que lo quiera? Lo quiere mi mujer. —Bruce se detuvo y miró a Alec a la cara—. Lo que tienes que entender de Eva y de mí es que tenemos un sistema. Ella desea, yo pago. Y así ha sido siempre entre nosotros. Y, si he de ser sincero, hasta ahora nos ha ido perfectamente, tanto a mí como a ella. Quizá mejor a mí, porque me ha ahorrado el engorro de tener que desear las cosas por mí mismo.

—Pero tienes que querer cosas. Todo el mundo quiere cosas.

—¿Y que me dices de ti? ¿Qué deseas tú?

—Oh, Dios, ¿por dónde empiezo? Un nuevo juego de palos de golf, una motora, un televisor LCD de ochenta y seis pulgadas, Maria Sharapova disponible las veinticuatro horas del día... Por cierto, ¿qué tal con tu secretaria? ¿Te has acostado ya con ella?

Bruce frunció el ceño.

—Perdón, era una broma. No de muy buen gusto, me doy cuenta ahora.

—Digna de tu presidente.

—Muy justo. No voy a fingir que no me lo merezco. Muy bien, empecemos de nuevo. ¿Cómo está tu secretaria?

—Habida cuenta de las circunstancias, bien. Por supuesto, la quimio pasa factura. Por suerte, dejarán de dársela muy pronto. Esta ronda, al menos.

—La última vez que hablamos, me dijiste que tenía problemas de dinero, y que querías ayudarla. ¿Lo has hecho?

—Aún no. Estoy tratando de dar con la forma mejor de hacerlo.

—No hay forma mejor, hazme caso en esto. Dar dinero a la gente es siempre un error. Es más sensato hacer una donación en su nombre a la Sociedad Americana del Cáncer.

—Pero no es a la Sociedad Americana del Cáncer a la que yo quiero ayudar. Es a esta mujer en particular. A Kathy.

—Entonces sí quieres algo.

—Para ella, no para mí.

—Razón de más para que no le des dinero.

—Un momento, ¿no es eso lo que tu presidente...?

—Nuestro presidente.

—¿No es uno de los argumentos de tu presidente contra el Obamacare: que si se deroga, y toda esa gente pierde el seguro médico, las instituciones benéficas privadas intervendrán para compensar la diferencia?

—La autosuficiencia es el principio fundamental del conservadurismo. Al menos del mío.

—¿La supervivencia de los más aptos? Pero lo que quiere vuestra gente es que en las escuelas se enseñe el creacionismo...

—Verás, lo único que estoy diciendo es que una vez que abres el grifo ya no puede volver a cerrarse. Eso es fomentar

200

la dependencia, como esa gente que sigue manteniendo a sus hijos hasta que tienen más de treinta años. O cuarenta. Nosotros nunca hicimos eso con nuestras hijas. Con nuestras hijas dejamos bien sentadas desde muy temprano las normas básicas, que consistían en que íbamos a mantenerlas y pagar su educación hasta que terminaran los estudios de posgrado, pero que después ya no recibirían nada hasta que Kitty y yo descansáramos en la tierra fría...

–¿Y os habéis mantenido fieles a esa norma?

–No hemos tenido que hacerlo. Ellas lo han hecho. Desde que se fue a Camboya, Rebecca no nos ha pedido ni un centavo. Y Judy..., bueno, Judy es abogada especializada en impuestos. Y su marido es cardiólogo. Tienen mucho dinero; no necesitan el nuestro.

–¿Y crees que educarán a sus hijos como vosotros las habéis educado a ellas?

–Probablemente no. Judy ya es demasiado indulgente con los suyos. Esa es mi opinión, al menos. Era la manzana de la discordia entre nosotros cuando aún nos hablábamos.

–Los niños nunca siguen el ejemplo de sus padres –dijo Bruce, y aún estaba diciéndolo cuando cayó en la cuenta de que él era la excepción a su propia regla. Sus padres se lo decían cuando le visitaban: lo orgullosos que se sentían de él, y lo agradecidos que estaban de que hubiera elegido una vida mucho más sana que la de su hermano desempleado y adicto a los opioides. (A la sola mención de su nombre –Kevin– los ojos de su madre se llenaban de lágrimas. «Aunque al menos nos ha dado cinco nietos maravillosos», añadía invariablemente, sacando un clínex del bolso y dirigiendo a Eva una mirada preñada de intención.)

–¿Así que sigue sin hablarte? –le preguntó a Alec.

–¿Judy? Sí, pero el otro día habló con su madre.

–¿Y cómo fue la cosa?

–No fue bien. Lo que Judy dijo, de hecho, fue que la

única posibilidad de cualquier tipo de acercamiento es que yo reniegue de ciertos principios a los que soy muy fiel (tanto como ella a los suyos). A lo que yo sencillamente me niego. Por supuesto, si de Kitty dependiera, yo tendría que mentir. Mentir es su solución a todos los problemas. Pero yo no puedo hacerlo. Sería entrar en terreno resbaladizo.

–Cuanto más viejo me hago menos convencido estoy de que mentir sea siempre malo.

–No me sorprende eso que dices, pues le estás mintiendo a tu mujer.

–¿En lo de que quiero ayudar a Kathy?

–Sí, y en lo de no decirle que no quieres comprar ese apartamento en Venecia. Corrígeme si me equivoco.

–No, no te equivocas. ¡Isabel! Por el amor de Dios, ¿por qué hace siempre eso?

Lo que Isabel acababa de hacer era pararse en seco en mitad de la calzada de Madison Avenue, juntar las patas y defecar.

–Venga, ¿no puedes darte prisa? –le dijo Bruce, viendo cómo la luz del semáforo parpadeaba y cambiaba del verde al amarillo mientras Isabel se tomaba su tiempo.

–Se está tomando su tiempo –dijo Alec.

El semáforo se puso en rojo. En Madison, el rebaño de coches que esperaban, en su mayoría taxis, avanzó con cautela, dejando a los perros espacio suficiente.

–Y la gente dice que los neoyorquinos no son amables –dijo Alec.

15

Decidió entregar a Kathy el cheque el día de su última sesión de quimioterapia. Era un miércoles de finales de febrero. Esa tarde no la llevó en coche sino que se reunió con ella en el hospital de día, adonde ella había llegado en taxi después de consultar con su abogado. Para sorpresa de Bruce, estaba allí Susie, además de Michael. Era la primera vez que veía a su hijo. Dejando a un lado el pelo verde, parecía un chico educado, delgado y vestido con esmero, a diferencia de su hermana, con sus tatuajes y mallas y cazadora de cuero. Para celebrar el momento, Bruce había encargado un ramo de flores en Ode à la Rose, la floristería preferida de Eva, pero su entrega se estaba retrasando. Faltaba apenas media hora para la quimio y aún no había llegado.

Estaba a punto de salir al pasillo para llamar a la floristería y preguntar qué les estaba retrasando cuando las enfermeras y auxiliares se acercaron y formaron un círculo alrededor de Kathy.

–Esto es para usted –le dijo una de las enfermeras, tendiéndole una tarjeta de doble hoja en la que se veía una figura de palo sonriente y con una toga rosa lanzando al aire un birrete rosa. La leyenda rezaba: «¡Felicidades, graduada en Quimio!».

–La hemos firmado todos –añadió la enfermera.

–Oh, qué detalle... –dijo Kathy, con los ojos al borde de las lágrimas.

Estaba abriendo la tarjeta y empezando a leer los pequeños mensajes escritos en ella cuando llegaron las flores –un enorme arreglo floral de rosas (de color melocotón y rosa) y lisianthus blancos–. La sola visión de ellas hizo que se hiciera un silencio. La expresión de los ojos de Kathy, al dejar la tarjeta y mirar el ramo, era la de alguien cegado por una luz deslumbrante.

–Oh, Dios mío... –dijo.

Bruce se estremeció. Debería haberlo supuesto, pensó. Debería haber adivinado que un momento tan delicado no soportaría fácilmente tal rotundo golpe de suntuosidad.

–No les prestes atención, sigue leyendo la tarjeta –dijo. Pero era demasiado tarde; las enfermeras ya se retiraban y Kathy se secaba ya las lágrimas. Solo Michael parecía disfrutar de la contemplación de las flores.

–Lo sabía –dijo, leyendo la nota prendida al ramo–. Sabía que era de Ode à la Rose. Maravilloso. –Con cuidado sumo, como si temiera que fuera a quebrarse, tocó con las yemas uno de los tallos–. Lo que tienes que entender, mamá, es que este no es un ramo normal y corriente: es la alta costura de los arreglos florales.

–¿Sí?

–Lo siento –dijo Bruce.

–¿Por qué? –dijo Michael.

–Al verlo en la foto de la página web no pensé que sería tan grande.

–Oh, pero es fantástico... –dijo Kathy–. Y mírame haciendo lo que el Coyote de los dibujos animados, cuando se le cae la mandíbula al suelo y tiene que recogerla para ponérsela en su sitio.

–Yo también tengo algo para ti –dijo Susie, hurgando en su bolso gigantesco–. Espera, sé que está aquí dentro.

204

–Nunca lo encontrará –dijo Michael–. Ese bolso es el agujero negro de Calcuta.

–Cállate.

–Es el Motel Cucaracha. Las cucarachas llegan, pero jamás se van.

–Que te den. Sé que está aquí. Es una tarjeta que he hecho. Un *decoupage*.

–Debes de habértelo dejado en casa. Siempre estás olvidando cosas.

–No. Sé que lo he traído.

–No importa –dijo Kathy–. Puedes dármela luego, en casa.

–Pero estoy segura de que lo he traído. Bien, solo hay una forma de averiguarlo.

Dicho lo cual, Susie vació el contenido del bolso en el suelo.

–No creo que deberías hacer eso –dijo Bruce–. No creo que sea higiénico.

–Me parece que no está ahí, cariño –dijo Kathy.

–¿Podéis callaros por favor y dejarme mirar? –dijo Susie.

–Dios, eres tan obsesiva compulsiva –dijo Michael.

–Michael, por favor –dijo Kathy.

–No puedes soportar que alguien sea el centro de atención, ¿verdad? Ni siquiera mamá. Sobre todo mamá. Todo tiene que ir sobre ti.

–¿Quieres hacer el favor de cerrar la puta boca –dijo Susie–. Estoy tratando de concentrarme en esto.

–¿Por qué te molestas? Es una tarjeta. No es un botón ni un cartucho de vapeo. Las cosas de ese tamaño no hay que buscarlas: o están o no están.

–No te preocupes, Susie, puedes dármela cuando lleguemos a casa.

–Pero es que quiero dártela ahora –dijo Susie–, como las enfermeras te han dado la suya antes. Y Bruce te ha dado las flores.

—Como si algo que tú hayas hecho pueda compararse con esas flores —dijo Michael.

—Mira quién fue a hablar. Tú no le has traído nada.

—Pero es que yo no quiero ningún regalo —dijo Kathy—. Nunca he pedido regalos.

—Creo que deberías volver a meter todo eso en el bolso, Susie —dijo Bruce—. Tu madre tiene razón: no es momento ni lugar para...

—¿Qué tiene usted que ver en este asunto?

—¡Susie!

—Vale, muy bien —dijo Susie, recogiendo los montones de monedas y chicles y pequeños juguetes y metiéndolos en el bolso—. Salgo a fumar un cigarrillo.

Salió. Kathy, con la ayuda de dos de las enfermeras, se levantó del sillón reclinable.

—Traeré el coche —dijo Michael.

—¿Tienes coche? —dijo Bruce.

—¿Por qué no iba a tenerlo?

—Es el mío —dijo Kathy—. Michael no tiene coche.

—Por supuesto, no quería sugerir que... Solo he supuesto que te quedarías en el hotel esta noche.

—Normalmente lo haría, pero ya que los chicos han traído el coche...

—Claro, claro.

—Vuelvo enseguida —dijo Michael.

—Siento todo esto —le dijo Kathy a Bruce.

—¿Qué es todo esto? —dijo Bruce.

—Esto —dijo Kathy—. Los chicos, el drama de las flores.

—No tienes que disculparte por nada —dijo Bruce.

Volvió Susie, envuelta en un aroma que hizo que Bruce deseara vivamente un cigarrillo. Y al poco volvió Michael.

—Su vehículo espera —dijo, haciendo una reverencia a su madre.

—¿Sabes, cariño...? ¿Te importaría que, después de todo,

me quedara en la ciudad? –dijo Kathy–. Pensé que me sentiría bien para volver en el coche, pero ahora que estoy de pie creo que podría marearme.

–Podemos pararnos si hace falta –dijo Susie.

–¿Para que así pueda vomitar en la cuneta de la autopista de Long Island? –dijo Michael. Tocó el hombro de su madre–. Lo que sea mejor para ti, mamá.

–¿Quieres que me quede contigo? –dijo Susie.

–¿Qué? ¿Esperas que te haga de canguro? –dijo Michael.

–Es muy amable de tu parte, Susie, pero no es necesario –dijo Kathy–. Estaré bien después de una buena noche de descanso.

Susie miró a su madre, que apartó la mirada. Luego miró a Bruce, que la mantuvo.

–Lo que quieras –dijo Michael.

–¿Cuándo vas a volver? –preguntó Susie.

–Mañana, después del trabajo. ¿Cuándo si no?

–No tengo ni idea. Por eso pregunto.

–Siento interrumpir, pero no puedo estar aparcado más que quince minutos –dijo Michael.

Le había dado ya un beso de despedida a su madre y se disponía a ir hacia la puerta cuando Kathy dijo:

–Espera, cariño, ¿te importa llevar las flores a casa?

–Las llevaré yo –dijo Susie, tendiendo la mano para coger el ramo.

–¡No! –dijo Michael–. ¡Así no! Estás aplastándolas.

–Que te den.

–Chicos...

–¿Qué tal si las llevo yo? –dijo Bruce.

–No estoy seguro de que vayan a caber en el coche de mamá –dijo Susie.

–¿Qué coche es?

–Un Outback –dijo Kathy–. Blanco, como el suyo.

Esto desconcertó a Bruce, aunque solo durante un instante.

–Bueno, entonces no hay por qué preocuparse –dijo–. Si no caben en el asiento trasero, cabrán bajando los asientos.

Tenía razón.

–Gracias a Dios que ya ha pasado todo –le dijo Kathy a Bruce cuando Michael, en la calle, se separaba ya del bordillo–. No quiero ver esas flores nunca más.

–Lo siento. Debería haber sabido que no...

–Oh, si no son las flores en sí –dijo Kathy–. Las flores son maravillosas. Lo que estoy diciendo es que no quiero volver a ver nada que me recuerde a este sitio nunca más.

Pero el hotel, cuando llegaron a él, estaba lleno. Bruce se quedó perplejo. Nunca antes había sucedido esto.

–Parece haber algún acto importante en las Naciones Unidas –le dijo a Kathy tras una breve discusión fallida con el recepcionista–. Es solo esta noche. Mañana volverá a haber habitaciones.

–No es grave –dijo Kathy–. Cuando les he dicho a Susie y a Michael que me sentía mal, estaba..., bueno, no estaba mintiendo exactamente. Digamos que exageraba. Lo cierto es que no quería pasarme una hora en el coche con esos dos a la greña. ¿Está muy feo por mi parte? ¿Soy una madre horrible?

–Por supuesto que no. Lo entiendo perfectamente.

–En ese caso, si no te importa llamarme a un taxi... Creo que podré coger el tren de las seis.

–No tienes por qué. Te llevo yo.

–Eres muy amable, Bruce, pero no lo veo sensato. Penn Station está fuera de tu...

–No, yo me refiero a Syosset. Me refiero a casa. ¿Cuál es el problema?

–No sé. Creo que me voy a caer redonda.

Bruce la cogió del brazo antes de que se desplomara.

–Con cuidado –dijo, ayudándola a sentarse en un sofá.

–Lo siento –dijo ella–. Siento todo esto.

–No tienes por qué disculparte.

–Estoy perfectamente, en realidad. No necesito ir a Urgencias.

–Entonces no estaba mintiéndoles a los chicos. O me estabas mintiendo a mí cuando has dicho...

–No quería que te preocuparas. Mira, no es nada raro, nada que me haga ir a Urgencias o algo parecido. Mi oncóloga me advirtió desde el principio de que iba a pasarme esto. «Sentirte así es el precio que pagas por curarte», me dijo.

–En ese caso lo que tenemos que hacer es buscarte otro hotel.

Esa vez Kathy no discutió; se quedó donde estaba mientras Bruce se paseaba por el vestíbulo hablando por teléfono.

Al cabo de unos diez minutos, colgó.

–Todo arreglado –dijo–. Es un hotel que conozco, pequeño, en el Upper East Side. Eva y yo estuvimos en él cuando nos hicieron la reforma de la fontanería. Oh, y te he reservado una habitación con bañera de hidromasaje.

Al oír esto, las lágrimas volvieron a asomar a los ojos de Kathy.

–Siento estar tan llorica –dijo.

–¿Cómo te sientes? ¿Puedes levantarte?

–Creo que sí. Sí, sí puedo.

Sin embargo, se quedó en el sofá hasta que Bruce acercó el coche. La recepcionista le ayudó a ayudarla a salir.

Pese a lo que estuviera teniendo lugar en las Naciones Unidas, llegar al hotel les llevó apenas media hora. Se hallaba tan cerca del edificio de su casa que a Bruce no le hubiera extrañado encontrarse con Alec y Sparky, o incluso con Eva cruzando la calle.

–Buenas tardes, señor y señora Lindquist, y bienvenidos al Arbuthnot –les dijo el botones.

–Gracias, pero yo no me quedo en el hotel –dijo Bruce–. Es la señora la que va a quedarse –dijo Bruce–. Y no es la señora Lindquist.

–Buenas tardes, señora, y bienvenida al Arbuthnot –dijo el botones–. ¿Puedo recoger su equipaje?

–No traigo equipaje –dijo Kathy.

La rapidez con la que el botones calibró y asimiló las posibles implicaciones de tal afirmación daba fe de la instrucción recibida en el arte de la circunspección.

–En cualquier caso, la habitación está lista –dijo, precediéndoles al interior del vestíbulo, donde el recepcionista le preguntó a Bruce si había tenido buen viaje, pasó la tarjeta de crédito y le entregó las dos llaves de tarjeta. Era curioso: la última vez que estuvo en aquel hotel no prestó atención alguna a la decoración. Ahora se preguntó qué le parecería a Kathy el vestíbulo, con sus largos sofás tapizados de seda verde a rayas, su barra de caoba, su restaurante, a cuya entrada un libro de reservas descansaba sobre un atril de bronce. En el vestíbulo flotaba en el aire un olor a rosbif. De los paneles de las paredes colgaban pinturas al óleo –cada una con su lámpara– de calidad dudosa. Y sin embargo aquí y allá se percibían pinceladas de talante contemporáneo. Los ascensores eran rápidos y su uso requería la llave de tarjeta. La habitación, recientemente reformada, era sobria y luminosa, y casi japonesa en su minimalismo.

–¿Te importa que esté en el piso catorce? –preguntó Bruce.

–¿Por qué iba a importarme? –dijo Kathy, mirando la cama de matrimonio, la vista al parque, el bol de fruta al lado del televisor gigantesco–. Esta costumbre de fingir que los edificios no tienen piso trece nunca la he entendido. Quiero decir que sigue siendo el piso trece, ¿no? No importa cómo lo llamen. Y es algo que no hacen con el número 666, ¿te has

210

dado cuenta? Montones de edificios son el número 666 de la calle y nadie dice nada. –Se quitó el abrigo y se sentó en un sillón lila claro desde el que se podía disfrutar mejor de la vista–. Bruce –dijo–, el que hayamos venido aquí juntos, sin equipaje, ¿no crees que hace levantar suspicacias?

–¿Y qué más da si lo hace? Es lo que tienen los hoteles como este. Su reputación depende de su discreción.

–¿Estás diciendo que en este caso se necesita discreción?

–No, estoy diciendo que si ellos...

Pero no pudo terminar la frase. Kathy se echó a reír.

–Estás ruborizándote.

–Lo cierto es que saben que tú eres la única que va a dormir aquí esta noche. Lo expliqué al llamar para la reserva. ¿Qué tiene tanta gracia?

–Ver cómo te pones rojo. Tez nórdica. Tu cara siempre va a delatarte. –Se quitó los zapatos y se tendió en la cama–. Oh, que colchón glorioso. Me siento mejor, por cierto.

–Tienes mejor color.

–Es gracioso..., estar aquí sin nada, nada en absoluto, es una especie de liberación. No tengo ni cepillo de dientes.

–El hotel puede darte uno.

–Ni cepillo de pelo, ni desodorante, ni... nada.

–No te preocupes. Te conseguiré un cepillo de pelo. Y un desodorante.

–No, está bien así; puedo pasar una noche sin ello.

Pero Bruce ya había sacado el teléfono del bolsillo y buscaba en Google Maps alguna tienda cercana (encontró un total de seis establecimientos en un radio de dos manzanas). Se diría que, en un momento en el que él no estaba mirando, Manhattan se había convertido en una isla de drugstores. Cual una especie invasora de planta, habían acabado con toda la flora autóctona. La Duane Reade en la que entró, por ejemplo, habría jurado que había sido una tienda de instrumentos musicales la última vez que había pasado por allí.

Ni siquiera era un drugstore en su sentido convencional, sino más bien una mezcla entre supermercado y gran almacén, con carritos de la compra diminutos y farmacia en toda regla en el sótano. Para Bruce, que raras veces hacía compras, la mera variedad de artículos expuestos era una auténtica maravilla. Sin ir más lejos, había una docena de tipos de cepillo de pelo, clasificados por tamaño y clase de cerdas. Le llevó diez minutos decidirse por el más idóneo (pequeño, de cerdas duras), y luego compró desodorante, un cepillo de dientes (para el caso de que el del hotel no fuera muy bueno), pasta dentífrica, cortaúñas, bastoncillos de algodón, loción de manos y loción corporal. Compró bollitos de pasas y de canela, chips sabor barbacoa, gominolas, agua Evian y Coca-Cola light. Compró Advil, Aleve, Tylenol, unas zapatillas y una camiseta rosa de talla muy grande que imaginó que podría servirle de camisón. Estuvo a punto de comprar un paquete de tres bragas blancas, pero en el último minuto las sacó del carrito y las dejó en el pasillo de las chips.

Kathy le había dado una de las llaves de tarjeta, y Bruce la utilizó para el ascensor. Aun así, llamó a la puerta de la habitación antes de entrar. No hubo respuesta. Volvió a llamar, y tampoco hubo respuesta.

–¿Kathy? –llamó en voz alta–. ¡Kathy!

Y luego:

–Voy entrar.

De puntillas entró en el cuarto. Kathy estaba tendida en la cama, tan profundamente dormida que cuando abrió los ojos y vio a Bruce casi lanzó un grito.

–Perdona –dijo, incorporándose–. Estoy un poco desorientada.

–Te he comprado unas cosas –dijo Bruce.

–Gracias –dijo ella, mirando las bolsas de la compra con la misma expresión de asombro con la que, en la sala de quimioterapia, había mirado el ramo de flores inmenso.

Ahora fue Bruce quien se sentó en el sillón lila.

–Mira, antes de no atreverme, hay algo más que quiero darte –dijo–. Y me refiero a algo muy serio. No como esas flores. Esas flores eran solo... simbólicas. Algo formal. Esto es diferente.

–Oh...

–¿Me estoy ruborizando otra vez?

–Estás rosado como un niño. ¿Por qué estás tan nervioso?

Bruce sacó la cartera del bolsillo de la chaqueta. De la cartera sacó un cheque doblado, que entregó a Kathy.

–¿Qué es esto?

–Ábrelo –dijo Bruce.

Kathy lo abrió.

–Oh, Dios mío –dijo–. Pero por qué demonios... Espera... ¿Es de verdad?

–Es de verdad. Y, sobre ese «por qué demonios», la respuesta es obvia. Porque tienes deudas que pagar.

–Pero esto es mucho más de lo que necesito para pagar esas deudas.

–Lo sé. No quería darte solo lo justo para salir del atolladero; quería darte lo suficiente para que, de ahora en adelante, puedas seguir con tu vida sin tener que preocuparte. Lo suficiente para que puedas concentrarte en lo que más importa: tu salud.

Volvieron a los ojos de Kathy las lágrimas.

–Lo siento –dijo, sentándose en la cama–. Estoy... anonadada. Y también un poco avergonzada.

–¿Por qué?

–Bueno, se supone que después de tanto tiempo trabajando para ti debería saber cómo manejar mejor mis finanzas, ¿no crees?

Esto les brindó a los dos la oportunidad de reírse.

–Bruce, espero que no pienses que te he estado engatusando para esto. No lo he hecho. Sinceramente, si llego a saber que podías hacer algo parecido, nunca te habría contado...

–Quiero que me prometas una cosa. Que gastarás el dinero en ti. En cosas para ti misma.

–¿En qué otra cosa podría gastarlo?

–En tus hijos. Es algo de lo que también quería hablarte. En primer lugar Michael. Me dijiste que piensa que tú y Lou no habéis hecho por él tanto como por Susie. Bien, verás, da la casualidad de que nuestro decorador de interiores, o interiorista, o comoquiera que se llamen a sí mismos hoy día, es además amigo nuestro. Hasta el punto de que podría hablar con él y ver si admitiría a Michael como aprendiz.

–Oh, Dios mío... ¿Podrías hacerlo? Sería la solución para él.

–Claro que no puedo prometer que el sueldo sea bueno. O que vaya a pagarle siquiera.

–Eso no importa. Sería poner un pie en el oficio.

–Bien, perfecto. Me pondré en contacto con Jake mañana a primera hora. Lo que nos lleva ahora a Susie.

La sonrisa de Kathy se apagó.

–Seré franco contigo, Kathy, aunque quizá no te guste lo que voy a decirte. No creo que puedas permitirte seguir teniendo a Susie y a las niñas en casa. Te está costando mucho, y no me refiero solo al dinero. Es demasiado estrés. Michael no supone ningún problema, lo has dicho tú misma. Y por tanto el problema con que nos enfrentamos es qué hacer con Susie.

–Ese ha sido siempre el problema.

El tono neutro de Kathy al decir esto sorprendió a Bruce.

–Bien, entonces lo que tenemos que hacer es encontrar la solución.

–¿Y si no hay solución?

–Siempre hay una solución. Por ejemplo, podríamos encontrarle un apartamento.

–Pero ya te lo dije: nadie le alquilará un apartamento.

—O ver si podría optar a una vivienda social.

—Hay una lista de espera larga.

—Bien, entonces ¿qué te parece si le encuentro un apartamento y lo alquilo con mi nombre?

—No. No funcionaría. Destrozaría el apartamento. Te estaría llamando por teléfono cada cinco minutos. Encontraría moho asesino y se quejaría al casero y el casero se te quejaría a ti.

—Pero al menos no sería un incordio para ti.

—Por supuesto que lo sería. Y para ti también. ¿No te das cuenta?

—¿De qué? —Se levantó del sillón y se sentó en la cama junto a Kathy—. Como yo lo veo, Kathy, el verdadero problema es que no estás acostumbrada a que quieran ayudarte. Y eso es todo lo que yo quiero hacer. Con Susie, me refiero. Quiero «salvarte» de Susie.

—No hables así de mi hija.

—No estoy diciendo nada que no hayas dicho tú misma.

—Es diferente. Soy su madre. Soy su madre y ella es parte de mí. Y no voy a admitir que nadie hable de ella de ese modo.

—Lo siento. No quería insinuar...

—Es lo que digo. No insinúes nada... —Se apretaba las sienes con los dedos—. Bien, mira, empecemos de nuevo. Reiniciemos. Bruce, por mucho que aprecie todo lo que me estás ofreciendo, no puedo aceptarlo. Me gustaría poder hacerlo, pero no puedo.

—¿Por qué no?

—Porque te debería demasiado. Y no quiero deber tanto a nadie nunca.

—Pero no será así. Es un regalo. No te estoy pidiendo que me lo devuelvas. No te estoy pidiendo nada.

—Oh, sí lo haces. Estás pidiéndome la satisfacción de ver que todo lo que está mal se arregla. Solo que no será así. Seguirá estando mal. Susie seguirá mal. Seguirá mal en cualquier otro sitio...

—Exacto.

—Pero seguirá siendo mi hija. Eres afortunado. Tienes dinero, bastante dinero para rescatar, y para elegir a quién, y buscas la satisfacción de ejercer ese poder. Y sin embargo esto tiene otra cara: que yo tenga que reconocer, que tenga que admitir que si hubiera llevado una vida mejor, más ordenada, no me vería ahora en esta situación. Y muy posiblemente Susie tampoco.

—Necesitas dejar de pensar en el pasado. Ahí está el quid de este asunto. Tienes que empezar de nuevo.

—Empezar de nuevo... Odio esa expresión.

—¿Por qué?

—Porque ¿de qué sirve empezar de nuevo si estás ya así de cerca del final? Yo quizá lo esté. Me refiero a que dentro de seis meses podría estar muerta. O dentro de un año. O de seis. No tengo ni idea de cómo tirar para delante desde aquí; ni idea de qué hacer, ni de cómo planearlo.

—No tienes que hacer nada... De acuerdo, mira, tienes razón en lo de reiniciar. Volvamos al principio. Volvamos a cuando te he dado el cheque. Eso es todo. El cheque. Olvídate de lo demás. ¿Vas a aceptarme el cheque?

Kathy, repentinamente, se dio la vuelta y le besó. Bruce se sobresaltó, y ella pudo darse cuenta. Él se dio cuenta de que ella se daba cuenta. El más mínimo gesto de resistencia por parte de él; eso fue todo lo que hizo falta para que ella se apartara.

—Lo siento —dijo Kathy—. Oh, Dios... ¿En qué estaría pensando? Perdóname.

Se puso en pie y entró en el cuarto de baño. Dejó la puerta ligeramente entreabierta. Desde donde Bruce estaba sentado, alcanzó a oír el correr del agua, los grifos de la bañera abiertos al máximo.

Se puso en pie y se acercó a la puerta del baño.

—Kathy —dijo.

—Vete, por favor —dijo ella.

—No —dijo él—. No hasta que sepa que estás bien.

—Estoy bien. Te veré mañana. Hablaremos entonces.

—Kathy, por favor...

Esta vez Kathy no contestó. El agua corría con fuerza. El vapor salía por la rendija de la puerta.

El sonido que le llegaba... podía ser de un llanto, o del agua, o del vaho mismo.

¿Qué debía hacer ahora? ¿Entrar sin permiso? Es lo que Alec habría hecho. Si Alec hubiera estado en su lugar —Bruce estaba seguro—, habría considerado las implicaciones de la puerta entreabierta, y llevado a cabo un análisis riesgo-beneficio, y luego habría entrado o no. Probablemente habría entrado. Pero aunque la puerta entreabierta fuera realmente una invitación, sabía que no podía decidirse a aceptarla como si tal cosa. Solo podía aceptarla con extrema seriedad, o no aceptarla en absoluto.

Fue entonces cuando cayó en la cuenta de que el paso obvio siguiente —el paso que cualquiera, incluso la propia Kathy, habría dado por supuesto que daría— era un paso que no podía avenirse a dar.

¿Era esto poco galante por su parte? ¿Era poco galante sentirse deseoso de consolar a una mujer que sufría con dinero pero no con amor? De chico, siempre que se enamoraba de una chica se entregaba a la fantasía de encontrársela llorando en un bosque. Movido por su congoja, la tomaba entre sus brazos y la estrechaba contra su pecho hasta que el abrazo desembocaba en un beso —como si el despertar sensual fuera el resultado inevitable del consuelo, o el llanto una táctica en un juego de seducción—. Pero ¿y si llorar fuera exactamente lo que parecía, una expresión de descarnada desdicha? En tal caso, aprovecharse de la situación habría sido una canallada. Aun en el caso de que Kathy hubiera dejado la puerta entreabierta a propósito, solo un canalla, alguien como Alec, habría entrado en aquel baño.

Vio que tenía dos opciones. Podía acostarse con ella o podía darle el dinero. No podía hacer las dos cosas, porque hacer ambas cosas sería convertir una pérdida en ganancia, y en tal caso sería algo indigno de él.

No era una elección difícil. Haría lo que la ayudara más.

Con cuidado sumo, como si manejara algo muy frágil, sacó de las bolsas las cosas que había comprado en el Duane Reade y las ordenó sobre la cama. Y encima de ellas dejó el cheque. Luego se fue de la habitación, colgando el cartelito de NO MOLESTAR en la parte de fuera de la puerta.

Solo cuando llegó al ascensor cayó en la cuenta de que seguía teniendo la llave de tarjeta. La llevaba en uno de los bolsillos laterales de la chaqueta. Tan silenciosamente como pudo, volvió sobre sus pasos hasta la habitación de Kathy y pasó la tarjeta por debajo de la puerta.

16

Llegaba tarde a la cena en un restaurante japonés del centro. La cena era con Grady, Aaron, Rachel y Sandra. Aunque Bruce no lo sabía, a solo unas manzanas de distancia Min y Jake y Pablo cenaban en un restaurante indio con Indira Singh.

Cuando llegó, los demás ya habían pedido los platos. Estaban sentados en cojines de seda en torno a una mesa de patas cortas, asentada en una concavidad del piso y llena de platos de sushi y sashimi. Bruce odiaba comer en aquellas −¿cómo llamarlas?− cavidades, lo mismo que odiaba tener que quitarse los zapatos −se le antojaban cómicamente enormes, como los zapatos de un payaso, cuando los veía alineados junto a los botines de Eva, los mocasines de Grady, las merceditas de Rachel, los Ugg de Sandra y las zapatillas de deporte de Aaron, con sus cordones y suelas blancos y sucios−. Como cabía esperar, el grupo se encontraba ya en animada conversación, sobre cuyo tema ninguno de ellos se molestó en ponerle al corriente. Bruce tuvo que arreglárselas solo para hacerse una idea de lo que hablaban. Al parecer una joven escritora, autora de una primera novela muy celebrada, había sido llevada a juicio por su exnovio, también escritor, por plagio. Según el exnovio, había instalado un programa de espionaje informático en su ordenador y le había robado pasajes de sus textos, que luego había incorporado a su novela. Ella había admitido que había utilizado ese software, pero insistía en que lo había hecho solo para averiguar si su exnovio se veía con otras mujeres. Su acción, porfiaba, no tenía nada que ver con el plagio.

El escándalo fascinaba a Aaron.

–Software para espiar... –dijo, mientras Bruce trataba de encajar las piernas en la exigua brecha que Eva le había reservado entre ella y Sandra–. Me vais a perdonar, pero ¿desde cuándo es normal instalar en el ordenador de alguien un programa espía?

–¿Puede cualquiera instalar ese software? –preguntó Grady–. ¿Yo, por ejemplo?

–Podrías si supieras cómo –dijo Rachel.

–¿De veras? ¿Dónde podría aprender?

–En Google.

–Siempre he creído que esos programas espías eran intrusos que se metían en tu ordenador cuando clicabas algún enlace de correo basura –dijo Sandra.

–Como de costumbre, en su avidez por ser el primero en compartir cotilleos, Aaron ha omitido el ingrediente crucial de la historia –dijo Rachel–, que es que el ordenador en cuestión antes era de ella, de la chica. Se lo vendió a su novio después de romper con él.

–Eso es lo que creo que leí –dijo Eva–. Que el hecho de que antes hubiera sido su ordenador fue lo que le permitió seguir entrando en él.

–Sí, mediante el programa espía –dijo Aaron.

–Lo siento, pero ¿quién en su sano juicio le vendería su ordenador a un exnovio? –dijo Sandra.

–No sé, puede que el chico no pudiera permitirse comprar uno nuevo –dijo Rachel–. Puede que ella pensara que le estaba haciendo un favor.

–Con la ventaja añadida de que siempre podría echar una ojeada a lo que escribía su ex –dijo Aaron.

–Todo este asunto me parece un poco estúpido –dijo Sandra.

–Ya, la chica hizo una estupidez –dijo Rachel–. ¿No hemos hecho todos nosotros estupideces con los exnovios? Lo que está claro es que la acusación de plagio es ridícula. El tipo tiene envidia de que su novia haya publicado una novela de éxito y él no. Los hombres no pueden soportar que las mujeres sean mejores que ellos en algo. Les enrabieta. Es como si pensaran que tener un éxito mayor les corresponde por derecho divino.

–Dejando a un lado de momento el hecho de que estás cayendo en una grandísima y, yo diría, altamente dudosa generalización –dijo Aaron–, en mi opinión nada de lo que acabas de decir justifica el hecho de que esta joven instalara un programa espía en un ordenador con el propósito expreso de tener acceso a todo lo que hacía su exnovio sin que este lo supiera: sus emails, sus textos, todo lo que escribía.

–Y si lo espiaba, ¿quién podría asegurar que no le robaba? –dijo Grady.

–Bien, si queréis saber mi teoría sobre este asunto... –dijo Aaron.

–Como si no nos la fueras a contar aunque te dijéramos que no queremos...

–Gracias, cariño. Bien, mi teoría es que cuando ella instaló ese software, sabía perfectamente que él iba a descubrirlo y a armar un escándalo.

–¿Crees que ella sabía que iba a demandarla? –preguntó Sandra.

–No necesariamente. Pero debía de saber que iba a hacer algo. Consciente de ello o no, seguro que quería que lo hiciera. Seguro que buscaba publicidad.

–Pero es una publicidad negativa...

–Para esa generación, no existe tal cosa como la publicidad negativa.

–Lo siento, pero esa es una respuesta absolutamente sexista –dijo Rachel–. O sea, ¿y si los roles se invierten? ¿Y si fuera el hombre el que hubiera instalado ese software y luego afirmado que la mujer le había robado pasajes de sus textos? Sería a ella a quien pondrían a caldo.

–¿Sí?

–Creo que si fuera hombre, lo considerarían una especie de depredador asqueroso –dijo Sandra.

–También conviene decir que cuando ella le vendió el ordenador había en él fotos de ella desnuda –dijo Aaron.

–Oh, genial, así tenemos otro motivo para ponerla a caldo –dijo Rachel.

–Yo no estoy poniéndola a caldo.

–Sí, sí lo haces. Estás dando a entender que si había fotos de ella desnuda en su ordenador era una puta.

–Bien, ¿tienes tú fotos desnuda en tu ordenador?

–¿Y si las tengo, qué? La cuestión es que si el que hubiera instalado el programa espía fuera un hombre y si las fotos desnudo fueran de él, nadie le acusaría de ser un puto.

–No, solo un pervertido y un exhibicionista y un acosador. Como Anthony Weiner. Muchísimo mejor.

–Lo que aún me cuesta digerir es que ella haya seguido adelante con todo eso –dijo Grady–. O sea, seamos sinceros, todos hemos fantaseado con hacer cosas de ese tipo, ¿no? Pero dar el salto de la fantasía a la acción... Aquí tenemos a Bruce, por ejemplo. Bruce, si tuvieras la oportunidad de leer los emails de Eva sin que ella se enterara, ¿lo harías?

Por la forma de decirlo, Bruce entendió que Grady lo decía en un esfuerzo por llevarlo a la conversación, a la que él no había aportado nada hasta el momento.

–No, no lo haría –dijo.

–Oh, vamos... –dijo Rachel–. Si, digamos, dieras con un

papel en el que ella hubiera escrito la contraseña, ¿podrías resistir la tentación?

–Aunque no pudiera, dudo mucho que encontrara interesantes mis emails –dijo Eva.

–¿Y tú, Eva? Si pudieras, ¿leerías los emails de Bruce?

–Le parecerían aún menos interesantes –dijo Bruce.

Al oír esto, Sandra se echó a reír (un punto más ruidosamente de lo que podía esperarse). La conversación se desplazó entonces hacia otros temas. Solo Bruce siguió pensando sobre la escritora y su exnovio y el programa espía. No había mentido al decir que ni aun en el caso de conseguir la contraseña de Eva –que de hecho conocía– leería sus emails. Por otra parte, había entrado furtivamente en el ordenador de Kathy. Había copiado los datos de su banco y de sus créditos. Y luego, cuando volvió a dejar el ordenador en suspensión, ¿en qué había pensado? En el momento en *Cómo el Grinch robó la Navidad* en el que la pequeña Cindy-Lou tropieza con el Grinch, totalmente ataviado de Santa Claus, empujando el árbol de Navidad chimenea arriba, y se ve apaciguada con un vaso de agua y una mentira sobre una bombilla rota. Una alegoría de la inocencia y la confianza infundada en los demás, del dar convertido en tomar, del dar puesto literalmente del revés. Sentado en aquella mesa horrible del restaurante japonés, bebiendo sake, con calambres en las piernas, caviló sobre ambas cosas: la historia del Grinch y la de la escritora que había instalado el programa espía, hasta que en su mente ambas se desdibujaron de forma irremediable, y era Cindy-Lou quien instalaba el programa espía y el Grinch quien publicaba la novela, y el propio Bruce empujaba el árbol de Navidad chimenea arriba en mitad de la noche.

Camino de casa Eva estuvo inusualmente callada. Bruce sacó a los perros al paseo, y, aunque pensó que a su vuelta Eva estaría ya en la cama, la encontró sentada en la mesa de la cocina, tecleando.

En cuanto Bruce entró, Eva apagó el portátil.

—¿Han hecho todos sus cosas? —preguntó.

—Todos han hecho el número uno, e Isabel también el número dos.

—¿No les habrás metido prisa? ¿Han tenido tiempo suficiente?

—Les he dado el de siempre. ¿Quieres que los saque otra vez?

—No, no. Está bien.

Tenía los ojos y las yemas de los dedos sobre la tapa del portátil, como si se muriera de ganas de volver a abrirlo.

—¿Va todo bien? —preguntó Bruce—. Pareces preocupada.

—Yo no diría tanto como preocupada. Es solo que he mirado el correo y tengo un mensaje de Ursula. Parece haber otro contratiempo.

—¿Otro contratiempo? ¿Qué clase de contratiempo?

—¿Sabes que el *palazzo* ha pertenecido a su familia desde hace siglos? Dos, como mínimo. Y durante ese tiempo los herederos han ido..., bueno, como troceando el *palazzo* y vendiéndose mutuamente partes, de forma que ahora ya no parecen saber a quién pertenece cada cosa.

—Lo dudo. La gente siempre sabe lo que es suyo.

—Sí, pero no siempre saben lo que no lo es. Al menos eso le pasa a Ursula, que al parecer pensaba que era dueña de más de lo que en realidad le pertenece.

—¿Quieres decir que el apartamento no es suyo?

—No, no es eso. Lo que no es suyo, y lo supo ayer, es el vestíbulo.

—¿El vestíbulo? ¿Qué quieres decir, el vestíbulo?

—¿Que qué quiero decir? Quiero decir el vestíbulo. Ya sabes, el espacio que va desde las escaleras y el ascensor hasta la puerta principal. Resulta que, y repito que acaba de enterarse, no le pertenece. Pertenece a su primo Enrico, de Milán.

—Un momento. ¿Cómo es de grande ese vestíbulo?

224

–No lo sé. ¿Doce por doce?

–¿Y el dueño es otro? ¿O sea, lo posee como una propiedad independiente.

Eva asintió con la cabeza.

–Por lo que he entendido, este tipo de cosas sucede continuamente en esos viejos *palazzi*. Los apartamentos se reforman, se dividen en dos o se unen para formar uno, y en el proceso hay partes que se olvidan.

–Pero ¿cómo es posible que no lo supiera? Tendría que haberlo sabido.

–Te estoy diciendo lo que ella me ha dicho. Atiende. –Eva abrió el portátil–. «Hasta esta tarde he dado por supuesto que el vestíbulo era mío. Enrico no dijo nada sobre él, y como casi nunca viene a Venecia la cuestión no ha salido a relucir hasta...»

–Espera un momento. ¿Lo que te está diciendo es que el vestíbulo, ese recibidor que tendríamos que recorrer cada vez que saliéramos y entráramos al apartamento pertenece a otra persona? ¿Que cada vez que entráramos y saliéramos de nuestro apartamento estaríamos invadiendo una propiedad privada?

–No creo que pudiera considerarse invasión de una propiedad privada.

–Legalmente lo es. Podrían detenernos.

–¿Crees sinceramente que la policía de Venecia no tiene mejores cosas que hacer que vigilar a unos norteamericanos cuando vuelven a casa de la compra?

–Podrían hacerlo si alguien les diera un chivatazo. O un soborno.

Eva volvió a cerrar el portátil.

–Sabía que ibas a reaccionar así. Lo podría haber predicho.

–Por supuesto que podrías, porque es la forma obvia de reaccionar.

–Bruce, ¿podrías por favor no interrumpir? Ni siquiera

me has dejado terminar de leerte entero el email de Ursula. Está muy disgustada por todo esto. Afortunadamente, sin embargo, hay una manera sencilla de solucionar esta situación, y es que sigamos adelante y compremos el vestíbulo. En una transacción separada. Ursula ya ha hablado con su primo, que estará encantado de vendérnoslo.

–Seguro que sí. Y seguro que también ella estará encantada, ya que se llevará un pellizco.

–¡Bruce!

–¿Y a dicho por cuánto lo vende, ese primo?

–No lo sé. ¿Cómo voy a saberlo? Acabo de enterarme. Ella también acaba de enterarse.

–O eso dice... Bien, una cosa es segura: sea cual sea el precio, será por fuerza abusivo. Quiero decir que un vestíbulo, de forma aislada, ¿qué valor tiene? ¿Quién compra un vestíbulo? Somos los únicos que tenemos una buena razón para comprarlo. Él lo sabe, el tal sobrino. Tiene que saber que nos tiene bien cogidos...

–¿Por qué lo primero que das por supuesto es que la gente es corrupta?

–Porque normalmente lo es.

–Yo no lo creo. Tú ni siquiera has conocido a Ursula, y sin embargo estás haciendo todo tipo de suposiciones sobre ella: que nos va a engañar, o estafar. ¿Por qué?

–Es esa especie de costumbre que tiene de pasarnos los problemas a nosotros. Como eso de la cocina, por ejemplo.

–Eso no fue culpa suya. Fue culpa del contratista.

–Eva, tengo que ser honrado. Ese apartamento..., todo este asunto..., cuanto más nos acercamos a la firma menos me fío.

–Pero ¿por qué? Sabes tan bien como yo que cuando se compra algo en el mercado inmobiliario siempre hay problemas. Fue así con la casa de Connecticut, y es así con este apartamento.

–Pero ninguno de los vendedores a quienes hemos comprado algo repetía una y otra vez, siempre que surgía un problema, que acababa de enterarse, que hasta ese minuto mismo no tenía la menor idea.

–La tienes tomada con Ursula, ¿verdad? ¿O ella es solamente la excusa? ¿Con quién la tienes tomada? ¿Conmigo? ¿Estás enfadado conmigo porque por una vez en la vida he hecho algo por mí misma, sin pedirte permiso? ¿O es que no te tomas en serio mis necesidades?

–Eva, sé cuánto significa para ti ese apartamento. Es que... Seguro que te has quedado de piedra al leer el email de Ursula. Seguro que sí.

–Por supuesto que sí. Pero luego he pensado en ello y he visto que existe una solución fácil.

–Demasiado fácil.

–¿Estás sugiriendo que nos retiremos por completo? ¿Es eso lo que quieres?

Aunque en efecto era eso lo que quería, Bruce no encontró dentro de él la manera de decirlo.

–Lo que pienso es que tal vez tengamos que ser menos... condescendientes. Ser un poco más duros. Quizá diciéndole que es ella la que tendría que comprarle el vestíbulo a su primo.

–¿Y si se lo decimos y ella nos da la espalda y le vende el apartamento a otra persona?

–¿Qué? ¿Te ha dicho que hay otras personas interesadas? ¿Una pareja de Kansas City, quizá?

–¡No! No me ha dicho nada de eso. Estoy siendo realista. Un apartamento como ese, algo tan poco común; huelga decir que habrá otra gente interesada, muy interesada, y te puedo garantizar que nadie iba a ser tan tacaño como para ponerse de los nervios cada vez que surge un contratiempo.

–Yo diría que es bastante más que un contratiempo.

–¿Por qué estás siendo así? No lo entiendo. Es como si no te conociera.

–Yo podría decir lo mismo.

–No, no podrías, porque yo he sido absolutamente franca. No me he andado con ningún rodeo sobre por qué quiero ese apartamento. Y no son solo los problemas o contratiempos o como quieras llamarlos lo que te tira para atrás. Has sido reacio desde el principio. No lo niegues.

–No lo niego.

–Pero no dices por qué. ¿O piensas que no me he dado cuenta? Desde que volví de Venecia has estado irritable, sombrío, perdiendo los estribos constantemente.

Esto sorprendió a Bruce. Hasta ese momento no había sido consciente de tener estribos que perder.

Terminado este intercambio, Eva se fue a la cama. Y en cuanto ella salió de la cocina Bruce se sirvió un vaso de whisky. Eva tenía razón, por supuesto. Había muchas cosas que explicaban su estado de ánimo actual y que ella no sabía, y no era la de menor importancia el hecho de que aquella misma tarde le hubiera dado a Kathy un cheque sustancioso, y la hubiera dejado en un hotel llorando. Habían pasado varias semanas desde su incursión al anochecer en el despacho de su secretaria, y del mensaje de Sandra, y de haber vuelto a toda prisa a casa en un estado cercano a la euforia. Recordó ahora esa tarde, al igual que recordaba la mañana siguiente, la llamada telefónica de Eva para hablarle del apartamento de Ursula y de su impulso de comprarlo.

¿Fue por esa llamada –se preguntó mientras apuraba el whisky– por lo que había aplazado seguir con su plan de ayudar a Kathy? ¿Y si Eva le hubiera llamado un día antes, o no le hubiera llamado en absoluto? ¿Habría actuado él de forma diferente? ¿Le habría dado el dinero a Kathy antes? ¿Más tarde? ¿Lo habría pensado mejor y le habría dado menos dinero? ¿O nada en absoluto?

Quizá estaba confundiendo efecto con causa. Quizá lo cierto era que había seguido con su plan no a pesar de la decisión de Eva de comprar el apartamento sino precisamente a causa de ella.

No había respuesta a ninguna de esas preguntas. Nunca hay respuesta a preguntas que se refieren a cómo podrían haber sido las cosas si algo no hubiera cambiado. Y algo había cambiado. Eva se daba perfecta cuenta de ello. Lo que no sabía era qué.

¿Y él?

Quinta parte

17

Cuando Min tenía un traspiés con sus mentiras, como le sucedía a menudo, su instinto le decía que tratara de reparar el daño rápidamente, antes de que se extendiera. Por eso, después de dejar el restaurante indio, lo primero que hizo fue llamar a Jake. Tenía la esperanza de poder suavizar la mentira que él le había oído decir antes de que pudiera contárselo a alguien –sobre todo a Eva–. Cómo lo haría, no estaba segura. El instinto, como de costumbre, sería su guía. Pero Jake no había recibido o contestado a sus mensajes, y eso la llenaba de ansiedad. ¿La estaba sometiendo a un régimen de silencio? Tal vez. ¿O tal vez no le había prestado atención en la cena; tal vez ni siquiera la había estado escuchando cuando la conversación se desplazó (cuando Min la «desplazó») de Venecia a Eva y su apartamento. En tal caso, tratar de encubrir su mentira solo conseguiría empeorar las cosas.

La mejor pauta de acción –decidió– era no decirle a Jake nada en absoluto, y contarle a Eva su idea para el artículo de inmediato en lugar de esperar, como había planeado al principio, hasta que Jake acabara decidiéndose. Unos días después de la cena, por tanto, llamó a Eva y le preguntó si podía pasar por su apartamento después del trabajo.

–¿Tiene que ser hoy? –dijo Eva.

–Es importante –dijo Min.

–De acuerdo, pero tendrá que ser pronto. ¿Qué te parece a las cuatro y media?

–¿No podría ser un poco más tarde? A las cinco y media, por ejemplo.

–Me temo que no. A las cinco y media nos vamos.

Min puso cara de grito de Edward Munch, algo que jamás habría hecho delante de Eva. El que su amiga pareciera olvidar que ella tenía un trabajo era un viejo motivo de irritación en ella, irritación que, como de costumbre, se cuidó bien de ocultar.

–Muy bien. A las cuatro y media, entonces –dijo.

–Nos vemos luego –dijo Eva.

Aquella tarde, horas después, Min se ponía ya el abrigo para salir cuando Indira pasó por delante de su mesa de trabajo.

–¿Te vas ya? –preguntó, echando una mirada a su Apple Watch.

–Oh, sí, ¿no te lo he dicho? –dijo Min–. Tengo una cita con un joven arquitecto fabuloso. Toda una estrella al alza.

–Genial. Espero que salga algo de ella.

–Yo también.

–Quiero decir para la revista.

Como dando la conversación por terminada, Indira empezó a retirarse, pero de pronto se detuvo, se dio la vuelta, volvió sobre sus pasos y miró a Min a los ojos.

–No me gusta tener que recordártelo –dijo–, pero se supone que tienes que estar en tu mesa de trabajo hasta las cinco. Como mínimo.

–Lo sé. Lo siento. Es una excepción.

–No estaría diciéndote esto si no fuera algo que haces a menudo: irte temprano, tomarte los viernes libres, o tiempo para viajar...

—Bueno, ese viaje a Venecia debería sernos beneficioso.

—En rigor debería descontarte ese tiempo de tus vacaciones. Pero no voy a hacerlo. Me limito a recordártelo. Tus colegas, sobre todo los más jóvenes, se quedan aquí hasta las ocho o las nueve. Y a veces hasta más tarde. Puedes hacerte una idea de cómo lo ven ellos. Y esto no te afecta solo a ti; me afecta también a mí, ya que doy la impresión de que te dispenso un trato preferente. Bien, te veo mañana por la mañana.

—Sí, te veo mañana.

En el taxi hacia el centro, Min hizo los ejercicios de respiración profunda que había aprendido años atrás en una clase de yoga. Estaba furiosa, de eso no le cabía duda. La cuestión era con quién. ¿Con Eva, por dar por supuesto que lo único que tenía que hacer era decir «salta» para que ella saltara? ¿Con Indira, que se comportaba como una amiga y al minuto siguiente como una jefa? ¿Con ella misma?

Decidió que estaba furiosa con ella misma. Era la conclusión menos arriesgada.

Instantes antes de las cuatro y media tocó el timbre de la puerta de Eva.

—Entra —dijo Eva, abriéndola apenas lo justo para dejarla entrar—. Me temo que estamos de zafarrancho con la casa. —Hizo el gesto de secarse con la mano el sudor de la frente.

Para sorpresa de Min, llevaba el pelo recogido en una coleta y vestía lo que, en su mundo, se consideraba ropa de trabajo: zapatillas de deporte blancas, vaqueros ceñidos, chaqueta de punto gris oscura y camiseta azul claro.

—Prepárate —dijo, y condujo a Min hacia la sala, donde Amalia estaba de rodillas cubriendo el sofá de dos asientos con papel de aluminio.

—¿Qué es esto? ¿Una especie de instalación de arte conceptual? —dijo Min.

Aunque lo había dicho en broma, Eva no rió.

–En realidad es un intento de resolver un problema. Verás, cuando estábamos en Venecia (Bruce solo me lo contó cuando volvimos, para no preocuparme, según dice), Caspar, sin venir a cuento, se puso a saltar en el sofá y a levantar la pata. Mi primer pensamiento fue que se debía a la ansiedad de la separación (los machos marcan el territorio cuando están ansiosos, ya sabes), pero ahora ya llevo en casa dos semanas y no solo sigue haciéndolo sino que los otros han empezado a imitarle. Hemos vivido en un estado de vigilancia constante, con Amalia y yo siempre listas para dejar lo que estemos haciendo en ese momento y venir corriendo con el limpiador de pises. ¿No es así, Amalia?

–Sí, señora Lindquist –dijo Amalia, cortando el rollo de aluminio en hojas rectangulares.

–Hemos intentado todo tipo de cosas. Primero lo hemos intentado con spray de manzana amarga, pero como si nada. Luego con esos pañales para perros, y no necesito decirte el desastre que ha sido. Solo tratar de ponérselos... O sea, ya sabes cómo son mis perros, sabes lo que puede ser intentar sujetar a un Bedlington. Es como intentar sujetar a un tornado.

»En fin, estaba ya hasta la coronilla cuando un día Sandra Bleek, recuerdas a Sandra, ¿no?, la prima de Grady, me contó que una amiga suya tenía el mismo problema con su perro, y que su cuidador le aconsejó que cubriera el sofá con papel de aluminio, porque parece que los perros no soportan la sensación de ese papel bajo las patas. Así que pensé: ¿por qué no intentarlo?

–¿Y ha surtido efecto?

–Hasta cierto punto. El problema, ahora, es que cada vez que saltan al sofá y hacen desgarros y agujeros en el papel, o tratan de apartarlo con los dientes, Amalia tiene que hacer todo el trabajo de volver a ponerlo. Estos días hemos

236

gastado más en papel de aluminio Reynolds que en comida, ¿no es así, Amalia?

—Sí, señora Lindquist —dijo Amalia.

—Debo decir, Amalia, que has hecho un trabajo magnífico —dijo Min, admirando lo pulcramente que Amalia había alisado las hojas del papel y remetido los bordes y esquinas—. Es como un Christo en miniatura.

—Vamos a sentarnos ahí —dijo Eva, guiando a Min hacia la mesa del comedor—. Tengo macarons...

—¡Oh, qué maravilla! Me encantan los macarons.

—Son de Ladurée. Personalmente prefiero los de la Maison du Chocolat, pero uno se conforma con lo que consigue. Ten, toma uno.

Le tendió la caja, que Min examinó detenidamente antes de decidirse, tras cierto debate interno, por uno de limón.

—Ahora, si quieres saber lo que pienso sobre lo que de verdad sucede con esto del sofá, te diré que es por las elecciones.

—¿De veras? —dijo Min, quitándose de los labios migas de macaron—. Pero espera un momento... ¿Qué iban a saber los perros de las elecciones?

—Más de lo que podrías pensar. Los perros son increíblemente sensibles a estas cosas. Por ejemplo, Alec Warriner..., ya sabes, el vecino nuestro que dio la fiesta de investidura..., no sé si lo has visto alguna vez, pero tiene un viejo perro salchicha jadeante y maloliente que nuestros perros aborrecen. Pues el caso es que desde hace un mes Bruce y Alec están coincidiendo en el paseo de los perros. Los nuestros y el suyo. La cosa empezó justo antes de que tú y yo nos fuéramos a Venecia. Bruce no me lo ha dicho; lo he sabido por Frank. —Se inclinó sobre la mesa como para hacer una confidencia—. Tengo la teoría de que tener que compartir el paseo con Alec y ese salchicha les está causando a nuestros perros un estrés tremendo.

–¿Se lo has dicho a Bruce? –preguntó Min, cogiendo subrepticiamente otro macaron.

–Aún no. Lo que me parece increíble es que se pase todo ese tiempo con ese hombre. Lo considero una traición.

–Pero Eva..., si solo es pasear a los perros.

–¿Solo es pasear a los perros? ¿Qué quieres decir con que solo es pasear a los perros? Ya has visto el resultado. Ya has visto el daño que está haciendo.

–Sí, porque tú me lo has dicho. Bruce seguramente no lo ha notado.

–De eso estoy segura. Puede estar tan en sus cosas cuando se lo propone...

–Pero puede que no se lo haya propuesto. Que tú sepas, puede que ni siquiera le guste pasear a los perros con ese hombre. Puede que cuando sale a pasearlos ese hombre se le junte y no se les despegue. Y Bruce es demasiado educado para decirle que no lo haga.

–Entonces ¿por qué no me ha dicho nada? ¿Por qué lo ha mantenido en secreto?

–Bueno, ya conoces a Bruce. Lo más probable es que no quiera disgustarte.

–Es más probable que no quiera disgustar a Alec. Siempre ha sido así con él. No soporta decir no a nadie... menos a mí.

–Eva, sabes que eso no es cierto.

–¿Estás segura? Creo que lo que más me molesta de este asunto es que los perros hayan captado lo que Bruce sabe perfectamente y que ha decidido ignorar: lo profundamente que odio a Alec Warriner, lo mucho que me ofende todo lo que representa. Ellos lo han captado. Ellos reconocen en Alec a un enemigo, y por tanto el hecho de que su amo le trate como a un amigo les supone un estrés increíble que descargan en el sofá. El clásico TEPT.

Min cogió otro macaron. Aunque las palabras de Eva

eran sombrías, su tono era informal, casi jovial. Lo hacía a menudo: decir cosas lúgubres en tono desenfadado, como retando a Min a adivinar su verdadero estado de ánimo y comprobando si respondía adecuadamente.

–Oye, ¿por qué no le dices a Bruce que te gustaría que dejase de pasear con él? –dijo.

–¿Y arriesgarme a que me eche un rapapolvo? No, gracias.

–¿Que te eche un rapapolvo Bruce? No me imagino...

–Pero si tú lo has visto ya... ¿Te acuerdas de lo imposible que se puso con el problema de la cocina? Desde entonces hemos llegado a un punto en el que tengo que armarme de valor para sacar el tema.

–¿Crees que está nervioso por la compra del apartamento?

–No sé si es por el apartamento o si está enfurruñado por alguna otra cosa y la paga con el apartamento. Sea como sea, se está poniendo imposible para hablar con él.

–Quizá hayan sido las elecciones. No hay duda de que también a él le han disgustado mucho.

–Pero si son las elecciones, ¿por qué diablos se pasea con Alec Warriner? No, creo que de lo que se trata aquí es de lo disgustada que yo estoy, y de que me niegue a hacer lo que hace todo el mundo, que es o bien caer en un estado de terrible tedio o bien poner toda la energía en mirar hacia otra parte. No estoy diciendo que yo no lo haría si pudiera. Pero no puedo. Tengo demasiado miedo.

Min cogió el cuarto macaron. En aquellos días Eva hablaba de este miedo suyo de la misma forma que la gente hablaría de su artritis o colitis.

–La peor parte es la pérdida total de cualquier sensación básica de bienestar. Es como la sensación que a veces tienes en un avión, cuando de repente sabes (lo sabes, sin más) que lo único que impedirá que el avión se estrelle es que tú repitas para tus adentros: «No se va a estrellar, no se va a estrellar...». Una y otra vez, sin equivocarte ni una sola vez ni dejar que tu mente divague.

–¿Tú haces eso?

–Vosotros vivís como en una burbuja, y al estar en esa burbuja estáis a salvo de todo lo exterior. En mi caso, sin embargo, la burbuja no existe. En lugar de en ella yo estoy en el avión. Yo siempre estoy en el avión.

–Pero, querida, no lo estás. Mucha gente siente lo mismo que tú.

–No puedes saber lo que siento. Nadie puede saber lo que los otros sienten.

–Bueno, no, por supuesto que no. Pero existe una cosa que se llama empatía. Anoche, por ejemplo, estaba viendo el canal MSNBC...

–Sabes que ya nunca veo las noticias. Me niego a ver más las noticias.

–Pero si no ves la noticias, no es nada extraño que te sientas aislada, ¿no? No me entiendas mal, no estoy sugiriendo que le veas a él. Yo nunca le veo a él. De hecho, cada vez que sale en la tele, apago el sonido (lo he hecho tantas veces que el botón *mute* del mando a distancia ha dejado casi de funcionar). No, lo que yo hago es ver solo a la gente inteligente, a la gente decente, como Rachel...

–¿Rachel Weisenstein?

–Rachel Maddow.

–¿La conoces personalmente?

–No, claro, solo que he... acabado pensando en ella como Rachel. Como una amiga, como alguien en quien puedo confiar, como una guía en... en esta ciénaga en la que estamos. Me consuela.

–¿Ver a un puñado de supuestos analistas sentados alrededor de una mesa con grandes tazas de café vacías, felicitándose por estar de acuerdo unos con otros? Las noticias ya no son noticias, no son más que opiniones dogmáticas y pomposas, cuyo propósito es tenernos ansiosos, porque esa gente, esos periodistas, incluida tu querida Rachel Maddow, saben que mientras nos mantengan ansiosos, mientras nos vayan enseñando la zanahoria del consuelo nos tienen bien cogidos. No son muy diferentes de los periódicos franceses de 1940, solo más sofisticados. Y más venales.

–Sí, pero si ya estás ansiosa, ¿qué diferencia hay? Y, de todas formas, Rachel no es como los demás. Es mejor. Y también sus invitados, como las mujeres que estuvieron ayer por la noche.

–Estás decidida a contarme eso, ¿no? Pues muy bien, adelante.

–Bien, pues anoche Rachel invitó a un catedrática de psiquiatría (de Cornell, creo; o quizá de Penn), y esta catedrática, decía que Tr..., que hay una cláusula en la Constitución que permite al gabinete o al Congreso (no recuerdo bien a cuál) destituir a un presidente en funciones si se demuestra que no está capacitado mentalmente para el cargo. Y, según ella, no lo está. Su diagnóstico era trastorno de personalidad narcisista.

–¡Vaya, no soporto esa insistencia en medicalizarlo todo! ¿Por qué la gente no puede admitir la verdad, que es que el tipo es un demonio, que existen esos demonios en el mundo? Toma, coge otro macaron.

–Gracias. Pero ¿hay una diferencia real? Quiero decir que, le llamemos demonio o víctima de un trastorno narcisista, ¿no estamos hablando de lo mismo?

–No, no estamos hablando de lo mismo en absoluto. Un trastorno de la personalidad se puede tratar, con medicación o qué sé yo, mientras que los demonios... son demoníacos, sin más. La mayoría de nosotros somos combinaciones de tantas cosas que no podemos tolerar la idea de un demonio, porque el demonio no tiene complejidad alguna; solo es puro apetito, de poder y de pleitesía y de sangre. Creo que eso es lo que les está molestando tanto a los perros. Reconocen al diablo en cuanto lo ven.

–No sé. Quizá sea eso tan consabido de «el diablo conocido» versus «el diablo por conocer».

–Nadie puede conocer al diablo. Ni siquiera Rachel Maddow. ¿Estás bien, Amalia?

–Terminado –dijo Amalia, levantándose con gran esfuerzo de su postura de rodillas.

No había empezado a dirigirse hacia la cocina, sin embargo, cuando Ralph se plantó en el sofá de un salto.

–¡Ralphie, no! –dijo Eva, dando un brinco para sujetarlo antes de que pudiera levantar la pata.

El papel de aluminio se había desgarrado. Amalia lo miró con desaliento.

–No puedo hacer nada más ahora mismo, señora Lindquist –dijo–. Estoy muy cansada.

–Por supuesto que no, Amalia –dijo Eva–. No te preocupes, vete a descansar a la cocina.

Mascullando para sí misma en español, Amalia se retiró. Eva bajó del sofá a Ralph.

–¿Ves la vida que tengo que llevar ahora? –le dijo a Min–. Mi única válvula de escape es Venecia. Ahora lo único que leo son libros sobre Venecia. Lo único que veo son fotografías de Venecia. Oh, perdona, déjame ver quién es.

Le había sonado el móvil. Eva le echó una mirada, y acto seguido volvió a guardarlo en el bolsillo.

–Era Bruce, diciéndome que llegará tarde. –Retomó su sitio en la mesa–. Bien, ¿qué es eso de lo que tenías tantas ganas de hablarme?

–¿Qué? Oh, sí, claro. No me andaré por las ramas. Iré al grano.

–¿No quieren decir las dos cosas lo mismo?

–Ajá. Supongo que sí. Bueno, como te estaba diciendo...

–No me estabas diciendo nada. No me has dicho nada.

242

–Ya, bueno, ayer por la tarde Indira y yo estábamos teniendo una reunión para confrontar ideas... Seguro que te he hablado de Indira; es nuestra nueva directora.

–Sí, un montón de veces.

–Oh, está bien, vale. Así que estábamos proponiendo ideas, Indira y yo, y en un momento dado mencioné tu apartamento en Venecia, y se le iluminaron los ojos. Me preguntó si tenía fotos, y le enseñé las que tengo en el móvil, y, abreviando, me dijo que quería que escribiera un artículo para sacarlo en la revista. ¿No es fantástico?

–¿En *Enfilade*?

–Sí, que es la revista para la que trabajo, si no me equivoco. –Eva tampoco ahora rió–. Pero espera, esto es lo mejor. Indira no solo quiere publicar ese artículo: quiere que sea portada. Bueno, ¿qué opinas?

–Para ser sincera, no he tenido tiempo para pensar en ello.

–Ya, no. Por supuesto que no. Es una decisión importante. Querrás tomarte unos días para pensarlo bien. O más que unos días.

–¿Se lo has contado a Jake?

–Sí, se lo he contado. Y está entusiasmado. Totalmente de acuerdo.

–Pero ¿cómo puede estar de acuerdo si ni siquiera se ha decidido a encargarse del apartamento?

–Perdona, lo que quería decir es que él dice que si decide encargarse del apartamento (las dos sabemos perfectamente que va a hacerlo), le parece genial que se publique en la revista; suponiendo, claro está, que tú estés de acuerdo.

–Dicho de otro modo, su decisión depende de la mía. Y la mía depende de la suya.

–Supongo que puedes verlo así. Como yo lo veo, sin embargo, la oportunidad de salir en la portada de *Enfilade* es precisamente lo que se necesita para que Jake mueva el trasero, con perdón. Va a venir al campo el fin de semana que viene, ¿no?

–El sábado por la mañana.

–Que Bruce hable con él. Bruce sabe cómo tratarle. Y ya no le quedará ninguna excusa para negarse a nada que tenga que ver con este asunto, porque el apartamento estará ligado a la portada de la revista.

–Min, querida, espero que no te ofendas por decirte esto, pero ¿*Enfilade* no es un poco..., bueno, de nivel un poco bajo? Para Jake, me refiero, no para mí.

–Oh, eso era la antigua *Enfilade*. Con Indira ha cambiado. Ya lo verás cuando salga el siguiente número. Indira ha hecho una revisión total. No vas ni a reconocerla. Por ejemplo, el número de marzo tiene dos portadas diferentes, habitaciones diferentes de la misma casa, en este caso la espectacular casa de la playa que Alison Pritchard decoró en Puglia.

–¿No es la que solía trabajar para Jake y Pablo?

–Durante unos años, sí, pero luego montó su propio estudio, y ahora tiene muchísimo prestigio. No solo hace proyectos residenciales, sino que se ocupa de hoteles, restaurantes y el nuevo hospital de día en Slogan Kettering. Y luego, para la portada del número de septiembre, tenemos a Pablo: el apartamento de la Quinta Avenida de Clydie Mortimer. Y si *Enfilade* es lo bastante buena para Pablo...

–¿Clydie Mortimer? Jake nunca ha dicho nada sobre eso.

–Él y Pablo son muy discretos sobre estas cosas. Y Clydie también. Ella ni siquiera nos permite utilizar su nombre.

–Vamos, cómete otro macaron.

–¿Y tú?

–A mí no me apetecen.

–Muy bien, entonces. Veamos..., este parece de caramelo salado. ¿Es eso? ¡Sí! –Masticó–. Oh, hay una cosa más. Seré sincera: no sé cómo va a sentarte esta parte. Cuando le dije a Indira que te estabas comprando el apartamento, me preguntó, como es lógico, por qué lo hacías, y yo le dije la verdad..., que era por las elecciones. Y se quedó fascinada. De hecho quiere hacer de ello el meollo de la historia.

—¿De veras?

—Ya te he dicho que tiene ideas nuevas.

—Sí, me lo has dicho, y me alegro de que sea así. Solo, Min, querida, que no tengo la menor idea de cuándo estará listo el apartamento. Aún hay varios puntos delicados en el contrato que habrá que afinar. No te imaginas lo complicadas que son estas cosas en Italia... Y luego, si calculamos el tiempo que llevarán la reforma y la decoración nos vemos ya, como muy pronto, en otoño de 2018 o invierno de 2019, y quién sabe dónde estaremos entonces... Me refiero a que, muy posiblemente, la prensa estará bajo el control del Gobierno y ya no habrá *Enfilade*.

—¿De verdad crees eso?

—Lo que yo crea es irrelevante. No soy una sibila. Me gustaría poder predecir el futuro, o confiar en el pasado como guía del futuro, o sentir que el mundo se encamina inexorablemente hacia la sabiduría. Hubo un tiempo en que quizá creí en ello, pero no ahora. Ya no tengo creencias. Lo único que tengo es miedo.

—Pero ¿el miedo no implica esperanza? ¿De que las cosas que temes no lleguen a suceder nunca?

—Es obvio que sigues viendo la esperanza como algo bueno. Bien, pues yo no. Si acaso, veo la esperanza como algo peligroso, porque según mi experiencia son muchas más las esperanzas que se frustran que las que se cumplen.

—Entonces tienes una creencia. Una creencia negativa, pero creencia al fin.

De nuevo sonó el móvil de Eva.

—Disculpa —dijo—. Oh, gracias a Dios, es Ursula. He estado esperando este mensaje. ¿Dónde están mi gafas de leer?

—Aquí, en la mesa.

—Pásamelas, ¿quieres?

Min hizo lo que le pedía. Con las gafas puestas, Eva leyó moviendo los labios pero sin emitir sonido alguno.

Al cabo de un minuto levantó la cabeza.

—¿Qué quiere decir usufructo? —preguntó.

—Usufructo... Solía saberlo. Estoy segura de que lo supe. ¿Por qué lo preguntas?

—Porque Ursula la emplea en su mensaje. Se trata del jardín.

—¿El jardín de Venecia?

Eva asintió con un gesto.

—No quería sacar esto a relucir hasta que fuera algo seguro, pero hace como una semana Ursula y yo estábamos whatsappeando (los europeos adoran WhatsApp, ¿no te habías dado cuenta?), y mencioné lo precioso que era el jardín, y me respondió que, aunque para ella era un tesoro, no podía permitirse mantenerlo, y al mismo tiempo tampoco podía dejar que se echara a perder, lo que como es natural interpreté como una insinuación de que podía decidir venderlo.

»A la mañana siguiente le mandé un email. Resumiendo, le dije que si hablaba en serio estábamos dispuestos a considerar la compra del jardín junto con el apartamento, a lo que ella respondió a los cinco minutos, literalmente, que el pensamiento de vender el jardín jamás se le había pasado por la cabeza, y que no podría soportar quedarse sin él, y bla, bla, bla... Entonces yo le respondí que lo sentía, que jamás debería haberle hecho el ofrecimiento de comprárselo, y que esperaba no haberla ofendido. Y ella me respondió que por supuesto no había habido ninguna ofensa. Y así quedó la cosa hasta ayer. Recibí otro mensaje suyo diciéndome que había estado dándole vueltas al asunto y había decidido que, después de todo, podría avenirse a vender el jardín, pero que necesitaba algo más de tiempo para pensárselo. Así que le dije que se tomase todo el tiempo que necesitara, y mira lo que me acaba de escribir ahora: «Tras mucha meditación y más de una noche en vela, he llegado a la dolorosa conclusión de que, dada mi ruinosa situación financiera, no me queda más remedio que aceptar su amable oferta de comprarme el jardín que tanto amo».

–¡Oh, Eva! ¡Qué maravilla...!

–Espera, espera, no he terminado: «... aceptar su amable oferta de comprarme el jardín que tanto amo, siempre que lleguemos a convenir un precio mutuamente satisfactorio y con la condición de que, durante los años que me queden de vida, se me otorgue el usufructo del mencionado jardín».

Min tecleaba ya en su móvil.

–«Usufructo» –leyó en voz alta–. «Derecho legal al uso y disfrute de los frutos o ganancias de algo que pertenece a otra persona.» –Dejó el móvil en la mesa–. Bueno, eso no es ningún problema, ¿no? Lo único que significa es que quiere poder sentarse en él de cuando en cuando. Y quizá cortar unas cuantas rosas para decorar la mesa.

Sonó el interfono.

–Amalia, ¿puedes ir a ver quién es? –dijo Eva.

–Es la señora Bleek –dijo Amalia desde la cocina.

–Oh, estupendo. Que le digan que suba.

–¿Es Sandra Bleek? – preguntó Min–. ¿Qué está haciendo en la ciudad? Creía que estaba en casa de Grady.

–Está en casa de Grady. Pero viene a la ciudad como una vez por semana. Te he dicho que teníamos planes para esta noche, ¿no?

–Me has dicho que Bruce y tú salíais esta noche. ¿Era con Sandra? ¿Y por qué ha venido tan temprano?

–Le pedí que viniera pronto. Tenemos una cena temprana, y luego vamos a una lectura. A una lectura literaria. De Lydia Davis.

Min, que no sabía quién era Lydia Davis, aprovechó el sonido del timbre para mirar su teléfono móvil. La fotografía de la pantalla era la de una mujer más o menos de su edad, de ojos grandes y con la sonrisa incómoda de alguien a quien no le agrada que le saquen fotografías. Tenía un gato en el regazo.

Min dejó el móvil en cuanto oyó la voz de Sandra.

—Sandra, querida, qué maravilla verte —dijo.

—Hola, qué hay —dijo Sandra, besando a Min en la mejilla—. Perdona, sé quién eres, pero no me puedo acordar de tu nombre. Soy terrible con los nombres.

—Esta es Min Marable —dijo Eva—. Fue con ella con quien fui a Venecia. Ha venido a decirme que quiere sacar el apartamento de Venecia en *Enfilade*. Trabaja para *Enfilade*.

—Oh, qué gran idea... —Sin que nadie la invitara, Sandra se sentó a la mesa y cogió un macaron.

—Fue un gesto precioso de tu parte traérmelos el otro día —dijo Eva—. Muy poca gente se preocupa hoy día por tener estos detalles.

—Bueno, coincidió que pasaba por delante de Ladurée y pensé ¿por qué no? «Recoge tus rosas mientras puedas», y demás. Min, ¿quieres uno?

—Si insistes.

—¿Cuántos de esos te ha comido? —dijo Eva.

Min, que se estaba poniendo ya el macaron entre los dientes, se lo sacó de la boca.

—Tres, creo.

—Siete.

Sonriendo, Min dejó el macaron en un platillo.

—Bien, ¿alguna novedad sobre el jardín? —preguntó Sandra.

Min dirigió a Eva una mirada de sorpresa (¿le había confiado a Sandra lo del jardín antes que a ella?), que Eva recibió sin la menor indecisión–. Sí. De hecho acaba de escribirme Ursula, y la noticia es buena. Está dispuesta a vender.

–¡Hurra!

–Pero solo con la condición de que Eva le conceda el usufructo –dijo Min.

–Bueno, eso es un imprevisto –dijo Sandra–. Sabes que antes de firmar nada seguramente tendrás que consultar con un abogado. Las implicaciones del usufructo pueden ser diferentes en Italia.

–¿Has pasado mucho tiempo en Italia? –preguntó Min.

–Mi marido y yo..., mi exmarido, debería decir, durante varios veranos alquilamos una casa en Todi. ¿Conocéis Todi? Es una ciudad de Umbría asentada en una colina absolutamente encantadora. Solo que está atestada de norteamericanos. No turistas; norteamericanos que viven allí. La mayoría artistas. Beverly Pepper fue la primera que se estableció allí con todo derecho, y por eso llaman Beverly Hills a la colina.

–Conozco Todi –dijo Min–. Cuando trabajaba para *Town & Country*...

–Bruce llegará en cualquier momento –dijo Eva, mirando el reloj de ormolú de la repisa de la chimenea–. Ha salido temprano del trabajo para que tengamos tiempo de cenar algo antes de la lectura. Es en Brooklyn. Tendremos que conducir, y el tráfico puede ser intenso.

–¿Vienen a la cena Aaron y Rachel?

–No, nos encontraremos en la librería.

Era el momento perfecto para que Eva le pidiese a Min que se uniera a ellos, pero o bien decidió no aprovecharlo o bien el ruido de las llaves de Bruce abriendo la puerta la distrajo. Como de costumbre, los perros corrieron hacia él.

–Hola, queridos míos –dijo Bruce–. Venga, Caspar, espero que hayas dejado en paz a ese sofá. –Se adentró en el salón–. Y veo que no ha sido así. ¡Todo ese esfuerzo de Amalia! Oh, hola, Sandra –añadió, besándola en ambas mejillas–.

Y hola a ti también, Min. –La abrazó, pero solo le dio un beso en la mejilla–. Dios, siento como si no te hubiera visto en siglos. ¿Cómo estás?

–Bien. Estoy bien. Muy entusiasmada con las novedades de Eva.

–¿Qué novedades?

Min miró a Eva, que fruncía el ceño.

–Lo siento, se suponía que no...

–¿Se suponía que no qué?

–Te lo iba a decir más tarde –dijo Eva–. Ursula acaba de escribirme diciéndome que quiere vendernos el jardín.

–¿El jardín? ¿Qué jardín?

–El de Venecia. El que pertenece al apartamento.

–No sabía que estuviera entre las opciones.

–El otro día no era más que una posibilidad. Estuvimos escribiéndonos mensajes, Ursula y yo, y me dijo que podía verse obligada a vender el jardín, porque ahora, además de todo lo demás, el Gobierno la está acosando por unos impuestos impagados.

–¡Qué oportunidad tan fabulosa! –dijo Min–. ¡Tener el apartamento y el jardín! Es la guinda del pastel.

–Su única condición es que quiere el usufructo –dijo Sandra–. ¿Sabes lo que significa ese usufructo, Bruce?

–Sí. Sé lo que significa. Que ella nos vende el jardín con la condición de que le permitamos conservarlo.

–Esas son tus palabras, no las de ella –dijo Eva.

–He ahí un ejemplo interesante del uso de la palabra «usufructo» –dijo Min, mirando de nuevo el teléfono–. «La tierra pertenece en usufructo a los vivos.» ¿Alquien quiere adivinar quién dijo eso?

Nadie dijo nada.

–Muy bien, al leerlo, he supuesto que debía de ser algún francés (Montaigne, quizá, o Rousseau), pero no. Fue Thomas Jefferson.

–¿Y cuánto pide la Signora Fiebre Aftosa por ese jardín que pretende quedarse?

–No hemos llegado a ese punto.

–Si quieres saber mi opinión, sería mucho más sencillo si fuera ella quien nos concediera el usufructo en lugar de nosotros a ella.

–Un jardín en Venecia –dijo Sandra–. Es como de película de Merchant Ivory...

–Parece una selva –dijo Eva–. No se ha cuidado desde hace años. Sin embargo hay algunas rosas maravillosas, de variedades muy antiguas, y unas magnolias soberbias, y un limonero, y tres o cuatro naranjos. Son ornamentales. Sus naranjas no son comestibles.

–Leyendo entre líneas, yo diría que Ursula quiere que salves el jardín pero es demasiado orgullosa para decirlo –dijo Min–. Qué pena que Jake no se ocupe de jardines.

–¿No? –dijo Sandra.

–No, dice que solo entiende de interiores –dijo Eva–. Para la casa de Connecticut tuvo que encontrarnos un arquitecto paisajista.

–Entonces podrá encontraros otro en Venecia –dijo Min.

–¿Ha aceptado encargarse del apartamento? –dijo Sandra.

–Aún no –dijo Bruce.

–De verdad... Me pregunto qué lo está frenando.

–Jake está en un momento extraño de su vida –dijo Min–. Sin hacer demasiado hincapié en ello, tiene cincuenta y tantos años y sigue soltero. Se está acercando a su fecha de caducidad y lo sabe.

–Tú también –dijo Eva.

–Para las mujeres es diferente. Los hombres gay tienen una vida útil más corta, creo que podría decirse.

–Esa no ha sido la experiencia de Grady –dijo Sandra–. Más bien la contraria; ¿cuántos años tiene? ¿Sesenta y dos? Y está teniendo que quitarse de encima a los pretendientes. Veinteañeros en busca de Papi.

Min miró a Eva. ¿Había metido Sandra el dedo en la llaga? Confiaba en que sí.

—Lo que quiero decir —dijo Min— es que últimamente Jake parece haber perdido su sentido de la motivación, su sentido de..., bueno, de por qué está haciendo lo que está haciendo. Y por eso lo que tenemos que hacer es convencerle de que este proyecto es exactamente lo que necesita para volver a empezar. Mi consejo, Eva, es que te pongas manos a la obra y le aprietes las clavijas. Deja de ser tan paciente con él. Recuérdale, con tan buenas maneras como te sea posible, que no te faltan alternativas.

—¿Qué es esto? ¿Decoración de interiores aplicando mano dura?

—Por ejemplo, puedes decirle que si no se decide para una fecha determinada, tendrás que pedírselo a otro profesional. Sin ir más lejos, a Alison Pritchard.

—Pero a mí no me apetece Alison Pritchard. Y aunque quisiera, como dices, apretarle las clavijas a Jake, quién te dice que no va a decirme que tengo toda la razón, que debería contratar a otro decorador... ¿Cómo quedaría yo entonces?

—Perdona si meto las narices en algo que no entiendo —dijo Sandra—, pero ¿sería un error tan grande contratar a Alison Pritchard? Según tengo entendido, ha hecho un montón de trabajos en Italia.

—No he querido trabajar nunca con nadie más que con Jake. Él me entiende. La nuestra es ese tipo de relación que lleva años entablar. Tener que empezar todo de nuevo con alguien, tener que tratar de forjar esa relación desde el principio, partiendo de cero... No puedo ni pensarlo.

—Suena como si hablaras de un matrimonio.

—Lo es, en cierto sentido. Una especie de matrimonio. Y para mí, no para todo el mundo, me doy cuenta, pero para mí, basta con un matrimonio para toda una vida. Si Bruce muriera, yo nunca volvería a casarme.

—¿Qué dices tú, Bruce? —dijo Sandra.

No hubo respuesta.

—¿Bruce? —dijo Min.

—¿Dónde están los perros? —dijo Sandra.

—Oh, supongo que se los habrá llevado a pasear —dijo Eva.

Y se puso a recoger con viveza el servicio del té.

18

La librería donde tuvo lugar la lectura estaba en Fort Greene.

–Estoy tan ilusionada –dijo Sandra cuando se acercaba ya a la entrada en compañía de Bruce y Eva–. Lydia Davis ha ejercido una influencia tan enorme en mí... ¡Oh, pero mirad la cantidad de gente que hay! ¿Llegamos tarde?

–Son las siete menos cinco –dijo Bruce.

–No sabía que fuera una escritora tan conocida –dijo Eva.

En el interior de la librería, había seis o siete hileras de sillas plegables delante del estrado, todas ellas ocupadas o con abrigos o bolsos encima (lo que les confería una aire de improvisados espantapájaros). El auditorio, en su mayoría, lo integraban hombres jóvenes delgados y musculosos con vaqueros ajustados y mujeres jóvenes delgadas y musculosas con vestidos de flores. Quienes no habían encontrado sitio estaban de pie apretados contra las estanterías que cubrían las paredes.

–Pensé que Aaron y Rachel nos iban a guardar asientos –dijo Eva, escudriñando la sala con la mirada.

–Aaron me acaba de mandar un mensaje de texto –dijo Sandra–. Y dice que están en la trastienda, en la sección de viajes. Pueden vernos, pero nosotros a ellos no.

—Oh, sí, allí están —dijo Bruce—. Nos hacen señas.

Condujo a Eva y a Sandra a través de los presentes, como si se abriera paso en la selva.

—Lo siento —dijo Rachel cuando por fin se reunieron—. Hemos llegado media hora antes, pero estaba ya atestado.

—Para llegar a las guías de viajes necesitas una guía de viajes —dijo Aaron.

—No tenéis de qué disculparos —dijo Eva, mirando a la multitud—. Debo decir que le hace bien a mi corazón ver tanta gente joven. No creía que la gente joven fuera lectora.

—Oh, sí, leen —dijo Aaron—. El problema es qué leen. Mierdas como esta.

Levantó un ejemplar de los *Cuentos completos* de Lydia Davis.

—Aaron, ¿quieres bajar la voz? —dijo Rachel—. Todos sabemos que no eres el mayor fan de Lydia Davis. Pero no hay necesidad de que lo grites a las vigas del techo.

—¿No te gusta Lydia Davis? —dijo Sandra.

—Respeto a Lydia Davis —dijo Aaron—. Solo que no entiendo por qué la gente piensa que es tan buena. Bueno, sí, está bien, estuvo casada con Paul Auster, sí, le concedieron una beca MacArthur e hizo una no muy buena traducción de *Madame Bovary*. Y sin embargo, cuando se trata de su escritura real, de esos pretendidos relatos suyos, ¿hay realmente algo en ellos? La mayoría no tienen más que dos frases.

—Pensaba que apreciabas la concisión.

—La concisión sí. Pero una página que es casi una hoja en blanco... —Volvió a levantar los *Cuentos completos*—. Por lo que a mí concierne, esto no es más que un desperdicio de árboles.

—Sinceramente, Aaron, hay veces en las que no puedes ser más machista... —dijo Rachel—. No solo lanzas una diatriba contra Lydia Davis (Lydia Davis, nada menos), sino que la empiezas diciendo que estuvo casada con Paul Auster.

Como si eso tuviera algo que ver con lo que estamos hablando, como si lo único que importara de una escritora fuera con quién está casada.

–Con quién estuvo casada –la corrigió Sandra.

–Estoy de acuerdo con usted en un ciento por ciento –dijo una joven delgada y musculosa con un vestido de flores–. Sobre todo si tenemos en cuenta lo mucho que ella le ha eclipsado en los últimos años.

–Susanna tiene razón –dijo otra joven (esta con un pelo negro liso que le caía por la espalda al modo de Morticia Addams)–. En todo caso diríamos que él estuvo casado con ella.

–Creedme: no estoy defendiendo a Paul Auster –dijo Aaron–. Sería la última persona que defendería a Paul Auster, a quien considero el escritor norteamericano más sobrevalorado del planeta, aún más sobrevalorado que..., bueno, que Lydia Davis. Por lo que a mí respecta, todo lo malo de la cultura francesa contemporánea podría resumirse en Paul Auster.

–¿Paul Auster es francés? –preguntó la mujer de pelo negro–. Creía que era de Newark.

–Es de Newark –dijo Rachel–. A lo que Aaron se refiere es al hecho de que es Dios en Francia.

–En Francia vende más que Zola y Hugo juntos –dijo Aaron.

–¿Y?

–Solo hago constar un hecho. Y bien, Rachel, ¿no crees que deberías presentar tu nuevo descubrimiento a tus viejos amigos?

–Oh, perdón. Eva, Sandra, Bruce, esta es Susanna Varela. Es la maravillosa autora joven con la que acabo de firmar contrato.

–Qué emocionante –dijo Sandra, asiendo con fuerza la mano de Susanna–. ¿Es tu primer libro?

–El primero en inglés.

—Susana es brasileña, pero ahora escribe en inglés —dijo Rachel.

—Y esta es mi amiga Katy —dijo Susanna.

—Tenía muchas ganas de decir que me encanta tu vestido —le dijo Eva a Katy—. De Derek Lam, ¿no?

—¡Sí! —dijo Katy—. Qué alegría... Eres la primera persona que se ha dado cuenta. Lo compré en Beacon's Closet por 29,95 dólares.

—Katy tiene suerte —dijo Susanna—. Tiene un cuerpo de alta costura. El noventa por ciento de lo que se ve por ahí le sienta como un guante.

—Ojalá fuera verdad —dijo Katy.

—Mientras que a mí es el cero por ciento de lo que se ve por ahí lo que me sienta como un guante —dijo Rachel.

—¿Estás esperando a que alguien esté en desacuerdo? —dijo Aaron.

Cogiendo a Susanna del brazo, Sandra dijo:

—Ahora háblame de tu libro. ¿Qué es? ¿Una novela? ¿De qué trata?

—Es un conjunto de relatos.

—Oh, genial. ¿Y cómo son? ¿Podría leer algunos? Me encantaría leer algunos.

—Van a salir dos esta primavera —dijo Rachel—. Uno en *Granta* y otro en *A Public Space*. En la oficina todos están entusiasmados. Hasta los representantes de ventas. Sobre todo ellos.

—Mis relatos son sobre mi vida —le dijo Susanna a Sandra—. No voy a mentir y decir que son historias inventadas, como hacen montones de escritores. La mayoría tienen lugar en Bahía, en la casa donde crecí. La madre es mi madre. Los hermanos son mis hermanos. Los novios son los novios que tuve.

—Y sin embargo están escritos en un perfecto inglés idiomático —dijo Rachel—. Es como si estuviera canalizando a Salinger.

–Por favor, a Salinger no.

–¿Quiénes, entonces?

–Grace Paley. Joy Williams. Mary Robison.

–Lo que me encanta del trabajo de Susanna es la forma en que emplea esa lengua norteamericana sumamente vernácula para describir un mundo absolutamente no norteamericano –dijo Rachel–. Crea una disonancia extraordinaria, esa fricción.

–Sé que debe de ponerte enferma esta pregunta, pero ¿qué te hizo decidirte a escribir en inglés? –preguntó Sandra.

–No lo decidí nunca. Hace cinco años me casé con un norteamericano y me mudé a Nueva York. Tuvimos un hijo. Llevaba una vida norteamericana, hablaba inglés norteamericano, así que vi que tenía sentido escribir en inglés.

–Haces que suene tan sencillo... Yo, por ejemplo, hablo francés, pero jamás podría escribir en francés.

–Bueno, pero no estás casada con un francés, ¿no? –dijo Aaron–. Hablar una lengua es una cosa, compartir la cama con alguien otra.

–Y sin embargo tú estás casada con un español –le dijo Eva a Sandra–. ¿Podrías escribir en español?

–Rico es colombiano..., y vino a los Estados Unidos cuando tenía cinco años. Solo habla español con su madre.

–¿Y qué nos dices de ti, Katy? –dijo Bruce–. ¿También eres escritora?

–¿Yo? –dijo Katy–. Dios, no. Trabajo para Speedo.

–¿Como modelo?

–Eso es muy halagador. Pero no, estoy en el departamento de marketing.

–Ese trabajo no es más que una forma de ganarse la vida –dijo Susanna–. Su trabajo real es la pintura y el collage.

–No, no lo es.

–Sí, sí lo es. Es una artista fabulosa, pero no le gusta hablar de ello.

Aaron estaba a punto de añadir algo cuando las luces se atenuaron. Un joven empleado de la librería, de pelo rojo y desordenado y con una especie de barba que bien podía deberse a un olvido de afeitado, dio la bienvenida a los presentes y presentó a la presentadora, cuyo nombre Bruce no alcanzó a oír. Una mujer de aire frágil y pelo blanco se levantó de la primera fila y subió al estrado. Llevaba un bolso enorme en el que se puso a hurgar durante todo un minuto hasta que sacó unas gafas de lectura y una hoja de un cuaderno llena de una apretada escritura que empezó a leer con una voz tan fina y balbuciente que resultaba casi imposible entender lo que decía.

–¡Hable más alto! –gritó Aaron con su voz de locutor.

Rachel le dio con el codo. La mujer parecía aturdida.

–¿Qué? –dijo–. ¿Qué pasa?

–¡No le oímos!

Se alzó un murmullo en el auditorio, y se hizo necesario un ajuste del micrófono; a tal efecto el joven pelirrojo manipuló en el equipo de sonido.

–Pruebe ahora –le dijo a la mujer.

–¿Hola? –dijo la mujer al micro.

–Tiene que bajarlo, está demasiado alto –gritó Aaron.

–¿Qué?

–Permítame –dijo el joven, bajando el micro hasta dejarlo a la altura de la boca de la mujer.

–¿Así está bien?

–Sí, está bien –dijo la mujer, y empezó a leer la presentación. Pero aunque su voz sonaba ahora amplificada seguía siendo tan tenue que Bruce apenas podía entender lo que decía.

Una vez que la mujer de pelo blanco hubo finalizado su lectura, subió al estrado Lydia Davis. Parecía un tanto aturdida, como si se viera en uno de esos sueños en los que te encuentras de pronto e inexplicablemente en un escenario, con atuendo teatral, mientras los espectadores esperan que actúes en una obra cuyo guión ignoras. Su voz, no obstante, era clara y audible, si bien un poco monótona. Tal como había dicho Aaron, los relatos eran breves, la mayoría de un párrafo o dos, y unos cuantos de una sola frase. Aunque la autora pronunciaba cada palabra, a Bruce se le hacía difícil entender su sentido. Para él eran como esas palabras entreoídas al azar a la gente que está hablando por el móvil.

Cuando, al cabo de una media hora, Lydia Davis dijo «Gracias», la sala estalló en una ráfaga de aplausos. Luego el joven de pelo rojo guió a la autora hasta una mesa en la trastienda donde instruyó a los presentes que desearan sus ejemplares firmados a que formaran una cola junto a una de las paredes. Aunque había un montón de ejemplares de sus libros más recientes en la mesa, no los compraba casi nadie. La mayoría de los integrantes de la cola llevaban bolsas grandes llenas de sus libros anteriores, y al llegar a la mesa se los tendían uno tras otro a la autora, que los firmaba, uno tras otro, sin la menor sonrisa.

–Es como si estuviera en estado de fuga.

–Me gustaría conocerla –dijo Susanna.

–A mí también –dijo Sandra–. ¿Nos ponemos en la cola?

–No, no –dijo Rachel–. Hablaremos con ella después de las firmas. Puede que quiera venir con nosotros a tomar algo.

–¿Quieres decir que la conoces?

–Por supuesto que la conozco.

–La has conocido –la corrigió Aaron–. Y si piensas que va a querer ir a tomar unas copas con un puñado de absolutos desconocidos te engañas a ti misma. Tendrá gente que se encargue de ella, gente de la editorial. Tendrán planes para ella.

–Eso no lo sabes. No es un lanzamiento. No es un libro que acabe de salir.

–Me encantaría que me firmara mi ejemplar de *Desglose* –dijo Sandra–. Es un libro que significa mucho para mí.

–¿Tanto como para esperar tres cuartos de hora? –dijo Aaron–. Esto de los libros firmados por los autores... no lo entiendo. O sea, sí, hace cien años una firma tenía algún valor; pero hoy día libros firmados los hay a patadas. Que no te quepa duda de que en cuanto no quede nadie en la librería van a tener a la Davis veinte minutos firmando ejemplares en la trastienda. Así que te aconsejo que si quieres tener un ejemplar firmado por ella, ahorres tiempo comprándolo en eBay.

–Pero no sería lo mismo. No sería mi ejemplar, el que he leído y releído.

–Si Sandra quiere esperar para conseguir su ejemplar firmado, no veo por qué no va a hacerlo –dijo Bruce.

–No te preocupes, no espero que nadie espere conmigo. O por mí.

–Yo me quedo contigo –dijo Susanna.

–Yo también –dijo Katy.

–¿Y Eva? –dijo Rachel–. Oh, ¿dónde está Eva?

–Fuera –dijo Bruce–. Ya sabes que no aguanta los gentíos.

–No te atormentes, Bruce –dijo Aaron, dándole unas palmaditas en el hombro–. Idos a casa. Te veremos este fin de semana.

–¿Puedo acercaros a algún sitio?

–No hay necesidad. Hemos venido en coche.

–¿Tenéis coche? No sabía que tuvierais coche.

–Por supuesto que tenemos coche –dijo Rachel.

–No tan flamante como el vuestro, pero lo usamos si no hay más remedio –dijo Aaron.

–¿Dónde lo aparcáis por la noche?

–En la calle –dijo Rachel–. Es ridículo, una pesadilla. Como la ordenanza dice que unos días se aparca a un lado de la calle y otros días al otro, Aaron tiene que levantarse al alba para moverlo dos veces por semana. La otra gente del edificio paga al portero para que lo haga, pero Aaron es demasiado tacaño.

—¿Qué puedo decir? —dijo Aaron—. Me divierte el reto. Por ejemplo, ¿os hacéis una idea de por cuántas fiestas suspenden esa alternancia de lado de la calle para aparcar? Fiestas de las que casi ninguno de nosotros ha oído hablar en la vida. El año nuevo lunar, Purim, Eíd al Fitr, la Ascensión, Eíd al Adha, Simjat Torá, Diwali...

—Son un montón de fiestas —dijo Bruce—. Bueno, me tengo que ir ya.

—Oh, pero yo quiero decirle adiós a Eva —dijo Sandra—. Quiero hacerlo, pero si salgo a despedirme pierdo la vez en la cola.

—No te preocupes. Te despido yo de ella. Y te veré este fin de semana.

—Sí, este finde —dijo Sandra, mirando hacia el comienzo de la fila.

Ante la entrada de la librería, Eva estaba de pie en la acera con el ademán de alguien que está fumando, aunque ella no lo estuviera haciendo.

—Eva, ¿eres tú? —preguntó una voz de hombre.

Eva se volvió. Era Matt Pierce.

—Eso me ha parecido —dijo Matt—. No podía dar crédito a mis ojos. Eva Lindquist en Brooklyn...

Matt abrazó a Eva, que recibió el abrazo de soslayo, como era su costumbre: su pecho no se pegó al de él.

—No soy alérgica a Brooklyn —dijo Eva.

—Bueno, no he querido sugerir que lo seas —dijo Matt—. Solo que pienso en ti como una criatura de Manhattan de tal forma que me cuesta imaginarte en otra parte. En cualquier caso, ¿cómo has estado? He tratado de hablar contigo un montón de veces, pero nunca me has devuelto la llamada.

–Lo sé. Y lo siento. Las cosas han ido tan frenéticas últimamente, con los trámites de Venecia, y con los problemas que hemos estado teniendo con los perros.

–Oh, no. ¿Están bien?

–Están bien, pero se hacen pipí en los muebles. Es el estrés, creo. Lo percibo. Estos días los vivo en un estado de miedo constante.

–Y quién no... –dijo Matt–. Aun así, ese régimen de silencio, Eva... Tengo que serte sincero: heriste mis sentimientos. Me refiero a que, tal y como lo viví yo, un día éramos amigos y al siguiente no querías tener nada que ver conmigo. ¿Qué pasó? ¿Fue la sopa de acedera?

–No fue eso. No fue nada en particular. Fui yo, no tú.

–¿Sabes?, la verdad es que me alegra que nos hayamos encontrado de sopetón, porque no sé si me habría atrevido a decirte esto por teléfono. Dean rompió conmigo (supongo que, visto desde hoy, era algo inevitable), y ahora estoy..., bueno, un poco sin hogar. Y, antes de que lo digas, sí, sé que suena a algo así como estar un poco preñado, solo que no es eso. El hecho en sí es que existen varios grados de no tener casa. Está el nivel de dormir en sofás de amigos, que es en el que yo estoy ahora, está el de vivir en un albergue, y está el de dormir en la calle. En resumidas cuentas, necesito ayuda. No se me caen los anillos por pedir ayuda.

Fue entonces cuando Bruce salió de la librería.

–Oh, hola... –le dijo a Matt (seguía sin poder recordar su nombre).

Se dieron la mano.

–Bueno, ha sido un placer verte, Matt –dijo Eva–. Pero me temo que vamos con un poco de prisa. Los perros...

–Sí, claro. Ha sido un placer verte. Te he echado de menos. Probablemente es esto lo primero que debería haberte dicho.

–Buenas noches.

—Sí, buenas noches —dijo Bruce.

—Y la próxima vez que tengáis una cena, aquí me tienes, no lo olvides. Y si tenéis amigos que organizan cenas recomendadme también...

—Gracias, Matt. Buenas noches.

—¿A qué venía todo eso? —preguntó Bruce cuando doblaron la esquina para seguir por South Portland Avenue.

—A nada. Dice que está sin blanca.

—¿Te ha pedido dinero?

—No. Me ha pedido que vuelva a contar con él para que cocine en nuestras cenas.

—Pero si le llamaste hace dos noches.

—¿De verdad eres tan olvidadizo? Ese no era Matt. Matt no ha puesto el pie en nuestra cocina desde hace un mes. Como mínimo. La última vez fue cuando invitamos a Jake.

—¿Entonces quién estuvo cocinando hace dos noches?

—Ian. ¿No te acuerdas? ¿O pensaste que los dos eran la misma persona?

—¿Cómo voy a saber quién es quién si casi nunca salen de la cocina?

—Ian apenas sale de la cocina. Matt no deja de salir constantemente. En exceso. Y eso era parte del problema. Confío en que no hayas olvidado el episodio de los *scones*.

—No olvidaré nunca el episodio de los *scones*. Oh, quería decirte que Sandra me ha pedido que te diga adiós de su parte. Está en la cola para que le firme el libro. Después, Aaron y Rachel la llevarán a donde esté alojada. ¿Sabías que tenían coche?

—Por supuesto.

—Otra cosa que todo el mundo parece saber y yo no sé. Como quién es Lydia Davis. O que estabas peleada con... ¿cómo se llama?

—Matt. Y no estoy peleada con él.

—Pues tenía un aire de lo más decaído. ¿No podrías hacer algo por él, contratarle para la próxima cena en lugar de... ¿cómo se llama el otro?

–Ian. Y es mucho mejor cocinero que Matt.

–¿De veras? Yo no he notado gran diferencia.

–Mira, tengo mis razones, ¿vale? En parte es la cocina, y en parte otras cosas en las que, si no te importa, preferiría no entrar.

–Aun así, ¿no podría darte un poco de pena el pobre hombre, que está sin blanca?

–Dice que está sin blanca.

–¿Y tú no le crees?

–No tengo la menor idea de su situación financiera. Y no creo que por el mero hecho de que haya roto con su novio yo tenga que sacarle del apuro. Y no es que no sea físicamente capaz o algo. Tiene un título universitario y un doctorado casi terminado. Si quisiera podría encontrar trabajo.

–Pero estás totalmente dispuesta a sacar del apuro a la Signora Fiebre Aftosa.

–Me gustaría que no la llamaras así. Se llama Ursula. Y son situaciones completamente diferentes.

Habían llegado al Outback. Cuando Bruce dirigió la llave hacia él, el automóvil lanzó un chirrido. Sus luces parpadearon. Sus puertas se desbloquearon. Aun así, Bruce lo rodeó para abrirle la puerta del acompañante a Eva antes de ocupar él su asiento. Como arropar a un niño pequeño en la cama, pensó.

Al principio avanzaron en silencio. Eva con la mirada fija en los faros reflejados en el cristal de su ventanilla, Bruce pensando –al entrar en la autopista Brooklyn-Queens– en Kathy, en las muchas veces que había ocupado el asiento que ahora ocupaba Eva, después de acercarlo un poco hacia la guantera, ya que tenía las piernas algo más cortas que su mujer. Para que no supiera que Kathy había estado en el coche con él, cada vez que volvía del centro ambulatorio se aseguraba de echar hacia atrás el asiento hasta su posición original. Y ahora esos días, los días de sus visitas al centro, habían terminado, a menos que, cuando Kathy se sometiera al siguiente escáner PET, surgiera algo.

«Te dan a beber ese líquido horrible, que cuando registra un punto con cáncer, hace que este emita un destello –le había contado–. El día en que tuvieron el resultado para el diagnóstico, mi cuerpo era como un árbol de Navidad encendido.»

–Cindy Lou... –masculló para sí mismo.

–¿Qué dices?

–Nada. ¿Qué te ha parecido la lectura?

–Había demasiada gente.

–¿Te han gustado los relatos?

–Supongo que eran buenos. Se me ha hecho difícil concentrarme.

–¿Por lo atestado del local, te refieres?

Eva no contestó. Bruce dejó que pasaran unos instantes, y luego dijo:

–Mira, Eva, sobre el asunto de ese jardín...

–No quiero oírte decir nada ahora mismo.

La severidad del tono sorprendió a Bruce.

–Pero si solo quería explicar...

–No hay nada que explicar. El modo en que te has comportado hoy, diciendo esas cosas delante de Min y de Sandra... Es inexcusable.

–No me estoy excusando.

–Y luego desapareciendo sin decir ni media palabra, dejándome a mí sola para que arreglase el desaguisado...

–Lo único que he hecho ha sido sacar a los perros. Necesitaba despejar la cabeza.

–...y mis esfuerzos por arreglar el desaguisado no es que hayan tenido mucho éxito. Min y Sandra tienen ojos. Y orejas. Han entendido perfectamente lo que estaba pasando.

266

—Escucha, el asunto me ha cogido por sorpresa, ¿entiendes? Antes de esta noche no habías dicho nada acerca del jardín.

—Porque cada vez que salía a relucir algo sobre el apartamento, por insignificante que fuera, te me lanzabas al cuello.

—¿Desde cuándo es algo insignificante pagar dinero bajo cuerda? ¿Desde cuándo pagar un soborno...

—Una sanción.

—... o comprar un vestíbulo? Esas cosas que llamas insignificantes, Eva, ¿sabes cuánto nos han costado hasta ahora? Casi cuarenta mil dólares. Más de lo que le pagamos en un año a Amalia.

—Sabes perfectamente que lo que le pagamos a Amalia es mucho más que el salario normal, sobre todo si se tiene en cuenta la Seguridad Social.

—Sí, Eva, pero eso es todo lo que cobra. Lo que estamos gastando en nada, literalmente en nada, es todo lo que ella tiene para mantener a su familia durante un año. Y ahora, por si fuera poco, está ese jardín.

—El jardín no es «nada». Hará subir el valor del apartamento.

—Y el precio.

—¿Sabes qué? Basta. Basta ya. —Eva aspiró el aire con fuerza—. Bueno, voy a decir esto solo una vez. Voy a decirlo una vez, pero antes quiero que me jures (jures) que jamás volverás a sacar a relucir este asunto. ¿Me lo juras?

—¿Cómo voy a poder hacerlo si no sé qué estoy jurando?

—Mañana por la mañana, a primera hora, quiero que llames a Rita para decirle que nos echamos atrás. En todo. Que no vamos a comprar el apartamento.

Bruce mantuvo la boca cerrada. Era algo sorprendentemente fácil. Estaba acostumbrado a hacer lo que le decía.

—Por supuesto, perderemos el dinero (cuarenta mil dólares desperdiciados, como tan amablemente has dicho antes), aunque eso para mí no es lo peor. Lo peor de todo será decírselo a Ursula. Me da miedo hacerlo. Pero lo haré. No voy a mentirle. Le diré la verdad.

—Suele ser la mejor política.

—Y luego está Min. ¿Sabes por qué ha venido esta tarde? Para decirme que la directora de *Enfilade* quiere sacar el apartamento en la portada. Bien, ahora podemos eliminar eso. Jake se sentirá decepcionado.

—Pero ni siquiera ha aceptado encargarse de él

—En cuanto a Min... Tiemblo al pensarlo. Se ha jugado el cuello en esto. Puede perder su trabajo.

—Yo no me preocuparía por eso. Min siempre cae de pie.

—No estés tan seguro. Estas revistas son un género en extinción.

—Se las arreglará.

—Dios, ¿tienes que ser tan despiadado?

—¿Despiadado? Primero me has dicho que hiciera algo, y luego me has hecho jurar que nunca lo volvería a sacar a relucir. No hago más que cumplir órdenes.

—Como si no tuviera nada que ver contigo. Como si, desde el principio, desde el principio mismo, no hubieras dejado meridianamente claro que a tu juicio ese apartamento no es sino un capricho, un antojo. Bien, pues ya puedes dejar escapar un suspiro de alivio, porque, desde ahora mismo, esto se acabó. Lo único que tienes que hacer es llamar a Rita, y jamás tendrás que volver a pensar en este asunto. Podrás ponerte otra vez la venda en los ojos y volver a tu pequeña y segura rutina: tus jornadas en el despacho, el plato de pasta los lunes y los paseos con Alec Warriner.

—¡Espera! Un momento... ¿Qué tiene que ver eso con todo lo demás?

—Si de verdad no lo sabes, ¿por qué lo has mantenido en secreto?

—No lo he hecho.

—Sí, sí lo has hecho. Me he enterado por Frank.

–No, lo que quiero decir es que no te lo dije, es cierto, pero no porque quisiera ocultártelo. Yo..., en serio, no se me ocurrió que pudiera valer la pena decírtelo. Me pareció algo tan nimio.

–¡Nimio! ¿Desde cuándo es nimio confraternizar con el enemigo? ¿Desde cuándo es nimio alterar a los perros hasta el punto de hacer que empiecen a hacer pipí en los muebles?

–¿Cómo? ¿Crees que se debe a que pasee con Alec y Sparky? Estás de broma, ¿no?

–Debo de estarlo, si tú lo dices.

–Pero eso es absurdo. Habré paseado con Alec, en total, unas tres veces. Cuatro a lo sumo. Y, además, aunque esos paseos con Alec tuvieran algo que ver con el hecho de que los perros se meen en los muebles (y no estoy diciendo que sea así; pero si lo fuera), sigo sin ver qué relación tiene eso con el apartamento.

–Es algo obvio. Oh, ahí está la señal de la autopista de Long Island. Será mejor que te pongas en el carril de giro.

–Creí que iríamos por el puente.

–Mejor por el túnel. Habrá menos tráfico en el túnel.

Para ganar el carril de giro, Bruce tuvo que acelerar y adelantar a un camión de circulaba por la derecha. El camionero, en respuesta, hizo sonar la bocina neumática. Eva se tapó los oídos con las manos.

–¡Cuidado! ¿Es que quieres que nos matemos?

Bruce volvió a guardar silencio. Entendía perfectamente lo que Eva intentaba hacer: avergonzarlo para someterlo, encontrar su punto flaco y entrar a matar. Si hubiera querido, Bruce podría haber hecho lo mismo con ella; era innegable que Eva le había proporcionado munición abundante a lo largo de los años, pero él nunca había querido utilizarla. En lugar de ello, contenía su impulso, y no solo eso, sino que se enorgullecía de su capacidad de contención, que él consideraba una prueba más de su espíritu caballeroso. ¿O era una mentira que se decía a sí mismo? Quizá lo cierto era que no era en absoluto caballeroso, y simplemente temía las peleas, hasta el punto de que, antes de arriesgarse a entrar en una, siempre había optado por darle a Eva lo que quería. En cuyo caso la hiena, la que seguía desgarrándole la cara y él seguía acogiendo, no era su mujer, sino su propia cobardía, la peculiar cobardía del hombre que teme más recibir el contragolpe que manejar el látigo.

Para entonces ya estaban incorporándose a la autopista de Long Island. El tráfico se ralentizó un tanto. Impaciente, Bruce fue abriéndose paso carril a carril hacia la izquierda, lo que provocó que un taxista bajase la ventanilla, sacase la cabeza y le gritase: «¡Que te den por el culo, gilipollas!».

–Creo que sí –dijo Eva–. Creo que lo que de verdad quieres es que nos matemos.

Bruce se echó a reír. ¿Por qué no se había dado cuenta antes? ¡Era tan obvio! Cuando uno tiene un motor más potente, no necesita una voz más fuerte. Por eso, cuando el taxista le mandó a tomar por el culo, apenas acusó el improperio. Lo recibió como... ¿Cómo era la expresión? Como si oyera llover. Y si podía hacerlo con el taxista, ¿por qué no podía hacerlo también con Eva? Dejar de preocuparse. Seguir conduciendo. En cuyo caso, ¿qué importaba que ella tratara de hacer que se sintiera culpable, cerrara con pestillo el dormitorio, dejara de hablarle? Lo que tenía que hacer era decidir que carecía de importancia y obrar en consecuencia. Actuar como si oyera llover.

–Será mejor que vayas más despacio. Estamos casi en el puesto de peaje.

–Curioso que lo sigamos llamando así, cuando ya no hay ninguna cabina.

–¿No?

–No. Desde principios de año. Ahora es el sistema E-Z-Pass. ¿Recuerdas cuando teníamos que echar monedas en una cesta de alambre? ¿Y cómo a veces alguna caía fuera y tenías que bajarte del coche y ponerte de rodillas y reptar por el asfalto tanteando para encontrarla? ¿Y todo el tiempo sabiendo que tenías detrás varios coches esperando?

—Así es como me siento todo el tiempo ahora.

«Como si oyera llover.»

—Y mira, tenía razón —dijo Eva, en un tono de victoria—. No hay apenas tráfico. Habría habido mucho más en el puente.

Era cierto. Apenas había tráfico. Avanzaban a buena marcha por el túnel, cuya iluminación teñía de amarillo el interior del coche.

—Eva —dijo Bruce.

Pero cuando se volvió para mirarla, ella no fue al encuentro de sus ojos. Siguió mirando insistentemente de frente.

Una vez fuera del túnel, Bruce se sintió más seguro, porque ahora estaban en Manhattan y, aparte de Oshkosh, Manhattan era el único lugar del mundo donde sabía que no podía perderse.

—Es curioso que después de todos estos años Brooklyn siga pareciéndome otro planeta.

Eva no respondió. Ni habló durante el resto del trayecto, ni siquiera cuando Bruce, después de aparcar el Outback en el garaje, le abrió la puerta para que se apeara. Eva se limitó a bajarse y enfilar la rampa que conducía a la calle, dando un traspié hacia delante cada varios pasos para mantener el equilibrio.

Desde su jaula acristalada, Willard Han miró a Bruce. Y Bruce le devolvió la mirada.

A la mañana siguiente, pese a la insistencia de Eva para que lo hiciera, Bruce no llamó a Rita. Ni la llamó por la tarde, ni al día siguiente.

Para el jardín, Eva y Ursula acordaron el precio de setenta y cinco mil dólares.

Sexta parte

19

Más allá de la casa de campo de los Lindquist –más allá de los jardines de flores y verduras, la piscina y la fuente ornamental–, se extendía una vasta campiña vacía salvo por un pequeño bosquecillo de arces cercano a la linde. Fue allí donde, el primer sábado de marzo, Min Marable, Sandra Bleek y Rachel Weisenstein se reunieron después del almuerzo para compartir un porro.

–Veo que te has puesto el gorro conejo –le dijo Sandra a Rachel.

–¿Por qué no? –dijo Rachel–. Hace frío aquí fuera.

–¿Lo ha visto Eva?

–No lo sé. Puede que sí.

–A mí no me preocuparía que lo hubiera visto –dijo Min–. Probablemente no sabe lo que es.

–Espero que no –dijo Rachel–. Podría parecerle demasiado fuerte.

–Rachel, sabes que esas aletas representan las orejas de un conejo, ¿no? –dijo Min–. O sea, que en realidad no se supone que es... Se supone que se parece a un conejo.

–Bueno, sí, por supuesto –dijo Rachel–. Y al mismo tiempo también tiene algo de Georgia O'Keeffe. Me refiero a que tú también has usado la palabra «aletas».

275

–¿Sabéis lo que leí el otro día sobre el gorro conejo? –dijo Sandra–. Parece ser que después de la marcha, un grupo de mujeres (no blancas) empezó a quejarse de que era racista.

–¡Racista! –dijo Rachel–. ¿Por qué?

–¿No es obvio? –dijo Sandra–. Por el rosa. No todas las mujeres tienen el..., ya sabes..., rosa. Ni siquiera todas las blancas.

–¡Oh, Dios, jamás había pensado en eso! –Como temerosa de que pudieran atacarla, Rachel se arrancó el gorro de la cabeza y lo metió en el bolso–. Oh, ahora pasaré frío. Se me van a helar las orejas. Y es el único gorro que he traído.

–Entonces vuelve a ponértelo.

–Pero Eva podría verlo.

–Pues no te lo pongas y vete dentro.

–Y olvídate de la yerba –dijo Min.

Rachel volvió a ponerse el gorro.

–¿No tenéis miedo de que os pueda picar una garrapata del ciervo? –dijo Sandra, dando una calada al porro.

–¿En invierno? –dijo Rachel–. No creo que sean un problema en invierno. Además, por esta zona no he visto nunca un ciervo.

–No hace falta que haya ciervos para que haya garrapatas del ciervo –dijo Min.

–En los dos últimos años, creo que la mitad de la gente que conozco ha contraído la enfermedad de Lyme –dijo Sandra–. Normalmente la cogen a tiempo y pueden tratarla, pero a veces no hay erupción. Una amiga de mi hija, por ejemplo, no tuvo la erupción, y estuvo tres años enferma hasta que dieron con el diagnóstico.

–Por eso Eva no sale fuera –dijo Rachel, cogiendo el porro de la mano de Sandra.

–Eso no es cierto –dijo Min–. Eva sale al exterior. En verano se tumba al lado de la piscina.

–¿Sí? –dijo Sandra–. Es curioso: no puedo imaginarme a Eva en traje de baño.

276

—Pues en bañador está fantástica.

—¿Crees que Eva ha fumado alguna vez un porro? —preguntó Rachel.

—Eso es confidencial.

—Entonces la respuesta es sí. Venga, danos los detalles.

—Está bien —dijo Min—. Pero si me prometéis no decirle nunca que os lo he dicho, porque me mataría. Solo fue una vez, hace muchos muchos años. Estábamos en una fiesta (no recuerdo quién la daba), y había unos brownies de marihuana, solo que nadie le dijo a Eva que tenían marihuana, y se comió uno.

—Oh, Dios, ¿y qué pasó?

—Dijo que sabían raro, y el anfitrión, fuera quien fuera, dijo: «Claro, porque es un brownie de marihuana», y acto seguido se partió de risa como si le hubiera gastado la broma pesada más graciosa del mundo. Y Eva estaba tremendamente furiosa.

—Seguro que la yerba la puso aún más furiosa.

—Yo creo que la puso realmente paranoica, porque de pronto dijo: «¿Y si la policía hace una redada? Tenemos que irnos de aquí antes de que la policía haga una redada». Y yo dije: «Eva, la policía no hace redadas en fiestas como esta. No estamos en los años cincuenta». Ahora que lo pienso, fue algo parecido a lo que hizo aquella vez con Siri, en el iPhone.

—Sí, ¿no os pareció rarísimo? —dijo Sandra—. ¿Qué pensáis que pretendía?

—¿No es obvio? —dijo Rachel—. Nos estaba probando, viendo hasta dónde estábamos dispuestos a llegar.

—No muy lejos, según se vio —dijo Sandra.

—Luego Aaron admitió que jamás le habría hecho a Siri esa pregunta —dijo Rachel—. Cuando la situación se pone fea, se vuelve un miedica. Como la mayoría de los hombres.

—Lo que debes entender de Eva —dijo Min— es que tiene miedo de una forma distinta a la nuestra. Su miedo es personal.

–¿Por qué? –dijo Sandra–. No es negra, ni hispana, ni musulmana, Dios me libre.

–Pero es judía –dijo Rachel.

–También lo es el abogado de Trump –dijo Min–. Y también la mitad de la gente que trabaja para él.

–La gente que va a sus mítines no es judía –dijo Sandra–. Odian a los judíos.

–No olvidemos que es una mujer –dijo Rachel.

–Pero no una mujer que vaya a necesitar abortar –dijo Sandra–. O una madre con hijas.

Ante la mención de estas «hijas» los ojos de Rachel se empañaron un tanto.

–Me gustaría que hubiera venido a la Marcha de Mujeres –dijo–. Creo que habría sido importante para ella haber estado. Y para Aaron también.

–¿Aaron? –dijo Min–. Perdona, pero ¿habría sido sensato que Aaron hubiera asistido?

–¿Por qué no? –dijo Rachel–. Había montones de hombres.

–No, ya lo sé –dijo Min–. Quiero decir después de lo que pasó. De que lo despidieran.

–¿Qué tiene eso que ver con la marcha?

–Bueno, alguien podría haberle reconocido y... no caerle bien su presencia.

–¿Adónde quieres llegar, Min? ¿A las acusaciones que Katya ha estado haciendo? Si es así, te aseguro que no hay nada de verdad en ellas. Tuvieron una desavenencia acalorada, es cierto, pero Aaron nunca la agarró del brazo. No la tocó en ningún momento. Si hubieran existido tales moratones... habrían figurado en el informe policial.

–¿Hubo atestado policial? –dijo Sandra.

–Y aunque las magulladuras hubiesen tardado varios días en aparecer, ¿por qué no fue al médico? Lo cierto es que ha estado acosando a Aaron desde el día en que la nombraron editora jefa, y ahora que se ha librado de él quiere asegurarse de que no volverá a trabajar en ninguna parte. Es algo tan vengativo, sobre todo cuando piensas que hay muchas mujeres que se ven sometidas a horrores de verdad día tras día.

–¿Qué puedo decir... –dijo Min– ... excepto que, sin haberlo pretendido en absoluto, acabas de confirmar lo que pienso sobre Eva? ¿Sabes lo que me dijo el otro día? Que, desde las elecciones, se siente como si estuviera en un avión, y que a menos que no pare de repetirse una y otra vez «No va a estrellarse, no va a estrellarse», se estrellará.

–¿Puedo hacer una pregunta? –dijo Sandra–. ¿Qué pasa con Eva? ¿Por qué estamos siempre hablando de ella? Dios sabe que la quiero muchísimo, pero, de verdad, ¿qué es lo que la hace tan interesante? ¿Por qué siempre volvemos a ella? Míranos aquí fuera helándonos el trasero para que no nos pille fumando yerba... ¿Y de qué estamos hablando? De ella.

–Es como Mary Catherine Gray –dijo Rachel.

–¿Quién?

–Mary Catherine Gray. Una chica con la que fui al colegio, y en la que no había absolutamente nada digno de mención, absolutamente nada, y sin embargo no había manera de que dejáramos de hablar de ella. Era como si estuviéramos convencidas de que no podía ser tan anodina como parecía, de que bajo aquella fachada insulsa tenía que esconder algún enigma, algún secreto (por mucho que nosotras no supiéramos verlo).

–¿Y había tal secreto?

–Nunca lo averigüé. Se parecía a esa chica de los B-52, con el pelo de panal de abeja y los ojos saltones.

–Cindy Wilson.

–Por desgracia, tenía los pechos pequeños. Si tienes ese tipo de cuerpo, necesitas tetas grandes para que te vayan bien las cosas.

–Eva tiene unos pechos preciosos –dijo Min–. Por supuesto, si se los alabas fingirá que la estás incomodando.

–¿Crees que ella y Bruce se acuestan? –dijo Sandra.

–¿Qué quieres decir? –dijo Rachel–. Por supuesto que se acuestan. Están casados.

–Perdona, pero ¿en qué planeta vives? –dijo Sandra–. Hay muchos matrimonios que no tienen relaciones sexuales.

–Sobre todo los gays –dijo Min–. O si las tienen es con otra gente. Por cierto, ¿os habéis dado cuenta del tiempo que hace que no vemos por aquí a Matt Pierce?

–¿Es el que tuvo que hacer dos veces los *scones*? –preguntó Rachel.

Min asintió con la cabeza.

–Lo que pasó fue que, en enero pasado, Eva invitó a cenar a Jake en su casa, y Matt se encargó de los fogones. Luego Jake y Bruce salieron con los perros, y Eva y yo nos quedamos en la sala, y Matt vino de la cocina y se puso a hablar de su nuevo novio y de cómo le estaba presionando para que hicieran tríos, y le preguntó a Eva qué opinaba ella, y si debería acceder a hacerlos. Y tocó lo intocable.

–¿Qué es lo intocable?

–Bueno, de eso se trata. Con Eva nunca se sabe cuál es el tema tabú hasta que lo has tocado, y ya es demasiado tarde. En este caso era el sexo. Como ella misma explicó luego: «¿Por qué la gente cree siempre que tiene que entrar en los detalles escabrosos?». Resultado final: otro joven gay que no volverá a cocinar jamás en la cocina de Eva.

–Pobre Matt –dijo Rachel–. Parecía tan simpático... Y debía tener mucha confianza en Eva, porque si no nunca le habría pedido consejo sobre un asunto tan... íntimo.

–Supongo que la lección que se desprende de esto es que todos deberíamos andarnos con cuidado con Eva –dijo Sandra.

–Sí, deberíais –dijo Min.

—Un momento —dijo Rachel—. Si Matt no está aquí, ¿quién ha cocinado hoy? ¿El chico tímido? ¿Cómo se llamaba?

—Ian. Y no, no ha sido él. En el último momento no pudo venir, así que Eva llamó a Calvin Jessup, que solía cocinar para ella a principios de los dosmil. Y no se puede confundir a Calvin con Ian o con Matt porque ellos son blancos y Calvin es negro. De todas formas, solo hace de suplente.

—Lo dices como si habláramos de un puesto fijo —dijo Sandra.

—Pues lo parece —dijo Min—. Algo como lo que en tiempos se llamaba «compañía pagada». Ya sabéis, esa solterona pobre pero respetable que contrataba la casada rica para que le hiciera compañía, se dejara ganar a las cartas y estuviera de acuerdo con ella en todo. Solo que en el caso de Eva tiene que ser un hombre, y gay, de menos de cuarenta años y preferiblemente guapo. Ah, y tiene que saber cocinar, porque para eso le paga.

—Me pregunto dónde los encuentra —dijo Sandra—. ¿En alguna agencia? ¿Pone un anuncio en Craigslist?

—¿Eva? ¿Craigslist? ¿Bromeas? Oh, mierda, ahí están Bruce y Jake. Apaga eso.

—¿Dónde? Yo no los veo.

—Allí —dijo Min, señalando la hilera de árboles que marcaba la linde del terreno de los Lindquist y el comienzo del de Grady—. ¿Los ves? Oh, y llevan a los perros. Desazte de eso.

—¿De qué?

—Del porro —dijo Min, quitándoselo de la boca a Rachel y apagándolo con el talón—. No deben saber que hemos estado fumando yerba. Podrían decírselo a Eva. ¿Alguna de vosotras tiene algo con lo que tapar el olor? ¿Fanta? ¿Coca-Cola?

—Creo que tengo una botella de agua —dijo Sandra, buscando en el bolso.

—El agua no... Oh, hola, Bruce.

—Señoras —dijo Bruce, con las botas crujientes de hierba helada mientras los perros, sin correa, saltaban hacia las mujeres y les olisqueaban las piernas.

—Debe de oler a Mumbles —dijo Rachel, inclinándose para acariciar la cabeza de Isabel y aprovechando el gesto para quitarse el gorro—. ¿Hueles a Mumbles, ¿eh, muchacho?

—Isabel es perra —dijo Min.

—¿Y qué os trae aquí fuera en un día como este? —preguntó Bruce—. ¿Planeando un golpe de Estado?

—Una charla de chicas, nada más —dijo Min.

—¿A un grado bajo cero? —dijo Jake.

—Bueno, ¿no es eso lo que se busca al ir al campo en invierno? —dijo Min—. ¿Respirar aire limpio y helado?

—Si he de hablar por mí mismo, diría que lo que se busca al ir al campo en invierno es sentarse junto a un buen fuego y beber whisky. —dijo Bruce.

—En ese caso, cuanto antes termines el paseo más contento estarás.

—¿Es que no queréis nuestra compañía ni siquiera unos minutos?

—No. Ya te he dicho que era una charla de chicas, y vosotros no sois chicas.

—¿Y Jake?

—¡Bruce! —dijo Rachel.

—A él no le importa. ¿Verdad que no te importa, Jake?

—A estas alturas de la historia, yo diría que hay cosas más importantes de las que preocuparse —dijo Jake.

—Muy bien, si queréis saberlo, hemos estado hablando de ese..., ¿cómo se llama? —dijo Sandra—. El chico con el que ya no cuenta.

—Se refiere a Matt —dijo Min.

—Ah, Matt —dijo Bruce—. Una pena, lo de Matt. Pero ya conoces la ley. «Lo que quiere Lola...»

—Espera, ¿qué ha pasado con Matt? —dijo Jake.

—Que tocó el tabú —dijo Rachel.

—Entró en detalles escabrosos —dijo Sandra.

—No te preocupes, Jake; tú estás a salvo —dijo Min—. Lo ha dicho Eva misma. Dijo, y la cito: «Lo que aprecio de Jake es que nunca insiste en entrar en detalles escabrosos».

—Jake es un dechado de discreción —dijo Bruce.

—O quizá sencillamente no tenga detalles escabrosos en los que entrar —dijo Jake.

—Oh, vamos... —dijo Min—. Todo el mundo los tiene.

—Debería haber un plazo de prescripción de los detalles escabrosos. Así, después de cierto número de años, tu historial quedaría limpio y volverías a ser virgen.

—¿Cuántos años? —preguntó Rachel.

—Ese es el punto a debatir.

—¿Veis a lo que me refiero? —dijo Min—. Para Jake, el talante evasivo es un aspecto de la discreción, que a su vez es un aspecto del gusto. El aspecto más crucial, recuerdo que me dijo en una ocasión Pablo. Cuando vendes gusto, me dijo, tienes que mostrar gusto, tanto en la vida como en el trabajo.

—Me pregunto si es eso lo que sucede en el caso de Eva —dijo Rachel—. Que el que la gente entre en detalles escabrosos, como los llama ella, lo considere una ofensa al buen gusto.

—No es tan complejo —dijo Bruce—. Dicho llanamente, mi mujer es una mojigata. Siempre lo ha sido.

—¿Eva? ¿Una mojigata? —dijo Min—. Disiento.

—Disiente lo que quieras, pero ¿has dicho alguna vez «¡Joder!» delante de ella? Te apuesto cien dólares a que acabas dándote cuenta de que no puedes hacerlo.

—Cuestión de buenos modales.

—Me das la razón, joder. Caso cerrado.

—Oh, por Dios...

—Si estuviera aquí Eva habrías dicho «Por el amor de Dios».

—Aaron no —dijo Rachel.

–Aaron tiene una dispensa especial.

Una vez concluido el examen de las piernas de las mujeres, los Bedlington se pusieron a explorar el terreno. Isabel estaba defecando. Caspar olisqueaba una ramita. Ralph se alejaba en dirección al bosque.

–Vamos, Jake, será mejor que nos vayamos –dijo Bruce–. No vaya a ser que a los perros se los coman las panteras.

–¿Panteras? –dijo Sandra–. ¿Hablas en serio?

Todos la miraron.

–¿Quieres decir que no has oído hablar de la legendaria pantera de Connecticut? –dijo Bruce.

–No, pero tampoco he pasado tanto tiempo en Connecticut...

–Una especie en peligro de extinción. Desde 2015 no se han censado más que siete ejemplares, y todos ellos dentro de un radio de ocho kilómetros de esta casa.

–Un momento... Estás bromeando, ¿no?

El resto de los presentes reía a carcajadas. Sandra se ruborizó.

–No tendrías que haberme hecho eso –dijo–. Sabes que no tengo sentido del humor y te has aprovechado de ello.

–¿Qué te hace estar tan segura de que estamos bromeando?

Sandra sacó el móvil del bolso y se puso a teclear.

–Es un equipo de fútbol –dijo al cabo de unos segundos–. Los Panteras de Connecticut son un equipo de fútbol. Santo cielo, por poco logras que me muera de miedo.

Para que Sandra se sintiera mejor, Jake dijo:

–Yo también me lo he creído durante unos segundos.

–Mierda, se está yendo hacia el bosque –dijo Bruce, corriendo para agarrar a Ralph, que estaba a punto de cruzar la linde de su terreno con el de Grady.

–¿Creéis que nos hemos librado? –preguntó Min cuando los hombres se hubieron ido–. Quiero decir si creéis que se han dado cuenta de que estábamos fumando yerba.

–Y si se han dado cuenta, ¿qué? –dijo Rachel. Sacó otro porro del bolsillo y lo encendió–. Seguramente estaban esperando que les ofreciéramos una calada.

–Si se enterara Eva...

–Tranquilas. Aunque se hayan dado cuenta no van a decírselo a Eva.

–No me acuerdo de qué estábamos hablando –dijo Sandra.

–De tríos, y de si Bruce y Eva los hacen –dijo Rachel.

–No estábamos hablando de eso –dijo Min.

–Llámame ingenua –dijo Rachel–, pero Bruce y Eva acostándose con otra gente..., no lo veo, la verdad.

–Yo no los veo acostándose el uno con el otro –dijo Sandra.

–El que no puedas imaginar algo no quiere decir que no suceda –dijo Min.

–Muy bien, entonces os voy a confiar algo –dijo Sandra–. Pero solo si me prometéis no reíros de mí.

–Lo prometemos –dijo Rachel.

–Yo no lo prometo –dijo Min.

–Entonces os lo voy a contar para demostraros que no soy tan ingenua como creéis. Bien, fue hace unas semanas; había ido al centro a encontrarme con Aaron. Como seguro que ya os he dicho, la jueza, de momento, le ha adjudicado mi apartamento a Rico, lo cual, a mi juicio, es absolutamente injusto...

–Sí, nos lo has contado.

–Así que siempre que voy a pasar la noche en el centro tengo que buscar un sitio para dormir, y, como no quiero causar molestias a ninguna de mis amigas, intento... ¿Cómo lo diría? Distribuirme por zonas...

–Lo has dicho muy bien, diría yo.

–No te preocupes, Min, te llegará el turno. En cualquier caso, en esta ocasión en particular, había planeado dormir en casa de mi amiga Susan, pero su hijo (está en segundo año en Vassar) es propenso a los ataques de pánico y, abreviando, le dio uno de campeonato en mitad de un examen de bioquímica (dificultad para respirar y todo lo demás), así que se marchó del aula y se fue directamente a la estación (ni siquiera se detuvo en su residencia de estudiantes), donde cogió el primer tren a Nueva York. No llamó a su madre. Cuando Susan llegó a casa del trabajo se lo encontró en la cama, hiperventilando. Así que me quedé sin cama donde dormir.

–Oh, querida... –dijo Min–. No me digas que tuviste que ir a un hotel.

–No, llamé a Eva y le pregunté si podía dormir en su cuarto de invitados.

–Espera un momento. ¿Llamaste a Eva de verdad? ¿La llamaste realmente para invitarte a pasar la noche en su casa?

–Sí, claro. ¿Por qué no?

–El tabú –dijo Rachel.

–Me pregunto por qué no me lo contaría –dijo Min–. Bueno, sigue, sigue...

–Bien, pues llamé y se puso Bruce, y cuando le expliqué el apuro en que me encontraba no pudo ser más cariñoso. Dijo que por supuesto que podía dormir en su casa, que podía ir cuando quisiera, incluso a cenar, solo que yo ya había hecho planes para cenar con mi hija. Bien, pues no sé si alguna de vosotras lo habréis visto, pero su (entre comillas) cuarto de invitados es en realidad el cuarto del servicio. Está enfrente de la cocina y tiene el tamaño de un armario grande, y un aseo diminuto. El caso es que en cuanto me metí en la cama me dio un ataque terrible de claustrofobia: no podía dormir, y no tenía ningún Zolpidem. Así que decidí ir a la cocina a escribir un poco (aquella tarde Aaron había encendido en mí esa llama), pero ni tenía bolígrafo ni pude encontrar uno en ninguno de los cajones. Miré también en la sala, y luego en el dormitorio que utilizan como estudio. Andaba de puntillas para no despertarles, y cuando estaba pasando por delante de su dormitorio los oí... No exactamente hablando. Era más bien una especie de extraño parloteo de infantes. No voy a tratar de imitarlo.

–Oh, sí, venga... –dijo Rachel.

–Bueno, supongo que era algo así como..., Tened en cuenta que no es más que una imitación torpe: «Gugui ugui..., ¿quién es un gatito?». Y: «¿Qué está tramando lord Ralph? ¿Qué está tramando mi pequeña lady Isabel? Isabel es una buena chica, ¿no es cierto?».

–Un momento. ¿Lady Isabel?

–Ese era Bruce. El que decía «lady Isabel».

–Es demasiada información –dijo Rachel.

–Y entonces la puerta se abrió un poco más y salió uno de los perros.

–Oh, Dios, no me digas...

–Exacto. Estaban hablando con los perros. Los perros estaban en la cama con ellos.

–Dos son compañía, tres son multitud –dijo Min.

A Rachel le dio un acceso de risa inducida por la yerba. Reía con tal fuerza que le faltaba el aliento.

–¿Estás bien? –dijo Min–. Rachel, ¿te está dando un ataque de asma? ¿Te estás muriendo?

–Es solo..., todo encaja a la perfección –dijo Rachel–. Perdonad. –Se puso en pie, muy erguida, forzándose a recuperar la dignidad–. En realidad, cuando piensas en ello, se te parte el corazón. Esos perros son sus hijos.

–Si lo queréis saber, sí, lo hacen –dijo Min, apagando lo que quedaba del porro.

–¿Hacen qué? –dijo Sandra.

–Se acuestan. Bastante a menudo, de hecho. Y es todo lo que voy a decir al respecto.

–Entonces ¿por qué no tienen hijos?

–Por elección personal –dijo Rachel–. Yo siempre lo he dado por hecho.

–Yo no he dicho eso –dijo Min.

–¿Es esterilidad, entonces?

–Tampoco he dicho eso.

–Sí lo has dicho, en realidad. Lo has hecho al decir que no habías dicho que era por elección personal.

–¿Cómo? ¿Puedes repetir eso?

–He dicho que no habías dicho... Bueno, déjame empezar de nuevo. Lo has dicho al decir que no habías dicho que era por elección personal.

Min se frotaba los brazos, como si acabara de darse cuenta del frío que hacía.

–Muy bien, os lo diré, pero solo si me prometéis no decírselo a nadie más. O sea, que esto nunca debe llegar a oídos de Eva. ¿De acuerdo?

»Pues bien, no es que ninguno de los dos sea infértil, y tampoco es por elección personal. No exactamente. Es que ella tiene..., bueno, la vagina pequeña, y Bruce un pene más grande de lo normal. Así que el coito no funciona entre ellos.

–Un momento. ¿Qué quieres decir con «la vagina pequeña»?

–Según ella, desde el principio de su relación de casados se dio cuenta de que el coito le resultaba doloroso. Se preocupó tanto que consultó con un montón de médicos (todos varones) y todos le dijeron que el problema era psicológico, que lo que tenía que hacer era aprender a, entre comillas, relajarse. Pero no lograba relajarse, porque siempre le daba miedo que le doliera. Como era de esperar, Bruce no la apretó...

Rachel no pudo reprimir unas risitas.

–Perdón, una mala elección de palabras. Quería decir que Bruce no la presionó en absoluto.

–Eso no fue lo único que no presionó.

–Calla. Así que eso fue todo, hasta que hará como unos diez años, cuando yo trabajaba en *Self*, hicimos una entrevista a una ginecóloga (una mujer, por tanto) que había hecho un estudio sobre el tamaño de la vagina, y lo que había descubierto es que hay una gama de tamaños normales (hablamos tanto del tamaño de los labios como de la anchura y profundidad de la bóveda...).

–¿La bóveda?

–Así la llaman en *Ley y orden* –dijo Sandra.

–Qué raro –dijo Rachel–. Como la cámara acorazada de un banco.

–¿Has terminado? El caso es que existe una gama de tamaños normales de vagina, gama en la que entraría la mayoría de las mujeres; no todas, ya que algunas mujeres tienen la vagina excesivamente pequeña y otras excesivamente grande. Así que, como es lógico, se lo conté todo a Eva, y ella concertó una cita con la ginecóloga en cuestión, que le midió la vagina y resultó que Eva había tenido razón desde el principio. Tenía una de las vaginas más pequeñas que la ginecóloga había visto en su vida profesional, y por eso el coito le resultaba tan doloroso.

–Pero espera un momento, ¿no acabas de decir que se acuestan?

–La penetración no es la única forma de sexo posible.

–¿Qué es lo que hacen, entonces?

–Digamos solo que en el sexo, como en todo, Bruce es el perfecto caballero.

–¿Quieres decir que él la ayuda a quitarse el abrigo y ella se corre? –dijo Rachel–. ¿Que le retira la silla para que se siente y ella se corre?

–Usa la imaginación.

–Cuando Godfrey le abrió la puerta a Lucinda, una ola de placer recorrió las entrañas de Lucinda.

–¿Y hay reciprocidad?

–Cuando Lucinda se dispuso a encenderle el cigarro a Godfrey, una ola de placer recorrió las entrañas de Godfrey.

–Es todo lo que voy a decir –dijo Min–. A partir de ahora mis labios están sellados.

–Como los «labios» de ella –dijo Rachel–. No, ahora absolutamente en serio, ¿por qué soporta todo esto Bruce? ¿Lo soporta realmente? Es decir, la mayoría de los hombres...

–No deberías generalizar.

–Está bien, entonces me ceñiré a lo que sé. Aaron y yo, si no pudiéramos follar sería motivo de ruptura.

–¿Por mucho que te quiera? –dijo Sandra.

–Esa no es la cuestión. Quiero decir que es irrelevante, porque nunca se ha dado este problema entre nosotros, a Dios gracias.

De pronto tenía los ojos llenos de lágrimas.

–¿Estás bien? –dijo Min.

–No sé... Seguramente es el porro. Desearía que no me hubieras hecho esa pregunta, Sandra.

–Créeme, no estaba pensando en ti cuando lo he preguntado. Estaba pensando en Rico.

–Oh, Rico... Dios, pero ¿y si estoy equivocada? Y si por alguna razón yo no pudiera..., no pudiéramos..., ¿me dejaría?

–Por supuesto que no. Te quiere.

–Pero ¿qué puede significar eso, decir que amas a alguien? Incluso a la gente que se quiere pueden pasarle cosas... Cosas que hagan imposible que sigan casados.

–Oh, pero Rachel, cariño, a vosotros no va a pasaros nada. De verdad. Solo porque me haya pasado a mí... –Sandra trató de rodear con el brazo el hombro de Rachel, pero esta se zafó de él–. Y, como acabas de decir, en tu caso no existe tal problema; entonces, ¿para qué preocuparte?

Ahora Rachel lloraba a moco tendido.

–No te preocupes, siempre hace lo mismo cuando está muy colocada –dijo Min–. Se le pasará en unos segundos.

–No tendría que haber dicho lo que he dicho.

–¿Te acuestas con Aaron?

–¿Qué?

–¿Te acuestas con mi marido? O sea, cuando tenéis esas supuestas citas para que Aaron examine tu supuesto trabajo...

–¿Qué? No, claro que no. Santo Dios. Ni se me ha pasado jamás por la cabeza... Mi relación con Aaron es totalmente profesional. Le pago cuatrocientos dólares la hora, por el amor de Dios...

–¿Cuánto?

–Además tenemos esas citas en vuestro apartamento. A veces cuando están los niños en casa.

–Pero yo no. Yo estoy bregando duro en mi puto trabajo, mientras él está en casa y tú le pagas cuatrocientos dólares la hora, cosa que jamás me ha dicho y que es muchísimo más de lo que yo gano.

–No me puedo creer que te cobre cuatrocientos dólares la hora –dijo Min.

–Es lo que se cobra –dijo Sandra.

–Quizá debería entrar yo en esa mafia.

–¿Quieres dejarlo ya? No es una mafia, y no me estoy acostando con él.

Ahora era Min quien se estaba riendo.

–Oh, ya veo..., no era más que otra broma –dijo Sandra–. ¿Por qué todo el mundo me toma el pelo? Me ha pasado toda la vida.

–Es difícil resistirse.

–¿Y no es esa una razón para resistirse? ¿Como una mínima muestra de respeto y afecto? ¿O es que no te gusto? ¿Por qué no? ¿Me ves como una amenaza? ¿Tienes miedo de que vaya a invadir tu territorio, de que trate de ocupar tu lugar al lado de Eva?

–Nadie puede ocupar mi lugar al lado de Eva.

–¿Quién lo dice? ¿Qué te hace pensar que eres tan especial? Actúas como si fueras la única que la entiendes, la única en la que puede confiar. Pero ahora caigo en la cuenta de que no te ha contado que me invitó a quedarme en su casa aquella vez.

–Dijiste que quien te invitó fue Bruce.

–¿Hay alguna diferencia? Según tú, Bruce nunca hace nada sin el permiso de Eva.

–Oh, vete a la mierda, ¿vale?

–Bueno, ¿y qué hacéis Aaron y tú en vuestras, entre comillas, citas? –dijo Rachel, cuya atención no había ido más allá de ese punto de la conversación.

–Pues él me propone un tema, y yo escribo sobre él, y luego se lo leo en voz alta. Y él solo me manda parar cuando leo una frase que no le gusta.

–Pero eso no es ni siquiera original –dijo Min–. Es lo que enseñaba en sus clases ese tipo, no me acuerdo del nombre. Ya sabes, el Capitán Ficción o algo parecido.

–Aaron es un profesor duro de roer. Tuvieron que pasar cuatro semanas para que me permitiera seguir después de la primera frase. Me puse a llorar: estaba tan contenta.

–Cuatro citas al mes, a cuatrocientos dólares la cita, suman mil seiscientos dólares.

–¿Cuál fue esa frase? –preguntó Min.

–No me avergüenza decírtela. Trabajé mucho en ella, y me la sé de memoria. –Sandra se aclaró la garganta–. «Durante la mayor parte de su vida se había dedicado a asegurarse de que nunca la dejarían, y una mañana despertó y se dio cuenta de que estaba viviendo una vida que jamás podría dejar.»

–Pues es bastante buena –dijo Rachel.

–Gracias –dijo Sandra.

–Pero hay algo que no capto –dijo Min–. ¿Dejaste tú a Rico?

–Estás dando por hecho que el personaje soy yo. Y no es así.

–¿Quién es, entonces?

–¿Quién piensas tú que es?

Las tres se quedaron en silencio unos segundos. Y al cabo Min dijo:

–No es Eva, ¿no?

–¿Por qué tendría que ser ella? –dijo Rachel–. No es la única mujer que hay en el mundo, si no me equivoco.

–Bueno, supongo que es la idea de dedicar tu vida a asegurarte de que no te dejen nunca –dijo Min–. Solo que eso implicaría que ha llegado a sentirse atrapada, que no creo que sea el caso.

–Entonces, ¿por qué se está comprando un apartamento en Venecia?

–Un momento... ¿Estás insinuando que quiere comprarse el apartamento para alejarse de Bruce? Si eso es lo que insinúas, estás completamente equivocada. Lo de ese apartamento no tiene nada que ver con Bruce.

–¿Estás segura?

–Por supuesto que estoy segura. Por el amor del Dios, acabamos de estar hablando de ello.

–Pero no es que Bruce pueda irse a Venecia sin más cada vez que le apetezca –dijo Rachel–. Está su trabajo, están los perros. Da igual cómo lo mires: si Eva se compra ese apartamento, pasará mucho tiempo separada de él.

–¿Y qué? Hay muchas parejas que viven lejos uno del otro y son perfectamente felices.

–¿Eva y Bruce? ¿Pareja a distancia? ¿Cuando han pasado juntos prácticamente todas las noches desde que se conocieron?

–Perdonad que interrumpa –dijo Sandra–, pero ¿por qué estáis tan seguras de que la protagonista es Eva?

–¿Quién iba a serlo, si no?

–Bueno, podría ser un hombre. Podría haberle cambiado el género para disfrazar su identidad. Podría ser Bruce. Por supuesto, soy la última persona a quien preguntar. Solo soy la autora.

Se oyó ladrar a los perros. Min miró el porro –ahora solo una colilla– y se lo pasó a Rachel, que lo tiró al suelo.

–No creo que pueda ser Bruce –dijo–. Es el único que gana dinero en esa casa. Y, por supuesto, la ama con pasión.

–¿No se os ha ocurrido a ninguna de las dos que tal vez no sea ella la que se siente atrapada? ¿Que podría ser él?

–Eso es ridículo –dijo Min–. Hablas como si los conocieras, pero los conoces muy poco. La que los conoce soy yo.

–Puede que los conozcas demasiado bien. Tan bien que no puedas verlos ya con claridad.

De pronto Rachel se echó a reír de nuevo.

–Dios, ¿no os dais cuenta? –dijo–. Llevamos aquí fuera..., ¿cuánto? ¿Una hora? ¿Y de qué estamos hablando? De Eva. Todavía. ¡Y pensar en todas las cosas de las que podríamos estar hablando!

–No soy yo la que la saco a relucir una vez tras otra –dijo Min.

–Quédate quieta, tienes algo en la cara –dijo Sandra.

–¿Qué? Oh, Dios...

–No te muevas, te lo quito yo –dijo Sandra, alargando los dedos hacia la mejilla de Min y pellizcándola tan fuerte que le hizo soltar un grito–. No, no es nada. Una pizca de ceniza.

–¿Estás segura?

–Seguramente ha llegado desde la finca de Grady. Su jardinero siempre está quemando hojas.

–Está refrescando –dijo Rachel–. ¿Cuánto tiempo llevamos aquí fuera? Es como si fueran horas.

–Creo que una media hora –dijo Min–. El tiempo siempre parece que pasa más lento cuando estás colocada.

–O puede que sea la forma en que el tiempo se mueve realmente –dijo Sandra–. Y cuando no estás colocada, lo sientes acelerado.

294

–Espera, ¿qué dices? –dijo Min–. ¿Que el tiempo mismo cambia, o que lo que cambia es nuestra percepción de él?

–¿Hay alguna diferencia?

–Por supuesto que hay diferencia. Es como..., ya sabes, cuando hay una cuenta atrás para algo y estás mirando el reloj y tres minutos son una eternidad. Pero cuando no estás prestando atención tres minutos son como tres segundos. Aunque en realidad no importa cómo los sientas pasar, porque tres minutos son siempre tres minutos.

–¿Lo son?

–Por supuesto. Porque si no lo fueran, si el tiempo estuviera siempre contrayéndose y expandiéndose, la órbita de la Tierra estaría siempre cambiando. Un día el sol se pondría a las cuatro y al día siguiente se pondría a las diez.

–Déjalo ya, Sandra.

–¿Que deje qué? Solo estoy haciendo preguntas.

–No, no es cierto. Estás intentando confundirnos.

–Sea la hora que sea, creo que deberíamos ir entrando en la casa –dijo Rachel.

–Tienes razón –dijo Min–. Porque si no pensarán que nos han comido las panteras.

20

—La misión es tuya, en caso de que decidas aceptarla —dijo Bruce. Jake y él estaban paseando por la linde del bosque, dejando que los Bedlington fueran guiándoles—. Supongo que te estarás preguntando por qué te llamé para invitarte a venir hoy.

Jake se agachó para quitar un abrojo de la pata de Ralph.

—Estos perros son como aspiradoras ambulantes —dijo.

—No estás respondiendo a mi pregunta.

—¿Cómo voy a hacerlo si todavía no me has preguntado?

—No es una pregunta que yo quiera hacerte. Es una pregunta que me han pedido que te haga.

—Creo que sé cuál es. Lo que no entiendo bien es por qué ella insiste tanto en que sea yo. Si el apartamento fuera mío, contrataría a un italiano, alguien como Roberto Peregalli.

—Sabes tan bien como yo que Eva jamás le haría ese encargo a nadie más que a ti. Tiene miedo a todo aquello a lo que no está acostumbrada. Por eso ha hecho siempre todo lo posible para acotar su vida (y la mía). Y no habría que echarle toda la culpa a ella. A mí también me ha venido bien.

Jake cogió una ramita y la lanzó, pero los perros estaban demasiado cautivados por algún olor esquivo —las heces de un roedor o un mapache, imaginó— para prestar atención.

Hacía frío, y empezaba a hacer más frío.

–¿Así que he de colegir que no se nos permitirá volver al interior de la casa hasta que te haya dado una respuesta? –dijo Jake.

–Yo no lo expresaría así exactamente –dijo Bruce–. En cualquier caso, déjame que te haga otra pregunta (o quizá la misma formulada de manera distinta). ¿Qué te está impidiendo decir sí?

–Lo mismo que me impide decir no. El miedo.

–¿A qué? ¿A Eva? ¿A Venecia?

–Más que a nada a Venecia.

–Viviste allí un tiempo, ¿no?

–Hace años, cuando era un veinteañero. Y, claro, tengo ciertos sentimientos relacionados con esa ciudad.

–Parece que todo el mundo tiene sentimientos relacionados con esa ciudad menos yo. Aunque la verdad es que nosotros no hemos estado en ella más que dos veces. Y aparte de los canales y de que no hay coches, no me pareció muy diferente de cualquier otra ciudad europea: restaurantes caros, tiendas de souvenirs de tres al cuarto, museos mal iluminados.

–En mi caso no es Venecia en sí misma, sino ciertas cosas que me sucedieron allí. Cosas malas. Por supuesto, no es que tuvieran que sucederme allí. Coincidió que fue allí donde me sucedieron.

–¿Y desde entonces no has vuelto?

Jake sacudió la cabeza.

–Siento que pueda parecerte demasiado evasivo. No tengo por costumbre decir cómo me siento acerca de las cosas. Me dicen que Eva aprecia eso de mí. Y ahora soy yo quien tiene una pregunta que hacerte.

–Dispara.

–Quieres que te diga que sí, que seguro, que voy a decorar el apartamento. Bien, pues te pregunto: ¿es seguro que vais a comprarlo?

–Es la pregunta clave de todo lo demás. En este momento, todo parece indicar que la respuesta es sí. Pero si me lo hubieras preguntado unos días antes, esta misma semana, todo habría parecido indicar que no. Por ejemplo, supongo que ya has oído lo del jardín.

–Lo ha mencionado Min.

–No haces jardines, ¿no?

–No, soy estrictamente decorador de interiores.

–Una pena. De todas formas, ese jardín..., durante un lapso breve, pareció que iba a ser causa de ruptura de toda la operación. Y no por el jardín en sí, o por su precio, sino por la forma en que Eva me dio cuenta de ello. O más bien porque no me dijo nada al respecto. En lugar de contármelo a mí se lo contó a Min, y Min lo soltó.

–Nada de extraño en eso.

–Solo que esta vez estuvimos al borde del abismo. Al menos así lo sentí yo. Como una revelación. Ahora pienso, lo pienso de verdad, que si no llego a retenernos a ambos, ella nos habría hecho caer precipicio abajo. Nos habría hecho estrellarnos.

–¿Qué quieres que le diga? O sea, ¿qué respuesta te haría la vida más fácil?

–Una de las respuestas me haría la vida más fácil en un sentido; la otra me la facilitaría en otro sentido.

Casi sin darse cuenta, habían dado la vuelta a la casa y estaban ya delante de la puerta.

–Nos han traído los perros... –dijo Bruce–. Algo que aprecio de los perros es que tienen sus propias prioridades. Ahora mismo, por ejemplo, tienen hambre.

–Y nosotros frío –dijo Jake.

–Pues dejemos que nos guíe el apetito.

21

–Y entonces él dijo: «A mi modo de ver, la única justificación moral para comer carne es que al animal lo hayas matado tú mismo». A lo que Denise respondió: «Cariño, encuéntrame la piel de leopardo perfecta y me comeré el leopardo».

Calvin esperó a que Eva se riera. Estaba de pie ante la gigantesca cocina de seis fuegos de la anfitriona, añadiendo y removiendo harina en la salsa blanca para los macarrones con queso y langosta que estaba preparando para la cena. La cocina de Connecticut era unas cinco veces más grande que la de Park Avenue, con sitio para una mesa de comedor toscana, un aparador estilo americano temprano y un sofá con una funda de algodón azul de cuadros, en el que estaba arrellanada Eva, hojeando el número de marzo de *Enfilade*.

–Por supuesto, no puedo dar fe de la veracidad de esa historia –continuó Calvin–. Fue uno de los camareros del catering el que me la contó. Yo entonces trabajaba en la cocina.

–No sabía que conocieras a Clydie y a Denise –dijo Eva.

–Ni yo que las conocieras tú.

–Bueno, yo no... Quiero decir que a Denise no la conocía, y a Clydie solo la conozco porque su casa de campo está siguiendo la carretera, a unos kilómetros. Min la conoce mejor.

–Debe de ser muy vieja. Al menos tan vieja como Denise cuando dijo aquella famosa frase de la piel de leopardo.

–¿No encuentras rara la casa hoy? –dijo Eva, mirando las puertas acristaladas y reparando en que Beatie no había limpiado las marcas que las trufas de los perros habían dejado en los cristales.

–Solo porque está vacía –dijo Calvin–. Todo el mundo está fuera, menos Aaron, que se ha quedado dormido frente al fuego. Escucha cómo ronca.

–Esos ronquidos... Me pregunto cómo puede soportarlos Rachel.

–Dieter era un roncador increíblemente sonoro. Cuando me dejó, me dije a mí mismo que no tener que oír más sus ronquidos era sin duda el lado esperanzador de haber sido abandonado, pero luego caí en la cuenta de que echaba de menos sus ronquidos. No podía dormir sin ellos. Al final tuve que comprar un aparato de ruido blanco.

–Nunca se me había ocurrido que los ronquidos fueran «ruido blanco». Son más bien ruido gris. O ruido de color niebla espesa.

Calvin consideró la posibilidad de preguntarle a Eva por qué no había dicho sencillamente «ruido negro»; luego, pensándolo mejor, batió jerez en la salsa blanca mientras Eva apretaba la nariz contra el cristal de su vaso. ¿Adónde se habían ido todos?, se preguntó. ¿Qué estaban haciendo? Por regla general, no imponía restricciones a sus invitados de fin de semana, salvo la de presentarse a las comidas. Pero el hecho de que tantos de ellos estuvieran fuera a la vez, en una tarde tan fría... Era como si la estuvieran dejando deliberadamente al margen de algo.

–Oscurece tan pronto en estas fechas –dijo–. Qué curioso: si estuviéramos en julio estaríamos ahí fuera, junto a la piscina.

–Si he de hablar por mí, no soporto el sol –dijo Calvin–. Si de mí dependiera, no saldría del apartamento desde el Día de los Caídos hasta el Día del Trabajo. Mi aire acondicionado es un Maserati. Por supuesto, desde que Dieter se fue de casa, todo se me ha hecho más duro. Me siento solo. Como demasiado.

A Eva esto no le sorprendió en absoluto. Hasta cuando era más joven, y un elemento habitual en su cocina, Calvin había sido más bien gordo. Ahora, a los cuarenta años, debía de pesar unos 110 kilos. Aunque Eva no había incurrido nunca en la descortesía de decirlo, tal aumento de peso había sido la razón principal de que, si bien de forma mucho más gradual y amable que en el caso de Matt, lo hubiera ido apartando del papel central que había desempeñado en su vida. La obesidad le repelía, y no solo la obesidad mórbida. Incluso de la visión de la panza creciente de Bruce cuando se quitaba la camisa; incluso de su propio cuerpo desnudo cuando captaba una imagen fugaz en el espejo del cuarto de baño, tenía que apartar la mirada. Y eso por no hablar del «inflamiento» reciente de Min.

Avergonzada de la falta de benevolencia de sus pensamientos, se levantó, se acercó a grandes pasos a Calvin y le puso las manos en los hombros.

—Queridísimo Cal, eres tan bueno haciendo esto, y eso que te avisé con tan poca antelación...

—Fue una pura serendipia. Cinco minutos exactos antes de que me llamaras tuve una cancelación (del quincuagésimo aniversario de una boda).

—¿Qué pasó?

—La mujer tuvo un derrame cerebral.

—Y pensar que has llegado tan lejos desde que te conocí, pensar que estás tan solicitado...

—Bueno, siempre hay pros y contras. Por ejemplo, no tengo tantos encargos privados como antes. Ahora la mayoría son actos empresariales: ágapes benéficos, banquetes de jubilación.

—Me alegra que seas tú esta noche. Con Clydie tienes que andar siempre con tanto cuidado... Seguro que habría sido demasiado para alguien con menos experiencia.

—¿Te refieres a Matt?

—¿Conoces a Matt? ¿De qué?

—¿Cómo conoce alguien a alguien? Nueva York es un pueblo.

Eva dejó escapar un suspiro teatral, volvió al sofá y se pegó las piernas al pecho.

—Oh, Cal, soy tan cobarde. Por supuesto que debería haberle dicho algo; haber roto con él de una manera limpia, pero ya ves, no pude, porque... Oh, pero mejor no entro en ello. Digamos que hay cosas que puedo tolerar y cosas que no, y una de las cosas que no puedo tolerar es la falta de tacto.

—¿O sea que no fue por cómo cocina?

—Bueno, también por eso. Una vez se le olvidó poner levadura en la masa para los *scones*. Ah, y otra vez hizo una sopa de acedera incomestible.

—La sopa de acedera es siempre incomestible. Es una de esas cosas que todo el mundo finge que le gusta y no le gusta a nadie.

De pronto se abrió la puerta del comedor con un chirrido de bisagras, y Aaron entró dando un traspié.

—¿Qué hora es? —preguntó, bostezando.

—Esa puerta... —dijo Eva.

—Las tres y veinte —dijo Calvin.

—Vaya. Me quedé dormido sin darme cuenta. Oh, quería preguntar por qué están todas las cortinas recogidas con alfileres...

—Para que los perros las dejen en paz. Cada vez que oyen ladrar a algún perro corren a la ventana y se ponen a morder las cortinas. Al final decidimos que era más fácil recogerlas hasta cierta altura con alfileres que tener que coser los desgarrones.

–¿También es por los perros por lo que tenéis esa sábana extendida sobre la alfombra en el pasillo de arriba? –preguntó Calvin.

–¿Cómo? Le dije a Beatie que la quitara antes del fin de semana. En cualquier caso, sí, ya ves, Ralph tiene la manía (no hay manera «fina» de decirlo) de ir arrastrando el culo por la alfombra, y quitar esas manchas es una verdadera pesadilla.

–Con todos los cuidados que tienes que dedicarles, lo primero que se te ocurre es preguntarte por qué tienes perros –dijo Aaron.

–Hay cosas más importantes que la decoración –dijo Eva.

–Supongo que eso lo entiendo. O sea, no es que Mumbles no hiciera estragos en su día. Sobre todo antes de que lo castráramos. El colmo fue ya cuando le dio por rociar la cama. Tuvimos que tirar el colchón.

–Cal estaba diciendo que a nadie le gusta la sopa de acedera –dijo Eva, en tono de querer cambiar de tema de conversación–. Que la gente solo finge que le gusta la sopa de acedera. ¿Qué opinas tú de la sopa de acedera, Aaron?

–Como jamás la he probado, no tengo opinión al respecto, aunque sí diré que la gente que se tiene por liberal suele fingir que le gustan cosas que no le gustan porque piensa que tendrían que gustarles.

–La primera vez que llevé a Dieter a Memphis fuimos a un asador de costillas –dijo Calvin–. Él no estaba seguro de si pedir costillas de ternera o de cerdo, así que preguntó a la camarera cuáles le recomendaba. «Déjeme que se lo plantee de este modo», dijo ella. «Las costillas de ternera son buenas para usted, pero las costillas de cerdo *están* muy buenas.»

Aaron soltó una carcajada parecida al petardeo de un coche.

–¡Oh, es genial! ¿Puedo robarte la frase? Lo resume a la perfección.

–¿Qué?

–Bueno, la diferencia fundamental entre *plaisir* y *jouissance*, lo fraudulentamente beneficioso y lo auténticamente perturbador, Barbara Kingsolver y..., no sé, Beckett, o Proust.

–¿Qué tiene de malo Barbara Kingsolver? –preguntó Eva.

–Es la encarnación de la piedad liberal en su versión más mediocre y tendenciosa. Sus novelas son las costillas de ternera de la narrativa.

–Para que quede claro, no tengo nada en contra de las costillas de ternera –dijo Calvin–. De hecho, me encantan.

–Muy bien. Entonces son la sopa de acedera de la narrativa.

–No creo que eso sea justo –dijo Eva.

–¿Para Barbara Kingsolver o para la sopa de acedera?

–Para las dos.

–Venga ya, Eva, dinos la verdad. ¿Has leído alguna vez algo de Barbara Kingsolver?

–¿Y tú?

–Algo he leído. Parafraseando a Wilde, no tienes que beberte todo el barril para saber la cosecha.

–Entonces no estás en mejor situación que la mía para desdeñarla.

–Ok, perfecto, elige a alguien diferente. Hay mucha gente que encaja en el perfil. El caso es que no basta con sentir un cálido y vago impulso de hacer de este mundo un lugar mejor. Eso no te convierte en un artista. Lo que se está perdiendo es la apreciación del virtuosismo, del don. En las artes visuales o en las artes escénicas no se ve tanto, porque ahí hay que aprender cómo se hace algo para poder hacerlo. Mientras que en la escritura existe la idea de que cualquiera puede ser escritor, de que si puedes escribir un tuit puedes escribir una novela.

–¿Quieres decir, entonces, que todas las novelas que aspiran a hacer el bien son por definición malas?

–Supongo que es eso lo que quiero decir, sí. A mi juicio, ambas ambiciones son antitéticas.

Eva se echó a reír.

–No puedo creer que esté oyendo esto. Henos aquí, en un momento de crisis nacional, de crisis mundial, con la democracia a punto de salirse de sus goznes..., ¿y tú poniendo verde a una escritora por tener conciencia? No, no me interrumpas. Voy a decir lo que pienso. Estoy harta de que vosotros los literatos no hagáis más que decir que los escritores que se preocupan por la justicia social son unos aburridos e ingenuos idealistas, y que los únicos que en realidad cuentan son los que escriben libros enteros sin emplear la letra *e,* o en los que la abuela del personaje protagonista es una zombi, o en los que alguien sube y sube en un ascensor unas mil páginas. Has mencionado a Proust. Bien, ¿y qué me dices de Zola? Hoy todo el mundo pone a parir a Zola, cuando publicó *Yo acuso,* por el amor del Dios... En pleno caso Dreyfus, arriesgó su vida, fue juzgado y tuvo que exiliarse.

–Perdona, pero Zola no era Proust. Y Kingsolver no es Zola.

–No olvidemos que ha dotado ese premio.

–Sí, el de (entre comillas) narrativa socialmente comprometida.

–¿Qué tiene de malo?

–¿Puedes citarme un solo libro que lo haya ganado? Y, mientras, ella vive en una granja criando ovejas de Islandia.

–Pareces saber mucho de ella, a pesar de lo mucho que dices despreciarla.

–Y tú no sabes nada de ella, y sin embargo no haces más que defenderla.

–Me pregunto el porqué de las ovejas de Islandia –dijo Calvin.

–¿Estáis hablando de ovejas? –preguntó Bruce, que en ese momento entraba por las puertas acristaladas con Jake y los perros (que se pusieron a ladrar de inmediato).

–Ovejas –repitió Bruce.

Los ladridos se hicieron más fuertes.

–Vaya, ¿conocen la palabra «oveja»? –dijo Calvin.

–Es una de sus sesenta palabras. Las han aprendido de venir aquí en el coche. Pasamos por una granja ovina.

–¿Qué otras palabras saben?

–Oh, veamos... Mejor las deletreo, porque si las oyen montarán un alboroto. C-O-M-I...

–¿Por qué llevas ese sombrero ridículo? –dijo Eva.

–D-A... ¿Este? Me lo he encontrado en el campo cuando íbamos con los perros, y... me lo he puesto. ¿Qué opinas? ¿Me queda bien?

–Estás muy tú –dijo Aaron.

–Podrías haberme dicho que salías con los perros.

–Lo he hecho. P-A...

–No, no me lo has dicho. Una vez más.

–S-E-O.

–El sonido se transmite de manera extraña en las casas viejas –dijo Calvin–. Alguien dice algo en la habitación de al lado y no lo oyes. Y sin embargo oyes perfectamente lo que alguien está diciendo en la tercera planta.

–Bueno, ahora que ya habéis vuelto a lo mejor podéis decirme qué ha pasado con las chicas.

–Oh, están ahí fuera, en el bosquecillo de arces –dijo Jake.

–¡Bosquecillo de arces! ¿Qué están haciendo allí?

–«Doble, doble, trabajo y problemas» –dijo Bruce, soltando una risotada y poniendo las manos sobre los hombros de su mujer. Luego, al ver que esta no reía, añadió–: No, en serio, están ahí fuera, de pie en un corrillo, cotilleando.

–Pero eso podrían haberlo hecho en casa. ¿Por qué se han ido fuera?

–Min ha dicho algo sobre respirar aire limpio y frío –dijo Jake.

–Debe de ser una entusiasta del aire fresco –dijo Bruce–.

¿Te acuerdas, cariño, cuando tuviste que rellenar aquel formulario de compañera de cuarto en Smith?

–Lástima que a ti y a mí no nos hicieran rellenar ese formulario antes de que nos casáramos –dijo Eva.

–Mi mujer se refiere a uno de los pocos puntos de discordia conyugal –dijo Bruce–. Mientras que yo aguanto el ruido para poder disfrutar de la brisa, ella aguanta la mala ventilación para poder disfrutar del silencio.

–¿Es tan raro que los cláxones y el traqueteo de los camiones no me dejen dormir?

–Pero pasaba lo mismo en nuestro último apartamento: el dormitorio daba a la parte trasera; lo mismo que aquí.

–Solo la gente que no ha vivido en el campo piensa que es silencioso. En el campo se oyen todo tipo de ruidos. Animales, aves, insectos.

–Deberías comprarte un aparato de ruido blanco –dijo Calvin.

–Siempre he querido preguntarte quién fue tu compañera de cuarto en Smith –dijo Jake.

–¿Cómo? ¿Que Eva nunca te ha hablado de Melody Joy Greenblatt? –dijo Bruce–. Y sí, así se llamaba.

–Ella no tiene la culpa.

–Estoy de acuerdo. La culpa es de sus padres. Cuando a una hija tuya le pones el nombre de Melody Joy, no haces más que buscar problemas.

–Sobre todo si te apellidas Greenblatt –dijo Aaron.

–Nunca he entendido qué tenías contra ella –dijo Eva–. Era muy inteligente.

–Inteligente sí. Valiente no. Lo que tenéis que entender vosotros –dijo Bruce, volviéndose hacia Jake y Aaron– es que en aquel tiempo el campus de Smith era como Fort Knox. Me jugué el pellejo montones de veces para meterme en el cuarto de Eva. Y, cuando ya había logrado entrar, Melody Joy no cooperaba ni poco ni mucho.

–También era su cuarto.

–Aun así, podría haberse ido abajo y haber esperado como una hora... Nunca accedió a hacerlo, ni siquiera cuando la intenté sobornar con chocolate.

–Te equivocaste de táctica. Tendrías que haberla engatusado diciéndole cosas. Estaba loquita por ti.

–¿Estás de broma? Era por ti por quien estaba loquita.

–No seas tonto.

–Como sin duda habréis comprobado, mi mujer es congénitamente incapaz de tener en cuenta la concupiscencia ajena. Sobre todo cuando el objeto de deseo es ella.

–Yo no llamaría concupiscente a Melody Joy. Era demasiado cerebral para ser concupiscente.

–¿Tienes alguna idea de qué fue de ella?

–Ojalá la tuviera. Año tras año, miro las notas de clase en la revista de nuestra promoción, pero nunca está. Y tampoco va a los encuentros de antiguos alumnos.

–Puede que se cambiara el nombre –dijo Bruce–. ¿No solía hablar de cambiarse el nombre?

–Bromeaba sobre ello. Fue después de que leyéramos ese relato de Flannery O'Connor en el que la chica de la pierna de palo se cambia el nombre de Joy por el de Hulga.

–¿Iba a cambiarse el nombre para ponerse Hulga? –dijo Calvin.

–Por supuesto que no. Era una broma.

–Aun así, apuesto a que se dio el caso en aquellos años –dijo Bruce–. El de que muchas chicas se cambiaron el nombre por el de Hulga.

–Mira, acabo de encontrarla –dijo Aaron, levantando el móvil–. Doctora Melody Joy Greenblatt, catedrática de Historia del Arte en la Universidad del Estado de Michigan. Especializada en Arte Conceptual. Oh, y aquí hay una coincidencia. Estará en Venecia este verano..., algo que ver con la Bienal. Mundo piccolo.

—*Mondo* piccolo. Es obvio que nunca has estudiado italiano.

—Ni español —dijo Calvin.

La puerta volvió a abrirse y Sandra asomó la cabeza.

—Espero no interrumpir —dijo.

—Esa puerta —dijo Eva—. Llevo semanas pidiéndole a Beatie que ponga un poco de WD-40 en las bisagras.

—Beatie tiene ya muchas cosas de las que ocuparse —dijo Bruce—. Su hijo acaba de salir de la cárcel.

—No ha limpiado las ventanas, tampoco. Ni ha quitado la sábana de encima de la alfombra.

—¿Dónde está ahora tu agenda de justicia social? —dijo Aaron—. Oh, y ya que estábamos con el tema, Sandra, ¿qué prefieres, costillas de ternera o costillas de cerdo?

—¿Cómo?

—Y, por favor, ten presente que todo tu futuro como escritora depende de esa respuesta.

—¿De veras? Bueno, nunca me he parado a pensar en ello. Lo cierto es que no como mucha carne roja.

Aaron soltó otra carcajada torrencial, ante la cual Sandra enrojeció.

—Oh, ¿es otra broma a mi costa? Parece ser el tema del día.

—¿Qué puedo decir? Eres un blanco fácil.

—Y Bruce con ese sombrero... ¿Es otra broma distinta o solo parte de la misma?

—¿Por qué estáis todos tan alterados al verme con este sombrero?

—Dime, Sandra, ¿eres por casualidad la más pequeña de tus hermanos? —preguntó Jake.

—Mi caso es un poco complicado. Por parte de mi madre, sí. Pero después de su muerte mi padre se volvió a casar y tuvieron tres hijos. Yo tenía diez años entonces. Siempre me sentí como un gozne entre las dos familias.

—Eso podría ser un título –dijo Aaron–. *El gozne.*

—¿Dónde están Rachel y Min? –preguntó Eva.

—Han subido a su cuarto a descansar. Hemos entrado por el porche trasero, y ahora yo me vuelvo a casa de Grady a cambiarme para la cena. De hecho, he entrado para eso, para deciros que acabo de recibir un mensaje de texto suyo. Él y Cody van hacia casa desde el aeropuerto (él ha estado en uno de sus cruceros por el Pacífico Sur), así que les he pedido que se vengan a cenar con nosotros. Espero que no os importe.

—¿Quién es Cody?

—El nuevo novio de Grady. Se conocieron en el crucero.

—Bueno, no estoy segura –dijo Eva–. Quiero decir que Calvin solo ha hecho cena para nosotros nueve.

—No te preocupes. Siempre tengo previstas ese tipo de contingencias –dijo Calvin.

—En ese caso, perfecto –dijo Eva, sin molestarse en ocultar su contrariedad, que Sandra no llegó a captar o prefirió ignorar.

Cuando Sandra se hubo marchado, Eva se levantó.

—¡Será posible! –dijo Eva, caminando de un lado a otro–. ¿De quién se cree que es esta casa? No se invita a la gente a las cenas de otras personas. No se hace, y punto.

—Pero, cariño, es Grady... –dijo Bruce.

—Eso no hace al caso.

—¿Cómo que no? Es nuestro vecino y nuestro viejo amigo; y además Sandra es su prima y su invitada.

—A estas alturas yo no la llamaría su invitada, teniendo en cuenta que lleva viviendo en esa casa meses y meses.

—Pues a eso me refiero. Si no fuera por Grady, no la habríamos conocido. Y ten en cuenta que Grady acaba de bajarse de un largo vuelo.

—Entonces estará demasiado cansado para venir a cenar con nosotros.

—Puede ser. O puede que esté hambriento. Y no es que

no haya venido aquí a cenar con nosotros cientos de veces. Invitarle es lo que debe hacer un buen vecino.

–Lo sé. Por supuesto que lo sé, y por supuesto que habría dicho que sí si Sandra me lo hubiera preguntado. Pero no me lo ha preguntado. Me lo ha dicho. Y encima está lo del nuevo novio, del que no sabemos nada. Cero. ¿Tú lo conoces, Calvin?

–Me temo que no.

–Creía que conocías a todo el mundo.

–Debe de ser de alguna otra parte del pueblo.

Min entró en ese momento.

–¿Qué es todo ese vocerío? –dijo–. Lo oía desde la tercera planta.

–¡Vaya, la bisagra de la puerta! –dijo Eva–. Me está volviendo loca. Y viene Clydie...

–Tranquila, le pondré un poco de WD-40 yo mismo –dijo Bruce.

–Creí que estabas descansando –le dijo Eva a Min.

–Estaba descansando –dijo Min–. Pero oí esas voces y quería asegurarme de que todo iba bien.

–¿Ves lo que decía sobre cómo se transmite el sonido en estas casas? –dijo Calvin.

–Todo está en orden –dijo Bruce desde la despensa–. Eva está un poco molesta porque Sandra ha invitado a Grady y a su novio a cenar sin preguntárselo antes a ella.

–¿Qué? ¡¿Cómo se ha atrevido...?!

–No es que me importe que vengan. Es que me ha cogido desprevenida. No me gusta que me cojan desprevenida.

–Por supuesto que no –dijo Min, sentándose en el sofá junto a Eva y pasándole un brazo por el hombro–. Ahora, querida, voy a hablar con franqueza. Por supuesto, a todos nos gusta Sandra (no hace falta decirlo), pero si hemos de ser sinceros ¿no deberíamos admitir que a veces puede resultar una pizca presuntuosa? Una pizca, bueno..., grandilocuente?

311

–No puede evitarlo. La educaron así.

–Créeme. Sé cómo la educaron, y su abuela no le enseñó en absoluto a invitar a desconocidos a las cenas de la gente, y mucho menos a llamar a los conocidos sin aviso previo para invitarse a sí misma a pasar la noche.

–Es culpa mía –dijo Bruce–. Soy yo el que cogí el teléfono.

–¿Y cómo te sentiste ante eso, Eva? Sé sincera.

–Bueno, me habría gustado un poco más de aviso previo. Lo cual no quiere decir que no sea hospitalaria.

–No puedo imaginar a nadie acusándote precisamente a ti de poco hospitalaria.

–¿Será posible que no tengamos WD-40 en casa? –preguntó Bruce.

–Si no os importa, creo que me echaré a descansar un rato antes de la cena –dijo Jake.

–Oh, Jake, antes de que te retires, ¿has visto esto? –dijo Eva, levantando el último número de *Enfilade*–. Es el último. La pieza de la portada la firma Alison Pritchard. ¿No solía trabajar para Pablo y para ti?

–Sí, trabajaba para nosotros. Y no, no lo he visto.

Eva le tendió la revista, cuya portada mostraba un comedor costosamente austero, con una mesa voluminosa de anigre, sillas de Saarinen con cojines de cuero de un rosa satinado y una lámpara cenital de Alvar Aalto. Sobre el aparador de Josef Frank, unas rosas ordenadas en un jarrón de Edmund de Waal. Un lado del comedor era de cristal, con una vista de agua verdiazul; el otro estaba empapelado con una seda naranja pálida, y de sus paredes colgaban dos pinturas estilo Color Field, de Barnett Newman, pensó Jake, casi seguro al ciento por ciento.

«FEMINI-MINIMALISMO –rezaba el titular–. ALISON PRITCHARD REINICIALIZA EL SIGLO XXI».

–Bien, ¿qué te parece? –preguntó Eva.

–Me gusta –dijo Jake–. Tiene frescura.

–Y vemos esa famosa discreción otra vez –dijo Min.

Tras apagar el fuego de debajo de la salsa, Calvin se acercó a echar un vistazo.

–Oh, conozco esa casa –dijo–. Está en el Salento. Unos amigos míos la alquilaron el verano pasado.

–Pero yo pensaba que jamás salías de tu apartamento en verano.

–En este caso hice una excepción, porque tenían un aire acondicionado fantástico. Curioso, no recuerdo que estuvieran ahí esas pinturas.

–Quizá las pidieron prestadas para las fotografías –dijo Aaron.

–No fueron en absoluto pinturas prestadas para la sesión fotográfica –dijo Min–. *Jamás* hacemos eso. Los dueños las pondrían después de que Cal se fuese de allí.

–Lo que me sorprende es lo poco que se parece a lo que Pablo y tú hacéis –dijo Eva.

–Es cierto que la estética de Alison es más minimalista –dijo Jake.

–¿Por eso se fue? –dijo Min–. ¿O la despedisteis?

–Es algo abierto a interpretaciones. La versión oficial fue que entre ella y Pablo había (entre comillas) diferencias creativas.

–Pero nosotros no queremos la versión oficial. Queremos la verdad.

–A veces la versión oficial es la verdadera.

–Veo que Jake aún no nos ha dicho lo que opina de ese comedor –dijo Bruce, que seguía en la despensa.

–Tienes razón –dijo Jake–. Esperaba aprovecharme de que la conversación tomaba otra senda para evitar responder a esa pregunta.

–Una habilidad que merece la pena cultivar –dijo Calvin.

–Aunque esta vez no te estamos dejando salirte con la tuya –dijo Min–. Bien, Jake, adelante.

Jake echó otra mirada a la portada.

—¿Cómo podría decirlo de la mejor manera posible? —dijo—. No tiene nada de malo, pero no tiene nada de bueno.

—¡Otra gran frase! —dijo Aaron—. ¿Puedo robártela?

—Ya es robada. Se la robé a Pablo, que sin duda también se la robó a alguien.

—Min, tú eres la redactora —dijo Eva—. En tu opinión profesional, ¿cuánto puede suponer la portada de una revista como *Enfilade* en la carrera de un decorador?

—Oh, muchísimo. Te pone en el mapa. O hace que sigas en el mapa. Espero que estés escuchando esto, Jake.

—Lo estoy oyendo.

—No es lo mismo.

—¿Sabéis? Cuanto más pienso en ello más me doy cuenta de que nunca me sentí cómodo en aquella casa —dijo Calvin—. Había algo como inhumano en ella. O antihumano. Como si las estancias no quisieran que hubiera gente dentro de ellas.

—Dicho de otro modo, el tipo de sitio donde se come sopa de acedera —dijo Aaron.

—Cierto que no es lo que uno llamaría un hogar hogareño —dijo Min—. O puede que sea solo cosa mía. Hogar es un concepto tan relativo.

—Para mí, el hogar es donde mejor se duerme —dijo Calvin—. Yo nunca duermo mejor que cuando duermo en mi propia cama.

—¿De veras? —dijo Aaron—. Es curioso, porque yo nunca duermo peor que cuando duermo en mi cama, quizá porque cuando duermo en mi cama siempre estoy preocupado por si debo cambiar ya las sábanas, o la arena del gato, o preguntándome por qué los chicos no han vuelto a casa todavía, y eso no hace más que mantenerme despierto. Mientras que aquí, en casa de Eva..., bueno, el gato podría morirse y los chicos podrían quedarse por ahí toda la noche y ni me enteraría, así que duermo como un tronco.

–Y las sábanas están siempre limpias –dijo Min.

–Y sin embargo no es el hogar –dijo Calvin–. O sea, no es *tu* hogar.

–Yo confiaba en que después de todos estos años habríais llegado a considerar esta casa como vuestro hogar fuera del hogar –dijo Eva.

–Oh, pero si es así como la consideramos –dijo Min–. Por supuesto que sí.

–¿Qué significa «hogar», además? –dijo Jake.

Los otros le miraron.

–Habría supuesto que eras tú el más apto para responder a esa pregunta –dijo Eva.

–Pero eso es suponer que la gente más idónea para hacer algo es también la mejor hablando de ello –dijo Aaron.

–De decoración entiendo –dijo Jake–. De cortinas, tejidos, colores, entiendo. Lo que no entiendo es lo que la gente quiere decir cuando habla de hogar. No estoy seguro de haberlo entendido alguna vez.

–Bien, ¿y no es obvio? –dijo Min, levantando la revista y sosteniéndola ante él, como si encarnara alguna idea que ella no alcanzaba a poner en palabras–. El hogar es donde te sientes... en casa.

–Casa y hogar –dijo Aaron, quitándole la revista–. Me irrita la forma en que la gente emplea estas dos palabras como si fueran sinónimos.

–¿No lo son? –dijo Bruce.

–No, no lo son. Una casa es un lugar físico. El hogar es un concepto.

–No siempre. En la entrada del pueblo puede que te hayas fijado en una valla publicitaria: Hogares de Gene, Ray, Jim y Pete. Y en ella se ve a una anciana, y encima de su cabeza vemos un bocadillo que dice: «Gene, Ray, Jim y Pete me consiguieron una casa a muy buen precio».

–¿Qué es, una agencia inmobiliaria?

–No. Venden caravanas. *Roulottes.*

–Beatie vive en una *roulotte* –dijo Eva.

–Que casi con seguridad les compró a Gene, Ray, Jim y Pete. Y a la que casi con seguridad llama «mi hogar».

–No olvidemos las residencias u hogares de ancianos –dijo Calvin–. Como cuando decimos: «Fue un día triste cuando tuvimos que ingresar a la abuela en el hogar de ancianos».

–Creo que la gente hoy habla más de «comunidades de jubilados».

–No donde yo me he criado.

–¿Dónde te has criado? –preguntó Jake.

–En Byhalia, Mississippi, justo al otro lado de la frontera estatal de Memphis. Teníamos una casa, por lo menos. Mi hermana vive en ella actualmente. En mi familia es tradición que cuando una generación se hace demasiado vieja para la casa, se muda a una *roulotte* en la misma parcela y la casa pasa a la generación siguiente.

–Me alegra que hayas dicho *roulotte* –dijo Eva.

–Si te pones a pensarlo, ¿alguna otra lengua tiene una palabra que signifique lo mismo que nuestro «hogar»? –dijo Min–. Lo más parecido que me viene a la cabeza es en francés: *chez moi, chez toi.*

–¿Dirías «*Chez moi* es donde está el corazón»? –dijo Aaron.

–«Junta los talones tres veces y di: "No hay sitio como *chez moi*"» –dijo Calvin.

–«*Une chambre n'est pas une maison*» –entonó Min–. «*Et une maison n'est pas une chez soi. Quand il n'y a personne...*»

–¿Por qué toda esta conversación me parece tan deprimente? –dijo Aaron.

–Porque ninguno de nosotros ha respondido a la pregunta de Jake –dijo Eva–. Ninguno de nosotros hemos dicho lo que queremos decir cuando decimos que nos sentimos en casa en algún lugar.

–Está bien. En realidad no esperaba una respuesta.

–Bueno, ¿y qué os parece dónde crecimos? –dijo Min–. Por ejemplo, yo hace ya mucho tiempo que viví en Quincy, y sin embargo cada vez que voy me embarga esa sensación... La sensación de vuelta al hogar.

–Una cosa es que en su día sintieras que encajabas en el lugar donde estabas creciendo –dijo Calvin–. Pero ¿y si no fue así? ¿Y si, de chico, lo único que hacías era contar los días que faltaban para largarte de allí como alma que lleva el diablo?

–¿O acabaste donde acabaste totalmente por azar? –dijo Aaron.

–Aun así, puedes llegar a sentir que ese lugar es el que te corresponde –dijo Min–. Puede llevarte tiempo, pero puede que llegues a sentirlo.

–Tiro la toalla –dijo Bruce, saliendo de la despensa–. Está claro que no tenemos WD-40.

–Bien –dijo Rachel, entrando por la puerta chirriante–, ¿y qué vamos...? Oh, Dios mío, Bruce, ¿por qué llevas eso puesto?

–Lo he encontrado ahí fuera, en la nieve. ¿De quién es?

–Es de ella –dijo Aaron.

–Devuélvemelo –dijo Rachel–. Estás ridículo.

–Me inclino ante tu refinado sentido de la moda –dijo Bruce.

Se quitó el sombrero y se lo devolvió a Rachel, que lo metió en el bolso.

–Gracias. Bien, ¿de qué estamos hablando?

–De «casa y hogar» –dijo Aaron–. Y de que te hagan la cama.

–No le hagáis caso, se está haciendo el inteligente –dijo Min–. Estamos hablando de lo que significa «el hogar».

–¿Qué haríais –dijo Eva– si alguien que conoces, alguien en quien confías, te dijera que está planeando marcharse, mudarse a otro país por culpa de las elecciones?

Durante unos segundos nadie dijo nada.

–Me refiero a que si realmente sucediese –continuó Eva–, si Grady, por ejemplo, pensara vender su casa e irse a Uruguay, ¿pensaríais que está reaccionando con desmesura? ¿O pensaríais que vosotros tal vez deberíais iros también?

–Bueno, no estoy segura –dijo Min.

–Si se tratara de Grady, supongo que lo primero que pensaría sería que ha encontrado un novio uruguayo –dijo Aaron.

–Aaron, por favor –dijo Rachel, y se volvió para mirar a los ojos a Eva–. De acuerdo, aquí va mi respuesta. Si sucediera eso hoy, ahora mismo, no haría nada. Esperaría a ver qué pasa. Si no es eso lo que quieres oír, lo siento, Eva, pero tengo que ser sincera. A pesar de las elecciones, no siento que mi libertad personal se vea comprometida. No lo creo.

–¿No querrás decir que no tienes la impresión de que tu *seguridad* personal se ha visto comprometida? –dijo Jake.

–Eso es lo que he dicho.

–No, no has dicho eso. Has dicho que no sentías que tu *libertad* personal se hubiera visto comprometida.

–No veo nada erróneo en esa equivalencia –dijo Min–. Tal como yo lo veo, para sentirse libre hay que sentirse segura.

–¿Y cómo lo consigues? –dijo Jake–. Quiero decir..., libertad y seguridad... ¿Cómo es posible tener las dos cosas?

–¿Cómo puedes no tenerlas?

–Bueno, porque para tener seguridad, auténtica seguridad, tienes que tener dinero, y el dinero, por fuerza, te ata a ciertas..., bueno, estructuras económicas. Y entonces tienes que depender de esas estructuras si quieres que tu dinero tenga más valor que el del mero papel sobre el que está impreso. Y esas estructuras pueden venirse abajo. O volverse en tu contra.

–Tiene razón –dijo Aaron–. Mirad a Madoff. Mirad la quiebra del mercado de valores. Cuando el mercado se derrumbó y todos esos bancos empezaron a declararse en bancarrota, lo primero que me vino a la cabeza fue que tenía que cerrar nuestra cuenta de jubilación y retirar todo el montante en metálico y esconderlo, como esas ancianas en Italia de las que siempre oímos que, cuando mueren, sus hijos encuentran cuarenta millones de euros embutidos en el colchón.

–Fue esa forma de pensar la que trajo el crac –dijo Bruce–. Es un uróboro.

–Hay distintos tipos de libertad –dijo Min–. No estamos hablando solo de dinero.

–Tanto da cómo definas la libertad; ser auténticamente libre es no ser dependiente –dijo Jake–. Y ello implica renunciar a la presunción de que estás a salvo.

–Pero eso no es cierto –dijo Eva, pasándose los dedos por el pelo a modo de rastrillo–. La noche de la toma presidencial, cuando estábamos en Venecia, Min y yo salimos a cenar. Comimos esos maravillosos cangrejos erizados de púas, y arroz con gambas y con rúcula, y luego dimos un paseo. Una de las cosas más extrañas de Venecia es lo silenciosas que son sus noches. La noche, en Venecia, no es como en las demás ciudades. Te sientes como si fueras la única persona que está en ella. Y paseamos, y lo único que oíamos era el chapoteo del agua, y el golpeteo de los tacones de los zapatos, y los maullidos de los gatos, y todo lo que en mi país me aterrorizaba tanto lo sentía tan lejano, como si jamás pudiera tocarme: la toma de posesión, la fiesta de los Warriner, era como si todo estuviera sucediendo en otro planeta, o no estuviera sucediendo en absoluto, porque ¿cómo van a poder suceder tales cosas cuando el mundo contiene un silencio tan extraordinario? Y sí, quizá fuese porque tengo dinero, y porque podría permitirme una huida, pero me sentí segura, y me sentí libre.

De pronto Calvin tiró el paño de cocina que tenía en la mano al suelo.

—Crees que porque puedes permitirte hacer conjeturas sobre esto, todo el mundo puede —dijo—, cuando lo cierto es que la mayoría de la gente no puede. La mayoría de la gente de este planeta nunca nos sentimos seguros y nunca nos sentimos libres. Lo único que sentimos es miedo.

—Tienes razón, tienes razón... —dijo Eva, tapándose los ojos con las manos.

—Venecia fue un bastión fascista con Mussolini —dijo Bruce—. En el 43 entregó de buen grado a sus residentes judíos a los alemanes.

Eva se volvió hacia él.

—¿Qué quieres decir con eso? ¿Por qué dices eso?

—Me limito a estar de acuerdo contigo en que no debemos fingir que podemos contar con algo seguro. Las casas son el negocio de Jake. El dinero, el mío. Si no creyera que puedo proteger la riqueza, me quedaría sin trabajo. Y sí puedo protegerla. Puedo proteger la riqueza. Pero no puedo proteger a la gente. Ni siquiera a la que tiene mucho dinero.

—No entiendes lo que está diciendo Eva —dijo Min—. En Venecia uno está inmerso en el pasado, y el presente retrocede. Y no estoy diciendo que la historia de Venecia no sea mala, que no haya en ella muchas cosas horribles, pero cuando estás en un sitio así, un sitio antiguo, no sientes tanto la urgencia de lo inmediato, o la sientes de forma diferente, quizá porque percibes el pasado, incluso el pasado violento, como arte, y eso te da una perspectiva más clara de las cosas.

—El sexo y el arte son los elementos que siempre han atraído a los extranjeros a Italia —dijo Aaron—. Los británicos que se asentaron en Florencia, por ejemplo, lo hicieron porque pensaron que con todo ese sexo y ese arte iban a ser más libres que en su país. Y *fueron* más libres, al menos hasta que llegaron los fascistas. Y hubo algunos que se quedaron. Berenson se quedó. A pesar del peligro.

—¿Creéis que no sé todo eso? —dijo Eva—. ¿Creéis que no pienso en ello a todas horas, todos los días? Tener dinero no salva a nadie de las cámaras de gas. Los que escaparon fueron los que vieron el peligro.

—No, también tuvieron que tener dinero —dijo Calvin—. No bastó con avistar el peligro. La huida no es posible en los guetos. No lo fue para los judíos entonces ni lo es hoy para los negros.

—Eso es comparar manzanas con naranjas —dijo Aaron.

—¿Por qué? Tú no sabes lo que es ser negro hoy día. Cada vez que salgo a la calle, cada vez que veo a un poli, tengo miedo de que me peguen un tiro.

—Esta conversación no nos está llevando a ninguna parte —dijo Min.

—Al contrario: claro que nos está llevando a alguna parte —dijo Jake—. Aunque no a una parte a la que quiera ir ninguno de nosotros.

22

—Rachel piensa que estoy teniendo una aventura con Aaron —dijo Sandra.

—¿Te lo ha dicho ella? —dijo Bruce.

—Nos lo ha dicho a todas cuando estábamos ahí fuera fumando hierba —dijo Sandra—. Tú te has dado cuenta de que fumábamos hierba, ¿no?

—Habría sido difícil no darse cuenta. ¿Por qué no habéis ido a casa de Grady?

—Grady dice que es alérgico al humo.

Sandra se sacudió el pelo hacia atrás para que no le cayera en la boca a Bruce. Eran las cinco de la tarde y estaban tendidos, enredados y completamente vestidos en una de las camas gemelas del cuarto de invitados de Grady. Una hora antes, Bruce le había dicho a Eva que se iba a por WD-40. No le había especificado *dónde* pensaba conseguirlo, ni si pensaba comprar una lata o pedirle prestada la usada que Sandra —en un mensaje de texto— le había dicho que había encontrado en el garaje de Grady. Si bien el WD-40 podía ser una argucia, no era una mentira, distinción que Bruce aún consideraba esencial para el mantenimiento de su honor.

—¿Podrías quitarte de encima de mí un segundo? —dijo Sandra—. Se me está entumeciendo el espinazo.

Bruce se dejó caer hacia la izquierda.

–¿Qué has dicho?

–Oh, gracias a Dios. Vuelvo a respirar.

Bruce se echó a reír.

–Dime sinceramente: ¿crees que somos demasiado viejos para estar haciendo esto?

–En una cama tan estrecha, sí.

–¿Quieres levantarte?

–No. ¿Y tú?

–No.

–Estupendo.

Sandra le besó el dorso venoso de la mano. Él le besó uno a uno los nudillos, y luego las yemas de los dedos, y luego el móvil que tenía apretado en la mano en previsión del mensaje de texto que Grady había prometido enviarle cuando el coche se encontrara a unos veinte minutos de la casa.

–Es extraño: recuerdo tan vívidamente esta sensación de cuando era una quinceañera –dijo ella–. Mi abuela estaba fuera, y yo me había llevado a casa a un chico, y a medida que se acercaba la hora de la vuelta de mi abuela (que tenía fama de terrorífica) el chico empezaba a sentirse inquieto y quería largarse, pero yo no le dejaba. Le hacía quedarse.

–En eso es en lo que soy diferente. Yo quiero quedarme.

–¿Qué se siente, queriendo quedarse?

Bruce se quedó pensativo.

–Bueno, hay una urgencia, es cierto. El ingrediente del riesgo. Dispara la adrenalina. Eso sin tener en cuenta el hecho de que nunca estoy contigo el tiempo suficiente, lo cual hace que siempre esté pensando en que debo saborear cada segundo, pero ¿cómo voy a poder saborear cada segundo si cada segundo estoy obsesionado por saborear cada segundo?

–Es la paradoja del enamoramiento.

–¿Se pasará? ¿No es más que fruto de la novedad, o es algo...? No encuentro la palabra justa.

–¿Transgresor? ¿Peligroso?

–Algo así.

–Me gustaría poder explicarlo. Yo solo tuve dos aventuras mientras estaba casada con Rico, y no fueron como esto. Estaban a tiro.

–¿Y qué me dices de Aaron?

–Aaron nunca ha estado a tiro. Por eso me he quedado tan de piedra cuando Rachel ha dicho lo que ha dicho. O sea, mirando hacia atrás puedo ver por qué lo ha pensado, habida cuenta de la cantidad de tiempo que pasaba a solas con él. Y, sin embargo, cuando salió con eso... No sé, puede que fuera porque estaba colocada, pero me dejó anonadada. Ahora me pregunto si mi reacción no fue *demasiado* auténtica, si no debería haberme aprovechado de la situación y haber fingido que había puesto el dedo en la llaga.

–¿Por qué?

–Porque nos favorece. Acuérdate: Min lo oyó todo, y puedes apostar que se lo contará todo a Eva. Y ello la desviará de nuestro rastro.

–Tú das por supuesto que tiene sospechas de lo nuestro. Pero no es así. A ella jamás se le ocurriría que yo pudiera tener una aventura. Lo cual es válido para los dos, por cierto.

–¿Me estás diciendo que desde que estáis casados tú nunca le has...?

–No hasta ahora.

–¿Ni siquiera con Min?

–¡Min! Pero ¿qué diablos te ha hecho pensar eso?

–Algo que ella dijo que sugería que conocía ciertos... detalles.

–Todo lo que Min sabe lo sabe por Eva.

–¿Estás seguro? Puedes confiar en mí. Espero que confíes en mí.

–Un momento. ¿De qué estamos hablando exactamente?

–Muy bien, te lo diré, pero tienes que prometer no mirarme mientras te lo estoy diciendo, porque podría echarme a reír a carcajadas. Cuando estoy azorada me río. No puedo evitarlo.

–Cerraré los ojos. Mira, ya los he cerrado.

–Bien, respira hondo. Según Min, Eva y tú no hacéis el acto sexual. Y la razón por la que no lo hacéis es que ella tiene una vagina pequeña, y tú tienes un pene más grande de lo normal. Así que el acto no está..., bueno, en el menú.

Bruce abrió los ojos.

–Oh, Dios... –dijo–. Así que es verdad que las mujeres son capaces de hablar de cualquier cosa.

Sandra reía ahora.

–Lo siento –dijo–. La cuestión es que no hubiera hecho el menor caso si no hubiera tenido experiencia de primera mano de tu..., bueno, de tu persona.

–¿De mi persona?

–La gente lo dice así. Mi abuela lo hacía.

–Es cierto lo que Min ha dicho sobre la... persona de Eva. Durante mucho tiempo fue un gran problema para ella. Hoy ya no parece que le preocupe tanto.

–Entonces, conmigo... es la primera vez..., en todos estos años...

Bruce asintió con la cabeza.

Ella le puso las manos en las mejillas.

–¡Oh, Bruce! Oh, estoy conmovida. Halagada. Seguramente no debería estarlo. Oh, pero pobre criatura... ¿Qué se siente?

–Creo que he sido bastante claro sobre qué se siente.

–No, lo que quiero decir, ahora que lo has redescubierto, es qué se siente al contemplar todos esos años del pasado en que te viste privado de ello.

–¿Te refieres a si me arrepiento de ellos? No estoy seguro. A veces pienso que no entiendo ese pesar por las cosas que uno ha hecho o dejado de hacer, quizá porque mi carrera me ha enseñado a comprar cuando todos los demás están vendiendo.

–Dicho de otro modo, cuando por fin consigues algo que nunca has tenido, lo valoras más que si lo hubieras tenido siempre.

–No lo sé. Al no haberlo tenido siempre no sé lo que se siente al tenerlo siempre.

–¿Sabes? De un modo curioso, le debemos todo esto a Eva. Quiero decir que si ella no hubiera ido a Venecia, tú no habrías ido aquella noche a cenar a casa de Rachel y Aaron. Y si no hubieras ido aquella noche a cenar a casa de Rachel y Aaron...

–No estaríamos aquí ahora.

–Parece una serendipia, ¿no crees?

–La teoría de las probabilidades sugiere lo contrario: que lo que parece un plan no es más que una coincidencia. Como todas esas deducciones de la numerología que la gente se puso a vocear después del 11 de septiembre, como si los números, en sí mismos, fueran importantes, cuando lo cierto es que se puede hacer lo mismo con cualquier par de números. Es lo que llamamos «maquillar» los libros.

–Me pregunto cómo será un libro maquillado. Seguramente dependerá del libro.

–Podrías escribir un relato sobre esto para Aaron.

–Con quien, por cierto, no me estoy acostando. Ni me he acostado nunca. Por si te lo estabas preguntando.

–No me lo preguntaba. Y si lo estuvieras haciendo no sería asunto mío.

–Sí, sí lo sería.

–No, no lo sería. Ahora eres una persona amorosamente libre. Puedes hacer lo que quieras.

–Estoy haciendo lo que quiero. Y creo que hemos dejado ya atrás el punto en el que puedes decir que soy amorosamente libre.

Se oyó un *ping* y Sandra, sobresaltada, dejó caer su móvil al suelo de moqueta.

–Oh, no ha sido el mío –dijo, después de recogerlo–. Debe de haber sido el tuyo.

Bruce sacó su móvil del bolsillo y leyó el mensaje de texto.

–Es Eva. Me pregunta dónde me he metido.

–En tal caso será mejor que te vayas. Me pregunto por qué Grady no me ha mandado un mensaje. Debe de estar en un atasco. O eso o se ha olvidado. En la mejor de las situaciones ya es olvidadizo, así que si encima tenemos en cuenta el *jet lag*...

–Oh, eso me recuerda... Hay algo de lo que debo advertirte. Cuando has invitado a Grady y a su amigo a cenar esta noche, Eva no se ha puesto exactamente contenta.

–¿Por qué? Pensaba que consideraba a Grady como de la familia.

–Y así es. Ese no es el problema. El problema es que no se lo preguntaste a ella antes.

–¿No?

–Eso parece. Yo no soy tan sensible como ella a esas delicadezas.

–Ay, Dios. Lo siento. ¿Debería pedirle disculpas? No, mejor no. Podría sospechar que eres tú quien me lo ha dicho. Y sin embargo, ahora que lo pienso, tiene razón, debería haberle preguntado. Como no debería haberle preguntado si podía quedarme a dormir en su casa aquella noche...

–Curiosamente, eso también salió en la conversación. Lo sacó Min. No te preocupes, asumí la responsabilidad. Dije que fui yo quien te invité, lo cual es cierto. Quería que vinieras. Supongo que Eva se lo contaría a Min.

–No, no se lo dijo Eva. Fui yo. Fue cuando estábamos teniendo nuestras bocanadas de... aire fresco. Por supuesto, cuando lo mencioné, di por descontado que ya lo sabía, así que cuando se le escapó que no, que no lo sabía, supongo que me aproveché de la situación. «Salí de pesca», como suele decirse, y en ella me enteré de que se siente celosa de mí, de que piensa que planeo robarle a Eva.

–Muy bien. Déjale que lo piense.

–Pero, Bruce, es que tiene razón. Lo que quiero decir es que no solo estoy fingiendo. He estado cortejándola de verdad, y no solo como estrategia, sino también porque siento una conexión real con ella. ¿Soy tremendamente hipócrita?

–No hay ninguna ley que diga que no te puede gustar Eva. Y además no estás mintiéndole a nadie. Solo estás... dejando que Min dé palos de ciego.

–Aunque puede que no estemos mintiendo, estamos siendo falsos. No hay forma de evitarlo.

–El engaño a menudo se practica como modo de protección.

–Pero ¿por cuánto tiempo? ¿Cuánto tiempo se puede mantener?

Sonaron dos *pings* a un tiempo. Ambos miraron sus teléfonos.

–Es Grady.

–Es Eva de nuevo.

–Será mejor que te vayas.

–Será mejor que me vaya.

–¿Dónde has estado? ¿Qué te ha retenido?

–Te lo he dicho. He ido a buscar WD-40.

–No has contestado a mis mensajes y tu móvil no hacía más que mandarme al buzón de voz. Por lo que yo sé, podrías haber tenido un accidente con el coche.

–Exageras. Apenas he estado fuera cuarenta y cinco minutos.

–Has estado fuera una hora y diecisiete minutos. Y en ese ínterin han llegado. Temprano.

–¿Quiénes han llegado?

–Clydie... Y se ha traído a dos comensales más. Y naturalmente no me había advertido de ello. ¿Qué pasa? ¿Por qué todo el mundo parece pensar que puede invitar a gente a mis cenas sin preguntarme siquiera?

–¿Se lo has dicho a Calvin?

–Por supuesto que se lo he dicho, y no está nada contento. Con dos comensales extra puede arreglarse. ¡Pero con cuatro!

Se oyó un chirrido.

–Dios, esa puerta –dijo Eva–. Mira, será mejor que vayas a cambiarte. Dame el WD-40; le pediré a Jake que rocíe las bisagras.

–Oh, pero si no pude encontrar el WD-40... Por eso he tardado tanto. Lo intenté en tres sitios diferentes. Es obvio que ha habido una demanda enorme.

El teléfono de Eva vibró.

–Es Sandra. Grady acaba de volver, pero quiere darse una ducha antes de venir. Eso lo retrasa todo otra media hora. Es una suerte, porque dará a Calvin algo más de tiempo. Oh, y tendremos que reorganizar la mesa. ¡Jake, gracias a Dios!

–¿Sí?

–Siento pedirte esto, pero tengo a Clydie en el salón, y a Pablo y a la jefa de Min (no recuerdo cómo se llama). Así que tendremos que añadir dos asientos, lo que nos obligará a cambiar la vajilla. Pensaba poner la Royal Copenhagen, que es solo para diez personas, así que tendrá que ser la de Pottery Barn. ¿Podrás encargarte tú de eso, Jake?

–Espera un momento, ¿qué están haciendo aquí Pablo e Indira?

–Los ha traído Clydie. ¿Cómo era el nombre de ella?

–Indira.

–Indira. Bueno, como la conoces, ¿por qué no entras tú?

Bruce tiene que ducharse. Antes ha estado por ahí hora y media buscando WD-40. Y no lo ha encontrado.

—¿Qué hacemos con la mesa?

—Yo me ocupo de la mesa. ¡Dios, qué locura!

—Es culpa tuya —dijo Bruce—. Sabes cómo es Clyde.

—Sí, todo es culpa mía, incluida tu ridícula e infructuosa «caza» del WD-40 a última hora.

—Solo porque no parabas de dar la lata con lo de las bisagras de la puerta.

—¿Qué está pasando aquí? —dijo Min desde las escaleras.

—Entra en el salón con Jake. Tu jefa está ahí dentro, con Pablo y Clydie.

—¿Indira? ¿Por qué?

—Pablo y ella están pasando el fin de semana con Clydie. Ya me estoy cansando de explicar todo esto una y otra vez, así que, por favor, entrad y entretenedlos mientras Bruce se ducha y yo cambio la mesa.

Eva y Bruce se retiraron: ella entró por la puerta de la cocina, él subió las escaleras.

—Indira y Pablo —dijo Min.

—Tal parece —dijo Jake—. Pasa tú primero.

No exhibieron sonrisa alguna hasta que estuvieron en el interior del salón. Desde el sofá donde estaba sentada con Indira, Clydie les echó una mirada a través de sus enormes gafas. Rachel y Aaron se sentaban enfrente, en sendos sillones. Pablo inspeccionaba esto y aquello.

—¿Te conozco? —le dijo Clydie a Min.

—Sí, sí —dijo Min con voz viva—. Soy Min Marable. Iba con Indira el día en que se pasó a ver tu apartamento.

—Oh, claro... Con Pablo. La noche de los Canalettos largos.

—Min... Qué sorpresa —dijo Indira—. No me habían dicho que estarías aquí.

—Suelo estar aquí —dijo Min—. Eva es mi mejor amiga.

–Debo decir, Jake, que así tienen un aire muy original –dijo Pablo, que examinaba las cortinas recogidas con alfileres.

–Oh, no tendrían que estar así –dijo Rachel–. Eva las tiene recogidas para que los perros no puedan alcanzarlas. Cuando oyen ladrar a otros perros, se abalanzan contra ellas y tratan de desgarrarlas. Si las miras de cerca verás las marcas de los colmillos.

–¿Qué tipo de perros son? –preguntó Indira.

–Bedlington *terriers* –dijo Min–. Están en la cocina.

–¿No son esos que parecen barracudas? –dijo Clydie.

–Suelen decir más que parecen corderos –dijo Aaron.

–Son como barracudas –dijo Clydie con firmeza.

–Me pregunto si habrá materia para un artículo en esto –dijo Min–. Decorar a prueba de mascotas.

Clydie dijo:

–Recuerdo cuando en cierta ocasión visitamos a Nancy Lancaster (no recuerdo en cuál de sus casas, tenía tantas; en Ditchley, creo). Y, por supuesto, tenía todos aquellos perros. Y había pelos de perro por todas partes, y pis en todos los muebles. John Fowler le había hecho unas camitas increíbles, con dosel y demás, pero los perros ni siquiera se acercaban a ellas. No les hacían ni caso. Estaban siempre en los sofás, meándose.

–Era famosa por esas camitas de perro –dijo Pablo.

–Ya que hablamos de Nancy, tenía ganas de preguntar cómo le va a Rose. No la he visto hace siglos.

–Siento decirte que está muerta, Clydie. Murió hace diez años.

–¿Sí? Oh, en fin, eso lo explica. Yo también tendría que estar muerta.

–Dios no lo quiera –dijo Aaron.

–Lo digo de verdad. No tengo derecho a ser tan vieja. No tengo ni idea de por qué sigo viva. Estoy segura de que hay otros que merecen más esta longevidad.

–Hay un viejo dicho italiano –dijo Jake– que dice que la gente que te rompe las pelotas nunca muere.

–¿Y quién eres tú? Estoy segura de que te conozco.

–Soy el socio de Pablo. Y también estaba en su apartamento la noche de los Canalettos largos.

–Sí, y, según me pareció, te conocía de Venecia. De cuando Denise aún tenía el *palazzo*. Eras muchísimo más joven, por supuesto.

–Fue hace treinta años –dijo Pablo–. Jake se había tomado una especie de año sabático. Y le había alquilado un cuarto a Ursula.

–¡Oh, claro! Ahora sé de qué te conozco.

–Perdone, pero ¿se refiere a Ursula Brandolin-Foote? –dijo Eva, entrando en el salón desde el comedor–. Si es así, qué coincidencia más asombrosa, porque le estoy comprando el apartamento.

–¿El apartamento de Ursula? ¿Por qué?

–Pues..., por tener un sitio allí. En Venecia. Todos esperamos que lo decore Jake. Decora todas mis casas. Aún no ha aceptado el encargo, a pesar de que Indira ha prometido que, si lo hace, lo sacará en la portada de *Enfilade*.

–¿Lo he prometido? –dijo Indira.

–Indira piensa que el artículo deberá tratar de *por qué* Eva ha comprado el apartamento –dijo Min–. Dile a Clydie por qué vas a comprarlo, Eva.

–Bueno, hay toda una serie de razones...

–Por las elecciones presidenciales –dijo Min.

–Oh, no me habléis a mí de las elecciones –dijo Clydie–. Un amigo mío, un viejo y querido amigo nonagenario, votó por Sanders en las primarias, y después me mandó un poemita: «Las rosas son rojas, diciembre es frío, y yo he votado por un socialista judío». –Rió y enseñó los dientes–. Afortunado él, que murió a finales de octubre, antes de las elecciones.

–Es cierto que las elecciones han sido un acicate para

que compre el apartamento –dijo Eva–. Para tener un sitio al que escaparnos.

–Sí, pero ¿por qué Venecia, precisamente? –preguntó Indira, inclinándose hacia delante y apoyando los brazos en las rodillas para sugerir un vivo interés–. Tengo tanta curiosidad al respecto.

–Bueno, porque es Venecia. Es una ciudad tan hermosa.

–Además Eva está escribiendo una biografía de Isabella Stewart Gardner –dijo Min.

–No, no es cierto –dijo Eva.

–¿Crees que Venecia es hermosa? –dijo Clydie–. Si quieres mi opinión, siempre me ha parecido bastante lúgubre. Y a Denise también. Tuvo allí sus peores depresiones. Intentó matarse dos veces. Para mí, Venecia es una ciudad de suicidas. –Se ajustó las gafas y miró a Jake–. Pero, por supuesto, te conozco de allí. Fue tu amigo el que saltó al canal.

–¿De qué habla, Jake? –dijo Eva.

–Hace mucho tiempo, un amigo de Jake se tiró desde un puente en Venecia –dijo Pablo.

–¿Cómo se llamaba? –dijo Clydie–. ¿Victor?

–Vincent.

–Oh, Jake... Lo siento tanto –dijo Rachel, tendiendo un brazo hacia él–. Nunca nos habías dicho nada al respecto. ¿Por qué no lo has contado nunca?

–Nunca he sido muy de entrar en detalles escabrosos –dijo Jake–. Y me dicen que la gente aprecia eso en mí.

–Vincent Bulmer, sí –dijo Clydie–. Un muchacho encantador. Tenía sida, ¿no? ¿Se lanzó al canal por eso?

–*Creemos* que fue por eso –dijo Pablo–. Pero no estamos seguros.

–Bueno, si esa fue la razón, me parece muy valiente de su parte.

–¿El suicidio es valiente? –dijo Indira–. El suicidio es egoísta.

–Por supuesto que es egoísta –dijo Clydie–. Es reivindicar tu autoridad sobre tu propia vida.

–Y al hacerlo causar un gran dolor a la gente que te quiere.

–¿Y morir de sida no lo causa? –Clydie sacudió la cabeza de forma concluyente–. Hazle caso a una vieja decrépita: fue valiente al hacerlo. A menudo desearía tener ese valor. Si lo tuviera me colgaría esta misma noche.

–Pero, Clydie, ¿y Jimmy? –dijo Min.

–La pena que pudiera sentir Jimmy por mi muerte la compensaría con creces su herencia.

–Me gustaría que Sandra y Grady se dieran prisa –dijo Eva–. Deberíamos cenar ya. Macarrones con queso y langosta, Clydie. Recuerdo que te gustaban.

–Todo esto me hace preguntarme por Ursula –dijo Clydie–. No la he visto en años. ¿Qué tal le va?

–Oh, Ursula es maravillosa –dijo Min–. Cuando Eva y yo estuvimos en Venecia nos invitó a tomar el té. Y así es como empezó todo.

–¿Fue Ursula la que os presentó a Jake? –le preguntó Clydie a Eva.

–No, conozco a Jake desde siempre –dijo Eva.

–Eva no sabe que tengo una historia con Ursula –dijo Jake–. O más bien no lo sabía hasta ahora.

–En realidad fui yo quien hizo de celestina –dijo Aaron.

–¿Sí? ¿Por qué no me lo dijiste? –dijo Eva.

–Me pidió que no te lo contara. Es muy extraña a ese respecto. No estoy seguro de por qué, porque lo cierto es que no la conozco muy bien. En la década de los noventa hizo algunas traducciones para mí, y luego, después de dejar New Directions pero antes de liberarme por completo de las ataduras de la edición, a veces me hacía informes de lectura. Leía en seis idiomas, incluido el serbocroata.

–Al parecer todo el mundo conoce a Ursula mejor que yo –dijo Eva, sentándose en el reposabrazos del sofá.

–¿No es fantástico? –dijo Min–. Es como si hubiera sido parte de la familia todo el tiempo.

En ese instante Bruce entró en el salón, despidiendo gotitas de agua del pelo y con la cara enrojecida por los frotamientos. Al oírle, los perros llegaron al trote desde la cocina.

–Clydie, cuánto me agrada verte –dijo Bruce, estrechándole la mano–. ¿Puedo ofrecerte algo de beber?

–Gracias. Ya me he tomado dos copas. Ah, y esos deben de ser tus barracudas.

–¿Mis qué?

–Venid aquí, asesinos –dijo Clydie, alargando la mano hacia ellos, que se acercaron dócilmente, con la cola baja, como en deferencia ante una autoridad que reconocían por instinto. No se pusieron a ladrar hasta que sonó el timbre de la puerta.

–Iré a ver –dijo Jake.

Fue hasta la puerta y segundos después Sandra entró de puntillas, con un vestido de raso rojo y el pelo, que normalmente llevaba suelto, recogido en un moño.

–Perdón, llegamos tarde –dijo–. Está empezando a nevar de nuevo, ¿sabéis?

–Y aquí tenemos a Grady, recién llegado de los trópicos –dijo Bruce, dándole unas palmaditas en la espalda.

–Sí, con un humor de perros después de un vuelo muy largo, seguido de una larga espera para recoger el equipaje, seguida de un trayecto en coche muy largo y con un tiempo verdaderamente frío –dijo Grady–. Oh, pero no os he presentado a Cody. Este es Cody. Nos conocimos en el crucero. Daba lecciones de tango.

Un hombre joven y bastante poco atractivo, con una bufanda que le tapaba la boca a la manera de un protagonista de Edward Gorey, inclinó la cabeza a modo de saludo.

–Bueno, ahora que ya estamos todos reunidos, ¿pasamos a la mesa? –dijo Eva, indicando con la mano la puerta que daba al comedor–. Bruce, ¿por qué no ayudas a Clydie a levantarse?

–Gracias, pero puedo levantarme sola –dijo Clydie–. Lo hago como mínimo dos veces al día.

El grupo fue pasando al comedor, donde esperaba Calvin.

–Hola, Clydie –dijo–. Soy Calvin Jessup. Encantado de volver a verla.

–¿Te conozco? –dijo Clydie–. Si te conozco, no te recuerdo, lo cual es raro. Normalmente recuerdo a los hombres negros.

–¿Nos sentamos? –dijo Eva–. Clydie, ¿por qué no se sienta aquí, al lado de Bruce? Y Rachel al otro lado, y luego Grady, y luego Sandra...

–¡Un momento! –dijo Clydie–. ¡No os sentéis! ¡Que nadie se siente!

–¿Por qué no?

–Hay trece asientos. ¿No sabéis que cuando hay trece a la mesa, el primero en sentarse muere?

–¿Está segura? –dijo Sandra–. Yo creía que era el último en sentarse el que muere.

–En realidad es el primero en levantarse el que muere –dijo Rachel–. Salía en una novela que publiqué: los personajes daban con una solución fácil. Cuando se acaba la cena, todos se levantan al mismo tiempo.

–¿Y si uno de nosotros tiene que ir al baño? –dijo Min.

–Calla, Min –dijo Eva.

–Un momento –dijo Aaron, blandiendo su móvil–. He estado mirando y, por lo que veo, cuando hay trece comensales el que muere es el más joven. No tiene nada que ver con quien se levante o se siente primero. La tradición parece venir de la Última Cena, en la que Jesucristo era el decimotercero y más joven de los presentes.

–Bien, ¿quién es aquí el más joven? –dijo Rachel.

—Supongo que Cody —dijo Grady—. Cody tiene... Perdona, ¿cuántos años tienes, Cody?

—Veintitrés —dijo Cody.

—Vaya, me gana por un pelo —dijo Calvin.

—Oh, pero a mí me tiene sin cuidado —dijo Cody—. Ni siquiera soy cristiano. Me educaron como budista zen.

—No, eso no lo consiento —dijo Clydie—. Lo último que necesito es otra muerte sobre mi conciencia. Solo hay una solución, y es conseguir un decimocuarto invitado.

—Bien, ¿y qué tal si sentamos en una silla a uno de los perros? —dijo Aaron.

—Entonces sería el perro el que moriría —dijo Eva—. Estos perros solo tienen siete años.

—Eso es en años humanos —dijo Bruce—. En años de perro tienen cuarenta y nueve.

—No, tienen cuarenta y tres —dijo Aaron—. Siete años de perro por cada año humano es un cuento de viejas. Si quieres calcular la edad de un perro como Dios manda, tienes que contar su primer año como un año humano, y el resto como siete.

—Pero eso es ignorar el hecho de que los perros pequeños viven mucho más que los grandes —dijo Sandra.

—Los Bedlington son especialmente longevos —dijo Eva—. Millie tenía casi dieciocho cuando murió.

—¿Quién es Millie? —preguntó Aaron.

—La abuela de estos tres —dijo Bruce.

—Un momento. Si al perro lo consideramos el decimocuarto invitado, ya no seremos trece, así que ¿por qué seguimos hablando de esto? —dijo Rachel.

—Amigos, por favor, hay un modo más sencillo de resolver esta situación —dijo Calvin—. Yo cenaré en la cocina, y seréis doce.

—Pero Calvin, tú estás tan invitado a esta cena como cualquiera de nosotros —dijo Eva.

–No, no lo soy. Yo soy el cocinero –dijo Calvin–. Y cenaré en la cocina, como corresponde a mi estatus más bajo.

–En tal caso me uniré a ti –dijo Clydie–. Quiero que me digas de qué nos conocemos. Encuentro tan fascinantes a los hombres negros.

–Eva, ¿puedo hablar un momento contigo? –dijo Grady–. Siento no haberlo mencionado antes (la culpa es del *jet lag*), pero Cody es vegano. Eso significa que no come carne, ni lácteos ni huevos.

–Sé lo que significa «vegano».

–Espero que no sea un problema. ¿Qué hay de cena, por cierto?

–Macarrones con queso y langosta.

–¿Crees que Calvin podría quitarle el queso y la langosta a una de las raciones?

–Calvin, ¿podrías quitarle el queso y la langosta a una de las raciones.

–No.

–No pasa nada –dijo Cody–. No tengo mucha hambre.

–Creo que hay ensalada –dijo Eva–. Y pan, por supuesto.

–Está bien.

–No, no está bien –dijo Grady–. Necesitas una cena como es debido.

–No te preocupes, improvisaré algo para ti –dijo Calvin, pasándole un brazo por el hombro a Cody y conduciéndolo hacia la cocina.

–Dios –dijo Grady.

–Bueno, supongo que podemos sentarnos, ya que en lugar de trece ahora somos... –Eva contó con los dedos–, diez. –Contó las sillas vacías–. Un momento, somos solo nueve. ¿Quién falta?

–Quien no esté aquí que levante la mano –dijo Aaron.

–Puedes ahorrarte la ayuda –dijo Rachel–. Esperad..., dejadme ver... Es Jake. El que falta es Jake.

—¿Adónde se habrá ido? –dijo Min.

—¡Jake! –llamó Eva hacia la casa (tan proclive a los ecos).

No hubo respuesta.

—Quizá esté en su cuarto –dijo Min–. Iré a ver.

En las escaleras, sin embargo, se dobló sobre sí misma y a punto estuvo de desmayarse. Desde que Eva había sacado a colación la portada de la revista delante de Indira, había tenido retortijones.

Al cabo de unos segundos se sintió con fuerzas suficientes para seguir subiendo hacia la tercera planta, donde llamó a la puerta de la habitación de Jake.

—¿Jake? –llamó–. ¿Jake?

No hubo respuesta.

—No está arriba –dijo cuando volvió a la planta baja.

—Y los perros se han ido –dijo Eva–. Debe de haber salido con ellos.

—Pero ¿por qué?

—¿Cómo quieres que lo sepa?

—La culpa es de Clydie –dijo Pablo–. No debería haber mencionado a Vincent.

—¿Quién es Vincent? –preguntó Grady.

—Un amigo de Jake que murió.

—Oh, no. ¿Hace poco?

—No, hace muchísimo tiempo.

—Voy a ver si puedo encontrarle –dijo Bruce, cogiendo su parka del perchero del vestíbulo principal.

Cuando entró en la cocina la bisagra chirrió. Min hizo ademán de seguirle, pero se detuvo al sentir que una mano se posaba sobre su hombro.

Se dio la vuelta. Era Indira.

—Min, ¿puedo hablar contigo un momento? –dijo Indira.

23

Simon: estas ahí
Simon: jake
Simon: pq no me contestas pasa algo ?
Simon: he dicho algo ?
Simon: he estado pensando en lo que dijiste de venecia
Simon: iré si quieres q vaya
Simon: te preocupa q me decepcione pero me preocupa q
    te decepcione a ti
Simon: o quizá a ninguno le pase 😵
Simon: espero q estés bien
Simon: estoy mirando el móvil
Simon: te quiero mi príncipe
Simon: buenas noches

24

De la cocina, Bruce salió por las puertas acristaladas a la noche fría y hospitalaria. Desde que había vuelto de casa de Grady –parecía hacía años–, la temperatura había descendido unos cinco grados; la nieve caía con más fuerza y había empezado a cuajar. A través de las ventanas de doble cristal seguía oyendo voces, aunque muy tenues e ininteligibles, como las voces de un televisor desde una habitación distante.

–¡Jake! –llamó, haciendo oscilar la linterna en arcos que dejaban ver tramos del patio, la fuente rota, la piscina, el foso de la lumbre, el jardín bordeado de árboles. Y cuando no obtuvo respuesta–: ¡Ralph! ¡Caspar! ¡Izzy!

Ladridos lejanos, el ladrido de sus perros, de timbre más alto que el de los perros de los vecinos, cuyos nocturnos jolgorios abocaban regularmente a los Bedlington a vivos frenesíes de desgarros de cortinas.

–¡Chicos, venid aquí, ahora mismo! –llamó, batiendo palmas, y sintió alivio cuando Caspar salió de la oscuridad y fue hacía él arrastrando las patas, con los ojos centelleantes bajo el haz de la linterna.

–¿Jake? ¿Estás ahí, Jake?

–Aquí.

Bruce siguió la voz hasta el bosquecillo donde horas antes se habían encontrado con Min, Rachel y Sandra.

–¿Estás bien?

–Estoy bien.

Jake se limpiaba el vaho de las gafas con el faldón de la camisa.

–Me alegro –dijo Bruce–. No hemos podido encontrarte, y nos hemos preocupado.

–Lo siento. He salido lo más discretamente que he podido.

–Pero te has llevado a los perros.

–Sí. Formaba parte de mi plan de discreción. He imaginado que al notar mi falta y ver también que faltaban los perros, deduciríais que me los había llevado a dar un paseo y se me había ido el santo al cielo. Y que seguiríais con la cena.

–¿Habiéndote esfumado tú? ¿Crees que podríamos?

–No pensaba que mi ausencia se fuera a notar tanto. Estúpido de mí..., ahora lo veo. Una especie de narcisismo al revés... Es curioso, porque durante la mayor parte de mi vida la única cosa de la que he estado seguro ha sido de cómo comportarme, cómo se supone que debo comportarme. Pero ahora parece que ya no puedo hacer ni eso siquiera.

–Tienes que entender que no estamos enfadados contigo –dijo Bruce–. Solo preocupados. Es decir, que irte así, sin decir nada, no es propio de ti. Podría ser propio de mí, pero no de ti.

–Tienes razón –dijo Jake–. Pero además ¿me encuentro yo muy a menudo atrapado en los faros de la memoria de alguien? Y las cosas ya estaban bastante desquiciadas, ¿no crees?, con Pablo e Indira presentándose sin avisar, de forma que cuando Clydie de pronto saltó con lo de Venecia, y Vincent y Ursula..., delante de Eva, nada menos... Eva, a quien debería haberle explicado todo esto yo mismo, hace semanas... Pues... Se me fue la cabeza.

–¿Por eso te has ido? ¿Por Eva?

–En parte. Pero sobre todo tenía tan pocas ganas de oír a Clydie hablar de Venecia, y de Ursula y Vincent... ¿Sabes lo más extraño de todo esto? Clydie y yo llevamos tratándonos en Nueva York desde hace... veinte años, y hasta esta noche no hemos caído en la cuenta de que nos habíamos conocido años atrás en Venecia. O puede que no sea tan extraño, si pensamos en el tiempo transcurrido y en que Ursula me había presentado allí a cientos de personas, la mayoría mujeres, y la mayoría mucho mayores que yo; tanto que todas ellas acabaron confundiéndose en mi recuerdo. Si hubiera llevado más tiempo en el negocio, habría sabido distinguir el nombre de Clydie, pero no fue así. Acababa de terminar los estudios en Parsons. Tenía veintidós años.

–Perdona si me he perdido algo –dijo Bruce–, pero ¿qué te ha dicho Clydie exactamente? ¿Qué es lo que tendrías que haberle explicado a Eva?

–Que conozco a Ursula. Que la conozco desde que... Dios, desde que tenía veintidós años. La primera vez que Eva mencionó su nombre, aquella noche en que me invitasteis a cenar para decirme lo del apartamento, debería haberme sincerado. Pero ya ves, me he pasado tantos años de mi vida tratando de mantenerme alejado de Ursula y de Venecia, y de cualquiera que pudiera haberme conocido en Venecia (y no digamos que pudiera haber conocido a Vincent...), que supongo que se ha convertido en algo inherente a mí.

–Un momento. ¿Quién es ese Vincent?

–¿Quién *era* ese Vincent? Era mi amante. Bueno, esa era la palabra que empleábamos en aquel tiempo. Y lleva muerto... ¿treinta años?

–¿Y todo eso ha salido a relucir esta noche?

–Clydie lo ha sacado a colación. Pero no conoce la historia verdadera. Maneja una versión equivocada.

–¿Cuál es la verdadera?

–¿Estás seguro de que quieres oírla? Hay algunos detalles escabrosos.

–Adelante.

–De acuerdo, pero recuerda que me lo has pedido tú. Bien, después de terminar Parsons, tía Rose, de la que seguro que te he hablado, me introdujo en el negocio... Me gestionó una estancia de tres meses en Venecia (una especie de regalo de graduación). La idea era que siguiera un curso de pintura decorativa en la Accademia di Belle Arti (daba clases en ella un amigo de Pablo), y visitara algunas villas palladianas, y, en general, me embebiera del ambiente italiano. En aquel momento Pablo llevaba trabajando para tía Rose... unos cinco años. Ella lo consideraba ya su heredero natural, y, bueno, yo estaba enamorado de él. Enamorado total, apasionadamente, y sin ser correspondido... Él lo sabía, y decía que le parecía conmovedor, y creo que era cierto, porque me trataba como a un hermano menor bienamado, de un modo a un tiempo afectuoso y un tanto sádico, ya que no era el modo en que yo quería que me tratara. El modo en que yo quería que me tratara no figuraba entre los modos posibles.

»Sea como fuere, necesitaba un lugar en Venecia donde alojarme, obviamente, así que a través de Pablo le alquilé un cuarto a Ursula, con quien él estaba teniendo un *affaire*. Puede que para entonces ya hubiera acabado (es difícil acordarse). Ni siquiera estoy seguro de que Ursula estuviera ya divorciada.

»Así que fui a la casa de Ursula, y el cuarto resultó que ni siquiera era un cuarto; era una especie de nicho contiguo a la cocina, con una cortina en lugar de puerta, y con el espacio justo para una cama muy estrecha. Más tarde supe que era donde dormía su criada, a la que había desplazado a un sofá del vestidor durante mi estancia. Ursula había mentido mucho acerca de todo este asunto, supongo que porque necesitaba el dinero (siempre necesitaba dinero), y también porque imaginaba que si yo estaba allí Pablo vendría a Venecia más a menudo.

»De todas formas, Ursula, en aquel tiempo, además del apartamento en el que vivía, tenía otros tres o cuatro que alquilaba a académicos visitantes, y en uno de ellos (el de justo encima del suyo) vivía Vincent. Vincent daba clases de Historia del Arte en Bard, y aquel año disfrutaba de una beca de investigación en Venecia (su especialidad era Carpaccio), y una tarde en que bajó a pagar el alquiler (todos pagábamos a Ursula en dólares, bajo cuerda), Ursula me lo presentó y le invitó a un té, y los dos... nos enamoramos locamente (o nos convencimos de ello). Cosa nada nueva para Vincent, que para entonces había tenido un buen puñado de relaciones, incluida una que había durado seis años. Para mí, sin embargo, era algo sencillamente asombroso, ya que nunca antes me había sucedido nada parecido. Mi experiencia del amor hasta el momento había consistido en enamoramientos de mis profesores (sobre todo de Pablo), además de algún ligue de una noche que inevitablemente me dejaba esa sensación Peggy Lee de «¿Eso es todo?».[1] Y de pronto ahí estaba Vincent, que bien podía haber sido uno de mis profesores, porque era mucho mayor que yo. Catorce años mayor, que parecían muchos años en aquel entonces. La diferencia de edad me infundía temor, pero también me incitaba, porque me recordaba a Pablo en muchos aspectos. Solo que, a diferencia de él, no era hetero y parecía tan enamorado de mí como yo de él. Así que empecé a pasar con él todas las noches, en su apartamento, aunque yo seguía pagando mi (supuesto) cuarto a Ursula.

—¿Qué pensó Ursula?

—Pensó que era genial, y lo mismo pensó su criada, que recuperó su nicho.

1. «Is That All There Is?» (¿Eso es todo lo que hay?). Tema de la cantante norteamericana Peggy Lee. *(N. del T.)*

»Es curioso, porque no he empezado a darme cuenta del gran papel que ha jugado Venecia en todo esto hasta hace muy poco. Antes, cuando decía que podía haber sucedido en cualquier parte, estaba mintiendo, ahora lo veo. Me refiero a que sí, que podía haber sucedido en cualquier parte, pero no habría sido la misma historia, o no habría tenido el mismo final. Porque Venecia, sus cimientos, los cimientos literales de la ciudad, son una ilusión. La sostienen ilusiones, y de todas las ilusiones la más poderosa sea quizá la presunción de que la ciudad va a durar, que no va a hundirse en ella misma, que no va a acabar sumergida por una inundación. Y así, cuando estás allí, en ese lugar que en realidad no debería existir, que es contra natura, puedes imaginar algo similar para ti mismo: que no te hundirás en el fango ni te barrerá un maremoto. Y por eso parece especialmente... me atrevería a decir... apropiado que cuando Vincent enfermó (Vincent, cuyo nombre es un anagrama de Venecia[1] con una *t* añadida al final, ¿te habías fijado en eso?), tuviera que sucederle allí.

–¿Fue sida entonces, supongo?

–¿Qué otra cosa podría haber sido?

–¿Y tú lo sabías cuando os hicisteis pareja? ¿Sabías que tenía sida?

–Supongo que depende de cómo definas «saber». Si me preguntas si me lo dijo abiertamente, la respuesta es no, no lo hizo. Y en cuanto a si *él* lo sabía... He pensado mucho en ello a lo largo de los años. Es posible que lo supiera y no me dijera nada por miedo a que le dejara, cosa que tal vez yo habría hecho; o que lo supiera y no pudiera admitírselo a sí mismo, y mucho menos admitírmelo a mí; o que lo supiera pero creyera ser, de algún modo, inmune, tener una especie de dispensa especial. O sea, entiéndelo, jamás le había sucedido nada malo en la vida hasta la fecha. Nada. Todas las escuelas

1. «Venice», en inglés. *(N. del T.)*

346

a las que había solicitado pertenecer le habían aceptado, todos los premios a los que había optado los había conseguido, todas las críticas que había cosechado (había escrito dos libros) habían sido enormemente elogiosas... Además, todo el mundo le quería: su familia, sus alumnos, sus profesores, sus amigos (tenía docenas, centenares de ellos, al parecer), hombres, mujeres, parejas..., tantos que creo que no había ni una fecha en la que alguno no estuviera visitándolo, alojándose en el Gritti, o en alguna pensión de la estación, o con él, con nosotros, en el apartamento de encima del de Ursula, aunque normalmente a los únicos que pedía que se quedaran era a los hombres guapos, mayores que yo pero menores que él, y con los que de forma invariable acabábamos haciendo tríos. Sus anteriores novios (no sé por qué me asombraba tanto esto) no lo habían dejado nunca. En todos los casos había sido él quien les había dejado. Pero he de decir que no se complacía en ello, que no le agradaba en absoluto; lo veía como algo inherente a ser quien era. Y de pronto todo cambió.

–¿Qué pasó?

–Como un mes después de que nos conociéramos tuvo que ir a Múnich para una conferencia, y cuando volvió tenía una tos terrible, y empezó a tener fiebre, que él atribuyó a que su vuelo de vuelta a Venecia estaba lleno de niños con la nariz moqueante. Pensó que era un resfriado pasajero, en suma. Pero no se le pasó. Cada mañana despertaba diciendo que se sentía un millón de veces mejor y se iba al trabajo como de costumbre, pero cuando volvía para la comida estaba exhausto. Pronto llegó a sentirse tan mal que empezó a cancelar las citas con los amigos que venían a Venecia a visitarle. Creo que en el fondo tenía miedo de lo que vería en sus ojos cuando lo miraran.

–¿Fue entonces cuando te diste cuenta de lo que pasaba?

–No estoy seguro de que «darse cuenta» sea la expresión correcta. Pero sí, la posibilidad me pasó por la cabeza.

¿Cómo no? Las cosas eran así en aquel tiempo: si un hombre gay enfermaba, lo primero que pensabas era que era sida, aunque nunca lo decías. Luego las cosas cambiaron un poco: la gente empezó a sentir que podía hablar francamente de ello sin tener que sufrir graves consecuencias, pero en aquellos años (no olvides que esto sucedía allá por el 87 u 88), si estabas en mi situación, si tenías veintidós años y te temías que tu amante mayor que tú tenía sida y trataba de ocultártelo... En fin, ¿qué se supone que tenías que hacer? ¿Adónde se supone que debías ir? ¿Y más tratándose de Italia? Aún no existía ACT UP ni nada parecido. No creo que Rock Hudson hubiera muerto aún. La prueba, estoy casi seguro, podías hacértela, pero tardabas semanas en recibir los resultados, y si dabas positivo corría el rumor de que el Gobierno obligaría a tu médico a revelar tu nombre, y te detendrían en una redada para confinarte en un campo, que es lo que estaban haciendo en Cuba, o te tatuarían una A escarlata en el trasero, como propuso William F. Buckley. Lo cual proporcionaba una magnífica excusa para no hacerse la prueba, que en aquel momento era básicamente el diablo conocido *versus* el diablo por conocer, y siempre que me he visto ante tal elección (y se me ha presentado muchas veces), he optado por el diablo por conocer, solo que en este caso concreto vi realmente a Vincent como un diablo, uno de los diablos del infierno pintados por Signorelli, porque lo cierto es que Vincent y yo, desde que nos conocimos, nos habíamos acostado mucho, y la mayoría de las veces no había sido de la modalidad que las autoridades de aquel período juzgaban *seguro*, o, como lo calificaron después, *más seguro*, lo que no hacía más que confirmar que nadie sabía realmente cuál era seguro y cuál no. ¿Son detalles muy escabrosos para ti?

–No. Continúa.

–Las cosas siguieron así todo noviembre, y luego Vincent se puso malo de verdad: cansado todo el tiempo, con una tos seca que no remitía, y fiebre con picos de 39º y 40º. Yo trataba de convencerle para que fuera al médico, pero él se negaba. Se negaba, sin más. Y entonces apareció Pablo. No recuerdo por qué, algún proyecto, seguramente una excusa para saber de mí y de cómo me iba, y para ver a Ursula, con quien debía de seguir teniendo una aventura, y que quizá le había puesto al corriente de la situación, porque en cuanto llegó subió al apartamento de arriba, echó una mirada a Vincent y llamó a un médico. Fue Ursula quien dijo que Vincent tenía que ingresar en un hospital, que si no ingresaba en un hospital de inmediato no se podía garantizar que durase aquella noche. Así que Ursula llamó a una ambulancia, y, cómo no, estando en Venecia, vino una embarcación ambulancia, en la que surcamos el Gran Canal, dejamos atrás los jardines traseros de los palacios y los embarcaderos decorados con alfombras rojas. Caía la tarde, y el cielo tenía una calidad espectral que hacía que la ambulancia pareciese una de esas afamadas góndolas funerarias de Venecia, y el canal mismo uno de los ríos del Infierno (el Leteo o el Estigia). Y llegamos al hospital, y había todo un pelotón de médicos y enfermeras esperándonos, y ¿sabes qué? Todos llevaban guantes y batas y mascarillas y gorros de papel. Bien, déjame que deje esto bien claro: era el comienzo de aquella epidemia y había aún un montón de incógnitas sobre el modo de propagación del virus que la causaba. Dios, para mí que Vincent bien pudo ser el primer paciente con sida que ingresaba en ese hospital. Y una cosa es proceder con suma cautela y otra muy distinta hacer que el paciente se sienta un leproso (que es, lamento decir, lo que hicieron). El resultado fue que en cuanto Vincent los vio (y por el atuendo que llevaban podían haber sido perfectamente una Tropa de Asalto Galáctica), se puso como un loco. Dijo que se quería ir a casa, que no iba a quedarse de ninguna manera, que no podían convencerle de lo contrario.

»Fue una escena terrible. Recuerdo unas monjas que pasaron a toda prisa jugueteando con las cuentas de los rosarios, y a Pablo corriendo de un lado a otro entre Vincent y los médicos, y Ursula exigiendo ver al director, que era una especie de primo suyo, aunque al final no fue necesario hacerlo porque Vincent dejó de pronto de gritar y se quedó como laxo, y lo llevaron a la unidad de aislamiento y le pusieron oxígeno y una vía intravenosa. Y estuvo así durante unos días. Para entrar a verle tenías que ponerte guantes y mascarilla y bata, el mismo atavío que los sanitarios que le atendían. De modo que cuando el médico le comunicó la noticia, que tenía neumonía (*esa* neumonía), él no pudo vernos la cara ni al médico ni a mí, pero yo sí pude ver la suya. Al principio aparté la mirada, pero luego le miré de frente, porque lo cierto es que quería ver cómo era aquello, cómo era el semblante de alguien que acababa de recibir aquella nueva. Así tal vez sabría lo que podía esperar cuando fuera yo quien la recibiera.

–¿Qué viste?

–¿Conoces esos retratos de la Anunciación a Santa Ana de principios del Renacimiento? No la Anunciación a la Virgen sino la de Santa Ana, su madre, cuando el ángel desciende para decirle que la criatura que lleva en su seno será la madre del hijo de Dios. El semblante de Ana en esas pinturas, eso es lo que vi. Asombro y horror a un tiempo (dos cosas que no deberían aunarse nunca). Dos cosas que espero no volver a ver juntas jamás.

»Bien, cuando recuerdo todo esto, ya no me siento culpable. O asustado. Solo triste, porque durante años mi excusa, la excusa que me ponía a mí mismo, era que era joven, demasiado joven para poder hacer frente a lo que estaba sucediendo. Y sí, era demasiado joven. En aquel momento de mi vida, la única muerte que había conocido era la de mi madre, y cuando mi madre se estaba muriendo yo era aún

350

un niño, y la gente me trataba como tal. Nadie esperaba nada de mí. Ni siquiera mi madre esperaba algo de mí. En lugar de ello, todos se preocupaban por mí (en cierto modo, más de lo que se preocupaban por ella). Así que cuando supe la noticia sobre el estado de Vincent, por un lado acepté que, habiéndome comprometido de un modo u otro al respecto, mi deber ahora era cuidar de él hasta su muerte. Pero por otra parte deseaba con todas mis fuerzas huir de aquella situación, y ello se debía (siento repetirlo una y otra vez) a que tenía veintidós años. Y si al oírme esto estás pensando que al poner todo este énfasis en mi juventud de entonces estoy tratando de hacerme perdonar un poco, alegando circunstancias atenuantes, das en el clavo: es lo que estoy haciendo.

–¿Qué pasó después?

–Bueno, la crisis pasó. Vincent mejoró, hasta el punto de poder volver al apartamento. Todo el mundo le decía que debía volver a casa, a los Estados Unidos, pero él no quería. Era una beca de un año en Venecia, ¡y por Dios que iba a quedarse en Venecia el año entero! Pero de pronto necesitaba todos aquellos cuidados de enfermería: no solo pastillas, sino inyecciones e inhalaciones, algunas de las cuales habían de ser cada seis horas, durante todo el día. Y yo... metí soberanamente la pata, no solo porque no tenía la menor experiencia en ese campo, sino porque Vincent se encontraba en un estado tan menesteroso... Nuestros papeles se habían invertido. Ahora él era el niño y yo el adulto, y se suponía que tenía que estar con él todo el tiempo, y no dejarle nunca solo. No soportaba quedarse a solas y yo no soportaba quedarme con él. No hacía más que buscar excusas para salir, siquiera durante una hora o dos, y al volver, casi inevitablemente, él me decía algo recriminatorio y resentido. Nos peleábamos. Una vez le pegué. En la cara. Me avergüenza admitirlo, pero es cierto. En otra ocasión me fui del apartamento sin decirle nada; estuve fuera un día entero, deambulando por la ciudad, y recalé en la estación de tren, donde me ligué a un mochilero belga con el que fui a su hotel.

»Fue el día en que se tiró del puente. Ahí es donde se equivocaba Clydie, por cierto. No murió por haberse tirado del puente. Por supuesto, la historia queda mejor afirmando esto: lo típico es imaginarse que eligió uno de los grandes puentes, de los que cruzan el Gran Canal, cuando en realidad fue ese puentecito que hay cerca de la casa de Ursula. No creo que tenga nombre siquiera. Un puente muy bajo que une las dos orillas de un canal muy estrecho y muy poco profundo, de quizá de un metro de agua sobre un lecho de barro y cieno. Por fortuna, unos gondoleros estaban comiendo allí cerca. Fueron quienes lo sacaron y lo retuvieron hasta que llegaron los carabineros y lo detuvieron. Cuando llegué a casa estaban esperándonos a Ursula y a mí. Recuerdo que Ursula vino conmigo a la *questura*, donde me interrogaron durante dos horas, quizá tres. Fueron muy amables. No me juzgaban en absoluto responsable. Lo responsabilizaban solo a él, porque en los países católicos el intento de suicidio se considera un delito.

»En cualquier caso, cumplido este trámite policial, volví al apartamento de Vincent, recogí mis cosas y (esta es la parte de la que más me avergüenzo) salí en busca del mochilero belga. Y lo encontré, y pasé la noche con él, y a la mañana siguiente cogí el tren a Milán, y allí llamé a mi padre, que estaba frenético, porque Pablo le había llamado y Ursula le había llamado, y nadie lograba dar conmigo. Fue mi padre quien me compró el billete a Nueva York. Volé al día siguiente.

»El resto de la historia solo la conozco de oídas. Parece que para entonces se había corrido la voz de lo ocurrido entre todos los amigos de Vincent, que decidieron actuar de forma colectiva, quedándose a su lado por turnos y asegurándose de que comía alimentos saludables y tomaba las medicinas hasta que estuvo lo bastante recuperado para volver a los Estados Unidos. Como he dicho, algunos de sus amigos eran realmente ricos, y debieron de amarle de verdad, porque lo intentaron todo para salvarle, desde llevarlo a México para que tomara cierto medicamento cuya aprobación seguía suscitando reparos en la Administración de Alimentos y Medicamentos, a Francia para un fármaco que esa misma administración se había negado a autorizar, y finalmente a Suiza para someterse a un tratamiento descabellado en el que al paciente se le vaciaba toda la sangre del cuerpo, sangre que se hacía pasar por una máquina que supuestamente la limpiaba, y se le bombeaba de nuevo al interior del organismo. Pero no le hizo ningún bien. Ninguna de las curas que probaron lograron mejorarle. Y al día siguiente de su treinta y siete cumpleaños murió.

»Y eso fue todo. Solo que diré algo. En aquel tiempo pensaba que Vincent era mucho mayor que yo, pero ahora me doy cuenta de lo joven que era. Treinta y seis años... ¿Te das cuenta de que dentro de seis años habré vivido tantos años como los que han pasado desde su muerte? ¿Te das cuenta de la juventud que eso implica?

—¿Hubo funeral?

—Sí. Yo no fui. Ni al aniversario. Nadie me escribió, ninguno de sus amigos intentó ponerse en contacto conmigo. Quizá no eran conscientes del papel que yo había jugado, o quizá yo exagere mi importancia en todo ello. No lo sé. Lo que sé es que desde entonces no ha habido más historias de amor para Jake. Y no creas que no lo he intentado. Lo he hecho. Pero nunca he sido capaz de que funcionaran, ni siquiera con un chico con el que, si las cosas hubieran sido diferentes, si no me hubiera sentido tan culpable y aterrorizado, tal vez hubiera podido salir bien.

—¿Mejoraron las cosas cuando te hiciste la prueba?

—Nunca me he hecho la prueba. Hasta el día de hoy, nunca me la he hecho. Todo el tiempo he preferido «el diablo por conocer», y ¿sabes qué? Que he llegado a conocerle bien, porque durante los últimos treinta años hemos estado los dos juntos en un compás de espera. ¿Y es realmente la peor cosa del mundo vivir en un compás de espera? Sí, es frustrante, pero al cabo de un tiempo te acostumbras. La espera se convierte en aquello que esperas..., y una noche, de pronto, como algo caído del cielo, una anciana recuerda tu nombre.

»Perdona. He hablado demasiado.

–No, no lo has hecho –dijo Bruce, y casi añadió: «Verás, soy la persona que puede entender lo que me cuentas. Porque estoy haciendo algo erróneo, pese a saber que lo es. Porque estoy viviendo una euforia que he tenido la audacia de pensar que durará, aunque sepa que no lo hará. Porque me ha llegado a importar tanto una mujer a quien no le debo nada que le he dado doscientos mil dólares, y ahora que se los he dado apenas podemos decirnos una palabra el uno al otro. Porque me he convertido en el guardián de un secreto. Porque me he convertido en un mentiroso».

A lo lejos se abrió una ventana.

–¿Bruce? –llamó Eva–. Bruce, ¿estás bien?

–Estoy bien –respondió Bruce–. Estamos bien.

Y acto seguido le dijo a Jake:

–Hace frío. Deberíamos volver adentro. Ah, y por si así te sientes más tranquilo, no tienes por qué contárselo a Eva. Se lo contaré yo.

–¿Contarle qué?

–Que has pensado mejor lo del apartamento. Que tu respuesta es no.

–Pero mi respuesta no es no. Es sí. Si quiere encargármelo.

–Oh, claro que quiere. Eso puedo garantizártelo. Te lo encargará a ti.

25

Bruce estaba de nuevo sentado en una cama con una mujer silenciosa, perfilando metódicamente un plan de rescate. Que la cama fuera la de un hotel de la calle Cuarenta y tres Oeste y la mujer silenciosa no fuera Kathy sino Sandra, poco importaba –sorprendentemente– para la trascendencia de su monólogo.

Sandra escuchaba con paciencia. No se movía inquieta ni se hacía crujir los nudillos ni rasgaba ningún kleenex. Su abuela le había enseñado a respetar a sus mayores y a mantener la espalda erguida cuando estaba en compañía.

Cuando Bruce hubo acabado de hablar, tomó un largo trago de una botella pequeña de Evian que había sacado del minibar. Y se frotó los ojos. Y se sonó la nariz.

–Bien, ¿qué piensas? –dijo.

–¿Que qué pienso? –dijo ella–. Que eres un buen hombre. Demasiado bueno para tu propio bien.

–Por supuesto que cuando se me ocurrió eso, no tenía la menor idea de que Eva fuera a encontrar ese apartamento. De hecho me lo contó al día siguiente.

–Si lo hubieras sabido, ¿habrías actuado de otra manera?

–He pensado en ello. Y no lo creo. Creo que aun así le habría dado a Kathy ese dinero. Lo que no habría hecho es permitir que el asunto del apartamento se me fuera tanto de las manos.

—¿Quieres dejarlo?

—Sí, en cierto modo. Pongamos que eres una de mis clientas y me preguntas, desde un punto de vista inversionista, si la compra de un apartamento en Venecia es una buena idea. ¿Qué te diría? Te diría que desde la óptica de la inversión sería preferible que compraras un inmueble en Florida o Hawái o Nuevo México (en cualquier parte de Estados Unidos, en realidad), ya que comprar en el extranjero invariablemente te enmaraña en un sistema fiscal, legal y económico diferente. Te diría eso, y luego te diría que hicieras lo que quisieras.

—Pero no soy una de tus clientas. Ni tampoco lo es Eva.

—Mi política es que lo que la gente pueda querer no es cosa mía. Lo mío es lo que pueden permitirse.

—¿Incluso tu mujer? ¿Incluso tú?

—Oh, lo que *yo* quiero... Esa es una pregunta para la que solo he encontrado una respuesta. —Sonrió al decir esto—. En cuanto a Eva, lo único que puedo hacer es tomarle la palabra. Supongo que lo que me irrita es que haya tanta gente en una situación de riesgo mucho peor que la suya. Y sin embargo la única persona a quien está dispuesta a salvar es a ella misma.

—Mientras que tú quieres salvar a Kathy.

—Al menos es algo altruista. No es solo instinto de conservación.

—Pero la propia conservación tiene una virtud, que es que no finge ser otra cosa que lo que es. En el altruismo hay casi siempre un motivo oculto. El benefactor quiere ser encumbrado, o, peor aún, tener a su merced a la persona a la que está ayudando. ¿Por qué, si no, la gente que dona dinero a las universidades quiere que bauticen edificios con su nombre?

—No es el caso. Nadie sabe lo que estoy haciendo por Kathy salvo Kathy. Y sus hijos. Y tú.

356

—¿Y qué va a pasar después? ¿Qué va a pasar, por ejemplo, cuando Eva descubra lo de ese cheque?

—No va a enterarse. Me he asegurado de que no lo haga. Es un cheque de una cuenta que ella no sabe que existe.

—Pero sabe que pasa algo.

—Sí, pero no qué.

—Podrías decírselo.

—¿Por qué? No es asunto suyo.

—La vida de un casado es siempre asunto del otro cónyuge. Incluso después de divorciados, esa es la verdad. Además, y perdona si estoy sobrepasando los límites, está el asunto del dinero. Por supuesto, no sé exactamente cuánto va a costarte ese apartamento, pero puedo hacerme una idea. ¿Acierto si digo que estamos hablando de un gran desembolso?

—Sí.

—Al que has de añadir el dinero que le has dado a Kathy.

—Sí.

—Un desembolso que, si Eva llega a conocer, seguramente juzgará... preocupante, ¿no? Hasta el punto de que tal vez le haga pensarse dos veces lo de ese gasto...

—Tiemblo al imaginar lo que pensaría.

—No es ninguna estúpida, Bruce. Sabe lo que puedes permitirte y lo que no.

—«Permitirse». Es curioso cómo esa palabra no para de salir en lo que hablamos. Pero ¿qué significa realmente? Cuando pienso en mis clientes, si decidieran embutir todo su dinero en una caja fuerte, detrás de un cuadro, o habilitar un sótano enorme lleno de monedas de oro en el que zambullirse de cabeza como ese pato... Tío..., ¿cómo se llamaba?

—... se romperían los huesos.

—... solo serían más pobres.

—Mis ideas sobre finanzas, he de admitir, son burdas. Sobre todo, proceden de las novelas del siglo diecinueve. Ya sabes: «La señorita Bleek disponía de quinientos al año». Las cosas parecen menos claras hoy día.

–Dudo que fueran tan claras entonces.

–Sigues sin responder a mi pregunta. Sigues sin decirme si puedes (esta vez no diré *permitírtelo*) arreglártelas. Perdona que no me ande con sutilezas, pero no sé lo rico que eres. O sea, sé que eres rico, pero no sé cuánto.

–Lo bastante como para que no pueda decir realmente cuánto.

–Pero ¿cuánto puede ser eso? Todo el mundo tiene un patrimonio neto.

–Una vez que has sobrepasado cierto punto, tu patrimonio neto deja de corresponder a algo real. Es menos cuestión de lo que tienes que de lo que puedes conseguir.

–En ese caso, quiero que consideres algo. Quiero que consideres la posibilidad de que comprar el apartamento sea una buena idea. No como inversión, y no para Eva, sino para ti. –Sandra se quedó callada un momento, a fin de que su proposición calase en Bruce–. No había pensado en decirte esto antes de decirlo. Si lo hubiera hecho, jamás habría tenido la valentía de expresarlo, porque sé, por supuesto, que aún es demasiado pronto para hablar de estas cosas. Ya sé que me estoy precipitando, pero a veces uno tiene que hacerlo. Tiene que hacerlo. Aun cuando todo parezca indicar que la cosa (el *affaire*, la relación o como quieras llamarlo) acabará agotándose. Y si lo hace, tanto mejor, porque nos hará la vida más fácil a todos. Pero ¿y si no lo hace? Supongo que a lo que nos lleva todo esto es a que si Eva compra el apartamento empezará a pasar mucho tiempo en Venecia, y será mucho más el tiempo que tú y yo podremos pasar aquí juntos. Solos. Sería la ocasión de intentarlo, de darnos un período de prueba; y si podemos tener esa ocasión y no la aprovechamos..., pues lo lamentaré mucho. Puede que tú no. Pero yo sí. Porque ha habido otras veces (hoy no hago más que usar clichés) en que tuve la oportunidad y no me tiré a la piscina. Y lo lamento.

–¿Es una de esas veces?

–Piensa en cuando Eva estuvo en Venecia. Si no hubiera estado en Venecia, tú no habrías ido a cenar a casa de Aaron y Rachel aquella noche. Y no habríamos tenido aquel fin de semana en Connecticut.

–No, no lo habríamos tenido.

–El sábado pasado, cuando estábamos en casa de Grady, hablaste de la prisa. A mí me gusta ese apremio, también. Me gusta sentir algo de peligro. Y sin embargo, si me dieran a elegir, preferiría pasar tiempo contigo, a solas, en una cama lo bastante grande como para dormir los dos sin hacernos polvo el espinazo, antes que unos minutos en una cama estrecha esperando la llegada de Grady, o en una habitación de hotel, en una cama en la que Dios sabe quién ha estado antes. Y no tendremos eso, Bruce, no tendremos lo que queremos (lo que yo quiero, al menos), si Eva no consigue lo que ella quiere, es decir, el apartamento. Y si no lo consigue... No conozco muy bien a Eva, y no voy a fingir lo contrario, pero sé de ella lo siguiente: que sus anhelos son tan frágiles como ardientes. Cuando el hierro se enfría, se enfría ella. Quiero decir que si esta oportunidad se malogra, puede que ya no busque otra. Y nosotros habremos perdido la nuestra.

Por espacio de unos segundos, Bruce se quedó en silencio. Y al cabo dijo:

–Esto es todo tan nuevo para mí. No tú, o esto, sino toda esta manera de pensar.

–Entonces déjame decirte una cosa más. Me has contado cuál es tu situación económica. Bien, déjame contarte cuál es la mía. Cuando mi abuela murió me dejó cinco millones de dólares, más o menos. Ese es *mi* dinero. No son bienes gananciales. Rico no puede tocarlos.

–Muy bien. Eso significa que no tienes que preocuparte.

–Oh, pero no es por eso por lo que te lo cuento. Si te lo cuento es porque..., bueno, tengo un patrimonio, y tú eres..., ¿qué es lo que eres? ¿Asesor de administración de patrimonios?

–Asesor de gestión de patrimonios.

–Como sea. Aquí va mi propuesta: te entrego mi patrimonio y tú lo administras.

–No sería ético. Si quieres un asesor, puedo recomendarte a alguien.

–Créeme, entiendo que puedas pensar que hay un conflicto de intereses. Y lo habría si fueras tú quien lo hubiera propuesto, pero no lo has hecho. He sido yo quien lo ha propuesto. Y la razón por la que lo hago es que si tú tienes mi dinero y en algún momento estás escaso de efectivo, podrías hacer uso del mío...

–Sandra...

–Por supuesto, firmaríamos un acuerdo. Se daría por descontado que cualquier dinero mío que utilizaras (con permiso previo mío), me lo reembolsarías luego. Con intereses, si quieres. –Le puso las manos en el cuello–. No estoy tratando de comprarte. Lo único que quiero es hacer por ti lo que tú estás haciendo por Kathy. Hacer más fáciles las cosas. Darte un plan de emergencia, en caso de que la economía se hunda, se vaya a pique, o que Trump cambie las normas fiscales, o que la fontanería del apartamento nuevo resulte tener mil años.

–Pero ¿por qué?

–Así tendríamos nuestra oportunidad.

–No sé qué decir. No sé siquiera qué pensar. Toda mi vida he estado seguro de que tenía una ruta marcada.

–Y lo estaba. Pero ahora has cruzado una frontera.

–¿Y cómo ha sido eso? Eso es lo que no puedo comprender.

–Lo has hecho tú mismo –dijo Sandra–. Lo hiciste el día en que decidiste ayudar a Kathy.

26

–El tiempo presente y el tiempo pasado... –dijo Aaron.

Eran las cinco de la tarde del primer sábado de la primavera, y estaban sentados –Aaron, Rachel, Jake, Sandra y Matt Pierce– en el porche trasero de Eva, mirando cómo Bruce trataba de arreglar la fuente del patio. Eva no estaba, y tampoco Min. Aquella tarde habían embarcado en un vuelo para Venecia, donde unos días después Bruce se reuniría con ellas para la firma del contrato.

Aaron llevaba puesto el gorro conejo.

–El tiempo presente y el tiempo pasado –repitió, bajándose las aletas del gorro hacia las orejas–. ¿Por qué Eliot dejó de estar de moda, que pensáis? ¿Por ser antisemita?

–Su caída de la moda precedió a su caída en desgracia –dijo Matt–. No es la secuencia habitual.

–T. S. Eliot... fue el que escribió *Cats*, ¿no? –dijo Sandra.

–No extremes la carta de la ignorancia –dijo Aaron–. Solo es encantadora hasta cierto punto.

–Y en el caso de Eliot no estoy seguro de que sea muy acertado decir que ha caído en desgracia –dijo Matt.

–Perdona si mi pregunta te parece descortés, pero ¿qué estás haciendo aquí? –dijo Aaron–. Pensaba que estabas desterrado.

–Lo estaba, pero Bruce me llamó y me pidió que viniera este fin de semana. Porque Eva está fuera, supongo.

–¿Sabéis? Es la primera vez que estoy aquí sin que no esté Eva –dijo Rachel–. Me hace sentirme cohibida. Como si estuviera infringiendo alguna norma.

–Me pregunto si sabrá que estamos aquí –dijo Jake.

–¿Y eso qué importa? –dijo Sandra–. ¿Por qué iba a importarle que Bruce os haya invitado este fin de semana?

–No le importaría que Bruce nos haya invitado –dijo Matt–. Le importaría si no se lo dijese. Yo sería la excepción, porque sí le importaría que Bruce me haya invitado.

–Seré el primero en admitirlo: la echo de menos –dijo Jake–. Hay un vacío sin ella. Para bien o para mal, ella es el sol alrededor del cual estamos orbitando.

–Sobre eso diré que a mí no me parece que el que no esté suponga alguna diferencia –dijo Sandra–, pues orbitáis alrededor de ella de todas formas.

–¿Y tú?

–¿Yo? Yo no cuento. Yo soy una forastera.

–Es curioso, porque no da esa sensación –dijo Rachel–. Da la sensación de que llevas formando parte de esta casa el mismo tiempo que nosotros.

–Mirad a Bruce –dijo Aaron, levantándose y yendo hacia las ventanas–. Mirad esa concentración. No es paciencia. No es nada parecido a la paciencia. Y sin embargo no va a parar hasta hacer que esa fuente funcione. Se quedará ahí toda la noche si es necesario.

–En lugar de elucubrar sobre su determinación, ¿habéis pensado en prestaros a ayudarle? –dijo Rachel.

–No creo que quiera que le ayudemos –dijo Sandra–. Creo que quiere hacerlo él solo.

–El tiempo presente y el tiempo pasado están quizá presentes en el tiempo futuro... Ese «quizá» en el segundo verso..., ¿no crees que es una falta de valor, Sandra?

–Quizá.

–Quizá «quizá» sea siempre una falta de valor –dijo Matt.

–¿Es una broma? –dijo Sandra.

–¿Sabéis? No pienso realmente que fuera el antisemitismo lo que le costó a Eliot su lugar en la estratosfera –dijo Rachel–. Creo que fue Harold Bloom, en los años ochenta, cuando hizo que el departamento de Literatura Inglesa de Yale cambiara el título del curso preliminar de licenciatura de «Principales poetas en lengua inglesa: de Chaucer a Eliot» a «Principales poetas en lengua inglesa: de Chaucer a Stevens».

–Rachel aprovecha cualquier oportunidad para recordarnos que fue a Yale –dijo Aaron.

–Sabes perfectamente que no es por eso por lo que saco esto a relucir –dijo Rachel–. Lo hago para hacer constar que el giro contra Eliot se dio dos décadas antes de que los críticos empezaran a atribuirle ese antisemitismo.

–Durante años me ha dado vergüenza admitir lo mucho que me gusta Eliot –dijo Aaron–. Solo después de perder el trabajo decidí salir del armario. Porque lo cierto es que uno no debe avergonzarse de las cosas que ama, las cosas que han hecho que seas quien eres, y eso es lo que fue para mí *La tierra baldía*. Cuando estaba en secundaria debí de leer ese poema mil veces. Diez mil veces.

–Nunca he dicho que no sea un gran poema.

–Oh, pero crees que no lo es. Está bien. Yale te adoctrinó, como seguramente me habría adoctrinado a mí si hubiera conseguido entrar.

–¿Tienes que seguir sacando eso a colación? Hace más de un cuarto de siglo y aún sigue resentido por no haber estudiado en Yale.

–Ni la mitad de resentido que por que tú sí entraras.

–Si la fuerza de nuestros sentimientos guardara proporción con los sucesos que los provocan, el mundo no sería el lugar que es –dijo Jake.

–Mirad, ahora los perros están entrando en escena –dijo Sandra–. Tratan de distraerle, de hacer que juegue con ellos. Buena suerte. No lo conseguirán.

–Nunca he visto a ningún perro que coma tan rápido como estos –dijo Matt–. Esta tarde le he dado a Isabel un trozo de queso y se lo ha zampado de golpe. Dudo que haya notado el sabor.

–A veces lo que más importa es tener una cosa –dijo Sandra.

–Y luego quería otro trozo, y otro...

–Por eso es mejor no querer cosas –dijo Jake.

–Pero si nunca quisiéramos cosas no iríamos nunca a ninguna parte –dijo Rachel.

–Exactamente –dijo Jake.

–La especie humana no puede soportar mucho la realidad –dijo Aaron.

Al final empezó a manar agua de la fuente. Cuando vieron que salía el primer chorro del caño, quienes lo presenciaban se pusieron a aplaudir. Los perros ladraron. Bruce inclinó la cabeza.

–Enhorabuena –dijo Jake, saliendo al patio con Sandra.

–Caer siete veces y levantarte ocho –dijo Bruce, limpiándose el agua de la cara.

Entró en la casa para secarse y los perros le siguieron, y Jake y Sandra se quedaron mirando la fuente a la luz del atardecer.

–La primavera siempre se me adelanta –dijo Jake–. Mira, los narcisos ya han florecido. Al azafrán le falta poco. Los tulipanes lo harán antes de que yo vuelva.

–¿Has decidido ir, entonces?

–Sí. Voy a ir. Es curioso: Min lo daba por hecho desde el principio, como si fuera solo cuestión de admitir que no tenía alternativa. Bueno, pues Min tenía razón.

—¿Cuándo te vas?

—Cuando Eva vuelva. Quiero estar solo allí una semana (más o menos), para estudiar bien el sitio. Luego ella vendrá a reunirse conmigo.

—¿Irá Bruce con ella?

—Lo dudo. Min puede que sí. Sabéis que *Enfilade* va a cerrar, ¿no?

—¿Sí? ¿Por qué?

—Por lo mismo que tantas otras revistas. No hay suficientes lectores, ni suficiente publicidad.

—Pobre Indira. Haber dejado una revista por otra y que esa otra cierre...

—No te preocupes por Indira; tiene ya otro trabajo. Una revista nueva, *mood board* (todo en minúsculas). Trimestral, muy chic, encuadernada como un libro. Jimmy Mortimer, el hijo de Clydie, pone el dinero.

—Dicho de otro modo, lo pone Clydie.

—Así que ahora la cuestión es si Indira va a llevarse a Min con ella o no. Y si no lo hace, qué va a hacer Min a partir de ahora.

—Tendrá que encontrar otro trabajo.

—O quizá esté ya lista para dar por terminada su carrera en las revistas e intentar algo nuevo.

—¿Como qué?

—Bueno, Eva va necesitar a alguien que le haga compañía en Venecia, ¿no? Cuando Bruce no esté allí, me refiero. Y será un trabajo a tiempo completo, para el que Min está magníficamente cualificada.

Se levantó una brisa.

—Qué maravilla, estos primeros días cálidos —dijo Sandra, mirando fijamente y con aire grave la fuente—. Lo único que tenemos que hacer ahora es esperar a que nos llegue la ventisca.

—¿Qué ventisca?

–La que siempre nos sorprende cuando se está afianzando la primavera, y acaba con todo lo que empieza a florecer.

–Pero no sabes si va a haber una ventisca.

–Es lo que temo, que para mí equivale a saberlo.

–¿Siempre hemos estado así, crees tú? ¿Gobernados por el miedo?

–El gato escaldado del agua fría huye. Supongo que, tal y como lo veo yo, si acepto la ventisca como inevitable, al menos no me cogerá por sorpresa.

–Y entonces, si no llega, el hecho mismo de que no acontezca parecerá una gentileza.

–Bueno, tenemos que encontrar buenas noticias en alguna parte, ¿no? Aunque solo sea que la peor de las situaciones no ha sucedido.

–¿De qué estáis hablando? –preguntó Rachel, emergiendo tan repentinamente como si se hubiera desprendido del crepúsculo un trozo de sombra.

–De las estaciones –dijo Jake.

–Recuerdo haber leído una entrevista con Teresa Stratas –dijo Sandra–. Contaba que estaba sentada con Lotte Lenya en su lecho de muerte, y que le preguntó qué estación era su preferida, y que Lenya le contestó: «Me encantan todas».

–Me gustaría ser tan generosa como ella, pero tengo sentimientos muy fuertes sobre las estaciones –dijo Rachel–. Mi preferida, sin duda alguna, es la primavera, y luego el otoño, y luego el invierno, y luego el verano.

–Yo pondría el invierno el segundo –dijo Jake.

–Yo lo pondría el primero –dijo Sandra–. Es tan hermoso estar en la cama con alguien en una noche fría.

–¿Pensáis que a Bruce le resultará extraño dormir solo? –dijo Rachel–. ¿Habrá pasado alguna noche en esta cama sin Eva?

–Sí, la he pasado –dijo Bruce saliendo de la casa con

ropa seca–. De hecho estuve aquí el fin de semana siguiente a la toma de posesión, antes de que Eva y Min volvieran de Venecia. Sandra también estuvo. Me mandó un mensaje de texto para decirme que Grady estaba de viaje y que estaba sola, así que vine sin pensarlo dos veces.

–Y nos hicimos compañía –dijo Sandra.

–Oh, ya... –dijo Rachel.

–Me pregunto qué estará preparando Matt para la cena –dijo Jake.

–No es él quien cocina. Cocina Aaron. Ha insistido en ello.

–Oh, Dios, otro pescado entero no... –dijo Bruce.

–¿Qué hay de malo en su pescado entero?

–Nada, solo que esta vez preferiría que no me tocase la cabeza.

–A quienquiera que yo decida que es el invitado de honor se le servirá la cabeza –dijo Aaron, que había salido con Matt a unirse a los demás–. Puede que seas tú, Matt.

–No me importaría. Dicen que la mejor carne de un pescado son las cocochas.

–¿Por qué llevas ese gorro, Aaron? –preguntó Bruce.

–Oh, no sé. Supongo que por si un *paparazzo* aparece por aquí, me saca una foto y la publica en Twitter. ¿Y sabéis qué? Aunque se hiciera viral, y me mandaran amenazas de muerte, no me importaría, porque, oye, desde la semana pasada ya es oficial: a mí no me va a contratar nadie. Puedo hacer lo que me dé la gana.

–No es verdad que no te vaya a contratar nadie –dijo Rachel–. Solo fue una entrevista de trabajo.

–Soy *persona non grata*.

–Pero yo pensaba que estabas contento de estar fuera de esa industria –dijo Sandra.

–Una cosa es rechazar una invitación –dijo Aaron– y otra que te digan que nunca te harán ninguna.

–Aaron, por favor, fue solo una entrevista –dijo Rachel–. Habrá otras.

–Y en todas saldrá a relucir el nombre de Katya.

A los ojos de Rachel asomaron unas lágrimas.

–Oh, esa mujer –dijo–. Me dan ganas de matarla, de veras. Lo digo en serio. Bien, quiero decir que puede que perdieras los estribos... Pero de eso a decir que te pusiste violento y... Aaron nunca haría eso a una mujer. Preguntadle a Sandra. Preguntad a cualquier mujer que haya trabajado con él.

–Es verdad que nunca me ha agarrado del brazo con tanta fuerza como para hacerme un cardenal –dijo Sandra.

–Admitámoslo. Dice que la agarré muy fuerte, así que la agarré muy fuerte. –Con sorprendente rabia, Aaron se arrancó de la cabeza el gorro conejo y lo tiró al suelo–. Mi sino sencillamente ha decretado que de ahora en adelante mi vida va a tomar un rumbo diferente del que yo había previsto. Y que, en lugar de servir a la literatura publicando libros, la serviré como un tipo diferente de comadrona, trabajando estrechamente con escritores como Sandra, con la débil esperanza de que cuando ella gane el National Book Award, en el público suenen unos susurros que afirmen que, si su novela es tan buena como es, un tal Aaron Weisenstein merece cierto reconocimiento por el papel minúsculo que ha jugado en su creación. No es que quiera que incluyas mi nombre en los agradecimientos, Sandra. Antes bien lo contrario. Quiero que me prometas *no* incluir mi nombre en los agradecimientos. O, mejor aún, que no haya tales agradecimientos. Quiero decir..., ¿para qué sirven? Nadie necesita saber cuál ha sido la aportación inestimable que tu gato ha...

–No tengo gato.

–O que si no hubiera sido por el ánimo de la Sra. Colleen Oscopy, tu profesora de cuarto curso, jamás podrías haber alcanzado ese pináculo que ocupas hoy.

–Basta, déjalo ya –dijo Rachel–. Dentro de seis meses, cuando Aaron vuelva a estar trabajando...

–O cuando le ofrezcan el trabajo de sus sueños y lo rechace...

–... cuando Aaron esté de nuevo trabajando ni siquiera recordaremos que tuvimos esta conversación.

Aaron y Matt volvieron a entrar en la casa dejando en el suelo el gorro conejo. Los perros saltaron de nuevo fuera desde la puerta de la cocina, pasaron corriendo junto al grupo reunido en el patio y se pusieron a ladrar a la cascada de la fuente.

Bruce se echó a reír.

–Venga, vamos a ponerles de mal humor a todos –dijo, cogiendo de la mano a Sandra y llevándola a la carrera hacia donde estaban los perros.

Rachel se acercó más a Jake.

–¿Qué crees que significa eso? –preguntó–. ¿Que Bruce viniera aquel fin de semana a hacerle compañía a Sandra? ¿Y ahora esto? Mírales.

Jake miró. En cuanto Sandra llegó a la fuente, Bruce le pasó el brazo por la cintura. Le sacaba tanta altura que cuando se besaron él tuvo que doblar la espalda y ella, estirar el cuello.

Por espacio de unos segundos Jake y Rachel se quedaron sin habla, no solo por lo inesperado del gesto sino también por su belleza. Porque cuando Bruce y Sandra se besaron quedó claro que la pareja –a Jake no le cupo la menor duda de que era eso lo que eran– o bien estaban demasiado perdidos el uno en el otro para darse cuenta de que podían verles, o bien se daban perfecta cuenta de que podían verles y les tenía sin cuidado; todo muy poco espectacular: ni avergonzados ni orgullosos, ni tratando de ser discretos ni haciendo alarde de ello. El beso era sencillamente lo que era, un beso, tanto más hermoso por la puesta de sol y los perros y sus cabriolas, y la fuente lanzando sus chorros hacia lo alto. Y los

369

mirones contemplándolo todo tal como era, sin emitir juicio alguno.

Al cabo de un par de minutos todo se había acabado. Cogidos de la mano, riendo un poco, la pareja se perdió en el crepúsculo. Los perros les siguieron unos metros, y luego volvieron hacia la casa.

Era la hora de la cena.

ÍNDICE